O DIABO
VESTE PRADA

OBRAS DA AUTORA PUBLICADAS PELA EDITORA RECORD

À caça de Harry Winston
O diabo ataca em Wimbledon
O diabo veste Prada
Uma noite no Chateau Marmont
Todo mundo que vale a pena conhecer
A vingança veste Prada

LAUREN WEISBERGER

O DIABO VESTE PRADA

Tradução
Ana Luiza Dantas Borges

Revisão Técnica
Biti Averbach e Marcia Disitzer

26ª edição

EDITORA RECORD
RIO DE JANEIRO • SÃO PAULO
2024

CIP-BRASIL. CATALOGAÇÃO NA PUBLICAÇÃO
SINDICATO NACIONAL DOS EDITORES DE LIVROS, RJ

W452d Weisberger, Lauren
  O diabo veste Prada / Lauren Weisberger ; tradução Ana Luiza Dantas Borges. - 26. ed. - Rio de Janeiro : Record, 2024.

  Tradução de: The devil wears Prada
  ISBN 978-65-5587-752-6

  1. Ficção americana. I. Borges, Ana Luiza Dantas. II. Título.

23-86690   CDD: 813
                 CDU: 82-3(73)

Gabriela Faray Ferreira Lopes - Bibliotecária - CRB-7/6643

Título original:
The Devil Wears Prada

Copyright © 2003 by Lauren Weisberger

Texto revisado segundo o Acordo Ortográfico da Língua Portuguesa de 1990.

Todos os direitos reservados. Proibida a reprodução, no todo ou em parte, através de quaisquer meios. Os direitos morais da autora foram assegurados.

Direitos exclusivos de publicação em língua portuguesa somente para o Brasil adquiridos pela
EDITORA RECORD LTDA.
Rua Argentina, 171 – Rio de Janeiro, RJ – 20921-380 – Tel.: (21) 2585-2000,
que se reserva a propriedade literária desta tradução.

Impresso no Brasil

ISBN 978-65-5587-752-6

Seja um leitor preferencial Record.
Cadastre-se no site www.record.com.br e receba informações sobre nossos lançamentos e nossas promoções.

Atendimento e venda direta ao leitor:
sac@record.com.br

Dedicado às únicas três pessoas
vivas que acreditam genuinamente que este livro
rivaliza com *Guerra e paz*:

minha mãe, *Cheryl*, a mãe que
"um milhão de garotas dariam a vida para ter";

meu pai, *Steve*, que é bonito, espirituoso, brilhante e talentoso,
e que insistiu em escrever a própria dedicatória;

minha irmã fenomenal, *Dana*, a filha predileta
(até eu escrever um livro).

1

Cuidado com as empresas que exigem roupas novas.
— HENRY DAVID THOREAU, *Walden*, 1854

O sinal mal tinha ficado verde no cruzamento da 17 com a Broadway, quando um arrogante exército de taxis amarelos passou rugindo pela minúscula armadilha mortal que eu tentava dirigir pelas ruas da cidade. *Embreagem, acelerador, marcha* (do ponto morto para a primeira? Ou da primeira para a segunda?), *soltar embreagem,* eu repetia mentalmente, vezes e vezes seguidas, o mantra que oferecia pouco conforto e ainda menos orientação em meio ao tráfego caótico do meio-dia. Com dois solavancos, o carrinho cambaleou à frente no cruzamento. Meu coração dava cambalhotas no peito. Sem aviso, o motor se estabilizou, então comecei a ganhar velocidade. Muita velocidade. Baixei o olhar em busca da confirmação visual de que continuava apenas na segunda, mas a traseira de um táxi encheu o para-brisa e não me restou alternativa a não ser pisar fundo no freio. E pisei com tanta força que meu salto quebrou. Merda! Mais um par de sapatos de setecentos dólares sacrificado no altar de minha completa e total falta de elegância sob pressão: meu terceiro acidente do tipo no mês. Foi quase um alívio quando o carro morreu (obviamente havia me esquecido de pisar na embreagem naquela tentativa de frear e salvar a minha vida). Tive alguns segundos — segundos pacíficos, se a pessoa conseguisse ignorar as buzinas iradas e os diversos xingamentos em todas as direções — para tirar meus Manolo Blahnik e jogá-los no assento do carona. Não havia onde enxugar as mãos suadas, exceto na calça de camurça Gucci que apertava com tanta força meus quadris e coxas que ambos tinham começado a formigar assim que fechei o último botão. Meus dedos deixaram manchas úmidas na camurça macia que envolvia minhas, agora entorpecidas, pernas. Tentar dirigir aquele conversível de 84 mil dólares e câmbio manual pelas ruas entupidas do centro de Manhattan na hora do almoço praticamente exigia um cigarro.

— Ei, dona, anda, porra! — gritou um motorista de pele e cabelo escuros, cujos pelos do peito ameaçavam transbordar da regata. — Onde acha que está? Na porra de uma autoescola? Sai da frente!

Levantei a mão trêmula para lhe mostrar o dedo, em seguida me concentrei no assunto em questão: fazer a nicotina correr por minhas veias o mais depressa possível. Com minhas palmas outra vez úmidas de suor, os fósforos teimavam em escorregar para o chão. O sinal ficou verde assim que consegui encostar a chama na ponta do cigarro, e fui obrigada a deixá-lo pendurado entre os lábios enquanto fazia a complexa operação de *embreagem, marcha* (ponto morto para a primeira? Ou primeira para a segunda?), *soltar a embreagem*, a fumaça ondulando para dentro e para fora da boca a cada respiração. Foram mais três quarteirões até o carro se mover com suavidade o bastante para que eu pegasse o cigarro, mas era tarde demais: a cinza precariamente acumulada tinha caído sobre a mancha de suor em minha calça. Incrível. Mas antes que eu pudesse sequer processar que, com o par de Manolos, havia arruinado 3.100 dólares de mercadorias em menos de três minutos, meu celular tocou alto. E como se a vida em si já não parecesse bem ruim no momento, o identificador de chamadas confirmou o que eu mais temia: era *Ela*. Miranda Priestly. Minha chefe.

— Ahn-dre-ah! Ahn-dre-ah! Consegue me ouvir, Ahn-dre-ah? — trinou ela, assim que eu abria meu Motorola, uma proeza considerável, já que meus pés (descalços) e minhas mãos se debatiam entre várias tarefas. Apoiei o telefone entre a orelha e o ombro, e joguei o cigarro pela janela, quase acertando um office boy de bicicleta. Ele gritou alguns "vai se foder", antes de seguir ziguezagueando entre os carros.

— Sim, Miranda. Oi, consigo te escutar perfeitamente.

— Ahn-dre-ah, onde está meu carro? Já o deixou no estacionamento? Graças a Deus o sinal à minha frente ficou vermelho, e parecia que seria dos demorados. O carro parou com um solavanco, sem bater em nada nem ninguém, e soltei um suspiro de alívio.

— Estou no carro neste exato instante, Miranda. Devo chegar ao estacionamento em alguns minutos. — Imaginei que ela estivesse preocupada, então a tranquilizei, dizendo que não havia problemas e que nós dois deveríamos chegar logo e em perfeito estado.

— Não importa — disse ela bruscamente, me interrompendo no meio da frase. — Preciso que pegue Madelaine e a deixe no apartamento antes de voltar à redação. — Clique. O telefone ficou mudo. Olhei para o aparelho durante alguns segundos, antes de me dar conta de que ela tinha desligado porque já havia fornecido todos os detalhes que eu seria capaz de obter. Madelaine. Quem diabos era Madelaine? Onde ela estava agora? Sabia que eu iria pegá-la? Por que estava voltando ao apartamento de Miranda? E por que, pelo amor de Deus, se Miranda tinha motorista, governanta e babá em horário integral, precisava ser eu a fazer aquilo?

Ao me lembrar de que, em Nova York, era ilegal usar o celular ao volante, e pensando que a última coisa de que eu precisava no momento era ser parada pela polícia, estacionei na faixa de ônibus e liguei o pisca-alerta. *Inspire, expire*, instruí a mim mesma, me lembrando até mesmo de puxar o freio de mão antes de tirar o pé do pedal. Havia anos que eu não dirigia um carro de câmbio manual — cinco, na verdade, desde que um namorado do ensino médio tinha me oferecido o carro para algumas aulas em que fui, obviamente, reprovada —, mas parece que Miranda não levou o fato em consideração quando me chamou à sua sala, uma hora e meia antes.

— Ahn-dre-ah, quero que pegue meu carro e o leve ao estacionamento. Faça isso imediatamente, já que precisaremos dele para ir aos Hamptons, hoje à noite. É isso. — Fiquei ali, colada ao tapete diante daquela imponente mesa, mas ela já havia ignorado completamente a minha presença. Ou foi o que achei. — É *isso*, Ahn-dre-ah. Faça isso agora mesmo — acrescentou ela, ainda sem erguer os olhos.

Ah, claro, Miranda, pensei enquanto me afastava, tentando decidir o primeiro passo na tarefa que, com certeza, apresentaria um milhão de ciladas pelo caminho. Antes de mais nada, era preciso descobrir o paradeiro do carro. O mais provável é que estivesse sendo consertado na concessionária, mas poderia, é claro, estar em uma dos milhares de oficinas, em qualquer um dos cinco distritos de Nova York. Ou, quem sabe, ela o tivesse emprestado a uma amiga e, agora, ocupasse uma vaga cara em um estacionamento com serviços completos na Park Avenue? Lógico, havia sempre a chance de Miranda estar se referindo a um carro novo — marca desconhecida — que tinha comprado recentemente, e que ainda não fora entregue em casa pela concessionária (desconhecida). Eu tinha muito trabalho a fazer.

Comecei ligando para a babá de Miranda, mas caiu na caixa postal. A governanta foi a segunda da lista e, pela primeira vez, de grande ajuda. Conseguiu me dizer que o carro não era zero, e sim um "carro esporte conversível, naquele verde dos carros de corrida britânicos", e que, em geral, ficava em um estacionamento na quadra de Miranda, mas ela não fazia ideia da marca ou de onde estaria. A próxima da lista era a assistente do marido de Miranda, que me informou que, até onde sabia, o casal possuía um Lincoln Navigator preto, último modelo, e um pequeno Porsche verde. Ótimo! Minha primeira pista. Um telefonema rápido à concessionária da marca, na Décima Primeira Avenida, revelou que, de fato, tinham acabado de retocar a pintura e instalar um novo sistema de som em um Carrera 4 Cabriolet verde, para uma Sra. Miranda Priestly. Bingo!

Chamei um motorista para me levar à concessionária, onde entreguei um bilhete, em que havia forjado a assinatura de Miranda, com instruções para me liberar o carro. Ninguém pareceu nem um pouco preocupado em saber se eu tinha alguma relação com a mulher, ou que uma estranha tivesse entrado ali e pedido o Porsche de outra pessoa. Os funcionários me jogaram as chaves e só riram quando pedi que o manobrassem para fora, porque não me sentia segura de dar marcha à ré em um carro com câmbio manual. Levei meia hora para percorrer dez quarteirões, e ainda não sabia onde ou como virar para ir em direção ao Alto Manhattan e ao estacionamento na quadra do apartamento de Miranda, descrito por sua empregada. As chances de conseguir chegar à 76 com a Quinta Avenida, sem nenhum dano grave a mim, ao carro, a um ciclista, a um pedestre ou a outro veículo, eram inexistentes, e aquela nova ligação não contribuiu em nada para acalmar meus nervos.

Repeti a série de telefonemas, mas, agora, a babá de Miranda atendeu no segundo toque.

— Cara, oi, sou eu.

— Oi, o que houve? Está na rua? Tem muito barulho.

— Sim, tipo isso. Tive de buscar o Porsche de Miranda na concessionária. Só que não sei dirigir com câmbio manual. E agora ela ligou e quer que eu pegue uma tal de Madelaine e a leve para o apartamento. Quem diabos é Madelaine e onde ela pode estar?

Cara riu durante uns dez minutos antes de responder:

— Madelaine é um filhote de gato persa e está no veterinário. Foi esterilizada. Eu deveria buscá-la, mas Miranda acabou de ligar e me mandou pegar as gêmeas mais cedo na escola para que todos possam ir aos Hamptons.

— Tá de sacanagem! Tenho de pegar uma maldita gata com este Porsche? Sem bater? *Sem chance.*

— Ela está no hospital veterinário do East Side, na rua 52, entre a Primeira e a Segunda Avenidas. Desculpe, Andy, mas preciso buscar as meninas agora. Ligue se houver algo que eu possa fazer.

Manobrar a besta verde pela cidade consumiu minha última reserva de concentração, e, quando cheguei à Segunda Avenida, havia surtado com o estresse. *Não tem como piorar,* pensei quando outro táxi ficou a meio centímetro do para-choque traseiro. Um arranhão em qualquer parte do carro me faria perder o emprego — o que era óbvio —, mas também podia custar a minha vida. Como não havia, evidentemente, lugar para estacionar, permitido ou não, no meio do dia, liguei para a clínica veterinária e pedi que trouxessem Madelaine. Uma mulher prestativa surgiu alguns minutos depois (justo a tempo de eu atender a outra chamada de Miranda, perguntando por que eu ainda não tinha chegado à redação), e ela carregava uma caixa de transporte de vime; pelas barras eu via uma bola de pelos branca. A mulher me disse para dirigir com muito, muito cuidado, porque a gatinha estava "sentindo certo desconforto". Está bem, senhora. Vou dirigir com muito, muito cuidado, exclusivamente para salvar o meu emprego e, possivelmente, a minha vida — se a gata se beneficiar do fato, será apenas um bônus.

Com a caixa no banco do carona, acendi outro cigarro e esfreguei meus pés descalços e gelados para que os dedos pudessem voltar a segurar a embreagem e o freio. *Embreagem, acelerador, marcha, soltar embreagem,* eu entoava, tentando ignorar os miados da gata toda vez que acelerava. Ela alternava entre chorar, sibilar e chiar de maneira estridente. Quando chegamos ao edifício de Miranda, a gatinha estava quase histérica. Tentei acalmá-la, mas ela percebeu minha falta de sinceridade — além disso, eu não tinha mãos livres para enfiar entre as barras e dar um tapinha carinhoso ou cafuné. Então foram para isso os quatro anos analisando livros, peças, contos e poemas: a chance de confortar uma bola de pelos mimada, enquanto tentava não destruir o carro caríssimo de outra pessoa. Bela vida. Exatamente como sempre sonhei.

Consegui largar o carro no estacionamento, e a gata, com o porteiro de Miranda. Tudo sem mais incidentes, mas as minhas mãos ainda tremiam quando entrei no carro que tinha me seguido por toda a cidade. O motorista olhou para mim com simpatia e fez um comentário solidário sobre a dificuldade da alavanca de câmbio, mas eu não estava a fim de muito papo.

— De volta ao edifício da Elias-Clark — pedi com um longo suspiro, e o motorista deu a volta no quarteirão, seguindo em direção à Park Avenue. Como eu fazia aquele caminho diariamente, às vezes duas vezes por dia, sabia que tinha exatos oito minutos para respirar, me recompor e imaginar um modo de disfarçar as manchas de suor e cinza que tinham se tornado detalhes permanentes na camurça Gucci. Os sapatos, bem, esses não tinham mais jeito, pelo menos até poderem ser consertados pelo batalhão de sapateiros da *Runway*, prontos para emergências do tipo. O trajeto foi concluído em seis minutos e meio, e não tive outra escolha senão mancar, como uma girafa desequilibrada, sobre um sapato sem e outro com salto de dez centímetros. Uma passada rápida no Closet resultou num par novinho de botas bordô Jimmy Choo até os joelhos, perfeitas para a saia de couro de que me apossei, jogando a calça de camurça na pilha "lavanderia de alta-costura" (onde os preços básicos da lavagem a seco começavam em 75 dólares por item). Agora só faltava passar rapidamente no Closet de Beleza, onde uma das editoras deu uma olhada na minha maquiagem borrada e pegou uma caixa cheia de corretivos.

Nada mau, pensei, estudando meu reflexo em um dos onipresentes espelhos de corpo inteiro. Ninguém acreditaria que, minutos antes, eu estava prestes a me matar e a todos à minha volta. Fui para a área dos assistentes, na recepção da sala de Miranda, e me sentei tranquilamente em meu lugar, ansiosa por alguns minutos de paz, antes de minha chefe retornar do almoço.

— Ahn-dre-ah — chamou de sua sala decorada de maneira austera e fria. — Onde estão o carro e a gatinha?

Pulei da cadeira e atravessei o carpete felpudo o mais depressa possível sobre um salto de 12 centímetros, e parei diante de sua mesa.

— Deixei o carro com o manobrista e Madelaine com o porteiro, Miranda — respondi, orgulhosa por ter concluído as duas tarefas sem acabar com o carro, a gata, ou comigo mesma.

— E por que fez isso? — rosnou, erguendo os olhos de seu exemplar do *Women's Wear Daily* pela primeira vez desde que entrei. — Pedi que trouxesse os dois à redação, já que as meninas chegarão daqui a pouco e temos de sair.

— Ah, bem, na verdade, achei que tinha dito que queria...

— Chega. Os detalhes de sua incompetência não me interessam. Vá buscar o carro e a gatinha, traga-os para cá. Quero tudo pronto para sairmos daqui a quinze minutos. Entendido?

Quinze minutos? A mulher tinha surtado? Levaria um ou dois minutos para descer, entrar em um carro, mais seis ou oito para chegar ao apartamento, e, então, cerca de três horas para encontrar a gata no apartamento de 18 cômodos, retirar o maldito carro de câmbio manual da vaga e conseguir percorrer vinte quarteirões até a redação.

— É claro, Miranda. Quinze minutos.

Recomecei a tremer no momento em que saí em disparada de sua sala, imaginando se seria possível meu coração simplesmente parar na avançada idade de 23 anos. O primeiro cigarro que acendi aterrissou bem em cima da minha nova Jimmy, onde, em vez de escorregar até o chão, ardeu pelo tempo necessário para deixar um pequeno e perfeito buraco. *Ótimo*, murmurei. *Simplesmente do caralho.* Mais prejuízo, arredondando meu total de mercadoria arruinada para 4 mil — um novo recorde pessoal. *Talvez ela morra antes que eu volte*, pensei, decidindo que estava na hora de olhar o lado bom. Talvez, só talvez, ela sucumbisse a alguma doença rara e todos seríamos libertados daquela fonte de tormento. Saboreei uma última tragada antes de apagar o cigarro e disse a mim mesma para ser racional. *Você não quer que ela morra*, pensei, me espreguiçando no banco de trás. *Porque, se ela morrer, você perde toda a esperança de matá-la com as próprias mãos. O que seria uma pena.*

2

Eu era inocente quando comparei à minha entrevista e entrei nos infames elevadores da Elias-Clark, aqueles portais para todas as coisas *en vogue*. Não fazia ideia de que os colunistas mais bem relacionados da cidade, socialites e executivos da mídia eram obcecados pelas funcionárias perfeitamente maquiadas e bem produzidas que entravam e saíam daqueles elevadores suaves e silenciosos. Nunca havia visto mulheres com um cabelo louro tão brilhante, não sabia que aqueles reflexos custavam 6 mil dólares por ano em manutenções, nem que outros, mais antenados, eram capazes de identificar os coloristas depois de uma olhadela rápida no produto final. Jamais conhecera homens tão bonitos. Eram perfeitamente sarados — não musculosos demais, porque "não era sexy" — e exibiam a incessante dedicação à malhação em elegantes golas rolês e calças de couro justas. Bolsas e sapatos que eu nunca tinha associado a pessoas de verdade gritavam *Prada! Armani! Versace!* Soubera por uma amiga de uma amiga — uma assistente de redação da revista *Chic* — que, volta e meia, os acessórios se encontravam com seus designers naqueles mesmos elevadores, uma reunião comovente, em que Miuccia Prada, Giorgio Armani ou Donatella Versace podiam, mais uma vez, admirar ao vivo seus stilettos do verão de 2002, ou sua bolsa baguete da coleção primavera. Eu sabia que a minha situação estava mudando — só não tinha certeza se para melhor.

Até então, eu havia passado os últimos 23 anos personificando o interior dos Estados Unidos. Toda a minha existência era um perfeito clichê.

Crescer em Avon, Connecticut, era sinônimo de esporte no colégio, reuniões de grupos de jovens, "festinhas regadas à bebida" em belas casas de fazenda com pais ausentes. Usávamos calças de moletom na escola; jeans no sábado à noite e babados em profusão nas festas. E a faculdade! Bem, um verdadeiro mundo de sofisticação depois do ensino médio. Brown fornecia atividades intermináveis, aulas e grupos para todo tipo de artista, desajustado e gênio da informática. Qualquer interesse intelectual ou criativo que eu quisesse desenvolver, independentemente do quão esotérico ou impopular, encontrava espaço na Brown. A alta-costura talvez fosse a única exceção àquele fato tão amplamente celebrado. Quatro anos perambulando por Providence em casacos de fleece e botas de trilha, estudando os impressionistas franceses e escrevendo artigos prolixos não me prepararam — de modo algum — para o meu primeiro emprego depois de formada.

Consegui adiá-lo ao máximo. Durante três meses depois da formatura, juntei cada centavo que ganhei e parti em um mochilão. Viajei de trem pela Europa por um mês, passando muito mais tempo nas praias do que nos museus, e não me preocupei muito em manter contato com ninguém, exceto Alex, meu namorado havia três anos. Ele sabia que, depois daquelas quase cinco semanas, eu já estava começando a me sentir solitária, e como seu treinamento para professor tinha terminado e ele teria o restante do verão até começar a trabalhar em setembro, apareceu de surpresa em Amsterdã. Eu tinha, então, percorrido a maior parte da Europa, e ele havia viajado no verão anterior, de modo que, depois de uma tarde "não tão sóbria" em um dos coffeeshops locais, juntamos nossas economias e compramos duas passagens de ida para Bangcoc.

Viajamos juntos por grande parte do sudeste da Ásia, raramente gastando mais de dez dólares por dia, e conversando obsessivamente sobre o futuro. Ele estava animado para começar a ensinar inglês em uma das escolas nada privilegiadas da cidade, totalmente dominado pela ideia de moldar mentes jovens e orientar os mais pobres e negligenciados, daquele modo típico de Alex. Minhas metas não eram tão nobres: eu tinha a intenção de conseguir trabalho em uma editora de revistas. Apesar de saber que era altamente improvável que eu, uma recém-formada, fosse contratada pela *New Yorker*, estava decidida a começar a escrever para a revista antes da minha quinta reunião anual de ex-alunos. Era tudo o que eu queria, o único lugar onde desejava realmente trabalhar. A primeira vez que li um exemplar foi depois de ter ouvido meus pais discutindo um artigo. Minha mãe disse: "Estava tão bem escrito. Não se lê mais coisas assim." E meu pai havia concordado: "Sem dúvida, é a única coisa inteligente impressa hoje em dia." Adorei. Adorei as resenhas elegantes e as charges espirituosas, e a sensação de ser admitida em um clube exclusivo de leitores especiais. Tinha lido todas as edições nos últimos sete anos, e conhecia cada seção, cada editor e cada colaborador.

Alex e eu conversamos sobre como estávamos começando um novo estágio em nossas vidas, como tínhamos sorte de avançar juntos. Mas não tínhamos nenhuma pressa em voltar, sentindo, de algum modo, que aquele talvez fosse o último período de calmaria antes da loucura. Como dois idiotas, estendemos nossos vistos em Délhi, para que pudéssemos aproveitar algumas semanas extras, viajando pela região rural da Índia.

Bem, nada acaba com um romance mais depressa do que uma disenteria. Fiquei uma semana em um imundo albergue indiano, implorando a Alex que não me abandonasse à morte naquele lugar infernal. Quatro dias depois, aterrissamos em Newark e minha preocupada mãe me enfiou no banco de trás do carro, tagarelando durante todo o caminho para casa. De certo modo, foi a realização do sonho de uma mãe judia, uma razão real para peregrinar de um médico a outro, em busca da absoluta certeza de que todos os miseráveis parasitas haviam abandonado sua filhinha. Precisei de quatro semanas para voltar a me sentir humana, e mais duas até começar a sentir que viver na casa dos pais era insuportável. Mamãe e papai eram ótimos, mas ouvi-los perguntar para onde eu ia cada vez que saía — ou onde tinha estado sempre que voltava — logo perdeu a graça. Liguei para Lily e perguntei se podia passar a noite no sofá da sua minúscula quitinete, no Harlem. Por ter um coração tão generoso, ela concordou.

Acordei na minúscula quitinete, no Harlem, ensopada de suor. Minha testa latejava, meu estômago se revirava, cada nervo do meu corpo vibrava — vibrava de uma maneira nada sexy. *Ah, eles voltaram!*, pensei, aterrorizada. Os parasitas tinham retornado ao meu corpo e eu estava fadada a sofrer eternamente! E se fosse pior? Se eu tivesse contraído uma forma rara de dengue? Malária? Até mesmo ebola? Fiquei deitada em silêncio, tentando enfrentar minha morte iminente, quando fragmentos da noite anterior me vieram à memória. Um bar enfumaçado em algum lugar do East Village. Algum estilo musical chamado *jazz fusion*. Uma forte bebida cor-de-rosa em um copo para martíni — ah, náusea, ah, façam parar. Amigos passando para me dar as boas-vindas. Um brinde, um gole, outro brinde. Ah, graças a Deus — não era um tipo raro de febre hemorrágica, apenas ressaca. Nunca me ocorreu que eu não tivesse estômago para a bebida depois de perder dez quilos com disenteria. Afinal, 1,78m e 52 quilos não combinavam com uma noitada (embora fosse a combinação perfeita para um emprego em revista de moda).

Corajosamente me arranquei do sofá estropiado em que dormira durante a semana e concentrei toda a minha energia em não vomitar. A adaptação aos Estados Unidos — a comida, os costumes, as chuveiradas gloriosas — não tinha sido excessivamente extenuante, mas o lance de ser hóspede se tornou rapidamente cansativo. Calculei que, trocando o que havia sobrado de bahts e rupias, me restava cerca de uma semana e meia até ficar sem um puto, e a única maneira de conseguir dinheiro com meus pais era voltando para casa e para seu círculo vicioso de segundas opiniões. Aquele pensamento sensato foi a única coisa que me arrancou da cama, em um dia profético de novembro, rumo à minha primeira entrevista de emprego, onde eu era esperada em uma hora. Tinha passado a última semana afundada no sofá de Lily, ainda fraca e exausta, até ela enfim gritar que eu sumisse — pelo menos, por algumas horas por dia. Sem saber o que fazer comigo mesma, comprei um cartão e andei de metrô, distribuindo, apaticamente, meu currículo. Eu os deixei com seguranças de todas as grandes revistas, com uma carta de apresentação desanimada, em que explicava que queria ser assistente do departamento editorial e ganhar um pouco de experiência em redação. Estava fraca demais e cansada demais para me preocupar se alguém realmente leria aquilo, e a última coisa em minha mente era uma entrevista. Mas o telefone de Lily tinha tocado no dia anterior e, surpreendentemente, alguém do departamento de recursos humanos da Elias-Clark queria "conversar" comigo. Eu não sabia se seria uma entrevista oficial, mas, de todo modo, "uma conversa" soava mais agradável.

Engoli um analgésico com um antiácido e consegui juntar uma jaqueta com uma calça que não combinavam e de modo algum pareciam um terninho, mas, pelo menos, se acomodaram sobre minha figura enfraquecida. Uma camisa social, um rabo de cavalo não muito alto e um par de sapatos baixos, ligeiramente gastos, completavam meu visual. Não era o máximo — de fato, beirava a feiura suprema —, mas teria de ser o bastante. *Não vão me contratar ou rejeitar com base somente na aparência*, me lembro de ter pensado. Sem dúvida, não estava muito lúcida.

Apareci para a entrevista às 11h, e não entrei em pânico até me defrontar com a fila de pernas compridas, tipo modelo, esperando os elevadores. Os lábios não paravam de se mexer, e a fofoca era pontuada somente pelo som dos stilettos no chão. *Claque-claques*, pensei. *Perfeito.* (Os elevadores!) *Inspire, expire*, lembrei. *Não vomite. Não vomite. Está aqui só para conversar sobre ser assistente do departamento editorial e, depois, direto de volta ao sofá. Você não vai vomitar.* "Mas sim, adoraria trabalhar na Reaction! *Sim, é claro, acho que a Buzz seria conveniente. Como? Para eu escolher? Bem, precisarei de uma noite para decidir entre esta e a* Maison Vous. *Adorável!*"

Instantes depois, eu exibia um inadequado adesivo de "visitante" em meu também inadequado pseudoconjunto (tarde demais descobri que visitantes bem-informados simplesmente prendiam aquelas etiquetas nas bolsas ou, ainda melhor, se livravam delas imediatamente. Somente os fracassados mais toscos realmente as usavam). Então... entrei em um dos elevadores. Para cima e avante, movendo-se velozmente no espaço e no tempo, com infinito *sex appeal* a caminho do... departamento de recursos humanos.

Eu me permiti relaxar por um ou dois segundos durante a viagem veloz e silenciosa. Perfumes fortes e doces, misturados com o cheiro de couro novo, transformavam os elevadores de meramente funcionais em quase eróticos. Subimos, passando rápido entre andares, parando para deixar as beldades na *Chic, Mantra, Buzz* e *Coquette*. As portas abriam silenciosas e reverentes para recepções impecáveis. Móveis sofisticados, de linhas simples, desafiavam as pessoas a se sentar, prontos para gritar em agonia caso alguém — horror! — relaxasse no assento. Os nomes das revistas em suas tipologias individuais e características enfeitavam as paredes que ladeavam a recepção. Portas de vidro espesso e opaco protegiam os títulos. Nomes que o americano médio reconhece, mas que nunca imagina sob o mesmo teto de pé-direito alto.

Embora admitisse que nunca havia tido um emprego mais impressionante do que servir *frozen yogurt*, eu tinha escutado muitas histórias contadas por meus amigos recém-formados para saber que a vida corporativa simplesmente não era assim. Não chegava nem perto. Nenhum sinal das enjoativas luzes fluorescentes, ou daquele carpete que nunca mostrava qualquer sujeira. No lugar de assistentes pessoais malvestidas, comodamente instaladas, havia moças refinadas, com maçãs do rosto proeminentes e elegantes roupas profissionais. Material de escritório nem existia! Necessidades básicas, como organizadores, latas de lixo e livros, não estavam presentes. Observei enquanto seis andares desapareciam em remoinhos de perfeição branca, antes de eu sentir o veneno no ar e escutar a voz.

— Ela. É. Uma. Vaca! *Não aguento* mais. Quem aguenta? Aliás... quem aguenta? — sibilou uma garota de 20 e poucos anos, em uma saia de pele de cobra e uma camiseta justa bem curta, vestida mais para a balada do que para uma redação.

— Eu sei. Eu *seeeeeiii*. O que acha que tive de suportar nos últimos seis meses? Uma vaca. E de péssimo gosto também — concordou sua amiga com um balançar enfático do adorável cabelo chanel.

Um tanto assustada, cheguei ao meu andar e a porta do elevador se abriu. *Interessante*, pensei. Se comparasse aquele ambiente de trabalho com um dia comum na vida de uma garota da panelinha do colégio, até que parecia melhor. Estimulante? Bem, talvez não. Delicado, doce, instrutivo? Não, não exatamente. O tipo de lugar que faz com que você queira sorrir e fazer um bom trabalho? Não, ok? Não! Mas se está procurando elegância rápida, magra, sofisticada, incrivelmente descolada e arrebatadora de corações, Elias-Clark é a meca.

As joias magníficas e a impecável maquiagem da recepcionista do departamento de recursos humanos nada fizeram para diminuir minha tirânica sensação de inadequação. Ela pediu que eu me sentasse e ficasse "à vontade para dar uma olhada em algumas das nossas publicações". Em vez disso, tentei, freneticamente, decorar os nomes de todos os diretores das revistas da empresa — como se fossem me interrogar sobre eles. Ah! Eu já conhecia Stephen Alexander, é claro, da revista *Reaction*, e não foi muito difícil me lembrar de Tanner Michel, da *Buzz*. De todo modo, eram, realmente, as únicas coisas interessantes que publicavam, achei. Eu me sairia bem.

Uma mulher baixa, esbelta, se apresentou como Sharon.

— Então, querida, está querendo entrar para uma das revistas, não está? — perguntou, enquanto me conduzia, passando por uma procissão de modelos de pernas compridas, todas iguais, até a sua austera e fria sala. — É algo difícil, quando se está saindo da faculdade, entende? Há muita, mas muita competição para pouquíssimas vagas. E os poucos empregos disponíveis, bem, não são exatamente bem remunerados, se é que você me entende.

Baixei os olhos para o meu terninho barato, que nem era um conjunto, e para os sapatos inadequados, e me perguntei por que tinha chegado a me dar o trabalho. Perdida em pensamentos de como me arrastaria de volta àquele sofá-cama com biscoitos e cigarros suficientes para duas semanas, mal percebi quando ela sussurrou:

— Mas tenho de confessar, há uma oportunidade incrível neste momento, e não vai esperar!

Humm. Fiquei intrigada enquanto tentava estabelecer contato visual. Oportunidade? Não vai esperar? Minha mente estava em turbilhão. Ela queria me ajudar? Gostava de mim? Por quê, se eu ainda nem tinha aberto a boca, como ela poderia *gostar* de mim? E por que ela começava a se parecer com um vendedor de carros?

— Querida, pode me dizer o nome da editora-chefe da *Runway*? — perguntou, me encarando pela primeira vez, desde que eu me sentara.

Um branco. Um branco total e completo, não me lembrava de nada. Não acreditei que ela estivesse me *interrogando*! Nunca tinha lido a *Runway* na vida — ela não podia estar me perguntando justo sobre *aquela*. Ninguém dava importância à *Runway*. Era uma revista *de moda*, pelo amor de Deus, eu nem tinha certeza se trazia algum texto, apenas um monte de modelos de aparência raquítica e anúncios de artigos de luxo. Gaguejei por um momento, enquanto diferentes nomes de diretores passavam pela minha cabeça, em uma dança das cadeiras. Em algum recesso profundo da minha mente, eu tinha certeza de que sabia aquele nome. Afinal, quem não sabia? Mas o nome não tomou forma em meu cérebro confuso.

— Hum, bem, parece que não me lembro do nome dela agora. Mas sei quem é, óbvio, eu sei. Todo mundo sabe quem ela é! Eu simplesmente, bem, acho que, bem, não me lembro neste exato momento.

Ela me observava com atenção, seus grandes olhos castanhos finalmente se fixando em meu rosto que, agora, transpirava.

— Miranda Priestly. — Ela quase cochichou, com um misto de reverência e medo. — O nome dela é Miranda Priestly.

Seguiu-se um silêncio. Durante o que pareceu um minuto inteiro, nenhuma de nós disse uma palavra, mas, então, Sharon deve ter decidido ignorar meu crucial passo em falso. Na época, eu não sabia que ela estava desesperada para contratar outra assistente para Miranda. Eu não podia saber que ela estava desesperada para fazer aquela mulher parar de atormentá-la dia e noite, a interrogando sobre candidatas em potencial. Desesperada para encontrar alguém, qualquer um, que Miranda não rejeitasse. E se eu tivesse a mínima chance — por mais improvável — de ser contratada e, assim, tirar o dela da reta, bem, a solicitude seria reconhecida.

Sharon sorriu, tensa, e disse que eu iria me reunir com as duas assistentes de Miranda. *Duas* assistentes?

— Ah, sim — confirmou ela, com uma expressão exasperada.

É claro que Miranda precisava de duas assistentes. Sua assistente sênior atual, Allison, fora promovida a editora de beleza da *Runway*, e Emily, a assistente júnior, iria substituí-la. O que deixava o cargo de assistente júnior vago!

— Andrea, sei que acaba de se formar e, provavelmente, não está familiarizada com o mundo das revistas...

Fez uma pausa dramática, em busca das palavras certas.

— Mas acho que é meu dever, minha *obrigação*, lhe dizer como essa oportunidade é realmente única. Miranda Priestly...

Outra pausa, tão dramática quanto a primeira, como se fizesse uma reverência mental.

— Miranda Priestly é a mulher mais influente na indústria da moda e, sem dúvida, uma das editoras de revista mais importantes do mundo. Do mundo! A chance de trabalhar para ela, de observá-la editar e se reunir com escritores e modelos famosos, ajudá-la a fazer tudo o que ela realiza diariamente, bem, não preciso dizer que é um emprego pelo qual um milhão de garotas dariam a vida.

— Ah, sim, quero dizer, sim, parece maravilhoso — respondi, me perguntando por que Sharon estava tentando me convencer de algo pelo qual um milhão de garotas dariam a vida. Mas não havia tempo para pensar. Ela pegou o telefone, disse algumas palavras, e, em poucos minutos, me acompanhou até os elevadores para começar a minha entrevista com as duas assistentes de Miranda.

Pensei que Sharon começava a parecer um pouco como um robô, mas, então, chegou a hora do meu encontro com Emily. Desci para o 17º andar e esperei na recepção completamente branca da *Runway*. Levou mais de meia hora para uma garota alta e magra surgir por detrás das portas de vidro. Uma saia de couro até a metade da perna pendia de seus quadris e seu cabelo ruivo desalinhado estava preso em um coque descuidado, mas ainda assim charmoso, no alto da cabeça. Sua pele pálida, sem sequer uma única sarda ou mancha, emoldurava perfeitamente as maçãs do rosto mais altas que eu já vira. Não sorria. Ela se sentou do meu lado e me examinou com atenção, mas sem demonstrar muito interesse. Superficial. E então, sem que ninguém perguntasse, e ainda não tendo se apresentado, a garota, que supus ser Emily, se lançou em uma descrição do cargo. O tom monótono de suas declarações me disse mais do que todas as suas palavras: obviamente ela já tinha feito aquilo dezenas de vezes, e não acreditava muito que eu fosse diferente do restante e, portanto, não perderia muito tempo comigo.

— É puxado, sem dúvida. São quatorze horas por dia, não sempre, mas quase sempre — continuou falando, sem me encarar. — E é importante compreender que não vai haver trabalho editorial. Como assistente júnior de Miranda, será exclusivamente responsável por antecipar suas necessidades e satisfazê-las. Que, bem, poderão ser qualquer coisa, desde encomendar seu papel de carta preferido até acompanhá-la nas compras. Mesmo assim, é sempre divertido. Quero dizer, vai ter a oportunidade de passar um dia após outro, semana após semana, com essa mulher absolutamente surpreendente. E ela é surpreendente. — Respirou fundo, parecendo um pouquinho animada pela primeira vez desde que começamos a falar.

— Parece ótimo — comentei, com sinceridade. Minhas amigas que tinham começado a trabalhar logo depois da formatura já ocupavam seus cargos de nível inicial havia seis meses, e todas pareciam infelizes. Bancos, agências de publicidade, editoras, não fazia diferença, todas se sentiam absolutamente péssimas. Reclamavam dos dias longos, dos colegas e da burocracia, e mais do que qualquer outra coisa, se queixavam amargamente do tédio. Em comparação à escola, as tarefas que lhes designavam eram sem sentido, desnecessárias, apropriadas a um animal irracional. Falavam das muitas e muitas horas passadas digitando números nos bancos de dados e ligando para pessoas que não queriam receber ligações. De catalogar, monotonamente, informações em uma tela de computador e pesquisar assuntos completamente irrelevantes meses a fio, para que os supervisores achassem que estavam sendo produtivas. Todas juravam ter ficado mais idiotas no curto espaço de tempo desde a graduação, e não havia nenhuma saída à vista. Talvez eu não gostasse, particularmente, de moda, mas sem dúvida preferia fazer algo "divertido" o dia todo a ser consumida por um emprego chato.

— Sim. É incrível. Simplesmente incrível. Quero dizer, realmente, realmente muito bom. De qualquer modo, foi um prazer conhecê-la. Vou chamar Allison para que a conheça. Ela também é ótima. — Assim que terminou e desapareceu atrás do vidro com um farfalhar de couro e cachos, uma figura animada surgiu.

Uma exuberante garota negra se apresentou como Allison, assistente sênior de Miranda que acabara de ser promovida, e logo percebi que parecia magra *demais*. Mas não pude nem mesmo me concentrar na maneira como o seu abdome arqueava para dentro e os ossos da bacia se projetavam para fora, porque me vi fascinada com o fato de ela mostrar a barriga no trabalho. Ela vestia calça de couro preta, tão macia quanto apertada, e uma blusa branca sem mangas, felpuda (ou seria peluda?), apertada no peito, terminando 5 centímetros acima do umbigo. O comprido cabelo preto retinto caía nas costas, como um manto espesso, lustroso. As unhas das mãos e dos pés estavam pintadas de um branco luminoso, com um brilho quase intrínseco, e suas sandálias acrescentavam 8 centímetros à silhueta de 1,82m. Ela conseguia parecer incrivelmente sexy, seminua e classuda, tudo ao mesmo tempo, se bem que, para mim, no geral, parecesse só gélida. Literalmente. Afinal, era novembro.

— Oi, sou Allison, como você provavelmente já sabe — começou, tirando um fiapo da blusa de sua quase inexistente coxa envelopada em couro. — Acabei de ser promovida a editora, a grande recompensa por trabalhar para Miranda. Sim, são muitas horas e o trabalho é duro, mas é incrivelmente charmoso e milhões de garotas dariam a vida pela oportunidade. E Miranda é uma mulher, uma editora, uma *pessoa* maravilhosa, que cuida de verdade de suas garotas. Você vai saltar degraus na escada corporativa trabalhando apenas um ano para ela. Se for talentosa, ela a mandará direto para o topo, e... — continuou a divagar, sem se preocupar em erguer os olhos ou fingir qualquer paixão pelo que dizia. Apesar de eu não ter a impressão de que fosse idiota, seus olhos pareciam vidrados, como os dos membros de uma seita ou os dos que sofreram lavagem cerebral. Tive a nítida impressão de que poderia cair no sono, enfiar o dedo no nariz, ou simplesmente ir embora que ela não notaria.

Quando finalmente concluiu seu discurso e foi chamar outra entrevistadora, quase despenquei em um dos sofás nada acolhedores da recepção. Estava tudo acontecendo tão rápido, fora de controle, mas, ainda assim, me sentia animada. E daí se eu não sabia quem era Miranda Priestly? Todo mundo parecia muito impressionado. Era uma revista de moda, e não algo um pouco mais interessante, mas muito melhor trabalhar na *Runway* do que em alguma publicação financeira por aí, certo? O prestígio de ter a *Runway* em meu currículo certamente me daria muito mais credibilidade quando me candidatasse a uma vaga na *New Yorker* do que, digamos, a *Popular Mechanics*. Além disso, eu estava certa de que um milhão de garotas *dariam* a vida por aquele emprego.

Depois de meia hora perdida em meus pensamentos, outra garota alta e incrivelmente magra apareceu na recepção. Ela disse seu nome, mas não consegui me concentrar em nada, a não ser naquele corpo. Usava saia jeans justa e rasgada, camisa branca transparente e sandálias prateadas de tiras finas. Além disso, tinha a pele queimada de sol, as unhas feitas, e exibia mais carne do que pessoas normais em dias com neve no chão. Só quando ela gesticulou para que eu a seguisse pela porta de vidro — e tive de me levantar — foi que me dei conta da minha roupa medonhamente inadequada, do cabelo sem viço e da completa falta de acessórios, de joias e do mínimo cuidado com a aparência. Até hoje, a lembrança do que eu vestia naquele dia — e de que carregava algo semelhante a uma *pasta* — me assombra. Posso sentir meu rosto corar quando me lembro de como parecia desajeitada no *meio* das mulheres mais elegantes da cidade de Nova York. Só muito depois, quando estava prestes a me tornar mais uma do grupo, soube como tinham rido de *mim* entre as entrevistas.

Depois da clássica conferida no meu visual, a Garota Estonteante me levou à sala de Cheryl Kerston, editora-executiva da *Runway*, uma lunática adorável e versátil. Ela, também, falou durante o que me pareceram horas, mas daquela vez escutei de verdade. Escutei porque ela parecia adorar seu trabalho, falando animada sobre o papel dos "textos" na revista, da edição maravilhosa que checava, dos escritores com quem lidava e redatores que supervisionava.

— Não tenho nada a ver com o lado fashion desta redação — declarou com orgulho —, por isso é melhor guardar esse tipo de pergunta para outras pessoas.

Quando lhe disse que o seu trabalho é o que parecia mais fascinante, que eu não tinha nenhum interesse particular nem formação em moda, o seu sorriso se alargou.

— Bem, nesse caso, Andrea, talvez você seja exatamente do que precisamos. Acho que está na hora de conhecer Miranda. E quer um conselho? Olhe-a direto nos olhos e se venda. Venda-se bem e ela respeitará isso.

Como se tivesse ensaiado, a Garota Estonteante entrou rápido e me acompanhou à sala de Miranda. Foi somente uma caminhada de trinta segundos, mas pude sentir todos os olhares em mim. Observavam por detrás do vidro fosco da sala da editora e do espaço aberto dos cubículos das assistentes. Uma beldade na copiadora se virou para me examinar, e o mesmo fez um homem absolutamente magnífico, apesar de obviamente gay e interessado apenas em minha roupa.

Quando eu estava prestes a atravessar a porta que se abria para a área das assistentes, adjacente à sala de Miranda, Emily pegou a minha pasta e a jogou debaixo de sua mesa. Levei somente um segundo para perceber que a mensagem era *Carregue a pasta, perca toda a credibilidade.* E então, me vi de pé em sua sala, um espaço amplo com imensas janelas e muito iluminado. Nenhum outro detalhe do local causou qualquer impressão naquele dia. Não consegui desviar os olhos de Miranda Priestly.

Como só a conhecia por foto, fiquei surpresa ao ver como era esbelta. Sua postura era perfeita — raro para uma mulher alta — e mantinha a cabeça erguida, o queixo saliente orgulhosamente projetado para a frente, de uma maneira tão natural que quase parecia forçado. A mão que estendeu era feminina, macia, com os dedos longos e graciosos de uma pianista. Ela teve de erguer a cabeça para me encarar, apesar de não ter se levantado para me cumprimentar. O cabelo habilmente tingido de louro estava preso em um coque elegante, displicente o bastante para um ar casual, mas ainda assim superarrumado; apesar de não sorrir, ela não parecia particularmente intimidante. Pelo contrário, parecia gentil e, de certo modo, frágil, atrás da sinistra mesa preta e, embora não tenha me convidado a sentar, eu me senti bem à vontade para ocupar uma das desconfortáveis cadeiras à sua frente. E foi então que notei: ela me observava com atenção, anotando mentalmente minhas tentativas de transmitir elegância e decoro com uma expressão divertida. Condescendente e estranha, sim, mas não maldosa, pensei. Ela foi a primeira a falar.

— O que a trouxe à *Runway*, Ahn-dre-ah? — perguntou, com seu sofisticado sotaque britânico, sem jamais desviar os olhos dos meus.

— Bem, Sharon me entrevistou e me disse que estavam procurando uma assistente — comecei, a voz um pouco insegura. Quando ela assentiu com a cabeça, minha confiança aumentou um pouquinho. — E, agora, depois de falar com Emily, Allison e Cheryl, sinto como se compreendesse o tipo de pessoa que procura, e estou confiante de que seria perfeita para o cargo — argumentei, me lembrando das palavras de Cheryl. Ela pareceu se divertir por um momento, mas não demonstrou surpresa.

Foi então que comecei a desejar o emprego mais desesperadamente, daquela maneira como as pessoas anseiam por coisas que consideram inatingíveis. Podia não ser o mesmo que entrar para a faculdade de Direito ou ter um ensaio publicado no jornal do campus, mas era, em minha mente faminta por sucesso, um verdadeiro desafio — um desafio porque eu era uma impostora, e uma não muito boa. Tinha percebido, no minuto em que pisei no andar da *Runway*, que ali não era o meu lugar. Minhas roupas e meu cabelo não combinavam, óbvio, porém ainda mais flagrantemente deslocada era a minha atitude. Eu não sabia nada de moda e *não ligava*. Nem um pouco. E, justo por isso, tinha de conseguir a vaga. Além disso, um milhão de garotas dariam a vida por ela.

Continuei a responder às perguntas sobre mim mesma com uma franqueza e confiança que me surpreenderam. Não houve tempo para me deixar intimidar. Afinal, ela parecia bem agradável e eu, surpreendentemente, não sabia nada em contrário. Chegamos a um impasse quando ela perguntou que línguas estrangeiras eu dominava. Respondi que sabia hebraico, então ela fez uma pausa, pôs as mãos sobre a mesa, dizendo secamente:

— Hebraico? Esperava francês, ou pelo menos algo mais *útil*. — Quase pedi desculpas, mas me contive.

— Infelizmente, não falo uma palavra de francês, mas tenho certeza de que isso não será um problema.

Ela voltou a juntar as mãos.

— Aqui diz que estudou na Brown?

— Sim, eu me formei em inglês, com especialização em escrita criativa. Escrever sempre foi uma paixão. — *Essa não!* Censurei a mim mesma. *Precisava usar a palavra "paixão"?*

— Então, sua afinidade com a escrita significa que não está particularmente interessada em moda? — Ela tomou um gole de um líquido espumante e tornou a pousar o copo na mesa, em silêncio. Um rápido olhar mostrou que ela era o tipo de mulher que podia beber sem deixar uma daquelas nojentas marcas de batom no vidro. Ela mantinha os lábios perfeitamente pintados, independentemente da hora.

— Ah, não, é claro que não. Adoro moda — menti na cara dura. — Estou ansiosa para aprender ainda mais sobre o assunto, pois acho que seria maravilhoso escrever sobre moda, um dia. — De onde diabos tirei aquilo? Tudo aquilo parecia uma experiência extracorpórea.

As coisas continuaram com relativa facilidade até ela fazer a última pergunta: que revistas eu lia regularmente? Eu me inclinei, demonstrando interesse, e comecei a falar:

— Bem, só sou assinante da *New Yorker* e da *Newsweek*, mas leio regularmente *Buzz*. Às vezes, a *Time*, mas é superficial, e a *U.S. News*, conservadora demais. É claro que, devo admitir, dou uma olhada na *Chic*, e como acabo de chegar de viagem, leio todas as revistas de turismo e...

— E lê a *Runway*, Ahn-dre-ah? — me interrompeu, se debruçando sobre a mesa e me olhando ainda mais atentamente que antes.

A interrupção aconteceu tão rápida e inesperadamente que, pela primeira vez naquele dia, fui pega desprevenida. Não menti, não elaborei nada, nem mesmo tentei explicar.

— Não.

Depois de talvez dez segundos de um silêncio impassível, ela fez um sinal para Emily me acompanhar até a porta. E eu soube que o emprego seria meu.

3

— Não parece que você conseguiu o emprego — disse Alex baixinho, mexendo no meu cabelo, minha cabeça em seu colo, latejando depois do dia extenuante. Fui direto da entrevista para o seu apartamento no Brooklyn, não querendo dormir no sofá de Lily por mais uma noite, e precisando contar a ele tudo o que tinha acontecido. Havia cogitado me mudar para lá, mas não queria que Alex se sentisse sufocado. — Nem sei por que você iria querer. — Depois de um instante, ele reconsiderou. — Na verdade, parece uma oportunidade fenomenal. Quero dizer, se essa garota, a Allison, começou como assistente da Miranda e agora é editora da revista, bem, pode ser muito bom. Manda ver.

Ele estava se esforçando para se mostrar animado, por mim. Namorávamos desde o terceiro ano da Brown, e eu conhecia cada inflexão de sua voz, cada olhar, cada sinal. Ele tinha começado algumas semanas antes na Escola Municipal 277, no Bronx, e estava tão exausto que mal conseguia falar. Embora as crianças só tivessem 9 anos, ele havia ficado decepcionado ao perceber como já eram cínicas e endurecidas. Ficou enojado com a maneira como falavam abertamente sobre boquetes, como conheciam dez gírias diferentes para maconha e como adoravam se vangloriar do que roubavam ou do primo que cumpria pena em uma prisão de segurança máxima.

— *Connoisseurs* de prisões — Alex passou a chamá-los. — São capazes de escrever um livro sobre as sutis vantagens da prisão de Sing Sing sobre a Rikers, mas não sabem ler uma palavra da língua inglesa. — Ele estava tentando fazer a diferença.

Deslizei minha mão por dentro de sua camiseta e cocei suas costas. Coitadinho, parecia tão infeliz que me senti culpada por perturbá-lo com os detalhes da entrevista, mas eu tinha de desabafar com alguém.

— Eu sei. Sei que não vai ter nada de editorial nesse emprego, mas tenho certeza de que serei capaz de escrever alguma coisa depois de alguns meses — comentei. — Não acha que é uma completa traição trabalhar em uma revista de moda, acha?

Ele apertou meu braço e se deitou ao meu lado.

— Gata, você é uma escritora brilhante, maravilhosa, e sei que vai se destacar em qualquer lugar. E é claro que não significa trair a si mesma. Vai pagar as contas. Você não disse que um ano na *Runway* vai te poupar três de uma droga de trabalho como assistente em outro lugar?

Assenti com a cabeça.

— Foi o que Emily e Allison disseram, que era meio uma mão lava a outra. Um ano trabalhando para Miranda sem ser demitida, e ela, com uma ligação, arranja um trabalho onde você quiser.

— Então, como poderia recusar? Sério, Andy, vai trabalhar um ano e conseguir um emprego na *New Yorker*. É o que você sempre quis! E parece óbvio que vai chegar lá muito mais rápido fazendo isso do que qualquer outra coisa.

— Você tem razão, toda a razão.

— E além do mais, isso garante a sua mudança para Nova York, o que, tenho de admitir, é muito atraente para mim, no momento. — Ele me beijou, um daqueles beijos longos, preguiçosos, que pareciam inventados por nós. — Mas pare de se preocupar tanto. Como você mesma disse, ainda não tem certeza de que a vaga é sua. Vamos esperar para ver.

Preparamos um jantar simples e adormecemos assistindo ao talk show do Letterman. Eu estava sonhando com crianças detestáveis de 9 anos fazendo sexo no playground, enquanto tomavam litros de cerveja Olde English e gritavam com o meu doce e amável namorado, quando o telefone tocou.

Alex pegou o fone e o pressionou na orelha, sem se dar o trabalho de abrir os olhos ou dizer alô. Então o deixou cair rapidamente do meu lado. Eu não sabia bem se conseguiria juntar energia para pegá-lo.

— Alô? — murmurei, olhando de relance para o relógio e vendo que eram 7h15. Quem diabos ligaria àquela hora?

— Sou eu. — A voz rouca de Lily soou irada.

— Oi, está tudo bem?

— Acha que eu estaria ligando se estivesse tudo bem? Estou com uma ressaca de matar e, quando finalmente consigo parar de vomitar tempo suficiente para dormir, sou acordada por uma mulher assustadoramente animada, que disse trabalhar no departamento de recursos humanos da Elias-Clark. E está procurando por você. *Às 7h15.* Ligue para ela. E diga para apagar o meu número.

— Desculpe, Lil. Dei o seu número porque ainda não tenho celular. Não acredito que tenham ligado tão cedo! Será que isso é bom ou ruim? — Peguei o telefone e saí da cama, fechando a porta sem fazer barulho.

— Não importa. Boa sorte. Depois me conta. Mas não nas próximas horas, ok?

— Certo. Obrigada. E desculpe.

Consultei o relógio de novo e não acreditei que estava prestes a ter uma conversa de negócios. Pus pó na cafeteira e esperei até o café ficar pronto. Peguei uma xícara e fui para o sofá. Estava na hora de ligar. Não tinha escolha.

— Alô? Aqui é Andrea Sachs — disse com firmeza, embora meu tom grave e áspero traísse que havia acabado de acordar.

— Andrea, bom dia! Espero não ter ligado cedo demais — cantarolou Sharon, a voz radiante. — Sei que não, querida, especialmente porque muito em breve você será um pássaro matutino! Tenho boas notícias. Miranda ficou muito bem impressionada e disse que está ansiosa para começar a trabalhar com você. Não é maravilhoso? Parabéns, querida. Como se sente sendo a nova assistente de Miranda Priestly? Imagino que esteja...

Minha cabeça estava girando. Tentei levantar do sofá para pegar mais café, água, qualquer coisa que pudesse desanuviar a minha mente e traduzir suas palavras para o meu idioma, mas apenas me afundei ainda mais nas almofadas. Estava me perguntando se gostaria do trabalho? Ou estava fazendo uma oferta oficial? Eu não conseguia compreender nada que ela havia acabado de falar, a não ser o fato de que Miranda Priestly tinha gostado de mim.

— ...se deliciando com a notícia. Quem não se sentiria assim? Bem, vamos ver, você pode começar na segunda, está bem? Ela vai estar de férias, mas é um excelente momento para se começar. Assim você conhece as outras garotas. Ah, elas são tão queridas!

Conhecer? O quê? Começar na segunda? Garotas queridas? Nada fazia sentido na minha cabeça confusa. Escolhi uma única frase que captei e respondi:

— Hum, acho que não posso começar na segunda — argumentei calmamente, esperando ter dito algo coerente. Emitir essas palavras tinha me catapultado a um estado de semiconsciência. Eu tinha atravessado as portas da Elias-Clark pela primeira vez no dia anterior, e estava sendo acordada de um sono profundo para ouvir alguém me dizer que começaria a trabalhar em três dias. Era sexta-feira, *7 da porra da manhã*, e queriam que eu começasse na segunda-feira? Tive a impressão de que tudo saía de controle. Por que a pressa absurda? A mulher era tão importante que precisava tanto assim de mim? E por que exatamente Sharon parecia sentir tanto medo de Miranda?

Começar na segunda seria impossível. Não tinha onde morar. A base era a casa dos meus pais em Avon, o lugar para onde voltei, de má vontade, depois da formatura e onde a maior parte das minhas coisas havia ficado quando viajei no verão. Todas as minhas roupas de entrevistas estavam empilhadas no sofá de Lily. Eu tinha tentado lavar a louça e esvaziar seus cinzeiros, além de comprar Häagen-Dazs, para que ela não me odiasse, mas nada mais justo que lhe dar um respiro, por isso, nos fins de semana, acampava no apartamento de Alex. O que significava ter minhas roupas e maquiagem na casa de Alex, no Brooklyn, o meu laptop e trajes desarmônicos na quitinete de Lily, no Harlem, e o restante da minha vida na casa dos meus pais, em Avon. Eu não tinha apartamento em Nova York e não entendia como todos sabiam que a Madison seguia para o Alto, e a Broadway, para o Baixo Manhattan. Eu nem sabia o que era o Alto Manhattan. E ela queria que eu começasse na segunda-feira?

— Bem, acho que não vou poder na segunda, porque não moro em Nova York — expliquei rapidamente, apertando o telefone — e preciso de alguns dias para encontrar um apartamento, comprar móveis e me mudar.

— Ah, sim. Acho que na quarta estaria bem — fungou ela.

Depois de alguns minutos tentando chegar a um acordo, acertamos, finalmente, o dia 17 de novembro, uma semana a partir de segunda. Aquilo me dava pouco mais de oito dias para encontrar e mobiliar uma casa, em um dos mercados imobiliários mais loucos do mundo.

Desliguei e me joguei, de novo, no sofá. Minhas mãos tremiam, e deixei o telefone cair no chão. Uma semana. Eu tinha uma semana para começar a exercer o cargo que tinha acabado de aceitar, o de assistente de Miranda Priestly. Mas, espere! Era aquilo que estava me incomodando... Na verdade, eu não tinha aceitado o trabalho, porque este não tinha sido oficialmente oferecido. Sharon não havia nem mesmo precisado proferir as palavras "Temos uma proposta para você", já que acreditava que qualquer um com um pingo de inteligência obviamente aceitaria o emprego. Ninguém havia mencionado a palavra "salário". Quase caí na gargalhada. Era algum tipo de tática de guerra que tinham aperfeiçoado? Esperar até a vítima chapar depois de um dia extremamente estressante e, então, lhe dar notícias capazes de alterar a sua vida? Ou ela simplesmente presumira que, quando se tratava da revista *Runway*, seria perda de tempo e esforço fazer algo tão mundano quanto uma oferta de trabalho e esperar a resposta positiva? Sharon supôs que eu agarraria a chance, que ficaria excitadíssima com a oportunidade. E como todos na Elias-Clark, ela tinha razão. Tudo havia acontecido tão depressa, de modo tão frenético, que eu não tivera tempo de discutir e refletir, como de hábito. Mas eu tinha um pressentimento de que aquela *era* uma oportunidade que seria loucura rejeitar, que poderia ser realmente um grande passo para chegar à *New Yorker*. Eu tinha de tentar. Tinha muita sorte por ter conseguido a vaga.

Revigorada, engoli o resto do café, preparei outra xícara para Alex e tomei uma chuveirada quente e rápida. Quando voltei ao quarto, ele tinha acabado de se sentar na cama.

— Já está vestida? — perguntou, tateando à procura dos pequenos óculos de armação de metal sem os quais mal enxergava. — Alguém ligou de manhã ou eu sonhei?

— Não foi um sonho — respondi, me arrastando de volta para debaixo das cobertas, embora estivesse usando jeans e suéter de gola rolê. Tomei cuidado para que o cabelo não molhasse os travesseiros. — Foi Lily. A mulher dos recursos humanos ligou para lá porque foi o número que eu dei. E adivinha?

— Conseguiu o emprego?

— Consegui!

— Ah, vem cá! — disse ele, me abraçando. — Estou tão feliz por você! É uma ótima notícia, de verdade.

— Então, acha mesmo que é uma boa oportunidade? Sei que falamos sobre isso, mas não me deram uma chance de decidir. Ela simplesmente supôs que eu aceitaria o cargo.

— É uma oportunidade incrível. Moda não é a pior coisa do mundo, talvez seja até interessante. — Revirei os olhos. Então, ele acrescentou: — Certo, talvez aí já seja exagero. Mas com a *Runway* em seu currículo e uma carta dessa mulher, Miranda, e talvez alguns artigos, poxa, você vai poder fazer qualquer coisa. *The New Yorker* vai bater à sua porta.

— Tomara que você esteja certo, tomara mesmo. — Pulei para fora da cama e comecei a jogar as minhas coisas dentro da mochila. — Ainda posso pegar seu carro emprestado? Quanto mais rápido chegar em casa, mais rápido consigo voltar. Não que isso importe, pois estou *me mudando para Nova York!* É oficial!

Como Alex voltava para Westchester duas vezes por semana a fim de tomar conta do irmão mais novo quando a mãe tinha de trabalhar até tarde, ela havia deixado seu carro velho com ele. Mas ele só precisaria do carro na terça, e, até lá, eu já estaria de volta. Eu planejara mesmo ir para casa naquele fim de semana, e agora tinha novidades.

— É claro. Sem problemas. Está em uma vaga a mais ou menos meia quadra, na Grand Street. As chaves estão na mesa da cozinha. Ligue quando chegar lá, ok?

— Ok. Tem certeza de que não quer ir comigo? Vai ter comida gostosa... Você sabe que a minha mãe só encomenda do melhor.

— Parece tentador. Eu adoraria, mas chamei alguns dos professores mais jovens para um *happy hour* amanhã. Achei que poderia ajudar a trabalharmos como uma equipe. Não posso faltar.

— Maldito idealista filantropo. Sempre fazendo o bem, espalhando empoderamento por onde anda. Eu o odiaria se não o amasse tanto. — Eu me inclinei para um beijo de despedida.

Encontrei o seu pequeno Jetta verde de primeira, e só levei vinte minutos tentando achar a saída da rua 95 Norte, que estava livre. Era um dia gélido para novembro; a temperatura estava na casa dos 5 graus, e as estradas escorregadias com gelo. Mas fazia sol, o tipo de luz de inverno que obriga olhos inexperientes a lacrimejar e se apertarem, e meus pulmões respiravam o ar límpido e frio. Dirigi o tempo todo com o vidro da janela abaixado, escutando a trilha sonora do filme *Quase famosos*. Prendi, com uma das mãos, o cabelo molhado em um rabo de cavalo, para evitar que os fios voassem para os meus olhos, e soprei minhas mãos para mantê-las aquecidas, pelo menos o suficiente para segurarem o volante. Apenas seis meses de formada e a minha vida estava prestes a deslanchar. Miranda Priestly, uma estranha até o dia anterior, mas uma mulher poderosa de verdade, havia me escolhido para fazer parte de sua revista. Agora eu tinha um motivo concreto para deixar Connecticut e me mudar — sozinha, como um adulto faria — para Manhattan e fazer da ilha o meu lar. Quando estacionei na entrada da casa de minha infância, uma alegria genuína me dominou. Minhas bochechas pareciam vermelhas, queimadas pelo vento, no retrovisor, e meu cabelo esvoaçava com fúria. Estava sem maquiagem, o jeans sujo nas bainhas, de tanto andar pela neve derretida da cidade. Mas, naquele momento, me senti bonita. Natural, gelada, limpa e confiante, abri a porta da frente e chamei minha mãe. Foi a última vez na vida que me lembro de ter me sentido tão leve.

— Uma semana? Querida, não vejo como vai começar a trabalhar em uma semana — disse minha mãe, mexendo seu chá com uma colher. Estávamos sentadas à mesa da cozinha, em nosso lugar de sempre, minha mãe tomando o chá descafeinado de sempre, com adoçante, eu com a minha caneca de sempre de chá preto e açúcar. Embora fora de casa havia quatro anos, bastaram uma caneca excessivamente grande de chá preparado no micro-ondas e alguns Reese's para que eu me sentisse como se nunca tivesse partido.

— Bem, não tive escolha e, francamente, é uma sorte ter conseguido. Devia ter ouvido como essa mulher é intensa ao telefone — expliquei. Ela me olhou apática. — Mas não importa, não posso me preocupar com isso. Consegui um emprego em uma revista famosa, com uma das mulheres mais poderosas do meio. Um trabalho pelo qual um milhão de garotas dariam a vida.

Sorrimos uma para a outra, mas havia um quê de tristeza em seu sorriso.

— Estou tão feliz por você — disse ela. — Que filha bonita e adulta eu tenho. Querida, sei que isso será o começo de uma época maravilhosa, esplêndida, de sua vida. Ah, me lembro de quando me formei na faculdade e me mudei para Nova York. Sozinha naquela grande e louca cidade. Assustada, mas tão, tão empolgada. Quero que aproveite cada minuto, todas as peças, filmes, pessoas, shoppings e livros. Vai ser a melhor época da sua vida, tenho certeza. — Pôs a mão sobre a minha, algo que não tinha o hábito de fazer. — Estou tão orgulhosa de você.

— Obrigada, mãe. Quer dizer que está orgulhosa o bastante para me comprar um apartamento, móveis e um guarda-roupa completo?

— Sim, está bem — respondeu ela, e bateu no alto da minha cabeça com uma revista ao se dirigir ao micro-ondas para esquentar mais duas xícaras. Ela não tinha dito não, mas também não estava exatamente indo buscar o cartão.

Passei o restante da noite escrevendo e-mails para todo mundo que eu conhecia, perguntando se alguém precisava dividir um apartamento ou sabia de alguém que precisasse. Mandei todas as mensagens e liguei para gente com que eu não falava havia meses. Nada. Decidi que a minha única chance — sem me mudar de vez para o sofá de Lily e, inevitavelmente, arruinar a nossa amizade, ou me alojar na casa de Alex, para o que nenhum de nós dois estava preparado — era sublocar um quarto por pouco tempo, até poder me situar na cidade. Seria melhor encontrar meu próprio espaço em algum lugar, e de preferência já mobiliado, para que não precisasse lidar com aquele detalhe também.

O telefone tocou um pouco depois da meia-noite, e eu me lancei para atender, quase caindo da minha cama de solteiro. Uma imagem emoldurada de Chris Evert, meu herói da infância, sorria da parede, logo abaixo de um quadro de avisos, ainda com fotos de Kirk Cameron recortadas de revistas. Abri um sorriso ao telefone.

— Oi, campeã, é Alex — disse ele com o tom de voz que significava que algo havia acontecido. Era impossível determinar se bom ou ruim. — Acabo de receber um e-mail dizendo que uma garota, Claire McMillan, está precisando dividir o apartamento. Uma garota de Princeton. Eu a conheci, acho. Namorou Andrew, parece totalmente normal. Está interessada?

— Claro, por que não? Tem o telefone dela?

— Não, só o e-mail, mas vou te encaminhar a mensagem e você entra em contato com ela. Acho que vai ser legal.

Mandei um e-mail para Claire enquanto acabava de falar com Alex e, finalmente, consegui dormir um pouco na minha cama. Talvez, apenas talvez, desse certo.

Claire McMillan: que roubada. Seu apartamento era escuro e deprimente, no meio de Hell's Kitchen, e havia um drogado apoiado na escada de entrada quando cheguei. As outras opções também não pareciam muito melhores. Havia um casal querendo alugar um quarto de seu apartamento e que fez referências indiretas à tolerância para o seu ato sexual constante e ruidoso; uma artista de 30 e poucos anos com quatro gatos e um desejo ardente por mais; um quarto no fim de um corredor comprido e escuro, sem janelas nem armários; um garoto gay de 20 anos que se autoproclamava na "fase da putaria". Cada um dos deploráveis quartos que havia visitado sairia por mais de mil dólares e, no total, meu salário anual somava impressionantes 32.500 dólares. E embora a matemática nunca tivesse sido o meu forte, não era preciso ser um gênio para perceber que o aluguel consumiria mais de 12 mil dólares do total, e os impostos levariam o restante. E meus pais estavam confiscando o cartão de crédito "só para emergências", agora que eu era "adulta". Que ótimo.

Lily conseguiu, depois de três dias seguidos de desapontamentos. Como tinha um grande interesse em me tirar de vez do sofá, mandou e-mails para todo mundo que conhecia. Uma colega de seu programa de doutorado na Columbia tinha uma amiga cujo chefe conhecia duas garotas em busca de mais uma para dividir o aluguel. Liguei imediatamente e falei com uma garota muito simpática chamada Shanti, que me disse que ela e a sua amiga Kendra procuravam alguém para dividir o seu apartamento, no Upper East Side, um espaço mínimo, mas com uma janela, um armário e até mesmo uma parede de tijolos. Por 800 dólares ao mês. Perguntei se tinha banheiro e cozinha. Tinha (mas nada de máquina de lavar louça, nem banheira, nem elevador, é claro, mas não se pode esperar viver no luxo em sua primeira experiência). Resolvido. Shanti e Kendra acabaram se mostrando duas garotas indianas muito doces e tranquilas, recém-formadas na Duke, que trabalhavam horas intermináveis em bancos de investimentos e me pareceram, naquele primeiro dia e em todos os demais, idênticas uma à outra. Eu havia encontrado um lar.

4

Eu já havia passado quatro noites no meu novo quarto e continuava a me sentir uma estranha, vivendo em um lugar estranho. O cômodo era minúsculo. Talvez um pouquinho maior do que a despensa no quintal da minha casa, em Avon. Não, na verdade não era maior. E ao contrário da maioria dos espaços que parecem crescer com móveis, o meu encolheu pela metade. Eu tinha olhado, ingenuamente, o quadrado minúsculo e decidido que se aproximava do tamanho normal de um quarto, então compraria o conjunto habitual: uma cama queen, uma cômoda, talvez uma ou duas mesinhas de cabeceira. Lily e eu havíamos ido com o carro de Alex à Ikea, a meca dos apartamentos pós-universidade, e escolhido um belo conjunto de madeira clara e um tapete em tons de azul-claro, azulão, azul-marinho e índigo. Mais uma vez, decoração, assim como moda, não era a minha praia: acho que Ikea estava em seu "Período Azul". Compramos uma capa de edredom com um padrão de pintas azuis e o acolchoado mais fofo à venda. Ela me convenceu a levar um daqueles abajures chineses de papel de arroz para a mesinha de cabeceira, e escolhi umas gravuras emolduradas, em preto e branco, para complementar a parede extravagante e tosca de tijolo aparente. Elegante e casual e nem um pouco zen. Perfeito para o meu primeiro quarto de adulto na cidade grande.

Perfeito, isto é, até tudo chegar. Parece que olhar não é o mesmo que medir um quarto. Nada coube. Alex armou a cama e, quando a empurrou para a parede de tijolo aparente (como é chamada "parede inacabada" em Manhattan), ela ocupou o quarto inteiro. Tive de mandar os entregadores de volta com a cômoda de seis gavetas, as duas adoráveis mesinhas de cabeceira e até mesmo o espelho de corpo inteiro. Os homens e Alex ergueram a cama e eu consegui deslizar o tapete de três tons azuis para debaixo dela, e alguns centímetros de azul ficaram à mostra. O abajur de papel de arroz não tinha cômoda ou mesa de cabeceira onde ficar, portanto o coloquei no chão, introduzido à força nos 15 centímetros entre a estrutura da cama e a porta de correr do armário. E embora eu tivesse tentado todos os tipos de fita adesiva disponíveis no mercado, pregos, parafusos, arame, cola, e muitos palavrões, as fotos emolduradas se recusaram a aderir à parede de tijolo aparente. Depois de quase três horas de esforço, os nós dos dedos em carne viva e sangrando pelo atrito com os tijolos, finalmente eu as apoiei no peitoril da janela. Melhor assim, pensei. Bloqueava um pouco a visão da mulher que vivia em frente. Mas nada daquilo tinha importância. Nem a coluna de ventilação, no lugar da majestosa silhueta de edifícios contra o céu, nem a falta de espaço, nem o armário pequeno demais para um casaco de inverno. O quarto era meu — o primeiro que decorei sozinha, sem ajuda de pais ou colegas — e eu o adorava.

Era domingo à noite, véspera do meu primeiro dia de trabalho, e eu não conseguia fazer outra coisa a não ser me preocupar com o que vestiria no dia seguinte. Kendra, a mais legal das minhas companheiras de apartamento, ficava metendo a cabeça dentro do quarto, perguntando se podia ajudar. Considerando que as duas se vestiam de maneira ultraconservadora para trabalhar, rejeitei qualquer contribuição em relação à moda. Perambulei pela sala o máximo que consegui — com quatro passos largos percorria toda a sua extensão — e então me sentei no futon em frente à TV. O que se veste no primeiro dia como assistente da mais elegante editora de moda da revista de moda mais elegante da Terra? Eu tinha ouvido falar de Prada (pelas poucas garotas japonesas que carregavam mochilas na Brown) e de Louis Vuitton (porque as minhas duas avós exibiam suas bolsas com o monograma da grife sem se dar conta de como eram *cool*), talvez de Gucci (quem não tinha ouvido falar de Gucci?). Mas com certeza eu não possuía uma única peça daquelas marcas e não saberia o que fazer se o conteúdo das três lojas brotasse em meu armário miniatura. Voltei para o quarto — ou melhor, para o colchão parede-a-parede que eu chamava de quarto — e desmoronei na cama grande e linda, batendo o tornozelo no estrado. Merda. E agora?

Depois de muita angústia e de experimentar várias roupas, decidi, finalmente, por um suéter azul-claro e uma saia preta, na altura do joelho, com minhas botas pretas de cano alto. Eu já sabia que uma pasta não seria bem aceita, por isso não me restou outra opção a não ser minha velha bolsa preta de lona. A última coisa de que me lembro daquela noite foi de tentar caminhar ao redor da cama enorme com botas de salto alto, saia e sem blusa, e me sentar para descansar, exausta com o esforço.

Devo ter desmaiado de pura ansiedade, pois foi a adrenalina que me despertou às 5h30. Pulei da cama. Meus nervos haviam passado a semana inteira em constante atividade e minha cabeça parecia prestes a explodir. Eu tinha exatamente uma hora e meia para tomar banho, me vestir e ir de transporte público do meu edifício estilo república estudantil, na rua 96 com a Terceira, até o centro de Manhattan; uma ideia ainda sinistra e intimidadora. O que significava que eu teria de separar uma hora para a viagem e meia hora para me arrumar.

O banho foi aterrador. O chuveiro fez um barulho agudo, semelhante a um guincho, como um daqueles apitos para treinamento de cachorros, permanecendo inalteravelmente morno até eu sair para o banheiro gélido, quando então a água se tornou escaldante. Foram meros três dias *daquela* rotina até eu começar a pular da cama, abrir o chuveiro quinze minutos antes, e voltar para debaixo das cobertas. Depois de mais três cochilos, voltava pela segunda vez ao banheiro, e os espelhos estariam embaçados por causa da água — praticamente um fio — gloriosamente quente.

Vesti minha roupa apertada e desconfortável, e saí em vinte e cinco minutos — um recorde. E só levei dez minutos para encontrar o metrô mais próximo, algo que eu deveria ter feito na noite anterior, mas estava ocupada demais zombando da sugestão de minha mãe de "revisar rapidamente" o itinerário, para não me perder. Quando fora à entrevista, na semana anterior, tinha pegado um táxi, e já estava convencida de que a experiência do metrô seria um pesadelo. Mas, surpreendentemente, havia uma moça na cabine que falava inglês e que me disse para pegar o trem 6 para a rua 59. Ela disse que eu sairia direto na 59 e teria de andar duas quadras a oeste, até a Madison. Fácil. Viajei no trem frio em silêncio, uma das únicas pessoas loucas o bastante para acordar e se deslocar naquela hora infeliz em pleno novembro. Até então, tudo bem... sem problemas, até chegar a hora de passar para o nível da rua.

Subi a escada mais próxima e encontrei um dia gélido, em que a única iluminação vinha das lojas 24 horas. Atrás de mim estava a Bloomingdale's, e nada mais me parecia familiar. Elias-Clark. Elias-Clark. Elias-Clark. Onde ficava aquele edifício? Girei 180 graus até ver uma placa: rua 60 com Lexington. Bem, a 59 não devia ficar muito distante da 60, mas em que direção eu deveria andar para seguir as ruas a oeste? E onde estava a Madison em relação à Lexington? Não tinha visto nada daquilo na minha outra visita ao edifício, na semana anterior, já que saltara direto na porta. Caminhei um pouco a esmo, feliz por ter reservado tempo suficiente para me perder, e, finalmente, entrei em uma delicatéssen para uma xícara de café.

— Olá, senhor. Não estou achando o caminho para o edifício Elias-Clark. O senhor poderia me dizer onde fica? — perguntei ao homem nervoso atrás da caixa registradora. Tentei não ser muito simpática, lembrando que todos haviam me avisado que eu não estava em Avon, e que as pessoas ali não reagiam bem a boas maneiras. Ele me olhou com a cara emburrada, e fiquei nervosa pensando que tivesse me achado rude. Sorri simpática.

— Um dólar — disse ele, estendendo a mão.

— Está me cobrando pela informação?

— Um dólar, com leite ou puro.

Olhei para ele por um momento, antes de perceber que só sabia o inglês suficiente para falar de café.

— Ah, com leite, é perfeito. Muito obrigada. — Dei a ele um dólar e voltei a sair, mais perdida do que nunca. Perguntei a pessoas que trabalhavam em bancas de jornais, a garis, até mesmo a um homem que estava dentro de um daqueles trailers de café da manhã. Ninguém me entendia o suficiente para me apontar a direção da 59 com a Madison, e tive breves flashbacks de Délhi, depressão, disenteria. *Não! Vou encontrar.*

Mais alguns minutos caminhando sem rumo pelo centro de Manhattan, que ainda estava despertando, me levaram à porta da frente do edifício Elias-Clark. O saguão, resplandecente por trás das portas de vidro no sombrio início de manhã, pareceu, durante aqueles minutos iniciais, um lugar caloroso, acolhedor. Mas, quando empurrei a porta giratória para entrar, ela resistiu. Empurrei cada vez com mais força, até o peso do meu corpo ser lançado à frente e o meu rosto ficar praticamente achatado contra o vidro; só então, cedeu. Quando começou a se mover, primeiro deslizou devagar, me incitando a empurrar com mais força. Mas, assim que dei impulso, o imenso vidro girou, batendo em mim por trás e me fazendo tropeçar no esforço para me manter de pé. Um homem atrás da mesa da segurança riu.

— Temperamental, não? Não é a primeira vez que vejo acontecer, e não será a última. — Riu meio debochado, as bochechas carnudas balançando. — Enganam a gente, essas daí.

Eu o encarei rapidamente e decidi odiá-lo. Sabia que ele jamais gostaria de mim, independentemente do que eu dissesse ou de como agisse. De qualquer modo, sorri.

— Sou Andrea — falei, tirando uma luva de tricô e estendendo a mão sobre a mesa. — Hoje é o meu primeiro dia de trabalho na *Runway*. Fiquei com a vaga de nova assistente de Miranda Priestly.

— E eu fiquei triste! — Riu alto, jogando a cabeça redonda para trás com gosto. — Fiquei "triste por você"! Ha, ha, ha! Ei, Eduardo, olha isso. Ela é uma das novas *escravas* de Miranda! De onde você é, garota, toda educadinha assim? Da porra de Topeka, no Kansas? Ela vai te comer viva. Ha, ha, ha!

Mas, antes que eu pudesse responder, um homem corpulento apareceu, usando o mesmo uniforme, e, sem a menor sutileza, me olhou da cabeça aos pés. Eu me preparei para mais piadas e risadinhas, mas não vieram. Em vez disso, ele fitou meus olhos com uma expressão bondosa.

— Sou Eduardo, e esse idiota é Mickey — disse ele, apontando o primeiro homem, que pareceu chateado por Eduardo ter agido com civilidade e estragado a brincadeira. — Não ligue pra ele, só está tirando sarro de você. — Falou com um sotaque meio espanhol meio nova-iorquino, enquanto pegava um livro de registros de entradas e saídas. — Só precisa preencher estas informações aqui, e vou te arrumar um visto temporário para subir. Diga a eles que o RH precisa te dar um crachá com a sua foto.

Devo ter parecido agradecida, porque ele ficou constrangido e empurrou o livro sobre o balcão.

— Bem, vamos lá, preencha. E boa sorte, garota. Vai precisar.

Eu estava nervosa demais e exausta, àquela altura, para fazer perguntas e, além disso, não precisava. A única coisa que eu tivera tempo de fazer, no intervalo entre aceitar o emprego e começar a trabalhar, havia sido me informar um pouco sobre a minha nova chefe. Fiz uma busca no Google e fiquei surpresa ao descobrir que o nome de solteira de Miranda Priestly era Miriam Princhek, nascida no East End, Londres. Sua família era como todas as famílias judias ortodoxas da cidade, extremamente pobre, mas devota. Seu pai vivia de bicos, mas dependia da comunidade para o próprio sustento, pois passava a maior parte do tempo estudando os textos judaicos. A mãe morrera no parto de Miriam, e foi a avó paterna que se mudou para a sua casa e ajudou a criar as crianças. E como havia crianças! Onze ao todo. A maioria de seus irmãs e irmãs era de operários, como seu pai, sobrando pouco tempo para outra coisa senão rezar e trabalhar. Dois filhos conseguiram fazer faculdade, só para se casarem jovens e começarem a própria e numerosa família. Miriam foi a única exceção à tradição familiar.

Depois de economizar o pouco que seus irmãos mais velhos lhe davam quando podiam, Miriam não demorou a abandonar os estudos, ao completar 17 anos — a menos de três meses de concluir o ensino médio — para aceitar um emprego de assistente de um promissor designer britânico, o ajudando a organizar seus desfiles a cada estação. Depois de alguns anos alimentando a fama de queridinha do cenário *fashion* londrino, em franco desenvolvimento, e estudar francês à noite, conseguiu um emprego como redatora-júnior na revista francesa *Chic*, em Paris. Na época, ela já tinha pouco a ver com a família: eles não compreendiam a sua vida ou ambições, e ela se constrangia com a antiquada devoção religiosa e sua devastadora falta de sofisticação. A alienação da família se consolidou pouco depois de passar a trabalhar para a *Chic* francesa, quando, aos 24 anos, Miriam Princhek tornou-se Miranda Priestly, abandonando seu sobrenome étnico por um com mais estilo. Seu forte sotaque britânico *cockney*, de classe trabalhadora, foi logo substituído por um outro cuidadosamente refinado, culto. Quando já estava com quase 30 anos, a transformação de Miriam, de judia caipira para *socialite* mundana, estava completa. Galgou rápida e implacavelmente a hierarquia do mundo das revistas.

Miranda passou dez anos na direção da *Runway* francesa antes da Elias transferi-la para o cargo mais importante da *Runway* americana, a realização máxima. Ela se mudou com duas filhas e um astro do rock, então seu marido (ele próprio ansioso por ganhar mais fama na América), para uma cobertura na Quinta Avenida com a 76, e começou uma nova era na revista *Runway*: os anos Priestly, no alvorecer do sexto quando iniciei meu primeiro dia.

Por pura sorte, trabalharia por quase um mês antes da volta de Miranda à redação. Todo ano ela tirava férias começando uma semana antes do feriado de Ação de Graças e terminando pouco depois do Ano-Novo. Em geral, passava algumas semanas no apartamento que mantinha em Londres, mas naquele ano me disseram que tinha arrastado o marido e as filhas para a propriedade de Frederic Marteau, em St. Barth, por duas semanas, antes de passar o Natal e o Ano-Novo no Ritz de Paris. Também fui advertida de que, embora tecnicamente ela estivesse "de férias", continuava a trabalhar e, portanto, assim também deveriam fazer todos da equipe. Eu seria apropriadamente treinada sem a presença de "Sua Alteza". Assim, Miranda não teria de tolerar meus inevitáveis erros enquanto aprendia o trabalho. Para mim, pareceu ótimo. Então, às 7h em ponto, assinei meu nome no livro de Eduardo e passei rapidamente pela roleta pela primeira vez.

— Faça uma pose! — gritou Eduardo, logo antes de as portas do elevador se fecharem depressa.

Emily, muito pálida e displicente em uma camiseta branca transparente e justa, porém amassada, e calças cargo superdescoladas, me aguardava na recepção, segurando um copo da Starbucks e folheando a edição de dezembro. Seus saltos altos repousavam sobre a mesinha de vidro, e o algodão completamente transparente de sua camiseta deixava à mostra um sutiã de renda preto. O batom, um pouco manchado ao redor da boca pelo copo de café, e o despenteado cabelo ruivo ondulado que caía sobre seus ombros faziam com que parecesse que tinha passado as últimas 72 horas na cama.

— Ei, seja bem-vinda — murmurou, me examinando da cabeça aos pés, na minha primeira conferida por alguém que não o guarda de segurança. — Bota bonita.

Meu coração disparou. Ela falava sério? Ou estava sendo sarcástica? Era impossível saber pelo tom de voz. Meus pés já doíam, os dedos espremidos na ponta, mas se aquilo tivesse sido realmente um elogio de uma garota *Runway*, talvez a dor valesse a pena.

Emily me observou com mais atenção e, então, tirou as pernas de cima da mesa, suspirando de modo dramático.

— Bem, vamos começar. É *muita* sorte sua ela não estar aqui — disse ela. — Não que ela não seja ótima, evidentemente, porque é — acrescentou, no que eu logo reconheceria, e passaria a adotar também, como a clássica Virada Paranoica *Runway*. Assim que algo negativo sobre Miranda escapa dos lábios de uma das funcionárias... por mais justificado que seja... a paranoia de que Miranda descobrirá domina a interlocutora e inspira uma radical mudança de atitude. Um dos meus passatempos preferidos no trabalho se tornou observar minhas colegas negarem rapidamente qualquer blasfêmia que tivessem proferido.

Emily passou o crachá no leitor eletrônico, e caminhamos lado a lado, em silêncio, pelos corredores sinuosos, até o meio do andar, onde ficava a sala de Miranda. Eu a observei abrir as portas de vidro da sala e jogar sua bolsa e seu casaco sobre uma das mesas que ficava diretamente em frente à imensa sala de Miranda.

— Esta é a sua mesa — apontou para uma mesa de fórmica em L, que ficava bem em frente à sua. Tinha um iMac turquesa novo em folha, um telefone e algumas bandejas para papéis, e já havia, nas gavetas, canetas, clipes e alguns blocos. — Deixei a maior parte das minhas coisas para você. É mais fácil só encomendar o novo material para mim.

Emily tinha acabado de ser promovida a assistente sênior, me deixando o cargo de assistente júnior. Ela explicou que passaria dois anos como assistente sênior de Miranda, depois seria catapultada a uma posição surpreendente na *Runway*. O programa de três anos como assistente que ela completaria era a garantia definitiva da escalada no mundo da moda, mas eu me apegava à crença de que a minha sentença de um ano bastaria para *The New Yorker*. Allison já tinha deixado a sala de Miranda para ocupar o seu novo posto na editoria de beleza, onde seria responsável por testar as novas maquiagens e os produtos para cabelo, e resenhá-los. Eu não entendia muito bem como o trabalho como assistente de Miranda a havia preparado para a função, mas, ainda assim, fiquei impressionada. As promessas eram verdadeiras: as pessoas que trabalhavam para Miranda conseguiam boas colocações.

O restante da equipe do departamento editorial, cerca de cinquenta ao todo, começou a chegar por volta das 10h. A maior editoria era a de moda, óbvio, quase trinta pessoas, incluindo todos os assistentes de acessórios. Comportamento, beleza e arte completavam a mistura. Quase todos passaram pela sala de Miranda para papear com Emily, saber de alguma fofoca relacionada à chefe e conferir a nova garota. Encontrei dezenas de pessoas naquela primeira manhã, todas exibindo sorrisos cheios de dentes e parecendo genuinamente interessadas em me conhecer.

Os homens eram ostentosamente gays, envergando calças de couro justíssimas e camisetas apertadas sobre bíceps pronunciados e peitorais perfeitos. O diretor de arte, um homem mais velho que exibia um ralo cabelo louro-champanhe, e que parecia dedicar a vida a imitar Elton John, se apresentou com mocassins de pele de coelho e delineador nos olhos. Ninguém esboçou a mínima reação. Havia grupos gays no campus e tive amigos que se revelaram homossexuais nos últimos anos, mas nenhum tinha aquela aparência. Era como estar cercada por todo o elenco e a equipe de *Rent: os boêmios* — mas com melhor figurino.

As mulheres, ou melhor, as garotas, eram belas individualmente; em grupo, estranhas. A maioria parecia ter cerca de 25 anos, e poucas um dia a mais de 30. Apesar de quase todas usarem diamantes enormes e reluzentes no dedo anelar da mão esquerda, era praticamente impossível que qualquer uma já tivesse filhos — ou pretendesse ter um dia. Entrando e saindo, entrando e saindo, elas se equilibravam com graça sobre saltos finíssimos de 10 centímetros, passando pela minha mesa para estender mãos brancas como leite, com dedos compridos e unhas feitas, se autodenominando "Jocelyn, que trabalha com a Hope", "Nicole da moda", e "Stef que supervisiona acessórios". Somente uma, Shayna, tinha menos de 1,75m, mas era tão delicada que parecia impossível suportar mais 2 centímetros de altura. Todas pesavam menos de 50 quilos.

Ao me sentar em minha cadeira giratória, tentando me lembrar de todos os nomes, a garota mais bonita que vi naquele dia entrou de repente. Usava um suéter de cashmere cor-de-rosa, que parecia tecido com nuvens. O mais surpreendente era o cabelo branco, que caía em ondas por suas costas. A silhueta de 1,85m parecia carregar apenas o peso suficiente para mantê-la ereta, mas ela se movia com a surpreendente graça de uma bailarina. Suas maçãs do rosto brilhavam e seu anel de diamante de muitos quilates, impecável, refletia uma luminosidade inacreditável. Achei que ela havia me flagrado observando a joia, já que pôs a mão debaixo do meu nariz.

— Invenção minha — anunciou, sorrindo para a mão e me encarando. Olhei para Emily, pedindo uma explicação, uma pista de quem se tratava, mas ela estava de novo ao telefone. Achei que a garota se referia ao anel, que realmente o tivesse desenhado, mas, em seguida, ela disse:

— Não é uma cor magnífica? É uma camada de Marshmallow e uma de Sapatilha de Balé. Na verdade, Sapatilha de Balé vem primeiro e, depois, uma camada de extrabrilho para o acabamento. É perfeito: cor luminosa sem parecer que você pintou as unhas com corretivo líquido. Acho que vou usá-la sempre que fizer as unhas! — Então deu meia-volta e partiu. *Ah, sim, foi um prazer para mim também*, falei mentalmente para suas costas quando saiu desfilando.

Gostei de ser apresentada aos meus colegas de trabalho; todos pareciam gentis, doces e, exceto a bela excêntrica com o fetiche do esmalte de unha, todos me deram a impressão de estarem interessados em me conhecer. Emily ainda não tinha saído do meu lado, aproveitando toda oportunidade para me ensinar algo. Revelara quem era realmente importante, a quem não irritar, de quem era vantajoso se tornar amiga porque dava as melhores festas. Quando descrevi a Garota Manicure, o rosto de Emily se iluminou.

— Ah! — exclamou mais agitada do que quando tinha falado de qualquer outro. — Ela não é incrível?

— Hum, sim, parece legal. Não tivemos a chance de conversar, ela estava apenas, sabe, me mostrando o esmalte das unhas.

Emily abriu um largo sorriso, com orgulho.

— Sim, você sabe quem ela é, não sabe?

Quebrei a cabeça tentando lembrar se ela se parecia com alguma estrela de cinema ou cantora ou modelo, mas não consegui. Então, ela era famosa! Talvez por isso não tivesse se apresentado. Eu deveria tê-la reconhecido. Mas não reconheci.

— Não, não sei. Ela é famosa?

O olhar que recebi em resposta foi parte descrença, parte repugnância.

— Bem, *sim* — disse Emily, enfatizando o "sim" e semicerrando os olhos como se dissesse: *Sua completa idiota.* — É Jessica Duchamps. — Ela esperou. Eu esperei. Nada. — Você sabe quem é, não sabe? — De novo, listas passaram pela minha mente, tentando relacionar alguma coisa àquela nova informação, mas eu tinha certeza de que jamais ouvira falar da garota. Além do mais, aquela brincadeira já começava a perder a graça.

— Emily, eu nunca a vi antes, e o nome não me parece familiar. Você pode, por favor, me dizer quem é? — perguntei, lutando para ficar calma. A ironia foi que nem mesmo me preocupei com quem ela era, mas Emily, com certeza, não iria me informar antes de fazer com que eu parecesse uma completa fracassada.

Seu sorriso, daquela vez, foi condescendente.

— É claro. Basta pedir. Jessica Duchamps é, bem, uma Duchamps! Você sabe, do restaurante francês mais famoso da cidade! Seus pais são os donos, não é uma loucura? Eles são incrivelmente ricos.

— Ah, é mesmo? — comentei, fingindo entusiasmo pelo fato de que valia a pena conhecer aquela garota superbonita porque seus pais eram donos de restaurante. — Que máximo.

Atendi algumas ligações com a frase "Escritório de Miranda Priestly", embora tanto Emily quanto eu estivéssemos preocupadas com a possibilidade de a própria Miranda ligar e eu não saber o que fazer. O pânico me dominou durante uma chamada, quando uma mulher não identificada falou asperamente algo incoerente com um forte sotaque britânico e joguei o telefone para Emily, sem nem mesmo pensar em pedir que aguardasse.

— É ela — sussurrei com urgência. — Atende.

Emily me apresentou pela primeira vez ao seu olhar especial. Jamais capaz de controlar as reações, conseguia erguer as sobrancelhas e deixar o queixo cair de uma maneira que transmitia, em partes iguais, nojo e pena.

— Miranda? É Emily — disse ela, um sorriso luminoso no rosto, como se Miranda fosse capaz de entrar pelo fone e vê-la. Silêncio. Um franzir de cenho. — Ah, Mimi, desculpe! A nova garota achou que você era Miranda! Eu sei, é engraçado. Acho que temos de aprender a não *pensar que todo sotaque britânico é necessariamente da nossa chefe!* — Olhou para mim de modo incisivo, suas sobrancelhas excessivamente depiladas se arquearam ainda mais.

Ela conversou um pouco mais, enquanto eu continuava a atender o telefone e anotar recados para Emily que, depois, respondia às ligações — sem interrupção, seguindo a ordem de importância, se houvesse alguma, na vida de Miranda. Por volta do meio-dia, logo que os primeiros espasmos de fome se manifestaram, atendi a uma chamada e ouvi um sotaque britânico no outro lado da linha.

— Alô? Allison, é você? — perguntou a voz gélida, ainda que régia.

— Vou precisar de uma saia.

Pus a mão sobre o bocal e senti meus olhos se arregalarem.

— Emily, é ela, definitivamente — sibilei, agitando o fone para chamar a sua atenção. — Ela quer uma saia!

Emily se virou e, vendo a minha expressão de pânico, desligou o telefone imediatamente, sem nem um "ligo depois" ou mesmo um "adeus". Ela apertou o botão para conectar Miranda à sua linha e abriu outro largo sorriso.

— Miranda? É Emily. Em que posso ajudar? — Pôs a caneta no bloco e começou a escrever furiosamente, o cenho franzido. — Sim, certo. Naturalmente. — E tão rápido quanto começou, acabou. Olhei para ela na expectativa. Ela revirou os olhos para mim, demonstrando impaciência. — Bem, parece que você recebeu a primeira tarefa. Miranda precisa de uma saia para amanhã, entre outras coisas, por isso temos de colocá-la em um avião hoje à noite, o quanto antes.

— Ok, bem, de que tipo de saia ela precisa? — perguntei, ainda tonta com o choque de que uma saia pudesse viajar até St. Barth só porque Miranda havia expressado o desejo de que assim fosse.

— Ela não disse exatamente — murmurou Emily pegando o telefone. — Oi, Jocelyn, sou eu. Ela quer uma saia, e vou precisar que esteja no voo da Sra. Marteau hoje à noite, já que ela vai se encontrar com Miranda lá. Não, não faço ideia. Não, ela não disse. Não sei mesmo. Ok, obrigada. — Então se virou para mim e disse: — Fica mais difícil quando ela não especifica. Miranda é ocupada demais para se preocupar com detalhes, por isso não disse de que tecido ou cor ou estilo ou grife quer a saia. Mas tudo bem. Sei o tamanho dela, e conheço seu estilo bem o bastante para saber exatamente do que vai gostar. Era Jocelyn, do departamento de moda. Vão começar o mutirão. — Imaginei Jerry Lewis presidindo uma maratona televisiva para arrecadar uma saia, com placar gigantesco, rufar de tambores, e *voilà*! Gucci e aplausos espontâneos.

Não exatamente. "O mutirão" para as saias foi a minha primeira aula de absurdo na *Runway*, embora tenha de admitir que o processo era tão eficiente quanto uma operação militar. Emily, ou eu mesma, avisaria às assistentes de moda — oito ao todo, cada uma mantendo contato com uma lista específica de designers e lojas. As assistentes começariam imediatamente a ligar para todos os seus contatos de relações públicas nas diversas *maisons* de moda e, se necessário, nas lojas da classe mais alta de Manhattan, e dizer que Miranda Priestly — sim, Miranda Priestly, e sim, era realmente para seu uso *pessoal* — queria determinado item. Em minutos, todos os assessores de imprensa e respectivos assistentes de Michael Kors, Gucci, Prada, Versace, Fendi, Armani, Chanel, Barney's, Chloé, Calvin Klein, Bergdorf, Roberto Cavalli e Saks enviariam (ou, em alguns casos, entregariam pessoalmente) todas as saias que tivessem em estoque e de que Miranda Priestly pudesse gostar. Observei o processo se desenrolar como um balé altamente coreografado, cada dançarino sabendo exatamente onde, quando e como daria o seu passo. Enquanto aquela atividade quase diária se desenvolvia, Emily me mandou pegar outras coisas que precisaríamos enviar com a saia, à noite.

— Seu carro vai estar te esperando na rua 58 — disse ela, falando em dois telefones e escrevendo instruções para mim em um pedaço de papel timbrado da *Runway*. Fez uma breve pausa para me jogar um celular e dizer: — Pegue, leve para o caso de eu precisar falar com você ou se tiver alguma dúvida. Não o desligue nunca. Atenda sempre. — Peguei o telefone e o papel, e fui para a lateral do edifício que dava para a rua 58, me perguntando como conseguiria encontrar o "meu carro". Ou o que aquilo realmente significava. Mal tinha pisado na calçada e olhado em volta, com resignação, quando um homem grisalho, atarracado, mordendo um cachimbo, se aproximou.

— É a nova garota da Priestly? — perguntou com a voz rouca, os lábios manchados de tabaco, sem tirar o cachimbo cor de mogno da boca. Assenti com um movimento de cabeça. — Sou Rich. Da expedição. Se precisar de um carro, fale comigo. Entendeu, lourinha? — Assenti de novo e me curvei para entrar no banco de trás de um Cadillac sedã preto. Ele bateu a porta e acenou.

— Aonde vai, senhorita? — perguntou o motorista, me trazendo de volta ao presente. Percebi que não fazia ideia e puxei o pedaço de papel do bolso.

Primeira parada: Estúdio de Ralph Lauren,
355 West, rua 57, 6º andar. Pergunte por Leanne.
Ela vai te dar tudo de que precisamos.

Dei o endereço a ele e olhei pela janela. Eram 13h de uma fria tarde de inverno, eu tinha 23 anos e estava no banco de trás de um sedã com motorista, a caminho do estúdio de Ralph Lauren. E estava, sem sombra de dúvida, morrendo de fome. Foram quase quarenta e cinco minutos para percorrer quinze quarteirões, naquele trânsito do centro de Manhattan na hora do almoço, o meu primeiro vislumbre de como é um engarrafamento de verdade. O motorista me disse que daria a volta no quarteirão até eu voltar, e fui para o estúdio de Ralph. Quando perguntei por Leanne na recepção do sexto andar, uma garota adorável, que não devia ter mais de 18 anos, saltitou escada abaixo.

— Oi! — gritou, estendendo a palavra por alguns segundos. — Você deve ser Andrea, a nova assistente de Miranda. Nós a amamos demais, por isso, seja bem-vinda à equipe! — Ela sorriu. Eu sorri. Ela puxou uma bolsa de plástico volumosa debaixo de uma mesa e derramou o conteúdo no chão. — Aqui temos o jeans favorito de Caroline em três cores, e separamos também algumas camisetas baby look. E Cassidy adora as saias cáqui de Ralph; estamos mandando para ela em verde-oliva e estonada. — Saias jeans, jaquetas de denim, até mesmo alguns pares de meias voaram da bolsa, e tudo o que pude fazer foi olhar: havia roupa suficiente para compor mais de quatro guarda-roupas pré-adolescentes completos. *Quem diabos são Cassidy e Caroline?* Eu me perguntei, olhando para a pilha. Que tipo de pessoa usa jeans Ralph Lauren em três cores, ainda por cima?

Devo ter parecido muito confusa, porque Leanne se virou de costas, rearrumando as roupas na bolsa com afinco, e disse:

— As filhas de Miranda vão adorar essas roupas. Há anos as vestimos, e Ralph insiste em escolher as roupas para elas pessoalmente.

Eu lhe lancei um olhar agradecido e pus a bolsa no ombro.

— Boa sorte! — gritou ela quando as portas do elevador se fecharam, com um sorriso sincero tomando quase todo o rosto. — Que sorte ter um trabalho tão fantástico! — Antes de ela ter tempo de concluir, me peguei terminando mentalmente a frase: *um milhão de garotas dariam a vida por ele!* E naquele momento, tendo acabado de conhecer o estúdio de um estilista famoso e na posse de milhares de dólares em roupas, achei que Leanne tivesse razão.

Depois que peguei o jeito, o restante do dia fluiu. Fiquei na dúvida por algum tempo se alguém se irritaria se eu usasse um minuto para pegar um sanduíche, mas não tive escolha. Não havia comido nada desde o croissant às 7h, e eram quase 14h. Pedi ao motorista para parar em uma delicatéssen e, em cima da hora, decidi comprar um para ele também. Seu queixo caiu quando eu lhe dei o de peru com mostarda e mel, e me perguntei se o teria deixado desconfortável.

— Só achei que também estivesse com fome — argumentei. — Sabe, esse lance de dirigir o dia todo, provavelmente não sobra muito tempo para comer.

— Obrigado, senhorita, agradeço. É que dirijo para as garotas da Elias-Clark há doze anos, e elas não são tão gentis. Você é muito gentil — disse ele com um sotaque carregado, mas indefinido, olhando para mim pelo espelho retrovisor. Sorri para ele e senti uma súbita apreensão. Mas o momento passou e mastigamos nossos sanduíches, sentados no engarrafamento, escutando o seu CD preferido, que me pareceu uma mulher ganindo a mesma coisa várias vezes em uma língua desconhecida, ao fundo, um sitar.

A instrução seguinte de Emily era para pegar um short branco de que Miranda desesperadamente precisava para a aula de pilates. Achei que iríamos para a Polo, mas ela tinha escrito Chanel. Chanel fazia roupa de ginástica? O motorista me levou ao salão privado, onde uma vendedora mais velha, cuja plástica tinha deixado seus olhos como fendas, me entregou uma hot pants de cotton-lycra branca, tamanho 34, presa a um cabide e coberta por uma capa de veludo. Olhei para o short, que parecia não caber em uma criança de 6 anos e, depois, de volta para a mulher.

— Hum, você acha mesmo que Miranda vai usar algo assim? — perguntei hesitante, convencida de que a mulher seria capaz de abrir a sua boca de pitbull e me engolir. Ela me fuzilou com o olhar.

— Bem, espero que sim, senhorita, considerando que foi feito sob medida, segundo suas especificações exatas — falou, de maneira hostil, ao me entregar o short. — Diga a ela que o Sr. Kopelman envia lembranças. — *É claro, senhora. Quem quer que ele seja.*

Minha próxima parada foi no que Emily escreveu como "bem pra lá do Baixo Manhattan", J&R Computer World, próximo da prefeitura. Parece que era a única loja na cidade que vendia *Warriors of the West*, um jogo de computador que Miranda queria comprar para o filho de

Frederic e Marie-Élise Marteau, Maxime. Quando cheguei ao Baixo Manhtattan, uma hora depois, me dei conta de que o celular podia fazer ligações interurbanas, então digitei, feliz, o número dos meus pais e contei como o trabalho era fantástico.

— Papai? Oi, é Andy. Adivinha onde estou agora. Sim, lógico, no trabalho, mas acontece que estou no banco de trás de um carro com motorista, rodando por Manhattan. Estive na Ralph Lauren e na Chanel, e depois de comprar um jogo de computador, vou até o apartamento de Frederic Marteau, na Park Avenue, para deixar todas essas coisas. Não, não são para ele! Miranda está em St. Barth e Marie-Élise está voando para lá hoje à noite, a fim de se encontrar com todos. Em um avião particular, sim! Papai!

Ele parecia cauteloso, mas satisfeito por eu estar tão feliz, e cheguei à conclusão de que havia sido contratada como office boy de nível superior completo. O que por mim estava ótimo. Depois de deixar a sacola com as roupas de Ralph Lauren, a hot pants e o jogo de computador com um porteiro de aparência muito distinta, em um saguão luxuoso na Park Avenue (então é isso que as pessoas querem dizer quando falam da Park Avenue!), voltei para o prédio da Elias-Clark. Quando entrei na área da minha sala, Emily estava sentada no chão, de pernas cruzadas, embrulhando presentes em papel branco liso, com fitas também brancas. Estava cercada por montanhas de caixas vermelhas e brancas, todas idênticas na forma, centenas, talvez milhares, espalhadas entre as nossas mesas e transbordando até a sala de Miranda. Emily não percebeu que eu a observava, e vi que lhe bastavam dois minutos para embrulhar com perfeição cada caixa, e mais quinze segundos para dar um laço com a fita de cetim branca. Movia-se com eficiência, sem perder um único segundo, empilhando as caixas brancas embrulhadas em novas montanhas atrás de si. A pilha embrulhada crescia cada vez mais, mas a pilha não embrulhada não diminuía. Calculei que mesmo que ela se dedicasse à tarefa durante os quatro dias seguintes, não a terminaria.

Eu a chamei, erguendo a voz acima do som do CD de clássicos de 1980 que tocava em seu computador.

— Ei, Emily? Oi, estou de volta.

Ela se virou para mim e, por um breve momento, pareceu não fazer ideia de quem eu era. Um branco total. Mas, então, a minha posição de nova garota voltou à sua memória.

— Como foi? — perguntou rapidamente. — Fez tudo o que estava na lista?

Assenti com a cabeça.

— Até o videogame? Quando liguei para lá, só restava um. Ainda tinham?

Assenti de novo com a cabeça.

— E levou tudo ao porteiro dos Marteau, na Park Avenue? As roupas, o short, tudo?

— Sim, sem problemas. Foi tranquilo e deixei tudo lá faz alguns minutos. Estava pensando se Miranda usaria mesmo aquele tipo...

— Ouça, preciso ir ao banheiro e estava esperando você chegar. Só se senta ao lado do telefone por um minuto, está bem?

— Não foi ao banheiro desde que eu saí? — perguntei incrédula. Tinham se passado cinco horas. — Por que não?

Emily terminou de dar o laço na caixa que havia acabado de embrulhar e me olhou com frieza.

— Miranda não tolera que ninguém, a não ser suas assistentes, atendam o telefone, logo, como você não estava, eu não quis sair. Acho que poderia ter sumido por um minuto, mas sei que ela está tendo um dia caótico, e quero me certificar de que estou sempre disponível. Portanto, não, não vamos ao banheiro, ou a qualquer outro lugar, sem combinar uma com a outra. Precisamos cooperar para ter certeza de que estamos fazendo o trabalho da melhor forma possível. Ok?

— Certo — respondi. — Vá em frente. Ficarei aqui. — Ela deu meia--volta e saiu, e pus a mão na mesa para me acalmar. Não ir ao banheiro sem um plano de guerra coordenado? Ela realmente ficou sentada na sala durante as últimas cinco horas, mandando a bexiga se comportar porque estava preocupada que uma mulher em outro país talvez ligasse durante os dois minutos e meio que levaria para ir ao banheiro? Aparentemente, sim. Parecia um tanto exagerado, mas supus que era apenas Emily sendo excessivamente dedicada. Não havia como Miranda exigir aquilo de suas assistentes. Eu tinha certeza. Ou havia?

Peguei algumas folhas de papel da impressora e vi o título "Presentes de Natal Recebidos". Um, dois, três, quatro, cinco, *seis* páginas, em espaço simples, de presentes, cada um com remetente e item em uma linha. Duzentos e cinquenta e seis presentes ao todo. Parecia uma lista do casamento da rainha da Inglaterra, e não consegui ler tudo rápido o bastante. Havia um conjunto de maquiagem Bobbi Brown, enviado pela própria Bobbi Brown; uma exclusiva bolsa de couro Kate Spade, de Kate e Andy Spade; uma agenda de couro vinho, da Smythson da Bond Street, de Graydon Carter; um saco de dormir forrado de vison, de Miuccia Prada; uma pulseira Verdura de várias voltas, de Aerin Lauder; um relógio incrustado com diamantes, de Donatella Versace; uma caixa de champanhe, de Cynthia Rowley; um conjunto de blusa bordada e bolsa de festa, de Mark Badgley e James Mischka; uma coleção de canetas Cartier, de Irv Ravitz; um cachecol de pele de chinchila, de Vera Wang; uma jaqueta com estampa de zebra, de Alberta Ferretti; um cobertor de cashmere Burberry, de Rose Marie Bravo. E era só o começo. Havia bolsas de vários formatos e tamanhos de: Herb Ritts, Bruce Weber, Gisele Bündchen, Hillary Clinton, Tom Ford, Calvin Klein, Annie Leibovitz, Nicole Miller, Adrienne Vittadini, Michael Kors, Helmut Lang, Giorgio Armani, John Sahag, Bruno Magli, Mario Testino e Narciso Rodriguez, para citar alguns. Havia dezenas de doações feitas em nome de Miranda a várias instituições de caridade, o que deviam ser cem garrafas de vinho e champanhe, oito ou dez bolsas Dior, umas duas dúzias de velas perfumadas, algumas peças de cerâmica oriental, pijamas de seda, livros de capa de couro, produtos para banho, chocolates, pulseiras, caviar, suéteres de cashmere, fotografias emolduradas e arranjos de flores e/ou vasos de plantas suficientes para decorar um desses casamentos coletivos de quinhentos casais que são realizados nos estádios de futebol da China. Ah, meu Deus! Aquilo era verdade? Estava realmente acontecendo? Eu estava trabalhando para uma mulher que recebia 256 presentes no Natal de algumas das pessoas mais famosas do mundo? Ou não tão famosas? Eu não tinha certeza. Reconheci algumas das celebridades e estilistas realmente óbvios, mas ainda não sabia que os outros incluíam alguns dos fotógrafos, maquiadores, modelos, socialites e todo um contingente dos executivos mais cobiçados da Elias-Clark. Enquanto me perguntava se Emily sabia realmente quem eram todos eles, ela entrou. Procurei fingir que não estava lendo a lista, mas ela não deu a menor importância.

— Loucura, não é? Ela é a mulher mais badalada — falou entusiasmada, apanhando as folhas de papel em sua mesa e as estudando com o que só poderia ser descrito como luxúria. — Já tinha visto coisa tão surpreendente em sua vida? Esta é a lista do ano passado. Eu a separei para sabermos o que esperar, já que os presentes começaram a chegar. Esta é, definitivamente, uma das melhores partes do trabalho: abrir todos os presentes.

Fiquei confusa. *Nós* abríamos os presentes? Por que ela mesma não os abria? Perguntei.

— Está maluca? Miranda não gosta de 90 por cento das coisas que enviam. Algumas são, francamente, insultantes, coisas que nem mesmo mostro para ela. Como isto — disse ela, pegando uma pequena caixa. Era um telefone sem fio Bang and Olufsen, com o típico tom prateado e linhas arredondadas, capaz de permanecer sem interferências por uns 3 mil quilômetros. Eu tinha estado na loja apenas algumas semanas antes, vendo Alex salivar pelos aparelhos de som, e sabia que o telefone custava mais de 500 dólares e podia fazer de tudo, exceto manter uma conversa *por* você. — Um telefone? Acredita que alguém teve coragem de mandar um *telefone* para Miranda Priestly? — Ela o jogou para mim. — Fique com ele, se quiser. Eu nunca a deixaria ver isso. Ela ficaria irritada com alguém que lhe mandasse algo *eletrônico*. — Pronunciou a palavra "eletrônico" como se fosse sinônimo de "coberto de fluidos corporais".

Enfiei o telefone debaixo da minha mesa e tentei apagar o sorriso da cara. Era perfeito demais! Um telefone sem fio estava na lista do que eu ainda precisava para o meu quarto, e eu tinha conseguido um de 500 dólares de graça.

— Na verdade — prosseguiu ela, se sentando de novo no chão da sala de Miranda, na posição de lótus —, vamos passar algumas horas embrulhando mais algumas garrafas de vinho e, depois, você pode abrir os presentes que chegaram hoje. Estão ali. — Apontou para trás de sua mesa, para uma pequena montanha de caixas e sacolas e cestas de várias cores.

— Então, estes são presentes que Miranda está enviando, certo? — perguntei, pegando uma caixa e começando a embrulhá-la com o espesso papel branco.

— Sim. Todo ano é a mesma coisa. Pessoas no alto da pirâmide recebem garrafas de Dom. Isso inclui os executivos da Elias e os grandes estilistas que não são amigos pessoais. Além de seu advogado e contador. Pessoas no nível médio recebem Veuve, e isso vale para todo mundo: os professores das gêmeas, os cabeleireiros, Uri etc. Os menos importantes recebem uma garrafa de Ruffino Chianti. Geralmente vão para o pessoal de relações públicas que enviam mimos pequenos, que não são personalizados, para ela. Ela vai querer que seja enviado Chianti para o veterinário, algumas das babás que substituem Cara, o pessoal que a atende em lojas que visita com frequência, e a todos os caseiros de sua casa de veraneio, em Connecticut. De qualquer modo, encomendei cerca de 25 mil dólares dessas bebidas no começo de novembro; Sherry-Lehmann entrega e geralmente leva quase um mês para embrulhar tudo. É bom que ela esteja fora, ou teríamos de embrulhar tudo em casa. Um esquema ótimo, pois a Elias paga pelo serviço.

— Imagino que custaria o dobro se a Sherry-Lehmann embrulhasse, não é? — pensei, tentando processar a hierarquia da doação de presentes.

— E o que nós temos com isso? — falou com desdém. — Acredite em mim, você vai aprender rapidamente que custo não é um problema por aqui. É que Miranda não gosta do papel de embrulho que eles usam. Dei a eles este papel branco no ano passado, mas não capricharam como nós. — Ela parecia orgulhosa.

Ficamos embrulhando até quase 18h, com Emily me contando como as coisas funcionavam e eu tentando entender aquele mundo estranho e empolgante. Quando ela estava descrevendo como Miranda gosta do café (latte grande, com dois sachês de açúcar demerara), uma garota loura ofegante, da qual eu me lembrava como uma das muitas assistentes de moda, entrou carregando uma cesta de vime do tamanho de um carrinho de bebê. Ela hesitou à porta da sala de Miranda, como se temesse que o carpete cinza macio se transformaria em areia movediça sob seus Jimmy Choo, se ousasse atravessar o batente.

— Oi, Em. Estou com as saias aqui. Desculpe ter demorado tanto, mas não havia ninguém por perto, já que é uma data complicada, logo antes do feriado de Ação de Graças. De qualquer modo, espero que encontre algo de que ela vá gostar. — Baixou os olhos para a cesta cheia de saias dobradas.

Emily olhou para ela com mal disfarçado desprezo.

— Deixe na minha mesa. Devolvo as que não servirem. *O que imagino será a maioria, considerando o seu gosto.* — A última parte ela sussurrou, baixo o bastante para que só eu ouvisse.

A garota loura parecia confusa. Com certeza não a estrela mais brilhante no firmamento, mas era bonita. Eu me perguntei por que Emily a odiava tanto. Como já tinha sido um longo dia, com muitas informações e incumbências pela cidade, e centenas de nomes e rostos para tentar memorizar, não perguntei.

Emily pôs a cesta grande sobre a sua mesa e a olhou, colocando as mãos nos quadris. Do que pude ver no chão da sala de Miranda, havia talvez vinte e cinco saias diferentes, em uma variedade incrível de tecidos, cores e tamanhos. Ela não tinha especificado nada do que queria? Realmente não tinha se dado o trabalho de informar Emily se estava precisando de algo para um jantar black tie ou para compor um conjunto informal ou para usar como saída de praia? Queria jeans ou um chiffon ficaria melhor? Como exatamente adivinharíamos o que *iria* agradá-la?

Eu estava prestes a descobrir. Emily levou a cesta para a sala de Miranda e, cuidadosa, reverentemente, a colocou ao meu lado sobre o carpete felpudo. Então se sentou e começou a retirar as saias uma por uma, as dispondo em um círculo à nossa volta. Havia uma bela saia de crochê rosa-shocking da Celine, uma saia transpassada cinza-pérola da Calvin Klein, e uma preta de camurça com contas da mesma cor na bainha de Oscar de la Renta. Havia saias em vermelho, marfim e lilás, algumas com renda, outras em cashmere. Algumas eram longas o bastante para envolverem graciosamente os tornozelos, e outras tão curtas que mais pareciam tops. Peguei uma linda de seda marrom, comprimento até a panturrilha, e a segurei em minha cintura, mas o tecido cobriu apenas uma das minhas pernas. A seguinte na pilha ia até o chão, em uma profusão de tule e chiffon, parecendo mais apropriada a uma festa ao ar livre da década de 1920. Uma das saias jeans, desbotada, vinha com um gigantesco cinto de couro marrom já preso no cós, e outra tinha uma camada com pregas de tecido prateado em cima de um forro opaco, também prateado. Qual afinal era o foco ali?

— Uau, parece que Miranda tem um fraco por saias, hein? — comentei, simplesmente porque não tinha nada melhor a dizer.

— Na verdade, não. Miranda tem mesmo é uma leve obsessão por echarpes. — Emily se recusava a me encarar, como se tivesse acabado de revelar que tinha uma doença venérea. — É um daqueles detalhes charmosos e peculiares que deve saber sobre Miranda.

— Ah, é mesmo? — perguntei, tentando parecer bem-humorada, e não horrorizada. Uma obsessão por echarpes? Gosto de roupas e bolsas e sapatos tanto quanto qualquer garota, mas não declararia nenhum deles como uma "obsessão". E havia um certo quê na revelação de Emily que não parecia natural.

— Sim, bem, ela deve precisar de uma saia para algo específico, mas é mesmo de echarpes que gosta. Sabe, as suas echarpes são como uma marca registrada. — Olhou para mim. A minha expressão deve ter traído a minha total ignorância. — Você se lembra de tê-la visto durante a entrevista, não?

— Lógico — respondi rapidamente, sentindo que não seria boa ideia deixar aquela garota perceber que eu mal lembrava o sobrenome de Miranda durante a entrevista, muito menos o que estava vestindo. — Mas não estou certa de ter notado uma echarpe.

— Ela sempre, sempre, sempre usa uma única Hermès branca, em alguma parte do look. Geralmente em volta do pescoço, mas, às vezes, faz com que seu cabeleireiro a amarre em um coque, ou, ocasionalmente, a usa como cinto. São como a sua marca. Todo mundo sabe que Miranda Priestly usa uma echarpe Hermès branca, independentemente de qualquer coisa. Não é o máximo?

Foi naquele exato momento que notei que Emily tinha uma echarpe verde-limão entremeada nas presilhas da calça cargo, parcialmente visível sob a camiseta branca.

— Às vezes, Miranda gosta de misturar as coisas, e acho que esta é uma dessas vezes. Enfim, aquelas idiotas da moda nunca sabem do que ela vai gostar. Veja algumas destas, são medonhas! — Ela ergueu uma saia absolutamente maravilhosa, um pouco mais elegante do que as demais, com pequenos brilhos dourados salpicados sobre um fundo castanho.

— É — concordei, no que se tornou a primeira de milhares de vezes, se não milhões, em que concordei com qualquer coisa que ela dizia, só para que parasse de falar. — É horrenda. — Era tão linda que ficaria feliz em usá-la no meu casamento.

Emily continuou a tagarelar sobre estampados e tecidos, sobre os desejos e necessidades de Miranda, inserindo um ocasional insulto mordaz a um colega de trabalho. Por fim, escolheu três saias radicalmente diferentes e as separou para Miranda, falando, falando, falando sem parar. Tentei prestar atenção, mas eram quase 19h, e eu não tinha certeza se me sentia vorazmente faminta, completamente nauseada ou simplesmente exausta. Talvez os três. Nem mesmo notei quando o ser humano mais alto que já vi entrou na sala de repente.

— VOCÊ! — Ouvi de algum lugar atrás de mim. — LEVANTE-SE PARA QUE EU A VEJA!

Eu me virei a tempo de ver o homem, que tinha, no mínimo, 2,10m de altura, pele bronzeada e cabelo preto, apontando direto para mim. Pesava uns 110 quilos, distribuídos sobre a estrutura incrivelmente alta, e era tão musculoso, tão vigoroso que parecia que explodiria de seu... macacão colante? Ah, meu Deus! Ele vestia um macacão colante. Sim, sim, um macacão inteiriço de jeans, skinny, com cintura marcada, as mangas arregaçadas. E uma capa. Havia, na verdade, uma capa de pele do tamanho de um cobertor, amarrada duas vezes em volta do pescoço grosso, e coturnos pretos lustrosos do tamanho de raquetes de tênis adornavam os pés colossais. Parecia ter uns 35 anos, embora todos aqueles músculos, o bronzeado e o maxilar esculpido pudessem ocultar dez anos ou acrescentar cinco. Ele estava agitando as mãos na minha direção, para que me levantasse. Fiquei de pé, sem conseguir desviar os olhos daquela figura, que logo se virou para me examinar.

— BEM, O QUE TEMOS AQUI? — berrou, o máximo que alguém conseguiria em falsete. — VOCÊ É BONITA, MAS SAUDÁVEL DEMAIS. E A ROUPA NÃO AJUDA NADA!

— Meu nome é Andrea. Sou a nova assistente de Miranda.

Ele me olhou da cabeça aos pés, inspecionando cada centímetro. Emily assistia ao espetáculo com uma expressão desdenhosa. O silêncio se tornou insuportável.

— BOTAS DE CANO ALTO? COM UMA SAIA ATÉ O JOELHO? ESTÁ DE ONDA? GAROTA, CASO NÃO SAIBA, CASO NÃO TENHA LIDO O LETREIRO GRANDE E PRETO NA PORTA, ESTA É A REVISTA RUNWAY, A REVISTA MAIS ELEGANTE DO MUNDO. DO MUNDO! MAS NÃO SE PREOCUPE, QUERIDA, NIGEL VAI TE LIVRAR RAPIDINHO DESSA APARÊNCIA DE RATA DE SHOPPING SUBURBANA.

Pôs as mãos enormes nos meus quadris e me girou. Senti seus olhos em minhas pernas e bunda.

— LOGO, QUERIDA. PROMETO, PORQUE É UMA BOA MATÉRIA-PRIMA. BELAS PERNAS. CABELO LINDO, E NÃO É GORDA. POSSO TRABALHAR COM ISSO. LOGO, LOGO, QUERIDA.

Eu queria me sentir ofendida, me desvencilhar daquelas mãos segurando a parte de baixo do meu corpo, tirar alguns minutos para refletir sobre o fato de que um completo estranho — mais: um colega de trabalho — tinha acabado de fornecer uma avaliação não solicitada e franca da minha roupa e aparência, mas não me sentia ofendida. Gostei daqueles olhos verdes bondosos que pareciam rir em vez de escarnecer, porém, ainda mais, gostei de ter passado no exame. Aquele era Nigel — um único nome, como Madonna ou Prince —, a autoridade em moda que reconheci da TV, das revistas, colunas sociais, de toda parte, e ele havia me dito que eu era bonita. E que tinha belas pernas! Desconsiderei o lance de rata de shopping. *Gostei* daquele cara.

Ouvi Emily, de algum lugar ao fundo, dizer a ele para me deixar em paz, mas eu não queria que Nigel fosse embora. Tarde demais, ele já estava na porta, a capa de pele drapejando às suas costas. Quis chamá-lo de volta, dizer a ele que tinha sido bom conhecê-lo, que eu não estava ofendida com o que ele havia dito e que estava animada com o fato de ele querer mudar meu visual. Mas, antes que eu pudesse dizer qualquer coisa, Nigel deu meia-volta e atravessou o espaço entre nós com dois passos, cada um como um grande salto. Parou bem na minha frente, envolveu meu corpo com os braços musculosos e me apertou contra si. Minha cabeça bateu no seu peito, e senti o inconfundível perfume da loção da Johnson's Baby. E quando tive a presença de espírito de retribuir o abraço, ele me afastou, pegou minhas mãos nas suas, e gritou:

— BEM-VINDA À CASA DE BONECAS, GAROTA!

5

— Ele disse o quê? — perguntou Lily, lambendo uma colher de sorvete de chá verde. Nós nos encontramos no Sushi Samba, às 21h, para que eu contasse sobre o meu primeiro dia. Meus pais tinham, relutantemente, devolvido o cartão de crédito "só para emergências" até eu receber o primeiro salário. Rolinhos de atum picante e salada de algas certamente pareciam uma emergência, e, portanto, agradeci, em silêncio, a mamãe e papai por tratarem Lily e a mim tão bem.

— Ele disse: "Bem-vinda à casa de bonecas, garota." Juro. Não é o máximo?

Ela me olhou, boquiaberta, a colher suspensa no ar.

— Você tem o emprego mais maneiro de que já ouvi falar — comentou Lily, que sempre falava que deveria ter trabalhado por um ano antes de voltar à escola.

— É muito legal mesmo, não é? Sem dúvida é esquisito, mas descolado, também. Não importa — falei, cavoucando meu brownie de chocolate. — Não significa que eu não iria preferir ser estudante de novo a fazer esse tipo de coisa.

— É, tenho certeza de que você adoraria trabalhar meio expediente para financiar seu doutorado obscenamente caro e definitivamente inútil, não? Tem inveja porque trabalho como garçonete em um pub universitário, sou assediada por calouros toda a noite até as 4h, e depois assisto aula o dia inteiro, não? Total ciente de que se, e é um enorme "se", conseguir terminar nos próximos 17 anos, nunca vai conseguir um emprego. Em lugar nenhum. — Abriu um sorriso largo e falso, e bebeu um gole de seu Sapporo. Lily fazia doutorado em literatura russa, na Columbia, e todos os momentos livres, isto é, quando não estava estudando, preenchia com trampos. Sua avó mal conseguia sustentar a si mesma, e Lily só estaria apta a receber uma bolsa quando terminasse o mestrado, por isso era extraordinário ter saído naquela noite.

Mordi a isca, como sempre acontecia quando ela se queixava da vida.

— Então, por que faz isso, Lil? — perguntei, embora já tivesse ouvido a resposta um milhão de vezes.

Lily riu com desdém e revirou os olhos de novo.

— Porque adoro! — falou com sarcasmo. E apesar de nunca admitir, porque era muito mais divertido reclamar, ela realmente adorava. Tinha desenvolvido uma ligação com a cultura russa desde que o seu professor, no oitavo ano, lhe dissera que se parecia com a imagem que criara de Lolita, com o rosto redondo e o cabelo preto cacheado. Ela havia ido direto para casa e lido a obra-prima da libertinagem, de Nabokov, sem que a referência do professor a Lolita a incomodasse em momento algum. Depois, leu tudo o que Nabokov escreveu. E Tolstói. E Gogol. E Tchecov. Quando chegou a época de escolher a faculdade, ela se inscreveu na Brown para trabalhar com um determinado professor de literatura russa que, ao entrevistar a Lily de 17 anos, declarou que era uma das estudantes mais entusiasmadas e que mais lera literatura russa que ele já tinha conhecido: fosse universitário, formado ou não formado, ou qualquer outra coisa. Ela continuava a adorar o tema, a estudar a gramática russa, e era capaz de ler qualquer coisa no original, mas gostava mais de se queixar.

— Sim, bem, definitivamente concordo que tenho o melhor emprego que existe. Quero dizer, Ralph Lauren? Chanel? Apartamento de Frederic Marteau? No primeiro dia. Tenho de admitir que não sei até que ponto isso vai me aproximar da *New Yorker*, mas talvez seja cedo demais para saber. É que não parece realidade, entende?

— Bem, quando estiver no clima para uma dose de realidade, sabe onde me encontrar — disse Lily, pegando o seu cartão do metrô na bolsa. — Se sentir desejo de um pouco do gueto, se estiver morrendo de vontade de botar os pés no chão, bem, a minha luxuosa quitinete de 75 metros quadrados no Harlem é toda sua.

Paguei a conta e nos despedimos com um abraço, e ela tentou me orientar sobre como ir da Sétima Avenida com a Christopher até o meu apartamento, no Alto Manhattan. Jurei que tinha entendido exatamente onde encontrar o trem L e, depois, o 6, e como andar da estação na rua 96 até o meu apartamento, mas, assim que ela partiu, entrei em um táxi.

Só esta vez, pensei, afundando no banco de trás aquecido, e tentando não sentir o cheiro de suor do motorista. *Agora, sou uma garota Runway.*

Fiquei feliz ao descobrir que o restante da primeira semana não foi muito diferente do primeiro dia. Na sexta, Emily e eu nos encontramos de novo no saguão impecavelmente branco às 7h, e, daquela vez, ela me deu o meu próprio crachá, completo com uma foto que eu não me lembrava de ter tirado.

— Da câmera de segurança — disse ela, quando percebeu meu espanto. — Estão por toda parte, é bom saber. Tiveram problemas com pessoas roubando coisas, roupas e joias para as sessões de fotos; parece que office boys e, às vezes, até mesmo redatores, passam a mão nas coisas. Por isso agora rastreiam todo mundo. — Ela deslizou seu cartão na fechadura eletrônica e a porta de vidro grosso se abriu.

— Rastreiam? O que quer dizer exatamente com "rastreiam"?

Ela desceu rapidamente o corredor em direção à nossa área, os quadris balançando na calça Seven de veludo cotelê bege, colada à pele, que vestia. Ela tinha me dito no dia anterior que eu devia pensar seriamente em comprar uma ou dez daquele modelo, pois estavam entre as únicas calças jeans ou de veludo que Miranda permitia na redação. Aquelas e as MJ eram admitidas, mas somente às sextas-feiras, e somente se usadas com salto alto. MJ? "Marc Jacobs", respondera ela, exasperada.

— Bem, com as câmeras e os crachás, eles meio que sabem tudo o que todo mundo está fazendo — disse ela, jogando a bolsa tote da Gucci sobre a mesa. Começou a desabotoar o blazer de couro, uma peça que parecia extremamente inadequada para o clima de fim de novembro. — Não acho que eles fiquem bisbilhotando as câmeras, a não ser que algo tenha desaparecido, mas os crachás dão o serviço. Toda vez que você o usa lá embaixo, para passar pela segurança, ou no andar, para abrir a porta, sabem onde está. É assim que descobrem se as pessoas estão no trabalho, então, se precisar faltar, e nunca vai precisar, a não ser no caso de algo realmente terrível acontecer, basta me dar o crachá e eu o uso. Assim, ainda vai receber pelos dias em que se ausentar. Você fará o mesmo por mim, todo mundo faz.

Eu ainda estava na parte "e nunca vai precisar", mas ela continuou as instruções.

— E é assim que você pede comida na cantina, também. É um cartão de débito: basta inserir algum saldo e a despesa é deduzida no caixa. Assim é como sabem o que está comendo — explicou ela, destrancando a porta da sala de Miranda e se jogando no chão. Estendeu o braço imediatamente para uma caixa com uma garrafa de vinho e começou a embrulhar.

— Eles se importam com o que você come? — perguntei, como se tivesse acabado de entrar em uma cena de *Invasão de privacidade*.

— Hum, não sei bem. Talvez. Só sei que sabem. E a academia. Deve usá-lo lá também, e na banca, para comprar livros ou revistas. Acho que isso os ajuda a manter a organização.

Manter a organização? Eu estava trabalhando para uma companhia que definia uma boa "organização" como saber que andar os funcionários visitavam, se preferiam sopa de cebola ou salada Caesar no almoço, e os minutos exatos de elíptico que conseguiam tolerar? Eu era uma garota de muita, muita sorte.

Exausta pelo quinto dia acordando às 5h30, precisei de mais cinco minutos para reunir energia para tirar o casaco e me instalar na minha mesa. Pensei em apoiar a cabeça no tampo para descansar um pouco, mas Emily pigarreou. Alto.

— Hum, pode vir aqui me ajudar? — perguntou, embora sem dúvida não fosse uma pergunta. — Pegue, embrulhe alguma coisa. — Jogou uma pilha de papel branco na minha direção e retomou sua tarefa. Jewel se esgoelava nas caixas de som portáteis conectadas ao seu iMac.

Corta, coloca, dobra, cola. Emily e eu trabalhamos disciplinadamente a manhã toda, só parando a fim de ligar para o setor de office boys sempre que concluíamos vinte e cinco caixas. Eles as guardariam até darmos o sinal verde para que fossem distribuídas por toda Manhattan, em meados de dezembro. Já havíamos embrulhado todas as garrafas para fora da cidade durante meus dois primeiros dias, e estavam empilhadas no Closet, esperando que a DHL as buscasse. Considerando que cada uma seria enviada com prioridade, chegando ao destino o mais cedo possível na manhã seguinte, não entendi direito por que a pressa — estávamos no fim de novembro —, mas já tinha aprendido que era melhor não fazer perguntas. Despacharíamos pela FedEx cerca de cento e cinquenta garrafas mundo afora. As garrafas Priestly viajariam até Paris, Cannes, Bordeaux, Milão, Roma, Florença, Barcelona, Genebra, Bruges, Estocolmo, Amsterdã e Londres. Dezenas para Londres! A FedEx as mandaria de avião para Beijing e Hong Kong e Cidade do Cabo e Tel Aviv e Dubai (Dubai!). Brindariam Miranda Priestly em Los Angeles, Honolulu, Nova Orleans, Charleston, Houston, Bridgehampton e Nantucket. E todas antes de qualquer uma que fosse distribuída em Nova York — a cidade com todos os amigos de Miranda, médicos, empregadas domésticas, cabeleireiros, babás, maquiadores, psiquiatras, instrutores de ioga, personal trainers, motoristas e personal shoppers. Evidentemente, era onde a maior parte do pessoal da indústria da moda estava: designers, modelos, atores, editores, anunciantes, relações públicas e todos os especialistas em elegância receberiam uma garrafa, segundo o seu nível, carinhosamente entregue por um office boy da Elias-Clark.

— Quanto acha que custa tudo isso? — perguntei a Emily, cortando o que poderia ser o milionésimo pedaço de papel branco.

— Já disse, encomendei 25 mil dólares em bebida.

— Não, não... quanto acha que custa tudo somado? Quero dizer, despachar todos esses embrulhos para serem entregues no dia seguinte, mundo afora. Aposto que, em alguns casos, expedir custa mais do que o preço da garrafa, em especial se for para uma pessoa sem importância.

Ela pareceu intrigada. Era a primeira vez que a via olhar para mim com algo mais que repugnância, exasperação ou indiferença.

— Bem, vejamos. Se imaginar que as expedições domésticas giram em torno de 20 dólares, e as internacionais em aproximadamente 60, então, isso dá 9 mil dólares de FedEx. Ou suponhamos que os office boys cobrem 11 dólares por pacote, então, enviar duzentos e cinquenta daria 2.750 dólares. E a nossa carga horária, bem, se levamos uma semana inteira para embrulhar tudo, somando tudo, são duas semanas de salários, ou seja, mais 4 mil...

Foi aí que percebi que o salário de nós duas juntas, por uma semana inteira de trabalho era, de longe, a despesa mais insignificante.

— É, fica por volta dos 16 mil dólares, no total. Loucura, né? Mas qual é a escolha? Ela é Miranda Priestly, você sabe.

Por volta de 13h, Emily anunciou que estava com fome e iria descer para comer alguma coisa com as garotas dos acessórios. Supus que ela estivesse dizendo que pegaria o almoço, já que tinha feito aquilo durante toda a semana, então esperei dez minutos, quinze, vinte, mas ela não voltou com a comida. Nenhuma de nós havia comido na cantina desde que eu começara, para o caso de Miranda ligar, mas aquilo era ridículo. Deu 14h, depois 14h30, 15h, e eu só conseguia pensar em como estava faminta. Tentei ligar para o celular de Emily, mas caiu na caixa postal. Teria morrido na cantina? Engasgado com um pouco de alface ou tido um colapso depois de tomar um suco depressa demais? Pensei em pedir para alguém me trazer algo, mas me pareceu exagero pedir a um estranho que buscasse meu almoço. Afinal, supostamente, *eu* é que deveria buscar almoços: *Ah, sim, querida, é que sou importante demais para abandonar o meu posto, embrulhando presentes, por isso pensei que você podia buscar um croissant de peru e brie. Ótimo.* Não tive coragem. Portanto, quando o relógio marcou 16h e nem sinal de Emily e nenhuma ligação de Miranda, fiz o inconcebível: saí da sala, sem deixar ninguém no meu lugar. Depois de dar uma olhada no corredor e confirmar que Emily não estava à vista, literalmente corri à recepção e apertei o botão do elevador umas vinte vezes. Sophy, a bela recepcionista asiática, ergueu a sobrancelha e desviou o olhar, e não sei se foi minha impaciência ou seu conhecimento de que a sala de Miranda tinha sido abandonada que a fez olhar para mim daquela maneira. Não havia tempo para descobrir. O elevador finalmente chegou e consegui entrar, apesar de um homem magro-heroína, fungando, com o cabelo espetado e tênis Puma verde-

-limão ficar apertando "Fechar Porta". Ninguém se afastou para me dar lugar, embora houvesse muito espaço. E apesar daquilo, normalmente, me deixar maluca, tudo em que consegui me concentrar foi em conseguir comida e voltar, o mais rápido possível.

A entrada de vidro e granito da cantina estava bloqueada por um grupo de "claque-claques-em-treinamento", todas curvadas, cochichando, examinando cada grupo de pessoas que saía do elevador. Amigas dos funcionários da Elias, imediatamente me lembrei da descrição feita por Emily, óbvias em sua excitação flagrante por estarem no centro de tudo. Lily já tinha me implorado para levá-la à cantina, já que quase todo jornal e revista de Manhattan o mencionara por sua alta qualidade — sem falar da quantidade de gente bonita que frequentava o local —, mas eu ainda não estava preparada para aquilo. Além do mais, por causa do horário de trabalho que eu e Emily negociávamos todo dia, eu ainda não tinha passado mais tempo ali do que os dois minutos e meio que levava para escolher e pagar minha comida, e não sabia se conseguiria um dia.

Abri caminho entre as garotas e senti que se viravam para ver se eu era alguém importante. Negativo. Avançando rápida e intencionalmente, desviei de prateleiras maravilhosas com cordeiro e vitela ao Marsala no bufê de entradas e, com tremenda força de vontade, passei direto pela pizza especial de tomate seco e queijo de cabra (que ficava em uma pequena mesa isolada a que todos chamavam de "Canto dos Carboidratos"). Não foi tão fácil navegar em volta da *pièce de résistance* do balcão de saladas (também conhecido como "Verdes", tipo "te encontro nos Verdes"), que era tão comprido quanto uma pista de aterrissagem e acessível pelos quatro lados, mas a multidão me deixou passar quando garanti, alto, que não queria pegar os últimos cubos de tofu. Nos fundos, diretamente atrás da bancada de sanduíches que, na verdade, parecia um balcão de maquiagem, ficava o único e solitário réchaud de sopas. Solitário porque o seu chef era o único em toda a cantina que se recusava a preparar sequer uma opção de baixa caloria, light, sem gordura, menos sódio ou zero carboidrato. Simplesmente se recusava. Consequentemente, sua mesa era a única sem fila no local, e eu corria direto para ele todos os dias. Como, ao que parecia, eu era a única na empresa inteira que comprava sopa — e só estava lá havia uma semana —, a cúpula tinha reduzido o seu menu a uma sopa solitária por dia. Rezei para que fosse a de tomate e cheddar. Mas ele ergueu uma concha gigantesca de sopa de mariscos da Nova Inglaterra, declarando, orgulhosamente, que era feita com creme de leite fresco. Três pessoas nos Verdes se viraram para olhar. O único obstáculo que restava era se esquivar das pessoas ao redor da mesa do chef, onde um cozinheiro visitante todo de branco arrumava grandes pedaços de sashimi para fãs que, aparentemente, o reverenciavam. Li o crachá preso em seu colarinho engomado: Nobu Matsuhisa. Anotei mentalmente para me informar sobre ele ao subir, já que eu parecia ser a única funcionária que não o estava bajulando. Seria pior nunca ter ouvido falar no Sr. Matsuhisa ou em Miranda Priestly?

A delicada caixa olhou primeiro para a sopa, em seguida para os meus quadris ao registrar a refeição. Ou não? Eu já estava me acostumando a ser dissecada dos pés à cabeça o tempo todo, e podia jurar que ela me encarava com a mesma expressão que eu teria dispensado a alguém com 230 quilos e em posse de oito Big Macs: o olhar se ergueu só um pouco, como se perguntasse, "Você precisa *mesmo* disso?" Mas pus minha paranoia de lado e lembrei a mim mesma que a mulher era apenas uma caixa em uma cafeteria, não uma conselheira do Vigilantes do Peso. Ou uma editora de moda.

— Pois é, não são muitos os que compram sopa hoje em dia — disse ela, calmamente, apertando os números na registradora.

— É. Acho que pouca gente gosta da sopa de mariscos da Nova Inglaterra — murmurei, passando o cartão e desejando que as suas mãos fossem mais rápidas.

Ela parou, me encarando com olhos castanhos semicerrados.

— Não, acho que é porque o chef insiste em fazer coisas engordativas. Faz ideia de quantas calorias há nessa sopa? Faz ideia de como essa pequena tigela é pura gordice? O que estou dizendo é que só de olhar a pessoa engorda 5 quilos. — *E você não é o tipo que pode se dar o luxo de ganhar 5 quilos*, deixou implícito.

Ui. Como não fosse difícil o bastante me convencer de que meu peso e minha altura eram normais quando todas as altas e esbeltas louras

Runway viviam me julgando, vinha a caixa dizer que eu estava gorda? Peguei o saco com a comida e abri caminho entre as pessoas. Entrei no banheiro, que se localizava, convenientemente, logo em frente à cantina, onde se podia purgar qualquer orgia alimentar. E embora eu soubesse que o espelho não revelaria nada a mais do que havia mostrado de manhã, me virei para encará-lo. Um rosto contorcido, expressão irada, me encarava de volta.

— O que diabos está fazendo aqui? — Emily quase gritou para o meu reflexo.

Eu me virei a tempo de vê-la pendurar o blazer de couro na bolsa Gucci, empurrando os óculos escuros para o alto da cabeça. Então me ocorreu que Emily quisera dizer o que tinha mesmo dito, três horas e meia antes, literalmente: havia saído para almoçar. Quero dizer, fora. Quero dizer, havia me deixado sozinha por três horas seguidas sem avisar, praticamente amarrada a uma linha de telefone, sem esperança de pausa para comida e banheiro. Quero dizer, nada daquilo importava, porque eu continuava ciente de que fora errado sair, e que iria ser repreendida aos berros por alguém da minha idade. Felizmente, a porta abriu e a editora-chefe da *Coquette* entrou. Ela nos olhou dos pés à cabeça quando Emily agarrou meu braço e me levou para fora do banheiro, na direção dos elevadores. Ficamos assim, ela agarrada ao meu braço e eu me sentindo como se tivesse molhado a cama. Estávamos vivendo uma dessas cenas em que o sequestrador põe a arma nas costas de uma mulher em plena luz do dia e, tranquilamente, a ameaça enquanto a leva ao seu porão de tortura.

— Como pôde fazer isso comigo? — sibilou, me empurrando pelas portas da recepção da *Runway*. E corremos de volta às nossas mesas. — Como assistente sênior, sou a responsável pelo que acontece no escritório. Sei que é nova, mas eu lhe disse no primeiro dia: não deixamos Miranda sem ninguém.

— Mas Miranda não está aqui. — As palavras soaram como um guincho.

— Mas podia ter ligado enquanto você estava fora, e não haveria ninguém aqui para atender o telefone! — gritou, batendo a porta da nossa área. — Nossa prioridade, a nossa única prioridade, é Miranda Priestly. Ponto final. E se não pode lidar com isso, lembre-se de que há milhões de garotas que dariam a vida para estar no seu lugar. Agora verifique os recados. Se ela ligou, estamos ferradas. *Você* está ferrada.

Tive vontade de rastejar para dentro do meu iMac e morrer. Como podia ter pisado na bola daquele jeito na primeira semana? Miranda nem estava na redação e eu já a decepcionava. E daí se eu estava com fome? Podia esperar. Havia gente importante tentando fazer as coisas direito, pessoas que dependiam de mim, e eu as tinha decepcionado. Liguei para a minha caixa postal.

"Oi, Andy, sou eu". Alex. "Onde você está? Você sempre atende. Mal posso esperar para o nosso jantar hoje. Está de pé, não? Onde quiser, você escolhe. Ligue quando receber esta mensagem. Vou estar na sala dos professores a partir das 16h. Te amo." Logo me senti culpada, porque já havia decidido, depois do desastre do almoço, que preferia marcar outro dia. Minha primeira semana havia sido tão louca que mal tínhamos nos visto, e havíamos planejado jantar naquela noite, só os dois. Mas eu sabia que não seria nada divertido se eu adormecesse ao tomar o vinho, e eu queria uma noite para relaxar, ficar sozinha. Teria de me lembrar de ligar e reagendar para a noite seguinte.

Emily estava me vigiando, já havia checado os seus recados. Por sua óbvia e relativa calma, calculei que Miranda não tinha deixado nenhuma ameaça de morte. Balancei a cabeça para indicar que ainda não tivera sinal dela.

"Oi, Andrea, é Cara." Babá de Miranda. "Miranda ligou há pouco para aí" — parada cardíaca — "e disse que ninguém atendeu. Imaginei que estivesse acontecendo alguma coisa, então disse que tinha falado com vocês duas um minuto antes, mas não se preocupe. Ela queria que passassem por fax para ela um exemplar do *Women's Wear Daily*, e eu tinha um aqui. Já confirmei que ela recebeu, por isso não se estresse. Só quis avisar você. De qualquer modo, tenha um bom fim de semana. Falo com você mais tarde. Tchau".

Salva-vidas. A garota era uma santa. Era difícil acreditar que a conhecia havia apenas uma semana — e nem sequer pessoalmente, apenas por telefone —, mas achei que estava apaixonada por ela. Cara, o oposto de Emily em todos os aspectos: era calma, resolvida e não estava nem aí para moda. Reconhecia o absurdo de Miranda; possuía aquela qualidade rara e encantadora de ser capaz de rir de si mesma e dos outros.

— Nada, nada dela — avisei a Emily, meio que mentindo, só que não, sorrindo triunfante. — Nos safamos.

— *Você* se safou, desta vez — disse, num tom incisivo. — Só não se esqueça de que estamos nisso juntas, mas sou a responsável. Você me dá cobertura se eu quiser sair para almoçar de vez em quando. Sou a chefe. Não vai acontecer de novo, certo?

Contive o impulso de responder algo atrevido.

— Certo — concordei. — Certo.

Tínhamos conseguido embrulhar o restante das garrafas e entregá-las aos office boys por volta das 19h, e Emily não tocou mais no assunto do abandono da sala. Finalmente, às 20h, entrei em um táxi (só mais aquela vez), e, às 22h, estava esparramada, completamente vestida, em cima das cobertas. Ainda não tinha comido, porque não aguentava nem pensar em sair para pegar comida e me perder de novo, como havia acontecido nas últimas quatro noites, em meu próprio bairro. Liguei para Lily para me queixar, usando o meu Bang and Olufsen novinho em folha.

— Oi! Pensei que você e Alex iam sair hoje à noite — disse ela.

— Sim, íamos, mas estou morta. Ele disse que tudo bem deixar para amanhã, e acho que vou pedir alguma coisa. Qualquer coisa. Como foi o seu dia?

— Uma única palavra: uma merda. Está bem, são duas palavras. Não pode imaginar o que aconteceu. Bem, é claro que pode, depende do...

— Resuma, Lil. Vou desmaiar a qualquer momento.

— Ok. O cara mais gracinha foi à minha leitura hoje. Prestou atenção até o fim, parecendo absolutamente fascinado, e me esperou depois. Perguntou se podia me oferecer algo para beber e ouvir tudo sobre a tese que eu tinha publicado na Brown, que ele já havia lido.

— Parece o máximo. O que ele era? — Lily saía com caras diferentes quase todas as noites depois do trabalho, mas ainda não completara a sua fração. Tinha fundado a "Escala do Amor Fracionário" certa noite, depois de escutar alguns de nossos amigos classificarem as garotas com que saíam segundo a Escala Dez-Dez, que inventaram. "Ela é um seis, oito, B+", declarou Jake sobre a assistente de publicidade com quem tinha ficado na noite anterior. Supostamente, todo mundo sabia o que era uma escala de dez pontos, com o rosto sempre sendo a primeira classificação numérica, corpo a segunda, e personalidade a última, com um grau de letra um pouco mais generalizado. Como havia mais fatores em jogo no julgamento dos rapazes, Lily arquitetou a Escala Fracionária, que tinha um total de dez cotas, cada uma equivalia a um ponto. O Cara Perfeito teria, obviamente, todas as cinco primeiras cotas: inteligência, senso de humor, corpo decente, cara bonitinha e qualquer tipo de trabalho considerado "normal". Como era praticamente impossível achar o Cara Perfeito, era admissível aumentar sua fração computando pontos nos cinco quesitos secundários, que incluíam uma definitiva ausência de ex-namoradas psicóticas, de pais psicóticos e de colegas de quarto estupradores, e ter qualquer tipo de interesse extracurricular ou hobby que não se relacionasse a esporte ou pornografia. Até agora, o máximo que alguém já recebera havia sido nove décimos, mas ele tinha terminado com ela.

— Bem, no começo era um bom candidato a sete décimos. Estudou teatro em Yale *e* é heterossexual, e foi capaz de discutir a política israelense de maneira tão inteligente que não sugeriu nem uma só vez que "apenas usássemos armas nucleares contra eles", então foi ótimo.

— Parece mesmo ótimo. Mal posso esperar o fim. Qual o problema? Falou sobre o seu jogo Nintendo favorito?

— Pior — disse ela, com um suspiro.

— É mais magro que você?

— Pior. — Ela soou derrotada.

— O que diabos pode ser pior do que isso?

— Ele mora em Long Island...

— Lily! Então ele é geograficamente indesejável. O que não o torna não namorável! Você sabe melhor do que...

77

— Com os pais — interrompeu.

Ah.

— Nos últimos quatro anos.

Não!

— E ele adora. Diz que não consegue se imaginar querendo viver sozinho em uma cidade tão grande, quando a mãe e o pai são companhias tão maravilhosas.

— Puxa! Não diga mais nada. Não acho que já tenhamos tido um sete décimos que caísse direto para o zero depois do primeiro encontro. Esse cara estabeleceu um novo recorde. Parabéns. O seu dia foi oficialmente pior que o meu. — Eu me curvei para fechar a porta do quarto quando ouvi Shanti e Kendra chegarem do trabalho. Escutei a voz de um rapaz e me perguntei se minhas colegas de apartamento tinham namorados. Eu as havia visto por somente dez minutos ao todo naquela semana e meia, pois pareciam trabalhar mais horas do que eu.

— Ruim? Como o seu dia pode ter sido ruim? Você trabalha com *moda* — argumentou ela.

Houve uma leve batida na porta.

— Espere um segundo, alguém chegou. Entre! — gritei à porta, alto demais para o espaço tão pequeno.

Esperei que uma das minhas tranquilas companheiras perguntasse timidamente se eu tinha me lembrado de ligar para o senhorio para pôr o meu nome no contrato de aluguel (não) ou comprado mais pratos de papel (não) ou anotado algum recado (não), mas Alex apareceu.

— Ei, posso ligar depois? Alex acabou de aparecer. — Fiquei superemocionada ao vê-lo, superanimada por ele ter me feito aquela surpresa, mas uma pequena parte de mim estava ansiosa para tomar um banho e cair na cama.

— É claro. Mande um oi para ele. E lembre-se de que é uma garota de sorte por ter completado a fração com ele, Andy. Ele é ótimo. Não o deixe escapar.

— E eu não sei? O garoto é um santo. — Sorri na direção de Alex.

— Tchau.

— Oi! — Eu me esforcei para sentar na cama e, depois, levantar e ir até ele. — Que surpresa! — Ia abraçá-lo, mas ele recuou, mantendo os braços para trás. — O que houve?

— Nada. Sei que teve uma semana puxada e, como a conheço, imaginei que ainda não tivesse comido, então te trouxe comida. — Mostrou uma sacola de papel marrom enorme, do estilo das sacolas da antiga cantina da escola, que já tinha algumas manchas de gordura, com um cheiro delicioso. De repente, fiquei morta de fome.

— Não! Como sabia que eu estava aqui, neste exato segundo, me perguntando como criar forças para buscar comida? Estava quase desistindo.

— Então vem comer!

Ele pareceu satisfeito e abriu a sacola, mas nós dois não cabíamos em pé, ao mesmo tempo, no quarto. Pensei em comer na sala, mas Kendra e Shanti tinham desmaiado em frente à TV, suas saladas intocadas, abertas na frente das duas. Achei que estavam esperando o final do episódio de *Real World* a que estavam assistindo, mas, então, percebi que haviam adormecido. Que bela vida levávamos.

— Espere. Tenho uma ideia — disse ele, e saiu, na ponta dos pés. Voltou com dois sacos enormes de lixo e os abriu sobre o edredom azul. Pôs a mão na sacola e tirou dois hambúrgueres gigantescos, com tudo dentro, e um pacote extragrande de fritas. Não tinha se esquecido do ketchup e toneladas de sal para mim, nem mesmo dos guardanapos. Bati palmas, animada, embora a imagem de uma Miranda decepcionada invadisse minha mente: *Você? Você está comendo hambúrguer?*

— Ainda não acabou. Tome. Veja. — E tirou de sua mochila um punhado de velinhas com perfume de baunilha, uma garrafa de vinho tinto de tampa de rosca e dois copos de papel.

— Está brincando — comentei baixinho, sem acreditar que ele tivesse juntado tudo aquilo depois de eu ligar cancelando o encontro.

Ele me deu um copo de vinho e bateu nele com o seu.

— Não, não estou não. Acha que eu ia deixar de ouvir sobre a primeira semana do resto de nossas vidas? À minha melhor garota.

— Obrigada — agradeci, bebendo um gole devagarinho. — Obrigada, obrigada, obrigada.

6

— Ah, meu Deus, é a editora de moda em pessoa? — disse Jill, debochando ao abrir a porta da frente. — Vem cá e deixe a sua irmã mais velha te reverenciar um pouco.

— Editora de moda? — bufei. — Improvável. Tente um fracasso da moda. Bem-vinda de volta à civilização. — Eu a abracei por uns dez minutos e não queria soltar. Foi duro quando ela começou em Stanford e me deixou sozinha com nossos pais, quando eu tinha só 9 anos, mas foi ainda pior quando ela seguiu o namorado, agora marido, até Houston. Houston! O lugar parecia mergulhado em umidade e infestado de mosquitos, quase insuportável, e como se não bastasse, minha irmã, a minha irmã mais velha, linda e sofisticada, que adorava arte neoclássica e fazia o nosso coração se derreter quando declamava poesia, tinha desenvolvido um sotaque sulista. E não apenas um sotaque com uma ligeira e charmosa cadência sulista, mas a fala toda arrastada, inconfundível, tipo fura-tímpano, do conservador e fanático sulista. Eu ainda não havia perdoado Kyle por arrastá-la para aquele lugar deplorável, mesmo sendo um cunhado muito decente, e não ajudava em nada quando ele abria a boca.

— Oi, Andy, querida, está cada vez mais bela — falou com aquele sotaque carregado do Texas. — O que usam nas refeições da *Runway*, hein?

Minha vontade era enfiar uma bola de tênis na sua boca para que não falasse nunca mais, mas ele sorriu e fui abraçá-lo. Podia parecer um caipira e sorrir um pouco demais, mas se esforçava muito e, sem dúvida, adorava minha irmã. Prometi a mim mesma fazer um esforço sincero de não me encolher quando ele falasse.

— Alimentação não é o forte da revista, se entende o que quero dizer. O que quer que seja, está na água, não na comida. Mas não tem importância. Kyle, você também está ótimo. Mantendo minha irmã ocupada na cidade da tristeza, espero?

— Andy, venha nos visitar, querida. Traga Alex e tirem umas pequenas férias. Não é tão ruim, você vai ver. — Ele sorriu primeiro para mim, depois para Jill, que sorriu em resposta e lhe acariciou o rosto com as costas da mão. Os dois estavam repugnantemente apaixonados.

— É verdade, Andy, é um lugar rico culturalmente, com muita coisa para fazer. Queremos que nos visite mais vezes. Não está certo só nos encontrarmos aqui — argumentou ela, um gesto indicando a sala de estar dos nossos pais. — Isto é, se consegue suportar Avon, com certeza pode aguentar Houston.

— Andy, você já chegou! Jay, a garota promissora da grande cidade de Nova York está aqui, venha dar um alô — gritou minha mãe ao vir da cozinha. — Achei que ia ligar da estação de trem quando chegasse.

— A Sra. Myers foi buscar Erika, que veio no mesmo trem, então, me trouxe. Quando vamos comer? Estou morrendo de fome.

— Agora. Quer se lavar? Nós esperamos. Parece um pouco amassada da viagem. Sabe, é bom se...

— Mãe! — Eu lhe lancei um olhar de advertência.

— Andy! Você está maravilhosa. Venha cá dar um abraço no seu velho. — Meu pai, alto e ainda muito bonito na casa dos 50 anos, sorriu do corredor. Segurava uma caixa de Scrabble, o jogo de palavras cruzadas, escondida atrás das costas, que me deixou ver com um rápido movimento na lateral da perna. Esperou até todos desviarem o olhar, apontou para a caixa e articulou, "Vou acabar com você. Considere-se avisada."

Sorri e assenti com a cabeça. Contrariando todo o bom senso, me vi esperando ansiosamente as próximas 48 horas com a minha família, mais do que nos quatro anos desde que saíra de casa. O Dia de Ação de Graças era o meu feriado preferido, e, naquele ano, decidi aproveitá-lo como nunca.

Nós nos reunimos na sala de jantar e nos esbaldamos com a farta refeição que minha mãe havia encomendado com perícia, a sua tradicional versão judaica do banquete de véspera de Ação de Graças. Bagels, salmão defumado, cream cheese, peixe branco e latkes, tudo disposto profissionalmente em travessas descartáveis, esperando ser transferido para pratos de papel e consumido com garfos e facas de plástico. Minha mãe sorria amorosamente, enquanto suas crias se serviam, com uma expressão de orgulho, como se tivesse passado a semana cozinhando para alimentar seus bebês.

Contei a eles tudo sobre o trabalho, tentei descrever da melhor maneira possível um emprego que ainda nem eu mesma compreendia totalmente. Pensei por um instante se não seria ridículo contar como as saias foram pedidas e todas as horas que passei embrulhando e enviando presentes, e como havia um pequeno cartão eletrônico de identificação que rastreava tudo o que você fazia. Era difícil pôr em palavras o sentido de urgência que cada uma daquelas coisas assumia na hora, explicar como, quando eu estava lá, o trabalho parecia extremamente relevante, até mesmo importante. Falei e falei, mas não soube como retratar aquele mundo que podia estar a apenas duas horas de distância geográfica, mas que, na verdade, parecia em outro sistema solar. Todos balançavam a cabeça, demonstrando estarem atentos, sorriam e faziam perguntas, fingindo interesse, mas eu sabia que era tudo estranho demais para fazer algum sentido para pessoas que, como eu até algumas semanas antes, jamais tinham ouvido o nome de Miranda Priestly. Ainda não fazia muito sentido para mim também: às vezes, parecia excessivamente dramático, e mais do que um pouco como o Big Brother, mas excitante. E *maneiro*. Era definitiva e inegavelmente, um ambiente de trabalho *supermaneiro*. Certo?

— Bem, Andy, você acha que será feliz lá durante um ano? Quem sabe não vai querer até continuar por mais tempo, hein? — perguntou minha mãe, espalhando cream cheese em seu bagel.

Quando assinei meu contrato na Elias-Clark, concordei em ficar com Miranda por um ano — se não fosse demitida, o que, àquela altura, me parecia muito provável. E se eu cumprisse minha obrigação com classe e entusiasmo, e algum nível de competência (tal detalhe não estava escrito, mas implícito nas declarações de meia dúzia de pessoas do departamento de recursos humanos, de Emily e Allison), estaria na posição de escolher o trabalho que gostaria de desenvolver em seguida. Esperava-se, lógico, que, qualquer que fosse a escolha, se relacionasse à *Runway* ou, no mínimo, à Elias-Clark, mas eu estaria livre para trabalhar com resenhas de livros na editoria de cultura, até servir de ligação entre as celebridades de Hollywood e a *Runway*. Das dez últimas assistentes que haviam completado um ano com Miranda, 100 por cento tinham escolhido a editoria de moda da *Runway*, mas aquilo não me interessava. Trabalhar com Miranda era considerado a maneira definitiva de saltar de três a cinco anos de indignidade como assistente e assumir diretamente funções importantes em cargos de prestígio.

— Com certeza. Até agora, todos parecem legais. Emily é um pouco, bem, *comprometida*, mas, tirando isso, tem sido ótimo. Não sei, quando escuto Lily falar das provas ou Alex comentar todas as merdas com que tem de lidar no trabalho, acho que tive sorte. Quem mais roda a cidade em um carro com motorista no primeiro dia? Quero dizer, de verdade. Então, sim, acho que será um ano fantástico, e estou ansiosa para que Miranda volte. Acho que estou pronta.

Jill revirou os olhos e me lançou um olhar que parecia dizer, Pare de babaquice, Andy. *Todos sabemos que provavelmente está trabalhando para uma maluca, cercada de fashionistas anoréxicas, e está pintando esse quadro cor-de-rosa porque está preocupada que seja demais para você*, mas, em vez disso, disse:

— Parece muito bom, Andy, realmente muito bom. Uma oportunidade incrível.

Ela era a única à mesa que, possivelmente, compreenderia, tendo em vista que, antes de se mudar para o Terceiro Mundo, tinha trabalhado durante um ano em um pequeno museu particular em Paris, e desenvolvido um interesse pela alta-costura. Era um hobby mais artístico e estético do que consumista para ela, mas continuava sofrendo certa influência do mundo da moda.

— Também temos boas notícias — prosseguiu ela, estendendo a mão para o outro lado da mesa, para pegar a de Kyle. Ele pousou seu café e estendeu as mãos.

— Ah, graças a Deus! — exclamou minha mãe instantaneamente, caindo sentada como se alguém tivesse enfim tirado um haltere de 100 quilos que havia repousado sobre seus ombros durante as últimas duas décadas. — Já era hora.

— Parabéns, vocês dois! Tenho de admitir que haviam deixado sua mãe realmente preocupada. Sem dúvida já passaram da fase de recém-casados, entendem? Começávamos a imaginar... — Da cabeceira da mesa, meu pai ergueu as sobrancelhas.

— Ei, gente, isso é ótimo. Já era hora de eu ser tia. Para quando é?

Os dois pareciam perplexos, e, por um momento, achei que tínhamos compreendido errado, que as "boas" notícias eram sobre a construção de uma casa nova, maior, naquele pântano em que viviam, ou que Kyle tinha, finalmente, decidido abandonar o escritório de advocacia do pai para abrir, com minha irmã, a galeria de arte com que ela sempre sonhara. Talvez tivéssemos nos precipitado, ansiosos por ouvir que um neto e sobrinho estava a caminho. Meus pais só falavam daquilo ultimamente, analisando e reanalisando as razões por que minha irmã e Kyle — já na faixa dos 30 e com quatro anos de casamento — ainda não tinham se reproduzido. Nos últimos seis meses, o assunto tinha progredido de obsessão familiar a uma crise deflagrada.

Minha irmã pareceu preocupada. Kyle franziu o cenho. Meus pais deram a impressão de que iriam desmaiar com o silêncio. A tensão era palpável.

Jill se levantou da cadeira e se aproximou de Kyle, se sentando em seu colo. Passou o braço em volta do pescoço do marido e inclinou o rosto para perto do dele, cochichando em seu ouvido. Relanceei os olhos para a minha mãe, que parecia a cinco segundos de desfalecer. A preocupação fazia com que as linhas no canto dos olhos parecessem trincheiras.

Finalmente, finalmente, abafaram um risinho, se viraram para a mesa e anunciaram juntos:

— Vamos ter um bebê.

E então, fez-se luz. E guinchos. E abraços. Minha mãe voou com tal rapidez da cadeira que a derrubou, e esta, por sua vez, derrubou um vaso com cactos que ficava do lado da porta de vidro de correr. Meu pai agarrou Jill e a beijou nas duas bochechas e no alto da cabeça, e, pela primeira vez, desde o casamento, beijou Kyle também.

Bati na lata de refrigerante de cereja preta com um garfo de plástico e anunciei que precisávamos de um brinde.

— Por favor, levantem os copos, todo mundo erga um brinde ao bebê Sachs, que virá se juntar à família. — Kyle e Jill me olharam, incisivos. — Está bem, acho que, tecnicamente, é um bebê Harrison, mas será um Sachs de coração. A Kyle e Jill, futuros pais perfeitos do bebê mais perfeito do mundo. — Todos batemos latas de refrigerante e canecas de café, e brindamos ao casal sorridente e à cintura de 60 centímetros da minha irmã. Tirei a mesa, jogando tudo diretamente no saco de lixo, enquanto minha mãe pressionava Jill a dar ao bebê o nome de um dos parentes mortos. Kyle bebericou o café e pareceu satisfeito consigo mesmo, e, pouco antes da meia-noite, meu pai e eu escapulimos para o seu escritório para jogar.

Ligou a máquina de ruído branco que usava quando atendia pacientes durante o dia, tanto para bloquear os sons da casa quanto para impedir que alguém escutasse o que estava sendo discutido em seu escritório. Como qualquer bom psicólogo, meu pai tinha colocado um sofá de couro cinza no canto, tão macio que eu gostava de descansar a cabeça no seu braço, e três cadeiras viradas de frente, que rodeavam uma pessoa como uma espécie de corda de tecido. Como no útero, me disse. Sua mesa era preta e polida. Em cima, havia um monitor de tela plana, e a suntuosa cadeira de couro preto tinha espaldar alto. Uma parede de livros de psicologia, uma coleção de caules de bambu em um vaso de cristal bem alto no chão, e algumas gravuras coloridas — a única cor no ambiente — completavam o estilo futurista. Eu me sentei no chão, entre o sofá e a mesa, e ele fez o mesmo.

— Agora, me diga o que está acontecendo de verdade, Andy — pediu ele, me dando um pequeno suporte para peças de madeira. — Tenho certeza de que está se sentindo, neste exato momento, sobrecarregada.

Peguei minhas sete peças e as arrumei cuidadosamente.

— É, foram semanas muito doidas. Primeiro, a mudança, depois, o começo do trabalho. É um lugar esquisito, difícil de explicar. É como se todo mundo fosse lindo, magro e usasse roupas maravilhosas. E parecem realmente gentis, todos foram muito simpáticos. Quase como se todos estivessem tomando medicamentos tarja preta. Sei lá...

— O quê? O que ia dizer?

— Não consigo dizer qual é o problema exatamente. A impressão de que não passa de um castelo de cartas que vai desmoronar à minha volta. Não consigo evitar a sensação de que é ridículo trabalhar para uma revista de moda, entende? Até agora, o trabalho tem sido um tanto bobo, mas nem mesmo me importo. É desafiador o bastante por ser completamente novo, entende?

Ele assentiu com a cabeça.

— Sei que é um emprego descolado, mas não sei como pode me preparar para a *New Yorker*. Talvez eu esteja procurando defeitos porque, até agora, parece bom demais para ser verdade. Espero que seja só loucura da minha cabeça.

— Não acho que esteja louca, querida. Acho que é sensível. Mas tenho de concordar que teve muita sorte. Pessoas passam a vida inteira sem ver as coisas que você vai ver neste ano. Pense só. O seu primeiro emprego depois de formada, e está trabalhando para a mulher mais importante, na revista mais bem-sucedida na maior editora de revistas do mundo. Vai observar tudo acontecer, de lá de cima até embaixo. Se apenas mantiver os olhos abertos e suas prioridades em ordem, vai aprender mais em um ano do que a maioria das pessoas em toda a sua carreira na área.

— Ele colocou a primeira palavra no meio do tabuleiro. GARFO.

— Nada mau para uma primeira palavra — comentei, calculando o valor, então o dupliquei, porque a primeira palavra sempre ia em uma estrela cor-de-rosa e iniciava um cartão de pontos. Papai: 22 pontos. Andy: 0. Minhas letras não eram muito promissoras. Acrescentei um C, O e L ao A, e aceitei meus seis insignificantes pontos.

— Só quero ter certeza de que será justa — disse ele, mexendo em suas peças. — Quanto mais penso no assunto, mais me convenço de que significa grandes coisas em seu futuro.

— Bem, espero que tenha razão, porque tenho de cortar papel de embrulho ainda durante muito, muito tempo. É melhor que as coisas fiquem mais interessantes.

— Vão ficar, querida, vão ficar. Você vai ver. Talvez pareça que está fazendo coisas idiotas, mas confie em mim, não está. Esse é o começo de um futuro fantástico. Posso sentir. E me informei sobre a sua chefe. Essa Miranda parece uma mulher durona, sem dúvida, mas acho que vai gostar dela. E que ela também vai gostar de você.

Ele escreveu a palavra LAÇOS usando o meu L e ficou satisfeito.

— Espero que esteja certo, papai. Realmente espero que esteja certo.

— Ela é a editora-chefe da *Runway*, você sabe, a revista de moda — sussurrei, com insistência, ao telefone, tentando, corajosamente, não me sentir frustrada.

— Ah, sei! — disse Julia, assistente de publicidade da editora Scholastic. — Grande revista. Adoro aquelas cartas em que garotas contam suas experiências constrangedoras com menstruação. São verdadeiras? Lembra aquela em que...

— Não, não, não a revista para adolescentes. É, com toda certeza, dirigida a mulheres adultas. — Teoricamente, pelo menos. — Nunca viu mesmo uma *Runway*? — *É humanamente possível não a conhecer?*, me perguntei. — Enfim, se soletra P-R-I-E-S-T-L-Y, Miranda, sim. — Falei com uma paciência infinita. Imaginei como ela teria reagido se soubesse, de fato, que eu tinha na linha alguém que nunca ouvira falar dela. Provavelmente não muito bem. — Bem, se puder me ligar de volta o mais breve possível, eu *realmente* ficaria agradecida — disse a Julia. — E quando a assessora de imprensa chegar, *por favor*, peça que me ligue.

Era uma manhã de sexta-feira, em meados de dezembro, e a doce liberdade do fim de semana estava a apenas dez horas. Eu estivera tentando convencer Julia, que ignorava moda, da Scholastic, de que Miranda Priestly era realmente alguém importante, alguém por quem valia a pena quebrar regras e suspender a lógica. O que se revelou consideravelmente mais difícil do que eu havia imaginado. Como eu podia saber que teria de explicar o peso da posição de Miranda para influenciar alguém que nunca ouvira falar da revista de moda mais prestigiada no mundo, nem de sua famosa editora? Em minhas meras quatro semanas como assistente de Miranda, já tinha compreendido que coação e bajulação faziam parte do meu trabalho, mas em geral a pessoa que eu tentava persuadir, intimidar, senão pressionar, cedia por completo à mera menção do infame nome da minha chefe.

Infelizmente para mim, Julia trabalhava para uma editora de livros escolares, onde alguém como Nora Ephron ou Wendy Wasserstein tinham muito mais probabilidade de receber um tratamento VIP do que alguém conhecido por seu gosto impecável em peles. No fundo, eu entendia. Tentava recordar o tempo em que nunca ouvira falar em Miranda Priestly — cinco semanas antes — e não conseguia. Mas sabia que tal tempo mágico havia existido. Invejei a indiferença de Julia, mas eu tinha um trabalho a fazer, e ela não estava me ajudando.

O quarto livro da maldita série do Harry Potter seria lançado no dia seguinte, um sábado, e as gêmeas de 10 anos de Miranda queriam um. Os primeiros exemplares não chegariam às lojas até segunda-feira, mas eu tinha de estar com eles em mãos na manhã de sábado — minutos depois de começarem a ser distribuídos. Afinal, Harry e seus amigos tinham de pegar um jatinho para Paris.

Meus pensamentos foram interrompidos pelo telefone. Atendi como sempre fazia, agora que Emily já confiava em mim o suficiente para falar com Miranda. E, céus, como nós falávamos — provavelmente umas duas dúzias de vezes por dia. Mesmo a distância, Miranda havia conseguido se insinuar na minha vida e dominá-la por completo, gritando ordens, solicitações e exigências em um ritmo frenético, das 7h até, finalmente, eu ter permissão para ir embora, às 21h.

— Ahn-dre-ah? Alô? Tem alguém aí? Ahn-dre-ah!

Pulei da cadeira no momento em que a escutei pronunciar meu nome. Precisei de um momento para me lembrar e aceitar que ela não estava, de fato, na redação — ou mesmo no país, e durante algum tempo, pelo menos, me senti segura. Emily havia me garantido que Miranda não tinha a menor consciência de que Allison fora promovida nem que eu tinha sido contratada, que esses eram detalhes insignificantes em sua mente. Contanto que alguém atendesse o telefone e lhe desse o que precisasse, a identidade da pessoa era irrelevante.

— Não consigo entender por que demora tanto para falar depois de pegar o telefone — declarou. Vindo de qualquer outra pessoa no mundo aquilo pareceria um lamento, mas, vindo de Miranda, soava apropriadamente frio e firme. Exatamente como ela. — Só para o caso de você ainda não ter percebido, quando eu ligar, responda. Na verdade, é muito simples. Entende? Eu ligo. Você responde. Acha que pode fazer isso, Ahn-dre-ah?

Respondi que sim com a cabeça, como uma menininha de 6 anos que acaba de ser repreendida por jogar macarrão no teto, embora ela não pudesse me ver. Eu me concentrei em não a chamar de "senhora", erro que cometi uma semana antes e que quase me fez ser demitida.

— Sim, Miranda, desculpe — murmurei, a cabeça baixa. E por um momento eu *pedi* desculpas... por suas palavras não terem sido registradas em meu cérebro três décimos de segundo mais rápido, por ter levado uma fração de segundo a mais do que o necessário para dizer "escritório de Miranda Priestly". O seu tempo era, como eu era constantemente lembrada, muito mais importante do que o meu.

— Está bem. Depois de todo esse tempo perdido, podemos começar? Confirmou a reserva do Sr. Tomlinson? — perguntou.

— Sim, Miranda, fiz a reserva do Sr. Tomlinson no Four Seasons, às 13h.

Eu já sabia que aquilo iria acontecer. Meros dez minutos antes, ela havia ligado e me mandado fazer uma reserva no Four Seasons, ligar para o Sr. Tomlinson, para o seu motorista e a babá e informá-los dos planos e, agora, ela queria modificá-los.

— Bem, mudei de ideia. O Four Seasons não é um lugar apropriado para o almoço com Irv. Reserve uma mesa para dois no Le Cirque, e não se esqueça de lembrar ao maître que vão querer se sentar no fundo do restaurante. Não na frente, à vista. *No fundo.* É isso.

Eu tinha me convencido, quando falei pela primeira vez ao telefone com Miranda, que, ao proferir "é isso", ela realmente pretendia que suas palavras significassem "obrigada". Na segunda semana, eu reconsiderei tal conclusão.

— É claro, Miranda. *Obrigada* — agradeci, com um sorriso. Pude sentir que ela fazia uma pausa no outro lado da linha, se perguntando como responder. Compreendeu que eu estava chamando atenção para a sua recusa em dizer obrigada? Estranhava eu estar agradecendo por receber ordens? Eu começara, recentemente, a lhe agradecer depois de cada comentário sarcástico ou ordens desagradáveis por telefone, e a tática era, estranhamente, confortante. Em algum grau, ela sabia que eu estava sendo sarcástica, mas o que ela podia fazer? *Ahn-dre-ah, não quero mais ouvir você dizer obrigada. Proíbo que expresse gratidão dessa maneira!* Pensando bem, não seria impossível.

Le Cirque, Le Cirque, Le Cirque, repeti várias vezes mentalmente, determinada a fazer aquela reserva o mais depressa possível, para, assim, poder voltar ao desafio Harry Potter, consideravelmente mais difícil. No Le Cirque, concordaram imediatamente em deixar uma mesa pronta para o Sr. Tomlinson e Irv, para a hora que chegassem.

Emily entrou, vindo de uma volta pela redação, e me perguntou se Miranda tinha ligado.

— Só três vezes, e não ameaçou me demitir em nenhuma delas — respondi com orgulho. — Ela insinuou, óbvio, mas não ameaçou explicitamente. É um progresso, não?

Ela soltou aquele riso reservado para quando eu me zoava, e perguntou o que Miranda, o seu guru, queria.

— Só que eu mudasse a reserva de almoço de C-SEM. Não sei bem por que preciso fazer isso, já que ele tem a própria assistente, mas não faço perguntas. — Sr. Cego, Surdo e Mudo era o apelido do terceiro marido de Miranda. Embora, para o público em geral, ele não parecesse nada disso, nós, com informações privilegiadas, tínhamos certeza de que ele era as três coisas. Não havia nenhuma outra explicação para um cara tão simpático aguentar viver com *ela*.

Em seguida, foi hora de ligar para o próprio C-SEM. Se eu não ligasse logo, talvez ele não conseguisse chegar ao restaurante a tempo. Ele tinha voltado de suas férias para dois dias de reuniões de negócios, e o almoço com Irv Ravitz — o CEO da Elias-Clark — estava entre as mais importantes. Miranda queria perfeição nos mínimos detalhes... como se isso fosse novidade. O nome verdadeiro de C-SEM era Hunter Tomlinson. Ele e Miranda haviam se casado no verão, antes de eu começar na *Runway*, e depois, pelo que eu soube, de uma paquera peculiar: ela perseguia, ele objetava. Segundo Emily, ela correu atrás dele implacavelmente, até o homem ceder por mera exaustão. Ela havia deixado o segundo marido (o cantor de uma das bandas mais famosas do fim da década de 1960 e pai das gêmeas), sem absolutamente nenhum aviso antes de seu advogado entregar os papéis, e se casou de novo exatamente 12 dias depois de o divórcio ser concluído. O Sr. Tomlinson obedeceu às ordens e se mudou para a cobertura na Quinta Avenida. Eu só tinha visto Miranda uma vez e jamais vira seu marido, mas havia passado tantas horas ao telefone com cada um deles que sentia, infelizmente, como se fossem da família.

Três toques, quatro toques, cinco toques... *hummm, onde estará a sua assistente?* Rezei por uma secretária eletrônica, já que não estava a fim do papinho amigável e fútil do qual C-SEM parecia gostar tanto. Mas sua assistente atendeu.

— Escritório do Sr. Tomlinson — trinou ela na cadência grave e arrastada do Sul. — Em que posso ajudar?

— Olá, Martha, sou eu, Andrea. Ouça, não preciso falar com o Sr. Tomlinson, pode lhe dar um recado? Fiz uma reserva para...

— Querida, você sabe que o Sr. T. sempre quer falar com você. Espere só um segundo. — E antes que eu pudesse protestar, estava escutando a versão para elevador de "Don't Worry Be Happy", de Bobby McFerrin. Perfeito. Parecia apropriado que C-SEM tivesse escolhido a música mais irritantemente otimista já escrita para preencher o tempo de quem ligava.

— Andy, é você, querida? — perguntou ele tranquilamente com a voz grave, distinta. — O Sr. Tomlinson vai pensar que o está evitando. Faz séculos que não tenho o prazer de falar com você. — Uma semana e meia, para ser precisa. Além da cegueira, da surdez e da idiotice, o Sr. Tomlinson tinha o hábito irritante de constantemente se referir a si mesmo na terceira pessoa.

Respirei fundo.

— Olá, Sr. Tomlinson. Miranda pediu para avisar que o almoço será hoje, às 13h, no Le Cirque. Ela disse que o senhor...

— Querida — interrompeu ele lenta, calmamente —, pare de fazer todos esses planos por um segundo. Permita um momento de prazer a um homem velho e conte ao Sr. Tomlinson toda a sua vida. Fará isso por ele? Conte-me, querida, está feliz por trabalhar para a minha mulher?

— Se eu estava feliz trabalhando para a sua mulher? Humm, vamos ver. Filhotes de mamíferos guincham de alegria quando um predador os engole? *Mas é claro, seu idiota, estou delirando de felicidade por trabalhar para a sua mulher. Quando não estamos ocupadas, usamos máscaras de argila e fofocamos sobre nossa vida amorosa. Parece muito com uma festa do pijama entre amigas, se quer mesmo saber. A gente se diverte muito, o tempo todo.*

— Sr. Tomlinson, gosto do meu emprego e adoro trabalhar para Miranda. — Prendi a respiração e rezei para ele desistir.

— Bem, o Sr. T. fica encantado por estar tudo dando certo. — *Que ótimo, babaca, mas você está encantado?*

— Que bom, Sr. Tomlinson. Tenha um bom almoço — interrompi antes que, inevitavelmente, me perguntasse sobre os meus planos para o fim de semana, e desliguei.

Recostei na cadeira e olhei para o outro lado da sala. Emily estava concentrada, sobrancelhas depiladas com cera franzidas, tentando entender mais uma das faturas de 20 mil dólares do American Express de Miranda. O projeto Harry Potter pairava à minha frente, e tinha de me dedicar imediatamente a ele, se quisesse ter um fim de semana.

Lily e eu havíamos planejado uma maratona de filmes no sábado e no domingo. Eu estava exausta de trabalhar, e ela estressada com as aulas, de modo que tínhamos combinado passar o fim de semana largadas no sofá, subsistindo exclusivamente de cerveja e Doritos. Nada de Snackwell's. Nada de Coca Light. E absolutamente nada de calça preta. Embora conversássemos sempre, não nos encontrávamos desde que eu me mudara para a cidade.

Ela era a minha melhor amiga desde o oitavo ano, quando a vi chorando sozinha em uma mesa da cantina. Lily tinha acabado de ir morar com a avó e entrado para a nossa escola, depois que ficara óbvio que seus pais não voltariam tão cedo para casa. Tinham ido embora alguns meses antes, para seguir Grateful Dead em suas turnês (ela nasceu quando os dois tinham apenas 19 anos e estavam muito mais interessados em fumar maconha do que em bebês), deixando a filha para ser cuidada pelos amigos doidões na comuna do Novo México (ou, como Lily preferia, a "coletividade"). Como não tinham retornado quase um ano depois, sua avó foi buscá-la na comuna (ou como sua avó dizia, na "seita") para que vivesse com ela, em Avon. No dia em que a encontrei chorando sozinha na cantina, a avó a havia obrigado a cortar seus dreadlocks e a usar um vestido, e Lily não tinha ficado nada satisfeita. Alguma coisa no seu modo de falar, na maneira de dizer "Isso é tão zen de sua parte" ou "Vamos simplesmente relaxar", me encantou, e logo nos tornamos amigas. Inseparáveis durante todo o ensino médio, dividimos o quarto por quatro anos na Brown. Lily ainda não havia decidido se preferia batom MAC ou colares de cânhamo, e continuava um tanto "excêntrica" demais para fazer qualquer coisa totalmente convencional, mas nos complementávamos bem. Eu sentia falta dela. Seu primeiro ano de pós-graduação e o fato de eu ter me tornado uma escrava em potencial impediram que nos víssemos com frequência.

Mal podia esperar pelo fim de semana. Minhas quatorze horas de trabalho por dia estavam registradas em meus pés, meus braços, na região lombar. Óculos tinham substituído as lentes de contato, que usei durante uma década, porque meus olhos ficaram muito ressecados e cansados para aceitá-las. Fumava um maço de cigarros por dia e sobrevivia exclusivamente de Starbucks (bancada, óbvio) e delivery de sushi (também bancada). Eu já começava a perder peso. Os quilos perdidos com a disenteria haviam sido recuperados, mas por pouco tempo, pois, com o meu trabalho na *Runway*, começaram a desaparecer de novo. Alguma coisa no ar da revista, acho, ou talvez fosse a intensidade com que a comida era evitada na redação. Eu já havia contraído uma sinusite e estava consideravelmente mais pálida, e tinham se passado apenas quatro semanas. Eu só tinha 23 anos. E Miranda ainda não havia aparecido na redação. Foda-se. Eu merecia um *fim de semana*.

Em meio a tudo, havia a questão do Harry Potter, e eu *não* estava satisfeita. Miranda tinha ligado de manhã. Só precisou de alguns momentos para descrever em linhas gerais o que queria, embora eu tivesse precisado de um tempo sem fim para interpretar seu desejo. Aprendi rapidamente que, no mundo de Miranda Priestly, era melhor fazer alguma coisa errada e gastar muito tempo e dinheiro para consertá-la do que admitir que não tinha compreendido suas instruções tortuosas, com seu sotaque carregado, e pedir um esclarecimento. Portanto, quando ela resmungou qualquer coisa sobre conseguir os livros para as gêmeas e mandá-los para Paris, foi a intuição que me disse que a tarefa iria interferir no meu fim de semana. Quando ela desligou abruptamente alguns minutos depois, olhei em pânico para Emily.

— O que, ai, o que foi que ela disse? — gemi, me odiando por ter ficado com tanto medo de pedir a Miranda para repetir o que havia dito. — Por que não entendo uma palavra do que essa mulher diz? Não sou eu, Em. Eu falo inglês, sempre falei. Sei que ela faz isso de propósito para me enlouquecer.

Emily olhou para mim com o costumeiro misto de repugnância e pena.

— Como o livro vai ser lançado amanhã, e não estão aqui para comprá-lo, ela quer que você pegue dois exemplares e os leve a Teterboro. O jato os levará a Paris — resumiu friamente, me desafiando a comentar o ridículo das instruções. Mais uma vez fui lembrada de que Emily era capaz de qualquer coisa, mas qualquer coisa mesmo, se aquilo significasse deixar Miranda um pouco mais confortável. Revirei os olhos e fiquei calada.

Como eu NÃO pretendia sacrificar nem um segundo do fim de semana para cumprir uma ordem de Miranda, e como tinha uma quantidade ilimitada de dinheiro e poder (dela) à minha disposição, passei o restante do dia providenciando para que Harry Potter voasse para Paris. Primeiro, algumas palavras para Julia, da Scholastic.

Querida Julia,

Minha assistente, Andrea, me disse que você é a pessoa adorável a quem eu deveria dirigir meu apreço inestimável. Ela me informou que você é a única capaz de localizar dois exemplares desse livro encantador para mim amanhã. Quero que saiba o quanto aprecio o seu trabalho dedicado e a sua inteligência. Por favor, saiba que fará feliz minhas queridas filhas. E nunca hesite em me dizer, se precisar de alguma coisa, de qualquer coisa. Parabéns pela garota fabulosa que é.

XOXO,
Miranda Priestly

Forjei sua assinatura com um floreio perfeito (horas praticando sob o escrutínio de Emily, sendo instruída a fazer o último "a" um pouco mais redondo, enfim tinham valido a pena), prendi o bilhete no último número da *Runway* — um que ainda não estava nas bancas — e chamei um office boy para levar o pacote à redação da Scholastic, no Baixo Manhattan. Se aquilo não funcionasse, nada funcionaria. Miranda não se importava que falsificássemos sua assinatura — a artimanha a poupava de se aborrecer com detalhes —, mas, provavelmente, ficaria lívida ao ver que eu havia escrito algo tão cordial, tão *adorável*, usando o seu nome.

Três semanas antes, teria cancelado meus planos imediatamente se Miranda ligasse com uma missão para o fim de semana, mas, agora, experiente — e calejada — sabia quebrar algumas regras. Como Miranda e as garotas não estariam no aeroporto em Nova Jersey quando *Harry Potter* chegasse no dia seguinte, não vi razão para que fosse eu a entregá-lo. Agindo na suposição e fé de que Julia me conseguiria alguns exemplares, elaborei alguns detalhes. Disquei para algumas pessoas e, em uma hora, um plano tinha sido traçado.

Brian, um assistente de redação da Scholastic — quem eu estava certa de que teria permissão de Julia em algumas horas —, levaria para casa dois exemplares de *Harry Potter* naquela noite, de modo que não precisasse voltar à redação no sábado. Brian deixaria os livros com o porteiro de seu edifício, no Upper West Side, e eu mandaria um carro pegá-los na manhã seguinte, às 11h. O motorista de Miranda, Uri, então ligaria para o meu celular a fim de confirmar que havia recebido o pacote e que estava a caminho de deixá-lo no aeroporto Teterboro, onde os dois livros seriam transferidos para o jato particular do Sr. Tomlinson e enviados para Paris. Cheguei a pensar em conduzir toda a operação em código para fazer com que parecesse ainda mais uma operação da KGB, mas desisti quando me lembrei de que Uri não falava inglês muito bem. Eu tinha checado para ver quão rápido a opção mais rápida da DHL os levaria até lá, mas a entrega não podia ser garantida até segunda-feira, o que, obviamente, era inaceitável. Daí o avião particular. Se tudo corresse como planejado, as pequenas Cassidy e Caroline acordariam em sua suíte parisiense no domingo, e desfrutariam seu leite da manhã lendo as aventuras de Harry — *um dia inteiro antes de todas as amigas*. Aquilo me aquecia o coração, de verdade.

Minutos depois, os carros foram reservados e todas as pessoas envolvidas colocadas em alerta. Julia ligou de volta. Embora fosse uma tarefa extenuante e, com certeza, lhe criasse problemas, ficaria feliz em dar a Brian dois exemplares para a Sra. Priestly. Amém.

— Acredita que ele ficou *noivo?* — perguntou Lily, enquanto rebobinava a cópia de *Curtindo a vida adoidado* a que tínhamos acabado de assistir. — Quero dizer, temos 23 anos, pelo amor de Deus... para que a pressa?

— Sei que parece esquisito — gritei da cozinha. — Talvez mamãe e papai só o deixem acessar o fundo fiduciário quando ele sossegar. Isso seria motivação suficiente para pôr o anel no dedo da garota. Ou, quem sabe, ele simplesmente não se sinta solitário?

Lily olhou para mim e riu.

— Naturalmente, ele não pode apenas estar apaixonado e disposto a passar o restante da vida com ela, certo?

— Correto. Essa não é uma opinião válida. Tente de novo.

— Então, bem, sou obrigada à opção número três. Ele é gay. Finalmente, tomou consciência, embora eu soubesse desde o começo, e percebe que mamãe e papai não vão aceitar, de modo que pretende ocultar sua natureza se casando com a primeira garota que encontrar. O que acha?

Casablanca era o próximo da lista, e Lily avançou o filme, passando pelos créditos de abertura, enquanto eu esquentava xícaras de chocolate quente no micro-ondas, na pequenina cozinha de sua quitinete, em Morningside Heights. Ficamos de bobeira na sexta à noite — com intervalos para um cigarro e mais um pulo na Blockbuster. Sábado à tarde nos encontrou particularmente motivadas, e conseguimos dar uma volta no Soho por algumas horas. Compramos roupas para a festa de réveillon de Lily e dividimos uma caneca enorme de gemada em um café. Quando voltamos ao seu apartamento, estávamos exaustas e felizes, e passamos o restante da noite alternando entre *Harry e Sally*, na TNT, e *Saturday Night Live*. Foi tão completamente relaxante, um tal distanciamento da desgraça que tinha se tornado minha rotina diária, que me esqueci completamente da missão Harry Potter, até ouvir o telefone tocar no domingo. Ah, meu Deus, era Ela! Ouvi Lily falando russo no celular com alguém, provavelmente um colega de turma. Obrigada, obrigada, obrigada, Senhor: não era Ela. Mas aquilo não significava que eu estava fora de perigo. Já era domingo de manhã, e eu não fazia ideia se aqueles livros idiotas haviam seguido para Paris. Eu estava gostando tanto do meu fim de semana — tinha realmente conseguido relaxar bastante — que me esquecera de verificar. Lógico, o meu telefone estava ligado no volume máximo, mas não devia ter esperado que alguém me ligasse com um problema quando, com certeza, já seria tarde demais para fazer qualquer coisa. Eu devia ter agido antes e confirmado na véspera, com os envolvidos, que todos os passos do nosso plano elaboradamente coreografado tinham dado certo.

Remexi freneticamente na bolsa de viagem, procurando o celular que havia recebido da *Runway*, que asseguraria que eu estava apenas a sete dígitos de Miranda. Finalmente, o tirei de um emaranhado de lingerie, no fundo da bolsa, e me deitei de volta na cama. A tela logo anunciou que eu estava sem sinal, e eu soube, instintivamente, que ela havia ligado e que caíra direto na caixa postal. Odiei o celular com toda a minha alma. Odiei até meu novo telefone Bang and Olufsen. Odiei o telefone de Lily, comerciais de telefone, imagens de telefones nas revistas e odiei Alexander Graham Bell. Trabalhar para Miranda Priestly causava vários e lamentáveis efeitos colaterais em minha vida, porém o menos natural era o meu ódio extremo a telefones.

Para a maioria das pessoas, o toque do telefone era um sinal bem--vindo. Alguém que estava querendo falar com você, dar um oi, saber como iam as coisas ou fazer planos. Para mim, desencadeava medo, ansiedade intensa e um pânico de fazer parar o coração. Algumas pessoas consideravam os vários recursos dos telefones modernos uma novidade, até mesmo divertidos. Para mim, eram indispensáveis. Embora, antes de Miranda, eu não usasse muito a chamada em espera, alguns dias na *Runway* e passei a recorrer com frequência à chamada em espera (para que ela nunca ficasse com o telefone ocupado), ao identificador de chamadas (para evitar suas ligações), à chamada em espera com identificador de chamadas (para evitar as chamadas dela enquanto falava na outra linha), e à caixa postal (para que ela não soubesse que eu estava evitando suas chamadas porque escutaria uma mensagem na secretária eletrônica). Cinquenta dólares por mês pelo serviço telefônico — sem chamadas de longa distância — parecia um pequeno preço a pagar pela minha paz de espírito. Bem, não paz de espírito propriamente, mais um alerta bem antecipado.

O celular não me proporcionava a mesma proteção. Lógico, possuía os mesmos recursos do telefone fixo, mas, do ponto de vista de Miranda, simplesmente não havia razão, *qualquer que fosse*, para o celular estar desligado. Nunca deveria deixar de ser atendido. As poucas exceções que propus a Emily, quando ela me passou o celular — um material de escritório padrão da *Runway* — junto com a instrução de atender sempre, foram rapidamente eliminadas.

— E se estiver dormindo? — perguntei, de maneira idiota.

— Acorde e atenda — respondeu ela, lixando uma unha lascada.

— E em um jantar sofisticado?

— Seja como qualquer nova-iorquino e atenda à mesa do jantar.

— Fazendo um exame ginecológico?

— Seus ouvidos não vão estar sendo examinados, vão?

Ok, entendi.

Eu detestava aquele maldito celular, mas não podia ignorá-lo. Ele me mantinha atada a Miranda como um cordão umbilical, se recusando a me deixar crescer, ou me soltar ou me afastar da minha fonte de tormento. Ela ligava *constantemente*: e como um experimento pavloviano doentio que escapou do controle, o meu corpo tinha começado a responder visceralmente ao seu toque. *Triimm-triimm.* Aumento do ritmo cardíaco. *Trimmmm.* Automático aperto de dedos e retesar de ombros. *Triiiimmmmmm. Ah, por que ela não me deixa em paz, por favor, ah, por favor, esqueça que estou viva* — o suor brota em minha testa. Durante todo aquele glorioso fim de semana nem mesmo considerei que o telefone pudesse ficar sem serviço, e supus que tocaria apenas se houvesse um problema. Erro número um. Perambulei pelos 60 metros quadrados até a rede de telefonia decidir voltar a trabalhar, prendi a respiração e disquei a caixa postal.

Mamãe deixou uma gracinha de mensagem desejando que me divertisse muito com Lily. Um amigo de São Francisco estava em Nova York a trabalho, e queria me ver. Minha irmã ligou para me lembrar de enviar um cartão de aniversário para o marido. E ali estava, quase inesperado, mas não totalmente, o medonho sotaque britânico repicando em meus ouvidos.

— Ahn-dre-ah. É Mir-ahnda. São 9h da manhã de domingo em Pah-ris e as meninas ainda não receberam seus livros. Ligue para mim no Ritz para me assegurar de que chegarão logo. É isso. — Clique.

A bílis começou a subir pela minha garganta. Como sempre, a mensagem carecia de qualquer gentileza. Nenhum alô, adeus ou obrigada. Obviamente. Porém, mais que isso, fora deixada quase doze horas antes, e eu ainda não a tinha respondido. Motivo para demissão, eu sabia, e não havia nada que eu pudesse fazer a respeito. Como uma amadora, tinha presumido que o meu plano funcionaria perfeitamente, e não tinha nem mesmo me dado conta de que Uri não ligara para confirmar ter buscado e entregado os livros. Procurei em meus contatos e rapidamente disquei o número do celular de Uri: outra compra de Miranda, de modo que também ele estaria de prontidão 24 horas ao dia.

— Oi, Uri, é Andrea. Desculpe te incomodar no domingo, mas você pegou os livros ontem, na 87 com a Amsterdam?

— Oi, Andy, é tão bom ouvir sua voz — cantarolou com seu sotaque russo, que sempre achei tão confortante. Desde a primeira vez que nos vimos, ele me chamava de Andy, como um velho tio querido, e vindo dele, ao contrário do que sentia com C-SEM, não me incomodava. — É claro que peguei os livros, exatamente como você pediu. Acha que não ia ajudá-la?

— Não, não, é claro que não, Uri. É que recebi uma mensagem de Miranda dizendo que ainda não os recebeu, não sei o que deu errado.

Ele ficou em silêncio por um momento, e depois me deu o nome e o telefone do piloto do jato particular.

— Ah, obrigada, obrigada, obrigada — agradeci, anotando o número de modo frenético e rezando para o piloto ser prestativo. — Preciso desligar. Desculpe, não posso falar agora, mas tenha um ótimo fim de semana.

— Sim, sim, bom fim de semana para você também, Andy. Acho que o piloto vai ajudar você a encontrar os livros. Boa sorte — disse ele alegre, e desligou.

Lily estava fazendo waffles e tudo o que eu queria era ficar com ela, mas tinha de cuidar daquilo ou perderia o emprego. Ou talvez já tivesse sido demitida, pensei, e ninguém havia sequer se dado o trabalho de me avisar. Não era algo incomum na *Runway*, e então me lembrei da redatora de moda dispensada quando estava na lua de mel. Ela descobriu a mudança de seu status lendo a notícia em um exemplar do *Women's Wear Daily*, em Bali. Liguei rapidamente para o número do piloto que Uri me dera e achei que desmaiaria de frustração quando uma secretária eletrônica atendeu.

— Jonathan? Aqui é Andrea Sachs, da revista *Runway*. A assistente de Miranda Priestly. Preciso te fazer uma pergunta sobre o voo de ontem. Ah, acho que provavelmente você deve estar em Paris ou, talvez, no caminho de volta. Bem, eu só queria saber se os livros e, ahn, bem, e você também, chegaram direitinho a Paris. Pode ligar para o meu celular? 917-555-8702. Por favor, o mais depressa possível. Obrigada. Tchau.

Pensei em ligar para a portaria do Ritz e checar se lembravam de ter recebido o carro contratado para levar os livros do aeroporto particular, nos arredores de Paris, mas logo me dei conta de que o meu celular não fazia ligações internacionais. Possivelmente era o único recurso não habilitado, e, evidentemente, o único que interessava. Naquele momento, Lily anunciou que tinha um prato de waffles e uma xícara de café para mim. Fui para a cozinha e peguei a comida. Ela estava bebericando um Bloody Mary. Eca. Era domingo de manhã, como conseguia beber?

— Tendo um momento Miranda? — perguntou com uma expressão de simpatia.

Assenti com a cabeça.

— Acho que me dei muito mal desta vez — avisei, aceitando o prato agradecida. — Posso ser demitida.

— Ah, querida, você sempre diz isso. Ela não vai te demitir. Ainda nem mesmo viu você trabalhando. Pelo menos, é melhor que não te demita. Você tem o emprego mais fantástico do mundo!

Olhei desconfiada para ela, e me obriguei a ficar calma.

— Bem, você tem — continuou ela. — Ela parece difícil de agradar e um pouco louca. Mas quem não é? Você tem sapatos, maquiagem, corte de cabelo e roupas grátis. E que roupas! Quem no mundo consegue roupas de grife de graça só para se exibir todo dia no trabalho? Andy, você trabalha na *Runway*, não entende? Um milhão de garotas matariam pelo seu emprego.

Entendi. Entendi na hora que Lily, pela primeira vez desde que a conhecera fazia nove anos, *não* entendeu. Ela, como todas as minhas amigas, adorava escutar as histórias incríveis que eu havia acumulado nas últimas semanas — a fofoca e o glamour —, mas não percebia como cada dia era duro. Ela não compreendia que a razão por que eu me exibia, dia após dia, não eram as roupas grátis, não compreendia que todas as roupas grátis do mundo não tornariam aquele trabalho suportável. Estava na hora de introduzir uma das minhas melhores amigas no meu mundo, então, eu tinha certeza, ela *compreenderia*. Ela só precisava ouvir a verdade. Sim! Estava na hora de dividir com alguém exatamente o que estava acontecendo. Abri a boca para começar, empolgada com a perspectiva de ter uma aliada, mas meu telefone tocou.

Maldição! Quis jogá-lo na parede, mandar quem quer que estivesse na linha para o inferno. Mas uma pequena parte de mim esperava que fosse Jonathan com alguma informação. Lily sorriu e disse para eu ficar à vontade. Balancei a cabeça, com tristeza, e atendi:

— É Andrea? — perguntou uma voz de homem.

— Sim, é Jonathan?

— Sim. Acabo de ligar para casa e recebi a sua mensagem. Estou voando de volta de Paris, neste exato instante. Enquanto falamos, estou sobrevoando o Atlântico, mas você parecia tão preocupada que eu quis ligar logo.

— Obrigada! Obrigada! Estou mesmo agradecida. Sim, estou um pouco preocupada porque recebi uma ligação de Miranda, mais cedo, hoje, e parece estranho ela não ter recebido o pacote. Você o entregou ao motorista em Paris, certo?

— É claro que sim. Sabe, no meu trabalho, não faço perguntas. Simplesmente voo para onde e quando me mandam, e tento que todo mundo chegue inteiro. Mas é óbvio que não é comum eu atravessar o oceano com apenas uma encomenda a bordo. Deve ter sido algo realmente importante, imagino, como um órgão para transplante ou, talvez, documentos confidenciais. Portanto, sim, tomei muito cuidado com o pacote e o entreguei ao motorista, exatamente como mandou. Um cara legal do Ritz. Sem problemas.

Agradeci e desliguei. O concierge do Ritz havia providenciado um chofer para ir esperar o avião particular do Sr. Tomlinson, no De Gaulle, e levar *Harry* de volta ao hotel. Se tudo correu como planejado, Miranda deveria ter recebido os livros por volta das 7h, hora local, e considerando que já era fim de tarde por lá, eu não conseguia entender o que havia saído errado. Não havia outra alternativa: eu tinha de ligar para a recepção, e como o meu celular não fazia ligações internacionais, precisava procurar outro telefone.

Levei o prato de waffles, agora frios, para a cozinha e os joguei no lixo. Lily estava deitada no sofá, meio adormecida. Eu lhe dei um abraço de despedida e disse que telefonaria mais tarde, depois saí para pegar um táxi que me levasse à redação.

— E como fica hoje? — choramingou. — Tenho *Meu querido presidente* separado e a postos. Ainda não pode ir... o nosso fim de semana não acabou!

— Eu sei, desculpe, Lil. Tenho de resolver já esse problema. Tudo o que eu queria era ficar aqui, mas ela é minha dona no momento. Ligo mais tarde?

A redação estava, é claro, deserta, com todo mundo certamente aproveitando o brunch no Pastis, com seus amigos banqueiros. Eu me sentei na minha área escurecida, respirei fundo e liguei. Felizmente, monsieur Renaud, o meu concierge preferido do Ritz, estava disponível.

— Andrea, querida, como vai? Estamos simplesmente deliciados por ter Miranda e as gêmeas de volta tão cedo — mentiu ele. Emily me contou que Miranda ficava no Ritz com tanta frequência que os funcionários do hotel sabiam seu nome e o de suas filhas.

— Sim, monsieur Renaud, e sei que ela está emocionada por estar aí — menti de volta. Por mais prestativo que o pobre homem fosse, Miranda via defeito em cada gesto seu. Em seu favor, ele nunca parava de tentar, e também não parava de fingir que gostava dela. — Ouça, o carro que enviou para esperar o avião de Miranda já voltou ao hotel?

— Sim, querida. Há horas. Ele deve ter chegado aqui antes das 8h. Enviei o melhor motorista da nossa equipe — disse, com orgulho. Se pelo menos ele soubesse para transportar o quê o seu melhor motorista tinha sido enviado.

— Bem, é estranho, porque recebi uma mensagem de Miranda dizendo que não havia recebido pacote nenhum, e eu chequei com o motorista daqui que jura que o levou ao aeroporto. O piloto jura que o levou a Paris e o entregou ao seu motorista e, agora, o senhor me diz que se lembra dele chegando ao hotel. Como ela pode não ter recebido?

— Parece que a única maneira de resolver a questão é perguntar a ela — respondeu, com um afetado tom feliz. — Posso pô-la em contato com a Sra. Priestly?

Eu havia alimentado a esperança de que não chegasse a tanto, que conseguiria identificar e corrigir o problema sem ter de falar com ela. O que eu diria se ela insistisse que não tinha recebido o pacote? Deveria sugerir que olhasse na mesa de sua suíte, em que devia ter sido posto horas antes? Ou deveria fazer tudo de novo, e conseguir mais dois exemplares no fim do dia? Ou talvez eu devesse contratar um agente do serviço secreto para acompanhar os livros na viagem e assegurar que nada comprometesse sua chegada em segurança? Era algo a se pensar.

— Claro, monsieur Renaud. Obrigada pela ajuda.

Alguns cliques e o telefone estava tocando. Eu transpirava um pouco por causa da tensão, de modo que enxuguei a palma da mão na calça do agasalho e tentei não pensar no que Miranda diria se me visse de moletom na redação. *Fique calma, seja confiante,* instruí a mim mesma. *Ela não pode te estripar pelo telefone.*

— Sim? — Ouvi ao longe, despertando de meus princípios de autoajuda. Era Caroline que, com apenas 10 anos, havia aperfeiçoado a maneira brusca da mãe ao telefone. Cassidy, pelo menos, tinha a cortesia de atender com um "alô".

— Oi, querida — disse eu gentilmente, me odiando por ser servil com uma criança. — É Andrea, da redação. A sua mãe está?

— Quer dizer minha *maman?* — corrigiu, como sempre fazia quando eu usava a pronúncia americana. — É claro, vou chamá-la.

Um momento depois, Miranda estava na linha.

— Sim, Ahn-dre-ah? É melhor que seja importante. Sabe como me sinto ao ser interrompida quando estou com as meninas — declarou daquele modo frio e apressado. *Sabe como me sinto ao ser interrompida quando estou com as meninas? Eu quis gritar. Está curtindo com a minha cara, senhora? Acha que estou ligando para falar da minha maldita saúde? Porque não aguento passar um fim de semana sem escutar a sua voz desgraçada? E que tal o meu tempo com as minhas amigas?* Achei que fosse desmaiar de raiva, mas respirei fundo e fui direto ao ponto.

— Miranda, lamento que seja um mau momento, mas estou ligando para confirmar se recebeu os exemplares de *Harry Potter*. Ouvi sua mensagem dizendo que ainda não os tinha recebido, mas falei com todo mundo e...

Ela me interrompeu no meio da frase e falou devagar e com firmeza.

— Ahn-dre-ah. Devia escutar com mais atenção. Não foi o que eu disse. Recebemos o pacote de manhã cedo. Incidentalmente, chegou tão cedo que nos acordaram para essa tolice.

Eu não pude acreditar no que estava ouvindo. Não sonhei que ela havia deixado o recado, sonhei? Eu ainda era jovem demais para ter Alzheimer, certo?

— O que eu disse foi que não recebemos *os dois* exemplares do livro, como eu tinha pedido. O pacote incluía somente um, e sei que pode imaginar como as meninas ficaram desapontadas. Elas estavam realmente ansiosas para terem o seu *próprio* livro, como eu havia pedido. Preciso que me explique por que minhas ordens não foram cumpridas.

Aquilo não estava acontecendo. Não podia estar acontecendo. Eu só podia estar sonhando, vivendo algum tipo de existência em um universo alternativo, onde tudo o que se parece com racionalidade e lógica foi suspenso por tempo indeterminado. Nem mesmo me daria o trabalho de considerar o absurdo do que estava acontecendo.

— Miranda, eu me lembro de que pediu dois exemplares e encomendei dois — gaguejei, me odiando de novo por ceder. — Falei com a garota da Scholastic e tenho certeza de que ela entendeu que você precisava de dois exemplares do livro, por isso não consigo imaginar...

— Ahn-dre-ah, sabe o que sinto em relação a desculpas. Não estou interessada em ouvir as suas. Espero que nunca mais ocorra algo do tipo, certo? É isso. — Desligou.

Fiquei ali pelo que pareceu cinco minutos completos, escutando o sinal de ocupado, com o telefone pressionado ao ouvido. Minha mente acelerou, cheia de perguntas. Poderia matá-la? Eu me perguntei, considerando a probabilidade de ser pega. Presumiriam automaticamente que havia sido eu? É claro que não, concluí — todo mundo, pelo menos na *Runway*, tinha um motivo. Eu de fato possuía o estofo emocional para testemunhar a sua morte lenta e terrivelmente dolorosa? Bem, sim, com certeza — qual seria a maneira mais agradável de extinguir a sua existência deplorável?

Devagar, desliguei o telefone. Teria eu não compreendido mesmo a sua mensagem quando a escutei mais cedo? Peguei o meu celular e repeti a mensagem. *"Ahn-dre-ah. É Mir-ahnda. São 9h da manhã de domingo em Pah-ris e as meninas ainda não receberam seus livros. Ligue para mim no Ritz para me assegurar de que chegarão logo. É isso."* Nada estava errado. Ela podia ter recebido um exemplar em vez de dois, mas, deliberadamente, deu a impressão de que eu havia cometido um erro grotesco, que acabaria com a minha carreira. Tinha ligado sem se preocupar que aquela ligação às 9h me pegaria aqui às 3h, no meu mais perfeito fim de semana em meses. Tinha ligado para me enlouquecer ainda mais, para me provocar um pouco. Tinha ligado para que eu me atrevesse a desafiá-la. Tinha ligado para me fazer odiá-la muito mais.

7

A festa de réveillon de Lily, em seu apartamento, foi boa e discreta, apenas muitos copos de papel cheios de champanhe, com um grupo de amigos da faculdade e alguns outros agregados. Nunca fui muito fã da data. Não me lembro de quem o chamou, pela primeira vez, de "Noite dos Amadores" (acho que foi Hugh Hefner), dizendo que ele saía nos outros 364 dias do ano, mas estou inclinada a concordar. Toda a bebida e alegria forçada não são garantia de bons momentos. De modo que Lily tinha se adiantado e organizado uma pequena festa para poupar todos nós de pagar 150 dólares em entradas para alguma boate ou, o que seria pior, de qualquer ideia absurda de congelar na Times Square. Cada um levou uma garrafa de alguma coisa não muito forte, e ela distribuiu apitos e tiaras luminosas. Ficamos completamente bêbados e felizes, e brindamos o Ano-Novo em seu terraço com vista para o Harlem. Embora tivéssemos todos bebido demais, Lily estava praticamente inconsciente quando os convidados foram embora. Já tinha vomitado duas vezes e fiquei com medo de deixá-la sozinha no apartamento. Assim, Alex e eu arrumamos uma bolsa com algumas coisas e a levamos no táxi conosco. Ficamos todos em meu apartamento, Lily no futon na sala, e saímos para um grande brunch no dia seguinte.

Fiquei feliz quando as festas acabaram. Estava na hora de seguir com a minha vida e começar — começar de verdade — no novo emprego. Embora parecesse que eu trabalhava havia uma década, tecnicamente eu só estava começando. Tinha muita esperança de que as coisas melhorariam depois que Miranda e eu começássemos a trabalhar juntas no dia a dia. Qualquer um podia ser um monstro insensível ao telefone, em especial alguém desconfortável com as férias e tão distante do trabalho. Mas eu estava convencida de que a desgraça do primeiro mês seria substituída por uma situação completamente nova, e estava empolgada em ver como se desenrolaria.

Passava um pouco das 10h de um 3 de janeiro frio e cinzento, e eu me sentia, de fato, feliz por estar na redação. Feliz! Emily parecia entusiasmada com um cara que conhecera em uma festa de réveillon em Los Angeles, um "compositor de música supergato e promissor", que tinha prometido ir visitá-la em Nova York nas próximas semanas. Eu estava conversando com o redator de beleza, que ficava mais à frente no corredor, um rapaz realmente doce que tinha se formado na Vassar e cujos pais não sabiam — apesar da sua escolha na universidade e o fato de ser um redator de *beleza* em uma revista *de moda* — que ele, na verdade, dormia com rapazes.

— Ah, venha comigo, por favor? Vai ser tão divertido, juro. Vou te apresentar a uns caras gatos, Andy, você vai ver. Tenho amigos heterossexuais maravilhosos. Além disso, é uma festa do *Marshall*. Vai ser fantástica — disse James baixinho, apoiado em minha mesa enquanto eu verificava meu e-mail. Emily conversava animada, no seu lado da sala, detalhando seu encontro com o cantor de cabelo comprido.

— Eu iria, sabe, iria, mas já combinei com o meu namorado de sair hoje à noite, desde antes do Natal — argumentei. — Planejamos há semanas sair para jantar em um bom restaurante, e cancelei da última vez.

— Você pode vê-lo depois! Vamos, não é todo dia que temos a chance de conhecer o cabeleireiro mais talentoso do mundo civilizado! E haverá um monte de celebridades, todo mundo lindo e, bem, só sei que será a festa mais glamourosa da semana! A Harrison and Shriftman está produzindo, pelo amor de Deus, você não pode faltar. Diga sim. — Ele franziu a cara, estreitando exageradamente os olhos, e eu tive de rir.

— James, eu gostaria, realmente gostaria de ir. Nunca estive no Plaza! Mas não posso mudar os planos. Alex fez reserva no restaurante

italiano do lado de casa, e não tenho como remarcar para outro dia.
— Eu sabia que não podia cancelar, nem queria. Queria passar a noite
sozinha com Alex e ouvir como o seu programa extracurricular estava
se desenvolvendo, mas lamentava que tivesse de ser na mesma noite da
festa. Eu tinha lido sobre ela no jornal na semana anterior: parecia que
toda Manhattan estava esperando, em êxtase, a festa anual pós-Ano-
-Novo que Marshall Madden, o extraordinário cabeleireiro colorista,
oferecia. Diziam que naquele ano seria ainda maior, porque Marshall
havia acabado de publicar um novo livro, *Color Me Marshall*. Mas eu
não iria trocar o encontro com meu namorado por uma festa badalada.

— Está bem, mas não diga que nunca a convidei a lugar nenhum. E
não me apareça chorando depois de ler amanhã, na *Page Six*, que fui visto
com Mariah ou J-Lo. Por favor. — E foi embora ofendido, meio fingindo
raiva, meio falando sério, já que sempre parecia irritado.

Até agora, a semana depois do Ano-Novo tinha sido fácil. Ainda
estávamos desembrulhando e catalogando presentes — de manhã, eu
tinha aberto o par de stilettos incrustado de Swarovski mais impressionantes —, mas não havia presente algum para mandar e os telefones
continuavam silenciosos, já que muita gente ainda estava fora. Miranda
retornaria de Paris no fim da semana, mas só iria à redação na segunda-feira. Emily estava confiante de que eu estava preparada para lidar
com ela, e eu também. Tínhamos passado por tudo, e eu havia enchido
quase um bloco inteiro com anotações. Relanceei os olhos para ele, torcendo para me lembrar de tudo. Café: somente Starbucks, latte pequeno,
dois sachês de açúcar demerara, dois guardanapos, um mexedor. Café
da manhã: Mangia delivery, 555-3948, um doce folhado com queijo,
quatro fatias de bacon, duas linguiças. Jornais: banca no saguão, *New
York Times, Daily News, New York Post, Financial Times, Washington
Post, USA Today, Wall Street Journal, Women's Wear Daily,* e o *New
York Observer* às quartas. Revistas semanais disponíveis às segundas:
Time, Newsweek, U.S. News, The New Yorker (!), *Time Out New York,
New York, Economist.* E por aí afora, listando suas flores favoritas e as
mais detestadas, nome, endereço e telefone da casa de seus médicos,
empregadas domésticas, lanches preferidos, água mineral preferida, seu

tamanho em cada peça de roupa, da lingerie às botas de esquiar. Fiz uma lista das pessoas com quem ela queria falar *(Sempre),* e listas separadas de pessoas com quem ela nunca queria falar *(Nunca).* Escrevi, escrevi e escrevi enquanto Emily revelava tudo aquilo durante nossas semanas juntas, e, quando terminamos, achei que não havia nada que eu não conhecesse sobre Miranda Priestly. Exceto, é claro, o que a tornava tão importante para que eu tivesse enchido um bloco com a lista das coisas de que gostava e não gostava. Por que, exatamente, eu teria de me importar com aqueles detalhes?

— Sim, ele é maravilhoso. — Emily dizia com um suspiro, torcendo o fio do telefone em seu dedo indicador. — Acho que foi o fim de semana mais romântico que já vivi.

Pim! Você tem um novo e-mail de Alexander Fineman. Clique aqui para abrir. Oba, que divertido. A Elias-Clark tinha bloqueado o programa de mensagens instantâneas, mas, por algum motivo, eu ainda recebia notificações de que tinha um novo e-mail. Tudo bem, então.

Oi, gata, como foi seu dia? As coisas aqui estão uma loucura, como sempre. Lembra que contei a você que Jeremiah tinha ameaçado todas as meninas com um estilete que havia trazido de casa? Bem, parece que ele falava sério. Trouxe outro para a escola hoje, cortou os braços de uma menina no recreio, e a chamou de puta. Não foi um corte profundo, mas, quando o professor perguntou a ele de onde tinha tirado essa ideia, o menino respondeu que o namorado de sua mãe faz isso com ela. Ele tem 6 anos. Andy, dá para acreditar? De qualquer maneira, o diretor convocou uma reunião de emergência para hoje à noite, portanto acho que não vamos poder jantar. Sinto muito! Mas tenho de admitir que estou feliz por eles estarem esboiçando alguma reação, é mais do que eu tinha esperado. Você entende, não? Por favor, não fique com raiva. Ligo mais tarde e prometo compensá-la. Amor, A.

Por favor, não fique com raiva? Espero que entenda? Um de seus alunos tinha *cortado* uma colega e ele estava preocupado se eu me importava em cancelar o jantar? Deixei Alex na mão na minha primeira semana de trabalho, porque achei que rodar pela cidade de limusine e embrulhar presentes havia sido estafante demais. Senti vontade de chorar, de ligar para ele e dizer que óbvio que estava tudo bem, que eu estava orgulhosa dele por cuidar dessas crianças, antes de mais nada, por ter aceitado o trabalho. Cliquei no "responder" e estava prestes a digitar quando ouvi meu nome.

— Andrea! Ela está chegando. Estará aqui em dez minutos — anunciou Emily em voz alta, obviamente se esforçando para ficar calma.

— O quê? Desculpe, não ouvi...

— Miranda está vindo para cá neste momento. Precisamos estar prontas.

— Vindo para a redação? Mas achei que ela nem estaria de volta ao país antes de sábado...

— Bem, é claro que ela mudou de ideia. Agora, se mexa! Desça e pegue seus jornais e os disponha como te ensinei. Quando acabar, limpe a mesa e deixe um copo de água Pellegrino no lado esquerdo, com gelo e limão. E verifique se não falta nada no banheiro, ok? Vá! Ela já está no carro, deve chegar em menos de dez minutos, dependendo do trânsito.

Quando saí correndo da sala, ouvi Emily apertando, sucessivamente, ramais de quatro dígitos e quase gritando: "Ela está a caminho. Avise todo mundo." Só precisei de três segundos para percorrer o corredor sinuoso e atravessar o departamento de moda, mas já escutava gritos de pânico: "Emily disse que ela está a caminho" e "Miranda está chegando!" E um grito particularmente horripilante de "Ela está de vooooooooooolta!" Assistentes se puseram a arrumar as roupas freneticamente nas prateleiras e paredes, e editores dispararam para suas salas. Vi uma garota mudando seus sapatos de salto baixo para stilettos de 10 centímetros, enquanto outra passava lápis na boca, curvava os cílios e ajustava a alça do sutiã sem nem hesitar. Quando o editor geral saiu do banheiro masculino, dei uma olhada rápida e vi James parecendo empolgado, checando se havia fios de tecido no suéter de cashmere preto, enquanto colocava, espasmodicamente, balas de menta na boca. A não ser que o banheiro dos homens tivesse alto-falantes para tais ocasiões, eu não sabia como ele já tomara conhecimento da novidade.

Eu estava morta de vontade de parar e observar como a cena se desenrolaria, mas tinha menos de dez minutos para me preparar para o primeiro encontro com Miranda, como a sua atual assistente, e não pretendia estragar tudo. Até então, eu havia tentado não demonstrar que estava correndo, mas ao ver a absoluta falta de dignidade de todos, saí em disparada.

— Andrea! Sabe que Miranda está a caminho, não sabe? — gritou Sophy da mesa da recepção quando passei voando.

— Sim, eu sei, mas como você sabe?

— Docinho, eu sei tudo. Sugiro que se apresse. Uma coisa é certa: Miranda não gosta de esperar.

Pulei para dentro do elevador e gritei um obrigada.

— Volto em três minutos com os jornais!

As duas mulheres no elevador me olharam com nojo, e me dei conta de que tinha gritado.

— Desculpe — murmurei, tentando recobrar o fôlego. — Acabamos de saber que a nossa editora-chefe está a caminho da redação e não estávamos preparados, por isso todo mundo está um pouco nervoso. — *Por que estou me justificando para essas pessoas?*

— Ah, meu Deus, você deve trabalhar para Miranda! Espere, deixe eu adivinhar. É a nova assistente de Miranda? Andrea, certo? — A morena de pernas longas expôs o que pareciam quatro dúzias de dentes e avançou como uma piranha. A sua amiga se iluminou instantaneamente.

— Ahn, sim, Andrea — falei, repetindo o meu próprio nome como se não tivesse certeza de que era meu. — E, sim, sou a nova assistente de Miranda.

O elevador chegou ao saguão e as portas se abriram para o mármore branco. Eu me postei na frente das mulheres e me lancei para fora antes mesmo de as portas estarem completamente abertas. E ouvi uma delas gritar:

— Você tem sorte, Andrea. Miranda é uma mulher incrível, e um milhão de garotas dariam a vida pelo seu emprego!

Tentei não colidir com um grupo de advogados, que pareciam muito infelizes, e quase me choquei com a banca no canto do saguão, domínio de um homenzinho do Kuwait, chamado Ahmed, com uma exposição de títulos de publicações de luxo e uma série, muito mais esparsa, de balas dietéticas e refrigerantes diet. Emily tinha me apresentado a Ahmed antes do Natal, como parte do meu treinamento, e eu esperava que ele pudesse ser recrutado para me ajudar agora.

— Pare aí, já! — gritou ele quando eu tirava jornais de suas prateleiras de arame. — Você é a nova garota de Miranda, certo? Venha cá.

Dei meia-volta e vi Ahmed se abaixar e remexer debaixo da registradora, o rosto ficando um tanto vermelho demais com o esforço.

— Arrá! — gritou de novo, ficando em pé de um pulo com a agilidade de um homem velho com duas pernas quebradas. — Para você. Para que, assim, não faça bagunça na minha banca. Eu os separo todo dia. Talvez também para garantir que não acabem. — Ele piscou um dos olhos.

— Ahmed, obrigada. Não imagina como isso ajuda. Acha que posso pegar as revistas agora também?

— É claro. Veja, já é quarta-feira e todas saíram na segunda. A sua chefe provavelmente não vai gostar disso — disse com experiência. E, de novo, estendeu o braço para baixo da registradora e, de novo, o levantou cheio de revistas, que, com uma olhada rápida, confirmei serem todas as da minha lista. Nem uma a mais, nem uma a menos.

Cartão de identificação, cartão de identificação, onde diabos estava o maldito crachá? Pus a mão dentro da minha blusa branca engomada, abotoada até o pescoço, e achei o cordão de seda para pendurar o crachá que Emily tinha feito para mim de uma das echarpes Hermès brancas de Miranda. "Nunca use o crachá quando ela estiver por perto, óbvio", dissera ela. "Mas pelo menos se esquecer de tirá-lo, não estará pendurado em uma corrente de plástico." Tinha praticamente cuspido as três últimas palavras.

— Aqui está, Ahmed. Muito obrigada pela ajuda, mas estou na maior pressa. Ela está a caminho.

Ele passou meu cartão pelo leitor do lado da máquina e colocou o cordão de seda em volta do meu pescoço como um colar havaiano.

— Agora, corra! Corra!

Agarrei a sacola de plástico e corri, tirando de novo o cartão para passá-lo na roleta da segurança e poder entrar no elevador. Passei o crachá. Nada. Passei de novo, com mais força. Nada.

— *Some boys kiss me, some boys hug me, I think they're okay-ay...* — Eduardo, o segurança gordinho e um pouco suado, começou a cantar "Material Girl" com a voz aguda, por trás de sua mesa. Merda. Eu já sabia, sem precisar olhar, que o seu sorriso, conspirador e imenso, exigia, como todo o santo dia nas últimas semanas, que eu entrasse na brincadeira. Parecia que o seu repertório de músicas irritantes, que ele adorava cantar, era inesgotável, e ele não me deixaria passar até eu representá-las. No dia anterior tinha sido "I'm Too Sexy". Enquanto ele cantava *"I'm too sexy for Milan, too sexy for Milan, New York and Japan"*, eu tive de desfilar por uma passarela imaginária no saguão. Até podia ser divertido quando eu estava com um humor decente. Às vezes, até mesmo me fazia sorrir. Mas era o meu primeiro dia com Miranda, eu não podia me atrasar para arrumar as suas coisas, simplesmente não podia. Eu queria matá-lo por me deter quando todas as outras pessoas passavam sem problemas pelas roletas de ambos os lados.

— *If they don't give me proper credit, I just walk away-ay* — murmurei, alongando e deixando as palavras morrerem, como Madonna.

Ele ergueu uma das sobrancelhas.

— E o entusiasmo, amiga?

Cogitei fazer algo violento se ouvisse aquela voz de novo, mas larguei a sacola de jornais no balcão, levantei os dois braços e joguei os quadris para a esquerda, fazendo um beicinho dramático.

— *A material! A material! A material! A material... WORLD!* — Quase gritei a música, e ele bateu palmas, rindo, então me deixou passar.

Anotação mental: discutir com Eduardo quando e onde for apropriado eu pagar mico. Mais uma vez, mergulhei nos elevadores e passei correndo por Sophy, que gentilmente abriu as portas do andar sem fazer perguntas. Até mesmo me lembrei de parar em uma das minicopas e pôr gelo em uma das taças Baccarat que guardávamos em um armário especial sobre o micro-ondas, só para Miranda. Taça em uma das mãos, jornais na outra, dobrei o corredor e dei de cara com Jessica, também conhecida como "Garota Manicure". Ela parecia ao mesmo tempo irritada e tomada pelo pânico.

— Andrea, já sabe que Miranda está a caminho daqui? — perguntou, me olhando da cabeça aos pés.

— É claro que sei. Estou com seus jornais e sua água, e preciso deixá-los na sala dela. Se me dá licença...

— Andrea! — chamou ela quando passei correndo, um cubo de gelo voando do copo e aterrissando do lado de fora do departamento de arte. — Não se esqueça de trocar os sapatos!

Parei no ato e olhei para baixo. Estava usando um par de tênis modernos, estilo street, que não tinham outra função que não fosse parecer descolado. As normas do vestuário — tácitas ou não — eram obviamente menos rígidas quando Miranda estava fora, e, embora todos na redação parecessem fantásticos, cada um estava usando algo que juraria que nunca, jamais usaria na frente de Miranda. Meus tênis vermelhos, de tela, eram um exemplo perfeito.

Eu estava suando quando cheguei à nossa sala.

— Trouxe todos os jornais e também as revistas, por via das dúvidas. O único problema é, bem, não acho que possa usar estes sapatos, posso?

Emily tirou os fones de ouvidos e os jogou sobre a mesa.

— Não, é claro que não pode usar isso. — Pegou o telefone, discou quatro dígitos e comunicou: — Jeffy, me traga um par de Jimmy no tamanho... — olhou para mim.

— Trinta e nove. — Tirei uma garrafa pequena de Pellegrino do armário e enchi o copo.

— Trinta e nove. Não. Agora. Não, Jeff, estou falando sério. Agora, já. Andrea está de tênis, pelo amor de Deus, tênis *vermelho*, e Ela está para chegar. Ok. Obrigada.

Foi então que percebi que nos quatro minutos que eu havia passado no saguão, Emily tinha conseguido trocar seus jeans desbotados por calças de couro, e seu tênis básico por peep toes de salto. Também tinha limpado todo o escritório, enfiando tudo o que estava sobre as nossas mesas nas gavetas e escondendo no armário todos os presentes para Miranda que ainda não haviam sido transferidos para o seu apartamento.

Tinha passado gloss nos lábios e colocado blush nas maçãs do rosto, e agora me fazia sinais para que me apressasse.

Peguei a sacola de jornais e os sacudi para fora em uma pilha sobre uma caixa de luz, espécie de mesa iluminada na qual Emily disse que Miranda passava horas seguidas examinando negativos que haviam sido enviados de sessões de fotos. Mas também era onde ela gostava que seus jornais fossem colocados e, mais uma vez, consultei meu bloco para a ordem correta. Primeiro, o *New York Times*, seguido do *Wall Street Journal*, e, então, o *Washington Post*. E assim sucessivamente, a ordem obedecendo a um padrão que eu não conseguia distinguir, cada um colocado ligeiramente em cima do anterior, até se abrirem em leque. *Women's Wear Daily* era a única exceção: era para ser colocado no centro de sua mesa.

— Ela está aqui! Andrea, venha cá! Ela está subindo! — Ouvi Emily sibilar da área externa. — Uri acaba de ligar para dizer que acabou de deixá-la.

Pus o *WWD* na mesa, a Pellegrino no canto sobre um guardanapo de linho (de que lado? Não conseguia me lembrar de que lado deveria ficar), e saí rápido da sala, dando uma última olhada em volta para me certificar de que estava tudo em ordem. Jeffy, um dos assistentes de moda que me ajudou a organizar o armário, me jogou uma caixa de sapatos amarrada com um elástico. Abri a caixa imediatamente. Dentro, havia um par de sapatos de salto Jimmy Choo, com tiras de pelo de camelo, cruzando em todas as direções e várias fivelas; provavelmente valia uns 800 dólares. Merda! Tinha de calçá-los. Tirei o tênis e as meias suadas, e os enfiei debaixo da mesa. O direito entrou fácil, mas não conseguia abrir a fivela do esquerdo com a unha curta demais, até... pronto! Abri e enfiei meu pé esquerdo no calçado, observando as tiras aderirem à pele já inchada. Em mais alguns segundos, eu o tinha afivelado e estava me sentando quando Miranda entrou.

Paralisada. Fiquei absolutamente paralisada no meio do movimento, a mente agindo rápido o bastante para eu me dar conta de como devia parecer ridícula, mas não rápido o bastante para me mover. Ela me notou de imediato, provavelmente porque devia estar esperando ver Emily sentada à sua antiga mesa, e se aproximou. Então se inclinou sobre a bancada em frente à minha mesa, se debruçou sobre ela, chegando mais perto, até ver meu corpo inteiro, imobilizado na cadeira. Seus olhos azuis se moveram para cima e para baixo, de um lado para o outro, pela minha blusa branca, pela minissaia Gap de veludo cotelê vermelha, pelas sandálias Jimmy Choo, de tiras de pelo de camelo, agora afiveladas. Eu a senti examinar cada centímetro, minha pele, meu cabelo e minhas roupas, os olhos movendo-se rapidamente, mas a expressão inalterada. Ela se aproximou ainda mais, até o rosto ficar a uns 30 centímetros do meu, e senti o fantástico aroma de seu xampu de salão e do perfume sofisticado, tão perto que pude ver as linhas finas em volta de sua boca e seus olhos, que se tornavam invisíveis a uma distância mais confortável. Mas não consegui olhar durante muito tempo para o seu rosto, porque ela estava examinando, atentamente, o meu. Não havia a menor indicação de que ela reconhecia que a) nós tínhamos, de fato, nos conhecido antes; b) eu era a sua nova funcionária; ou c) eu não era Emily.

— Olá, Sra. Priestly — cumprimentei impulsivamente, embora em algum lugar no fundo da minha cabeça eu soubesse que ela ainda não tinha proferido uma palavra sequer. Mas a tensão parecia insuportável, e não pude evitar me antecipar. — Estou tão emocionada por trabalhar para você. Muito obrigada pela oportunidade de... — *Cale-se! Cale a sua boca estúpida!* Zero dignidade.

Ela se afastou. Acabou de me olhar da cabeça aos pés, recuou da bancada e, simplesmente, foi embora enquanto eu gaguejava uma frase. Senti o rubor invadir meu rosto, um jorro de confusão, dor e humilhação me dominou, e só piorou ao sentir ela mesmo me encarando, irritada. Ergui o rosto quente e confirmei que ela estava mesmo me fuzilando com o olhar.

— O boletim está atualizado? — perguntou Miranda a ninguém em particular, entrando em sua sala e indo diretamente para a mesa de luz onde eu tinha disposto seus jornais.

— Sim, Miranda, aqui está — respondeu Emily obsequiosamente, correndo atrás dela e lhe entregando a prancheta onde prendíamos todas as mensagens de Miranda, digitadas como tinham chegado.

Eu me sentei em silêncio, observando Miranda se mover deliberadamente pela sala através do reflexo do vidro das fotos penduradas na parede. Emily, imediatamente, ficou ocupada em sua mesa e o silêncio se instalou. *Nunca conversamos uma com a outra ou com qualquer outra pessoa se ela estiver na sala?*, me perguntei. Escrevi um e-mail breve a Emily, perguntando aquilo, e a vi receber e ler minha mensagem. Sua resposta chegou no mesmo momento: *Você entendeu,* escreveu ela. *Se eu e você precisarmos nos falar, sussurraremos. Senão, nada de conversa. E jamais fale com ela a menos que ela fale com você. E nunca a chame de Sra. Priestly. É Miranda. Entendeu?* Senti de novo como se tivesse levado um tapa, mas ergui os olhos e concordei com a cabeça. E foi então que notei o casaco. Estava logo ali, uma pilha enorme de uma pele fabulosa, na beira da minha mesa, com um dos braços pendendo. Olhei para Emily. Ela revirou os olhos, agitou a mão em direção ao armário e articulou: "Pendure!" Era tão pesado quanto um edredom molhado, saindo da máquina de lavar, e precisei das duas mãos para evitar que se arrastasse no chão, mas o pendurei, cuidadosamente, no cabide de seda e fechei o armário sem fazer barulho.

Não tinha ainda me sentado quando Miranda apareceu do meu lado, e, daquela vez, seus olhos estavam livres para percorrer meu corpo inteiro. Apesar de parecer impossível, senti cada parte se inflamar sob aquele escrutínio, mas eu estava paralisada, incapaz de me sentar. Quando o meu cabelo parecia prestes a pegar fogo, aqueles olhos azuis implacáveis finalmente se detiveram nos meus.

— Gostaria do meu casaco — disse ela com calma, olhando diretamente para mim, e eu me perguntei se ela se perguntava quem eu era, ou se nem se importava com que houvesse uma estranha posando de sua assistente. Não houve nada além de um lampejo de reconhecimento, muito embora a minha entrevista com ela tivesse acontecido poucas semanas antes.

— Claro — consegui balbuciar, e voltei ao armário, o que foi uma manobra desajeitada, pois ela estava postada entre mim e o closet. Virei meu corpo de lado para evitar esbarrar em Miranda e tentei passar e abrir a porta que tinha acabado de fechar. Ela não se moveu nem um centímetro para me dar passagem, e senti seus olhos ainda a me examinar. Finalmente, graças a Deus, minhas mãos envolveram a pele e a puxei cuidadosamente para a liberdade. Minha vontade era jogar o casaco e ver se ela o pegaria, mas me controlei no último segundo e o segurei aberto, como um cavalheiro faria com uma dama. Ela o vestiu com um movimento gracioso e pegou seu celular, o único item que trouxera consigo para a redação.

— Gostaria de ter o Livro hoje à noite, Emily — disse, saindo, confiante, da sala, provavelmente sem nem mesmo notar que um grupo de três mulheres no corredor se dispersou de imediato ao vê-la.

— Sim, Miranda. Mandarei Andrea levá-lo.

E foi isso. Ela partiu. E a visita que tinha inspirado o pânico por toda a redação, os preparativos frenéticos, até as correções na maquiagem e no vestuário, tinha durado menos de quatro minutos, e acontecido — até onde meus olhos inexperientes haviam percebido — por absolutamente nenhum motivo.

8

— Não olhe agora — disse James, sem mexer os lábios, como um ventríloquo —, mas estou vendo Reese Witherspoon à direita.

Eu me virei imediatamente, ele se encolhendo de vergonha, e, sim, lá estava ela, bebendo uma taça de champanhe e jogando a cabeça para trás, com uma risada. Eu não queria ficar impressionada, mas não consegui evitar: ela era uma das minhas atrizes favoritas.

— James, querido, estou tão contente que tenha vindo à minha festinha — gracejou um homem magro e lindo, que chegou por trás. — E quem temos aqui? — Eles se cumprimentaram com um beijo no rosto.

— Marshall Madden, o guru da cor, esta é Andrea Sachs. Andrea é na verdade...

— A nova assistente de Miranda — concluiu Marshall, com um sorriso. — Ouvi falar de você, gatinha. Bem-vinda à família. Eu realmente espero que me faça uma visita. Prometo que juntos podemos, humm, suavizar a sua aparência. — Passou as mãos delicadamente sobre a minha cabeça e pegou as pontas do meu cabelo, que imediatamente ergueu contra as raízes. — Sim, apenas um toque de mel e será a próxima supermodelo. Pegue o meu número com James, ok, querida? E venha me ver na hora que quiser. Provavelmente é mais fácil falar do que fazer! — cantarolou, deslizando na direção de Reese.

James soltou um suspiro e continuou, melancólico.

— Ele é um mestre — falou baixinho —, simplesmente o melhor. O definitivo. Um homem entre meninos, no mínimo. E lindo. — Um homem entre meninos? Hilário. Antes, sempre que alguém usava a mesma frase, eu imaginava Shaquille O'Neal. Não um colorista.

— Ele é realmente lindo, concordo. Já namorou com ele? — Parecia a combinação perfeita: o redator de beleza da *Runway* saindo com o colorista mais badalado do mundo da moda.

— Bem que gostaria. Ele está com o mesmo cara há quatro anos. Dá para acreditar? Quatro anos. Desde quando homens gays gatos têm permissão de ser monogâmicos? Não é justo!

— Ei, eu te entendo. Desde quando homens heterossexuais gatos têm permissão para ser monogâmicos? Bem, a menos que sejam monogâmicos comigo, óbvio. — Dei uma longa tragada no meu cigarro e soprei um anel de fumaça perfeito.

— Vamos, admita, Andy. Diga que está feliz por ter vindo. Diga se não é a maior festa que já existiu — disse ele, com um sorriso.

Eu havia decidido, a contragosto, acompanhar James, depois de Alex ter cancelado o jantar, sobretudo porque ele não iria me deixar em paz. Parecia impossível que alguma coisa interessante acontecesse em uma festa para o lançamento de um livro sobre celebridades, mas eu tinha de admitir que me surpreendera. Quando Johnny Depp se aproximou para cumprimentar James, fiquei chocada ao ver que, além de dominar completamente a língua inglesa, ele era capaz de, até mesmo, fazer algumas piadas engraçadas. E foi extremamente gratificante ver que Gisele, a mulher que era a maior sensação da moda, era baixa. É claro que seria ainda melhor descobrir que era atarracada também, ou tinha um sério problema de acne que havia sido camuflado com retoques nas suas maravilhosas fotos de capa, mas me contentaria com "baixa". No geral, aquela hora e meia não tinha sido nada ruim.

— Não sei se iria tão longe — argumentei, me inclinando para poder ver de relance um cara bem gato, que parecia emburrado em um canto, perto da mesa com os livros. — Mas não é tão repugnante quanto eu imaginei. E, além do mais, estou pronta para qualquer coisa depois do dia que tive.

Depois da chegada e partida abruptas de Miranda, Emily me informou que aquela noite seria a primeira vez que eu teria de levar "o Livro" ao apartamento de Miranda. O Livro era uma grande coleção de páginas, encadernadas em espiral, tão grande quanto um catálogo de telefone, em que cada edição da *Runway* era esboçada e diagramada. Explicou que nenhum trabalho substancial poderia ser feito até depois de Miranda ir embora, porque todo o pessoal da arte e da redação a consultava o dia inteiro, e ela mudava de ideia a todo instante. Portanto, quando Miranda saía por volta das 17h, para ficar um pouco com as gêmeas, é que o verdadeiro expediente começava. O departamento de arte, então, criaria o novo layout e incluiria algumas novas fotos que haviam chegado, e a redação adaptaria e imprimiria qualquer exemplar que, por fim, tivesse obtido a aprovação de Miranda — um gigantesco, floreado, "MP" ocupando toda a primeira página. Cada redator enviaria todas as mudanças diárias ao assistente de arte, que, horas depois de quase todo mundo ter saído, passaria as imagens, os layouts e as palavras por uma pequena máquina que colava cada item na página adequada do Livro. Então, cabia a mim levá-lo ao apartamento de Miranda assim que estivesse concluído — entre 20 e 23h, dependendo do estágio da produção —, e, àquela altura, ela faria anotações sobre tudo. Ela o levaria para a revista no dia seguinte, e a equipe inteira recomeçaria tudo mais uma vez.

Quando Emily me ouviu dizer a James que, afinal, iria à festa com ele, interrompeu na mesma hora.

— Humm, você sabe que não vai a lugar nenhum até o Livro estar pronto, certo?

Eu a encarei. James pareceu prestes a se atracar com ela.

— Sim, devo dizer que muito me alegra não ser mais responsável por essa função. Às vezes, o Livro fica pronto muito tarde, mas Miranda precisa vê-lo toda noite, sabe? Ela trabalha em casa. De qualquer modo, vou esperar com você hoje à noite para mostrar o que fazer, mas depois ficará por sua conta.

— Ok, obrigada. Faz ideia de quando estará pronto hoje?

— Nenhuma. Muda toda noite. Precisa perguntar ao departamento de arte.

O Livro finalmente ficou pronto cedo, às 20h30, e depois de eu pegá-lo com um assistente de arte com aparência exausta, Emily e eu descemos andando a rua 59. Emily estava com os braços carregados de roupas, que tinham acabado de ser lavadas a seco, em cabides, envolvidas com plástico, e me explicou que as roupas lavadas sempre acompanhavam o Livro. Miranda levava suas roupas sujas para a redação, e, por acaso, cabia a mim ligar para a lavanderia e informar que tínhamos roupa para lavar. Eles mandavam alguém, imediatamente, ao edifício Elias-Clark buscar as roupas e as devolviam em perfeito estado, no dia seguinte. Nós as guardávamos no armário da nossa sala até as entregarmos a Uri ou as levarmos nós mesmas ao apartamento. Meu trabalho estava ficando cada vez mais estimulante intelectualmente!

— Oi, Rich! — Emily chamou com falsa animação o homem da expedição, o que mascava o cachimbo e que eu conhecera no meu primeiro dia. — Esta é Andrea. Ela vai levar o Livro toda noite, então se certifique de que ela tenha um bom carro, ok?

— Pode deixar, ruiva. — Tirou o cachimbo da boca e fez um gesto na minha direção. — Vou tomar conta direitinho da lourinha.

— Ótimo. Ah, e pode conseguir outro carro que nos siga até a casa de Miranda? Andrea e eu iremos para lugares diferentes depois de deixarmos o Livro.

Dois carros enormes estacionaram naquele exato momento, e o motorista do primeiro saiu precipitadamente do banco da frente e abriu a porta de trás para nós. Emily entrou primeiro, pegou o celular e disse:

— Apartamento de Miranda Priestly, por favor. — Ele assentiu, engrenou o carro, e partimos.

— É sempre o mesmo motorista? — perguntei, imaginando como ele sabia aonde ir.

Ela fez um sinal para eu me calar enquanto deixava um recado para sua companheira de apartamento. Depois, disse:

— Não, são muitos motoristas trabalhando para a empresa. Já andei com todos no mínimo umas vinte vezes, então já sabem o caminho. — Ela voltou a digitar no celular. Olhei para trás e vi o segundo carro espelhando, cuidadosamente, as nossas curvas e paradas.

Estacionamos em frente a um edifício típico da Quinta Avenida: calçada imaculada, sacadas bem-cuidadas, e o que parecia um saguão magnífico, iluminado de modo acolhedor. Um homem de smoking e chapéu veio imediatamente até o carro, abriu a porta para nós, e Emily saiu. Eu me perguntei por que não deixávamos o Livro e as roupas com ele. Até onde entendia — não muito, em especial no que se relacionava àquela cidade —, era o trabalho dos porteiros. Quero dizer, aquela era sua função. Mas Emily pegou um chaveiro de couro Louis Vuitton em sua grande bolsa Gucci e me deu.

— Eu espero aqui. Você leva tudo ao apartamento de Miranda, cobertura A. Apenas abra a porta e deixe o livro sobre a mesa no vestíbulo e pendure as roupas nos ganchos ao lado do armário. Não *no* armário, *ao lado* do armário. E saia. Não bata nem aperte a campainha de jeito algum. Ela não gosta de ser incomodada. Entre e saia sem fazer ruído! — Ela me entregou o emaranhado de cabides de arame e plástico, e tornou a olhar o celular. *Está bem, posso tratar disso. Por que tanto drama por um livro e algumas calças?*

O ascensorista sorriu gentilmente e apertou, sem falar, o botão da cobertura depois de girar uma chave. Ele parecia uma esposa abusada, rejeitada e triste, que, sem forças para lutar, se resignara à própria infelicidade.

— Vou esperar aqui — disse ele baixinho, olhando fixo para o chão. — Você não deve demorar mais de um minuto.

O carpete do corredor era bordô-escuro, e eu quase caí quando um dos meus saltos ficou preso. As paredes tinham sido cobertas por um tecido espesso, creme, listras bem fininhas, e havia um banco forrado de camurça da mesma cor encostado na parede. As portas de vidro diretamente à minha frente informavam Cob. B, mas me virei e vi outras idênticas com Cob. A. Precisei de todo o controle para não tocar a campainha, me lembrando do aviso de Emily, e girei a chave na fechadura. Estalou no mesmo instante, e antes que eu pudesse ajeitar o cabelo ou imaginar o que havia no outro lado, me vi em um vestíbulo grande e arejado, sentindo o cheiro mais incrível de costeletas de carneiro. E lá estava ela, levando delicadamente o garfo à boca enquanto duas meninas idênticas, de cabelo preto, gritavam uma para a outra, cada qual de um lado da mesa, e um homem alto, de aparência vigorosa, cabelo grisalho e um nariz que tomava todo o rosto, lia um jornal.

— *Maman*, diz para ela que não pode entrar no meu quarto e pegar meu jeans! Ela não quer me escutar! — Uma das meninas pediu a Miranda, que havia posto o garfo sobre o prato e tomava um gole do que eu sabia ser Pellegrino com limão, no lado *esquerdo* da mesa.

— Caroline, Cassidy, chega. Não quero ouvir mais nada. Tomas, traga um pouco mais de gelatina de menta! — gritou. Um homem, que presumi ser o chef, apareceu depressa com uma tigela de prata sobre uma travessa de prata.

E então percebi que estava ali havia quase trinta segundos, assistindo ao jantar da família. Eles ainda não tinham me visto, mas veriam assim que eu me movesse para a mesa do hall. Fiz aquilo com cuidado, mas senti todos se virarem para me olhar. Antes de esboçar algum tipo de cumprimento, me lembrei da vergonha que passei no nosso primeiro encontro mais cedo, naquele mesmo dia, gaguejando como uma idiota, e fiquei com a boca fechada. *Mesa, mesa, mesa.* Ali estava. *Pôr o livro na mesa.* E agora as roupas. Olhei em volta procurando freneticamente o lugar em que deveria pendurar a roupa limpa, mas não encontrei. A mesa de jantar estava em silêncio, e senti todos me observando. Ninguém disse oi. Não parecia incomodar às meninas uma completa estranha estar em seu apartamento. Finalmente, vi um armário atrás da porta, e consegui pendurar cada cabide torcido e escorregadio.

— No armário não, Emily! — Ouvi Miranda gritar, devagar e deliberadamente. — Nos ganchos que são exatamente para isso.

— Ah, humm, oi. — *Idiota! Cale a boca! Ela não está esperando uma resposta, apenas faça o que ela manda!* Mas não consegui evitar. Era esquisito demais ninguém dizer um olá ou se perguntar quem eu era, ou admitir que alguém acabara de entrar e estava perambulando por seu apartamento. E *Emily*? Sério? Ela era cega? Não tinha mesmo reparado que eu não era a garota que trabalhara para ela por mais de um ano? — Sou Andrea, Miranda. A sua nova assistente.

Silêncio. Um silêncio penetrante, insuportável, sem fim, ensurdecedor, debilitante.

Eu sabia que não podia continuar falando, sabia que estava cavando a própria cova, mas não consegui me controlar.

— Humm, bem, desculpe a confusão. Vou só pendurar a roupa nos ganchos como você disse e já saio. — *Pare de falar! Ela não dá a mínima para o que você está fazendo. Apenas faça e saia.* — Ok, tenham um bom jantar. Foi um prazer conhecer vocês. — Eu me virei para sair e percebi que não somente o mero ato em si de falar era ridículo, como também estava falando coisas idiotas. *Um prazer conhecer vocês?* Eu não tinha sido apresentada a ninguém.

— Emily! — Ouvi, com a mão na maçaneta. — Emily, que isso não se repita amanhã à noite. Não estamos interessados na interrupção. — E a maçaneta girou por si só e, finalmente, eu estava no corredor. Tudo havia acontecido em menos de um minuto, mas eu me sentia como se tivesse nadado a extensão de uma piscina olímpica sem levantar a cabeça para respirar.

Despenquei no banco e respirei fundo várias vezes. Que vaca! A primeira vez que me chamou de Emily poderia ter sido um engano, mas a segunda foi, sem dúvida nenhuma, deliberada. Que melhor maneira de diminuir e marginalizar uma pessoa do que insistir em chamá-la pelo nome errado, depois de recusar reconhecer sua presença na própria casa? Eu já sabia que era uma forma de vida inferior, a mais insignificante na revista — como Emily ainda não perdera uma oportunidade de enfatizar —, mas era realmente tão necessário assim Miranda se certificar de que eu estava consciente do fato?

Não seria algo fora da realidade ficar ali a noite toda, disparando balas mentais na porta da Cob. A, mas ouvi alguém pigarrear e ergui os olhos, então me deparei com o homenzinho triste do elevador observando o hall e esperando pacientemente por mim.

— Desculpe — falei, me arrastando para dentro do elevador.

— Não tem problema. — Ele quase sussurrou, estudando atentamente o assoalho de madeira. — Vai ficar mais fácil.

— O quê? Desculpe, não ouvi o que...

— Nada, nada. Chegamos, mocinha. Tenha uma boa noite. — A porta se abriu para o saguão, onde Emily conversava em voz alta ao celular. Desligou ao me ver.

— Como foi? Sem problemas, certo?

Pensei em contar o que tinha acontecido, desejei ardentemente que ela fosse uma colega de trabalho solidária, que pudéssemos formar uma equipe, mas sabia que simplesmente receberia mais uma chicotada verbal. *Portanto, no momento não interessava contar nada.*

— Foi tudo bem. Sem problema algum. Estavam jantando e deixei tudo exatamente onde você disse.

— Ótimo. Bem, é isso que você vai fazer toda noite. Depois, pegue o carro para casa e pronto. Enfim, se divirta na festa de Marshall hoje. Eu iria, mas marquei a depilação da virilha e não posso cancelar. Acredita que não há horário pelos dois próximos meses? E estamos no meio do inverno. Não deve haver horário por causa das pessoas que estão saindo de férias. Certo? Mas não consigo entender por que toda mulher em Nova York precisa de depilação na virilha. É tão estranho, mas o que podemos fazer, não é?

Minha cabeça latejava ao ritmo de sua voz, e parecia que, independentemente do que eu fizesse ou de como respondesse, estava condenada para sempre a escutar a sua conversa sobre depilação da virilha. Teria sido melhor ouvi-la gritar comigo por ter interrompido o jantar de Miranda.

— É, o que podemos fazer? Bem, é melhor eu ir, disse a James que o encontraria às 21h e já estou dez minutos atrasada. Até amanhã.

— Sim, até amanhã. Ah, agora que está bem treinada, continuará a entrar às 7h, mas eu só chego às 8h. Miranda sabe, é esperado que a assistente sênior chegue mais tarde, já que trabalha muito mais. — Quase pulei no seu pescoço. — Portanto, siga a rotina da manhã como te ensinei. Ligue, se precisar, mas agora já deve saber o que tem de fazer. Tchau! — Pulou para o banco de trás do segundo carro, que estava esperando na frente do edifício.

— Tchau! — trinei, um enorme e falso sorriso estampado na cara. O motorista fez menção de sair do carro para abrir a porta de trás para mim, mas eu lhe disse que eu podia entrar sozinha. — O Plaza, por favor.

James estava esperando na escada da frente, embora a temperatura beirasse os -7°C. Tinha ido para casa se trocar e parecia muito, muito magro na calça de camurça preta e camiseta branca canelada, que exibia o bronzeado artificial, perfeitamente aplicado, de meio de inverno. Eu continuava parecendo apropriadamente uma típica novata na minha minissaia Gap.

— Ei, Andy, como foi a entrega do Livro? — Enquanto esperávamos na fila para a revista dos nossos casacos, logo avistei Brad Pitt.

— Ah, meu Deus, tá de sacanagem. Brad Pitt?

— Sim, bem, Marshall faz o cabelo da Jennifer, óbvio. Então ela também deve estar aqui. De verdade, Andy, talvez na próxima vez você acredite em mim quando eu disser para me acompanhar. Vamos beber alguma coisa.

Tinha visto Reese e Johnny em sequência e, quando deu 1h, já havia tomado quatro drinques e tagarelava feliz com uma assistente de moda da *Vogue*. Falávamos sobre depilação de virilha. Apaixonadamente. E não me incomodava nem um pouco. *Meu Deus,* pensei, atravessando a multidão em busca de James, exibindo um imenso sorriso puxa-saco na direção de Jennifer Aniston — *não é uma festa tão ruim.* Mas eu estava bêbada, tinha de trabalhar em menos de seis horas, e estava fora de casa havia quase 24, por isso, quando localizei James beijando um dos cabeleireiros do salão de Marshall, pensei em ir embora. Foi quando senti a mão de alguém nas costas.

— Oi — disse o homem lindo que eu tinha visto antes, emburrado num canto. Esperei que percebesse que tinha abordado a garota errada, que eu devia me parecer, de costas, com a sua namorada, mas ele abriu um sorriso ainda mais largo. — Não é de muita conversa, não?

— Ah, e dizer "oi" o torna eloquente, é? — *Andy! Cale a boca!* Eu me repreendi em silêncio. *Um homem absolutamente lindo se aproxima inesperadamente numa festa de celebridades e você logo o critica?* Mas ele não parecia ofendido e, embora fosse impossível, seu sorriso se alargou ainda mais. — Desculpe — murmurei olhando o meu copo quase vazio.

— Meu nome é Andrea. Pronto. Acho que é uma maneira melhor de começar. — Estendi a mão e me perguntei o que ele queria.

— Na verdade, gostei do seu jeito. Meu nome é Christian. É um prazer conhecê-la, Andy. — Afastou um cacho castanho do olho esquerdo e tomou um gole de uma garrafa Budweiser. Ele me parecia vagamente familiar, achei, mas não conseguia saber de onde.

— Bud, hein? — perguntei, apontando para a sua mão. — Achei que não serviam algo tão popular em festas assim.

Ele riu, uma risada profunda, sincera, não um risinho abafado, como imaginei.

— Você realmente diz o que pensa, não é? — Devo ter parecido mortificada, porque ele sorriu de novo e disse: — Não, não, isso é bom. E raro, especialmente nesse ramo. Não consegui me obrigar a beber champanhe de uma minigarrafa com canudinho, entende? Nada másculo. Por isso o barman me arranjou uma dessas na cozinha. — Afastou outro cacho, que caía de novo sobre seu olho assim que o soltava. Pegou um maço de cigarros do bolso de seu blazer preto e o ofereceu a mim. Aceitei e o deixei cair imediatamente, aproveitando a oportunidade para examiná-lo enquanto me abaixava para recuperá-lo.

Caiu a alguns centímetros de seu mocassim lustrado, de bico quadrado, que ostentava a irrefutável borla Gucci, e, ao me levantar, reparei em seu jeans Diesel, perfeitamente desbotado, comprido e largo o bastante na perna, arrastando um pouco atrás dos sapatos brilhantes, a bainha puída da repetida interação com as solas. Um cinto preto, provavelmente Gucci, mas, graças a Deus, sem monograma, mantinha o jeans no ponto perfeito abaixo da cintura, onde ele enfiara uma camiseta de algodão branca e lisa, que poderia muito bem ser uma Hanes, mas que, sem dúvida, era uma Armani ou Hugo Boss, usada para contrabalançar o belo tom de pele. Seu blazer preto parecia caro e bem cortado, talvez até mesmo feito sob medida para seu corpo de porte médio, mas inexplicavelmente sexy, mas foram seus olhos verdes que chamaram mais atenção. Verde-água, pensei, me lembrando dos antigos tons J.Crew que amávamos tanto no colégio, ou talvez apenas um verde-azulado. A altura, o físico, o pacote total lembrava vagamente Alex, só que com um estilo muito mais europeu e muito menos Abercrombie. Um pouco mais descolado, com uma aparência ligeiramente melhor. Com certeza, mais velho, na faixa dos 30. E provavelmente muito mais safo.

Ele imediatamente produziu uma chama e se inclinou para acender o meu cigarro.

— Então, o que te trouxe a uma festa como esta, Andrea? É uma das poucas afortunadas que podem chamar Marshall Madden de seu?

— Não, receio que não. Pelo menos, não ainda, embora ele não tenha sido nada sutil ao me dizer que provavelmente eu deveria ser. — Ri, notando por um instante fugaz que estava *desesperada* para impressionar aquele estranho. — Trabalho na *Runway*. Um dos rapazes me trouxe.

— Ah, a revista *Runway*? Um local interessante para se trabalhar, se curte sadomasoquismo e esse tipo de coisa. E gosta?

Eu não tinha certeza se ele havia se referido ao sadomasoquismo ou ao trabalho em si, mas cogitei a possibilidade de ele entender, já que era um cara do meio, o bastante para saber que não era exatamente o que parecia ser. Será que deveria entretê-lo com o pesadelo da entrega do Livro, naquela mesma noite? Não, não, eu não fazia a menor ideia de quem ele era... pelo que percebi, ele também trabalhava na *Runway*, em algum departamento remoto, e eu nunca o vira, ou talvez colaborasse para outra revista na Elias-Clark. Ou talvez, só talvez, fosse um daqueles repórteres dissimulados da *Page Six*, sobre os quais Emily me alertara tanto: "Eles simplesmente aparecem", havia dito de modo agourento. "Simplesmente aparecem e tentam nos enrolar, dizendo algo sobre Miranda ou a *Runway*. Cuidado". Com aquilo e mais o rastreio dos cartões de identificação, eu tinha certeza absoluta de que o monitoramento da *Runway* deixava o crime organizado no chinelo. A Virada Paranoica da *Runway* estava de volta.

— Sim — respondi, tentando parecer espontânea e evasiva. — É um lugar estranho. Não sou tão ligada em moda, na verdade, preferia estar escrevendo, mas acho que não é um mau começo. O que você faz?

— Sou escritor.

— Ah, é? Deve ser legal. — Torci para não ter parecido tão condescendente quanto soei, mas era realmente um saco aquela história de todo mundo em Nova York se intitular escritor, ator, poeta ou artista plástico. *Eu costumava escrever para o jornal da faculdade*, pensei, *e, poxa, cheguei a ter um ensaio publicado em uma revista mensal, uma vez, quando estava no segundo grau.* Aquilo fazia de mim uma escritora? — O que você escreve?

— Até agora, principalmente ficção, mas, na verdade, estou trabalhando no meu primeiro romance histórico. — Bebeu mais um gole e, de novo, afastou o irritante, mas adorável, cacho.

— O primeiro histórico. — Implicava que havia outros não históricos. Interessante. — Sobre o quê?

Ele refletiu por um instante, e disse:

— É uma história contada da perspectiva de uma jovem, sobre como foi viver neste país durante a Segunda Guerra Mundial. Ainda estou terminando minha pesquisa, transcrevendo entrevistas e coisas assim. Mas a escrita foi acontecendo em paralelo. Acho que...

Ele continuou falando, mas eu já não o escutava. Merda. Reconheci a descrição do livro imediatamente, de um artigo da *New Yorker* que eu havia acabado de ler. Parecia que todo o mercado editorial esperava ansiosamente a sua próxima contribuição, e só falava sobre o realismo com que ele descrevia a sua heroína. Estava eu em uma festa, conversando casualmente com Christian Collinsworth, o garoto prodígio que havia sido publicado pela primeira vez aos 20 anos, direto de um cubículo da Biblioteca de Yale. Os críticos tinham enlouquecido com o seu primeiro livro, o aclamando como uma das realizações literárias mais significativas do século XX, e ele havia lançado mais dois, desde então, cada um passando mais tempo na lista dos mais vendidos do que o anterior. O artigo da *New Yorker* tinha incluído uma entrevista em que o repórter havia chamado Christian de "não somente um nome promissor" no mundo dos livros, mas alguém com "uma tremenda aparência, uma elegância arrasadora e charme natural suficiente para garantir, no evento improvável de seu êxito literário não conseguir, uma vida de sucesso com as mulheres".

— Uau, isso é realmente maravilhoso! — exclamei, de repente me sentindo cansada demais para ser espirituosa, divertida ou engraçadinha. Aquele cara era um autor prestigiado, o que diabos queria comigo? Provavelmente matar tempo antes de sua namorada terminar o ensaio fotográfico de 10 mil dólares/dia e aparecer. *E o que importa, Andrea?*, perguntei a mim mesma, áspera. *Se, convenientemente, se esqueceu, você tem, por acaso, um namorado incrivelmente gentil, companheiro e adorável. Chega!* Inventei rapidamente uma desculpa sobre ter de ir para casa naquele instante, e Christian pareceu se divertir.

— Está com medo de mim — declarou objetivamente, me lançando um sorriso provocante.

— Medo de você? Por que *eu* teria medo de você? A menos que haja uma razão... — Eu não pude me controlar. Ele tornava o flerte tão fácil. Ele pegou meu cotovelo e, habilmente, me virou.

— Vamos, vou colocá-la em um táxi. — E antes que eu pudesse dizer não, que eu podia encontrar o caminho para casa sozinha, que tinha sido um prazer conhecê-lo, mas que era melhor ele pensar duas vezes se tinha intenção de voltar para casa comigo, eu estava parada no tapete vermelho, na porta do Plaza, com ele.

— Querem um táxi? — perguntou o porteiro quando saímos.

— Sim, por favor, um para a senhorita — respondeu Christian.

— Não, tenho um carro, humm, logo ali — falei, apontando para a faixa na rua 58, em frente ao Paris, teatro onde todos os carros de transporte executivo ficavam enfileirados.

Eu não o estava encarando, mas pude senti-lo sorrindo de novo. Um *daqueles* sorrisos. Ele me acompanhou até o carro e abriu a porta, gesticulando com gentileza para o banco de trás.

— Obrigada — agradeci num tom formal, nem um pouco constrangida, estendendo a mão. — Foi realmente um prazer conhecê-lo, Christian.

— Para mim também, Andrea. — Ele pegou minha mão, que pensei que ia apertar, e a levou aos lábios, a deixando ali somente uma fração de segundo a mais do que deveria. — Espero que nos vejamos de novo em breve. — Àquela altura, eu já tinha me instalado no banco traseiro sem tropeçar nem me humilhar, e me concentrei em não corar, embora percebesse que era tarde demais. Ele bateu a porta e observou o carro dar a partida.

Daquela vez, não me pareceu estranho — embora eu nunca tivesse visto o interior de um carro luxuoso dois meses antes — ter contado com os serviços de um motorista nas últimas seis horas; nem o fato de — embora nunca antes tivesse conhecido ninguém, sequer remotamente, famoso — ter acabado de confraternizar com celebridades de Hollywood e ter minha mão roçada, sim, a palavra era roçada, pelo nariz de um dos solteiros mais cobiçados da cidade de Nova York. *Não, nada disso realmente importa,* lembrei a mim mesma repetidamente. *Tudo isso faz parte desse mundo, e nesse mundo não há nenhum lugar que te interesse. Talvez, daqui, pareça divertido,* pensei, *mas está além da sua compreensão.* De todo modo, olhei para a minha mão, tentando me lembrar de cada detalhe da maneira como ele a havia beijado e, depois, meti a mão ofendida na minha bolsa e peguei o telefone. Quando disquei o número de Alex, me perguntei o que exatamente contaria a ele, se é que contaria algo.

132

9

Levou doze semanas para eu começar a me deleitar com o suprimento, aparentemente inesgotável, de roupas de grife que a *Runway* parecia implorar para me fornecer. Doze semanas incrivelmente longas, de quatorze horas de trabalho diárias, nunca intercaladas por mais de cinco de sono. Doze miseráveis semanas sendo, dia após dia, examinada da cabeça aos pés, do cabelo aos sapatos, sem nunca receber um único elogio ou mesmo a insinuação de que eu tinha passado no exame. Doze semanas terrivelmente longas me sentindo estúpida, incompetente e completamente idiota. Então decidi, no começo do meu quarto mês (só faltavam mais nove!) na *Runway*, ser uma nova mulher e começar a me vestir de acordo.

Acordar, me vestir e sair, antes da epifania da 12ª semana, havia me esgotado completamente — até admitir que seria mais fácil ter um armário cheio de roupas "apropriadas". Até então, escolher meu look fora a parte mais estressante de uma rotina matutina já bastante desagradável. O despertador tocava tão cedo que eu não queria revelar a que horas de fato me levantava, como se a mera menção das palavras infligisse dor física. Trabalhar às 7h era tão difícil que chegava a ser engraçado. É óbvio que eu já precisei despertar antes das 7h outras vezes — talvez para ir ao aeroporto pegar um voo de madrugada, ou terminar de estudar para uma prova no mesmo dia. Mas, em geral, quando me via àquela hora da manhã fora de casa era porque estava virada, curtindo, e a hora não parecia um problema quando um dia inteiro de sono se estendia à minha frente. Aquele trabalho era diferente. Era a constante, inexorável, desumana privação de sono, e por mais que tentasse me deitar antes da meia-noite, não conseguia. As últimas duas semanas tinham sido duras, pois estávamos fechando uma das edições da primavera, por isso eu precisava esperar o Livro até quase 23h em algumas noites. Quando o deixava com Miranda e ia para casa, já era quase meia-noite, e ainda precisava comer alguma coisa e tirar a roupa, antes de desmaiar.

O ruído estridente — a única coisa que eu não conseguia ignorar — começava exatamente às 5h30. Eu me esforçava para tirar uma perna de baixo do edredom e esticá-la na direção do despertador (colocado, estrategicamente, aos pés da cama para forçar um pouco de movimento), chutando a esmo até fazer contato e o barulho lancinante cessar. Aquilo se repetia, previsivelmente, a cada sete minutos, até as 6h04. Àquela altura, eu inevitavelmente entrava em pânico e pulava da cama para o chuveiro.

A briga com o **meu** armário vinha em seguida, em geral entre 6h31 e 6h37. Lily, não **exatamente** uma pessoa com senso fashion — seu uniforme universitário consistia em jeans, suéteres esfarrapados L. L. Bean e colares de cânhamo — dizia, toda vez que nos víamos, "Ainda não entendo o que você veste para trabalhar. É a revista *Runway*, pelo amor de Deus. As suas roupas são tão legais quanto as de qualquer outra garota, mas nada parece digno da *Runway*".

Não contei a ela que, nos primeiros meses, havia me levantado mais cedo com a determinação férrea de conseguir uma aparência *Runway* com as minhas próprias roupas de loja de departamento. Acompanha-da de meu café de micro-ondas, passava quase meia hora toda manhã agoniada em relação a botas e cintos, lã e microfibra. Trocava de meias cinco vezes até, enfim, encontrar a cor certa, só para me censurar que, independentemente de modelo ou cor, eram *tão inapropriadas*. Os saltos de meus sapatos pareciam sempre baixos demais, grossos demais, bloca-dos demais. Não tinha sequer uma peça de cashmere. Ainda não sabia o que era fio dental (!) e, portanto, ficava obcecada pela ideia de acabar com a calcinha marcando, foco de muitas críticas no intervalo do café.

Não importava quantas vezes eu experimentasse um top, não reunia a coragem de usar tomara que caia no trabalho.

E, assim, depois de três meses, eu me rendi. Estava exausta. Emocional, física, mentalmente; a penosa e diária experiência do armário me sugava toda a energia. Isto é, até eu capitular no aniversário do terceiro mês. Era um dia como qualquer outro, eu com a minha caneca "I ♥ Providence" em uma das mãos, a outra vasculhando rapidamente minhas camisetas da Abercrombie favoritas. *Por que resistir?*, perguntei a mim mesma. Vestir roupas descoladas não significaria necessariamente que estava me vendendo, certo? Além do mais, os comentários sobre o meu estilo estavam se tornando mais frequentes e maliciosos, e eu tinha começado a pensar se o meu emprego não estaria em risco. Olhei no espelho de corpo inteiro e tive de rir: a garota com sutiã básico (ai!) e calcinhas de algodão (duplo ai!) queria ter o visual *Runway*? Ha-ha. Não com aquele lixo. Pelo amor de Deus, eu estava trabalhando para uma revista de moda — apenas usar o que não estava rasgado, puído, manchado ou ultrapassado simplesmente não era mais possível. Pus de lado minhas blusas básicas e tirei do armário a saia de *tweed*, blusa de gola rolê preta, botas de cano alto, tudo Prada, que Jeffy havia me dado uma noite enquanto eu esperava o Livro.

— O que é isto? — perguntei, abrindo o zíper da sacola de roupas.

— Isso, Andy, é o que você deve usar se não quiser ser demitida. — Ele sorriu, mas sem me encarar.

— Como?

— Ouça, acho que precisa saber que a sua, humm, que a sua aparência não combina com a de todos aqui. Sei que isso custa caro, mas podemos dar um jeito. Tenho tanta coisa no closet que ninguém vai notar se você precisar, bem, pedir emprestado algum item, às vezes. — Ele fez aspas com os dedos ao dizer "pedir emprestado". — E, é claro, devia ligar para todo o pessoal de relações públicas e descolar o seu cartão de desconto dos designers. Só consegui 30 por cento, mas como você trabalha para Miranda, duvido que te cobrem por qualquer coisa. Não há razão para continuar a usar, bem, essa coisa Gap.

Não argumentei que usar Nine West em vez de Manolo ou jeans do departamento juvenil da Macy's em vez do paraíso do denim, no oitavo andar da Barney's, fora uma tentativa de mostrar a todo mundo que eu não havia sido seduzida pela *Runway*. Mas, em vez disso, simplesmente balancei a cabeça, ciente de que ele se sentia extremamente constrangido por ter de me dizer que eu estava me humilhando todo dia. Eu me perguntei quem o haveria colocado naquela posição. Emily? Ou a própria Miranda? Na verdade, não importava. Eu já tinha sobrevivido três meses inteiros e, se usar gola rolê Prada em vez de uma da Urban Outfitters iria me ajudar a sobreviver os nove seguintes, paciência. Decidi organizar um novo guarda-roupa imediatamente.

Finalmente, saí por volta das 6h50, me sentindo, na verdade, muito bem com minha aparência. O homem do trailer de café da manhã mais próximo do meu apartamento até assobiou, e, antes de eu dar dez passos, uma mulher me disse que namorava aquelas botas havia três meses. *Posso me acostumar com isso*, pensei. Todo mundo tinha de vestir alguma coisa todo dia, e aquilo certamente parecia muito melhor do que qualquer uma de minhas roupas. Como de hábito, andei até a esquina da Terceira Avenida e logo chamei um táxi, então me sentei no banco de trás aquecido. Estava cansada demais para agradecer por não precisar me juntar aos usuários do metrô e resmunguei:

— Madison, 640. Depressa, por favor.

O taxista me olhou pelo retrovisor, com um quê de simpatia, juro.

— Ah, sim, o edifício Elias-Clark — disse ele, e viramos à esquerda, na rua 97 e de novo à esquerda na Lex, passando em alta velocidade pelos sinais até a 59, onde seguimos a oeste para a Madison. Após exatamente seis minutos, como não havia nenhum trânsito, paramos com uma cantada de pneu em frente ao monólito alto, fino, polido, que estabelecia o mesmo paradigma para a silhueta de tantos de seus habitantes. A corrida custou 6,40 dólares, como toda manhã, e paguei com uma nota de dez, como sempre fazia.

— Fique com o troco — falei, sentindo a mesma alegria todo dia que via a surpresa e felicidade na expressão do motorista. — É por conta da *Runway*.

Não seria um problema, com certeza. Só precisei de uma semana no emprego para ver que contabilidade não era exatamente o ponto forte na

Elias, nem mesmo uma prioridade. Nunca foi problema anotar 10 dólares de corrida de táxi diariamente. Outra empresa talvez questionasse, para início de conversa, quem me deu o direito de ir para o trabalho de táxi. Elias-Clark perguntaria por que eu teria me dignado a pegar um táxi, quando havia um serviço de carros disponível. Algo sobre lesar a empresa em dez dólares extras todo dia — embora duvide de que esteja prejudicando diretamente alguém com aquela despesa — fazia eu me sentir muito melhor. Alguns chamariam de rebelião passiva-agressiva. Eu chamava de desforra.

Saí do táxi, feliz por ter feito alguém ganhar o dia, e me dirigi ao número 640 da Madison. Apesar de o nome do edifício ser Elias-Clark, JS Bergman, um dos bancos mais prestigiados da cidade (obviamente), alugava a metade. Não compartilhávamos nada com seus funcionários, nem mesmo os elevadores, mas aquilo não impedia que os ricos banqueiros e nossas beldades flertassem no saguão.

— Oi, Andy. Como vai? Faz tempo que não te vejo. — A voz atrás de mim soou acanhada e relutante, e eu me perguntei por que, fosse quem fosse, não me deixava em paz.

Tinha me preparado mentalmente para começar a rotina da manhã com Eduardo quando ouvi meu nome, dei meia-volta e me deparei com Benjamin, um dos muitos ex-namorados de faculdade da Lily, jogado na entrada, nem mesmo parecendo notar que estava sentado na calçada. Ele era apenas um dos muitos rapazes de Lily, mas tinha sido o primeiro de quem ela gostara de verdade. Eu não falava com o bom Benji (ele odiava que o chamassem assim) desde que Lily o flagrara transando com duas garotas do coral. Ela entrou em seu apartamento fora do campus e o encontrou esparramado na sala, com uma soprano e uma contralto, garotas sem graça e que nunca mais conseguiram encarar Lily. Tentei convencê-la de que havia sido apenas uma pegadinha, mas ela não caiu. Chorou durante dias e me fez prometer que não contaria a ninguém o que havia descoberto. Não precisei contar a ninguém, porque ele contou — se vangloriou, para quem quisesse ouvir, de como tinha "transado com duas nerds de coral", palavras dele, enquanto "uma terceira observava". Aquilo dera a entender que Lily tinha estado lá o tempo todo, agradavelmente instalada no sofá, assistindo a seu macho grande e mau exibir a masculinidade. Lily tinha jurado nunca mais se apaixonar por ninguém e, até o momento, parecia estar cumprindo a promessa. Dormia com um monte de caras, mas com certeza não os deixava se demorar o bastante para que ela corresse o risco de descobrir alguma coisa agradável sobre eles.

Olhei de novo para ele e tentei encontrar o velho Benji em seu rosto. Ele tinha sido um gatinho atlético. Um rapaz normal. Mas Bergman o havia transformado em um molusco humano. Estava vestindo um terno amassado e largo demais, e parecia querer sugar uma pedra de crack de seu Marlboro. Parecia extenuado, apesar de serem apenas 7h, o que fez com que eu me sentisse melhor. Porque era o castigo por ter sido um babaca com Lily, e porque eu não era a única a me arrastar para o trabalho àquela hora obscena. Provavelmente ele deveria receber 150 mil dólares ao ano por tamanha indignidade, mas enfim, pelo menos eu não estava sozinha.

Benji me cumprimentou com um cigarro aceso, o brilho sinistro da brasa na manhã ainda escura, e acenou para que eu me aproximasse. Eu estava nervosa com a possibilidade de me atrasar, mas Eduardo me mandou o seu "Não se preocupe, ela ainda não chegou, está tudo bem", e fui falar com Benji. Ele estava com cara de sono e parecia desanimado. Provavelmente achava que *ele* tivesse um chefe tirânico. Ha-ha! Se ele soubesse. Senti vontade de gargalhar.

— Ei, reparei que você é a única aqui tão cedo — murmurou para mim enquanto eu procurava o batom na bolsa antes de entrar no elevador. — Qual é o drama?

Ele parecia tão cansado, tão acabado, que senti uma onda de simpatia e gentileza. Mas, então, senti minhas pernas quase cederem de exaustão, e me lembrei da expressão de Lily quando um dos babacas tóxicos de Benji tinha perguntado se ela havia preferido assistir ou, na real, queria ter participado, e perdi o controle.

— Bem, o drama é que trabalho para uma mulher muito exigente, e preciso chegar duas horas e meia antes do restante da maldita revista para me preparar — respondi, minha voz gotejando raiva e sarcasmo.

— Opa, só fiz uma pergunta. Desculpe, mas parece terrível. Para quem trabalha?

— Trabalho para Miranda Priestly — disse, e rezei por uma não reação. O fato de um profissional aparentemente instruído, bem-sucedido, não fazer ideia de quem era Miranda me deixaria muito, mas muito feliz. Quase deliciada. E, felizmente, Benji não me decepcionou. Deu de ombros, inspirou e olhou para mim, em expectativa. — Ela é a editora-chefe da *Runway*. — Baixei a voz e continuei, com satisfação. — E basicamente a maior vaca que já conheci. Aliás, jamais conheci alguém como ela. Ela nem parece humana.

Eu tinha uma lista de reclamações que gostaria de descarregar em cima de Benji, mas a Virada Paranoica *Runway* me atingiu com toda a força. Logo fiquei ansiosa, quase paranoica, convencida de que aquela pessoa desconhecida, indiferente, fosse um dos lacaios de Miranda, enviada pelo *Observer* ou pela *Page Six* para me espionar. Eu sabia que era uma ideia ridícula, um completo absurdo. Afinal, eu conhecia Benji pessoalmente havia anos e tinha certeza de que não trabalhava para Miranda. Não certeza absoluta. Afinal, como se podia ter certeza absoluta de algo? E quem sabe quem podia estar atrás de mim naquele segundo, escutando casualmente uma das minhas palavras ofensivas? Um esforço imediato para minimizar os danos se fazia necessário.

— Óbvio que ela É a mulher mais poderosa no mundo da moda e das publicações, e uma pessoa não pode chegar ao topo das duas maiores indústrias da cidade de Nova York sendo ingênua. Humm, é compreensível que ela seja um pouco dura no trabalho, entende? Eu também seria. Pois é, bem, preciso ir. Foi bom ver você.

E escapei, como tinha feito tantas vezes nas últimas semanas, quando me via falando com alguém que não fosse Lily, Alex ou meus pais, e não conseguia evitar atacar a bruxa.

— Ei, não se sinta tão mal — gritou para mim quando me dirigi ao elevador. — Estou aqui desde quinta de manhã. — E então, deixou cair o cigarro e, sem entusiasmo, esmagou a guimba no cimento.

— Bom dia, Eduardo — cumprimentei, como meu olhar mais cansado e patético. — Porra, odeio segundas.

— Oi, colega, não se preocupe. Pelo menos, hoje você chegou antes dela — disse ele, sorrindo. Referia-se, é claro, àquelas manhãs infelizes em que Miranda aparecia às 5h e precisava ser acompanhada até lá em cima, já que se recusava a portar um cartão de acesso. Então, ficava de lá para cá em sua sala, ligando para Emily e para mim várias vezes, até uma de nós conseguir acordar, se aprontar e ir trabalhar, como se fosse uma emergência de segurança nacional.

Empurrei a roleta, rezando para que aquela segunda-feira fosse uma exceção, que ele me deixasse passar sem uma performance. Negativo.

— *Yo, tell me what you want, what you really, really want* — cantou com o seu imenso sorriso, dentes à mostra e sotaque espanhol. E todo o prazer por ter deixado o taxista feliz e por descobrir que havia chegado antes de Miranda se esvaneceu. Só me restava, como toda manhã, o desejo de pular sobre o balcão da segurança e arrebentar a cara de Eduardo. Mas como eu tinha senso de humor e ele era um dos meus únicos amigos naquele lugar, consenti sem muito ânimo.

— *I'll tell you what I want, what I really, really want, I wanna... I wanna... I wanna... I wanna... I really, really, really wanna zigga zig aaaaaahhhh* — cantei resignadamente, em um lamentável tributo ao sucesso dos anos 1990, das Spice Girls. E de novo, Eduardo sorriu e me deixou passar.

— Ei, não se esqueça: 16 de julho! — gritou.

— Eu sei, 16 de julho... — gritei em resposta, uma referência aos nossos aniversários. Não me lembro de como ou por que ele tinha descoberto a data do meu aniversário, mas ele adorava o fato de termos nascido no mesmo dia. E, por alguma razão inexplicável, aquilo se tornou parte do nosso ritual matutino. Todo maldito dia.

Havia oito elevadores reservados para a Elias-Clark: metade ia até o 17º andar, metade do 17º em diante. Somente o primeiro grupo interessava, já que a maioria dos grandes nomes ocupava os primeiros 17 andares; anunciavam a sua presença com painéis luminosos sobre as portas. Havia uma academia de ginástica de última geração, gratuita, no segundo andar, para os funcionários, completa, com um conjunto de equipamentos de última geração e, pelo menos, uma centena de steps, esteiras e outras máquinas. Os vestiários tinham saunas a vapor, saunas secas, jacuzzis e atendentes uniformizadas, além de um salão que oferecia manicure, pedicure e tratamento de pele de emergência. Havia até um serviço complementar de toalhas, ou foi o que ouvi falar — além de não ter horário livre, o lugar estava sempre tão lotado entre as 6h e as 22h, que era impossível até entrar. Escritores, editores, assistentes de vendas reservavam lugar com três dias de antecedência nas aulas de ioga e kickboxing, e, ainda assim, perdiam a vez se não chegassem quinze minutos antes. Como quase tudo na Elias-Clark era projetado para que os funcionários tivessem uma vida melhor, aquilo só me estressava.

Ouvi dizer que havia uma creche no térreo, mas eu não conhecia ninguém que tivesse filhos, portanto, não tinha certeza se de fato existia. A ação de verdade começava no terceiro andar, com a cantina, onde, até agora, Miranda se recusara a comer entre os peões, a menos que estivesse almoçando com Irv Ravitz, o CEO da Elias-Clark, que gostava de comer ali, em uma demonstração de união com seus funcionários.

Cada vez mais para o alto, passando por outros títulos famosos. A maior parte precisava dividir um andar, cada um ocupando um lado da mesa da recepção, e se encarando por trás de portas de vidro separadas. Cheguei depressa ao 17º andar, checando minha bunda no reflexo do vidro da porta. Em um golpe de gênio e de empatia, o gentil arquiteto não tinha colocado espelhos nos elevadores do número 640 da Madison. Como sempre, eu havia me esquecido do crachá — o mesmo que rastreava todos os nossos movimentos, compras e ausências do edifício — e teria de arrombar a porta. Sophy não chegava antes das 9h, portanto tive de me curvar por baixo da sua mesa, achar o botão que destrancava as portas, partir em disparada e abri-las com força antes que se trancassem de novo. Às vezes, tinha de fazer aquilo três ou quatro vezes até, finalmente, dar certo, mas aquele dia consegui na segunda tentativa.

O andar estava sempre escuro quando eu chegava, e eu fazia o mesmo caminho até minha mesa, toda manhã. Passava pelo departamento de publicidade e vendas, à esquerda, onde trabalhavam as garotas que mais curtiam usar camisetas Chloé e botas de saltos finos, enquanto distribuíam cartões de visita que anunciavam *Runway*. O pessoal daquele departamento era completamente isolado de tudo o que acontecia no lado editorial do andar. Era o departamento editorial que escolhia as roupas para os ensaios de moda, persuadia escritores, selecionava acessórios, entrevistava modelos, editava o exemplar, fazia os layouts e contratava os fotógrafos. O editorial viajava para os lugares mais exclusivos do mundo para sessões de fotos, ganhava brindes e descontos de todos os designers, pesquisava as novas tendências e frequentava festas no Pastis e Float porque eles "tinham de conferir o que as pessoas estavam usando".

A publicidade ficava com a venda de anúncios. Às vezes, a equipe organizava festas promocionais, mas como não havia presença de celebridades, eram maçantes para a cena hipster de Nova York (ou assim me dissera uma irônica Emily). Meu telefone tocava sem trégua em dia de festa daquele departamento da *Runway*, com pessoas que eu mal conhecia pedindo convite. "Bem, eu soube que a *Runway* vai dar uma festa hoje à noite. Por que não fui convidado?" Eu sempre sabia pela pessoa do outro lado da linha que haveria uma festa naquela noite: o editorial nunca era convidado e também não iria. Como não bastasse as garotas *Runway* zombarem, aterrorizarem e excluírem toda e qualquer pessoa que não fosse uma delas, criaram classes internas também.

O departamento comercial dava para um corredor comprido e estreito. Parecia se estender indefinidamente, até chegar a uma cozinha minúscula no lado esquerdo. Ali havia uma variedade de cafés e chás, uma geladeira para guardar lanches — tudo inútil, já que a Starbucks tinha o monopólio das doses diárias de cafeína dos funcionários e todas as refeições eram cuidadosamente selecionadas na cantina ou encomendadas de qualquer um dos mil lugares de delivery daquela parte da cidade. Mas era um toque simpático, quase encantador. Dizia: *"Ei, olhe para nós, temos chá Lipton e Sweet'N Lows e até um micro-ondas, caso queira esquentar alguma sobra do jantar de ontem! Somos como qualquer um!"*

Finalmente, cheguei ao domínio de Miranda às 7h05, tão cansada que mal conseguia me mover. Mas, como tudo ali, ainda havia outra rotina que nunca questionei ou pensei em alterar, e, então, comecei com determinação. Destranquei sua sala e acendi todas as luzes. Ainda estava escuro lá fora, e eu adorava a sensação de ficar no escuro, olhando a cidade de Nova York sedutora e inquieta, me imaginando em um daqueles filmes (escolha você — qualquer um com amantes abraçados na varanda luxuosa do apartamento de 6 milhões de dólares e vista para o rio), me sentindo no topo do mundo. E, então, as luzes se acendiam, e a minha fantasia acabava. A sensação de "tudo é possível" em Nova York, ao amanhecer, se esvanecia, os rostos idênticos e sorridentes de Caroline e Cassidy eram tudo o que eu conseguia ver.

Em seguida, destranquei o armário na área adjacente à nossa sala, o lugar em que eu pendurava o seu casaco (e o meu, quando ela não estava usando um de pele — Miranda não gostava que o casaco de Emily ou que as minhas lãs prosaicas ficassem do lado de seus visons), e onde guardávamos vários outros itens: casacos e roupas rejeitados que valiam dezenas de milhares de dólares, alguma roupa limpa que havia sido entregue na redação e ainda não fora levada ao apartamento de Miranda, pelo menos trezentas das infames echarpes Hermès brancas. Emily havia me confessado que tomara uma decisão executiva de comprar tantas daquelas echarpes quanto pudesse localizar. Assim, ela explicou, Miranda jamais correria o risco de ficar sem sua marca registrada, e nós de vivenciar o pânico de precisar localizar uma. Com base naquela simples premissa, Emily havia sido capaz de localizar cerca de quinhentas echarpes por todos os Estados Unidos e França, e imediatamente tinha comprado cada uma delas. Eu ainda não contara a ninguém que abri uma carta da sede da Hermès em Paris. Endereçada à "Madame Priestly", falavam sem parar sobre como se sentiam honrados por Miranda ter associado a si mesma e ao próprio estilo a um de seus lenços, como ela havia feito mais pela grife do que jamais saberia, e como lamentavam, fervorosamente, não ter tido escolha a não ser alterar ligeiramente o design específico que ela favorecia. Incluído no envelope estavam meia dúzia de amostras de padrões em seda branca — um gesto conciliador para ajudar Miranda a superar aquele momento difícil — do design sutilmente alterado que ela sempre usava. Eu os tinha estudado por quase vinte minutos, tentando ver as diferenças em qualquer um deles.

Não consegui, mas tinha certeza de que Miranda as identificaria num piscar de olhos. Naturalmente, a carta e as amostras agora residiam sob uma pilha muito grande de papéis enfadonhos, na gaveta de baixo da escrivaninha, mas não pude evitar imaginar o que aconteceria quando nosso estoque atual acabasse.

Miranda as deixava em toda parte: restaurantes, cinemas, desfiles de moda, reuniões semanais, táxis. Ela as esquecia em aviões, na escola das meninas. Sempre trazia uma elegantemente incorporada ao figurino — eu ainda não a tinha visto fora de casa sem uma. Mas aquilo não explicava aonde todas iam parar. Talvez ela achasse que fossem lenços. Ou talvez gostasse de fazer anotações sobre seda em vez de papel. O que quer que fosse, ela parecia realmente acreditar que eram descartáveis, e nenhuma de nós sabia como lhe dizer que não eram. A Elias-Clark pagava uns 200 dólares por cada uma, mas sem problema: nós as entregávamos a ela como se fossem lenços de papel. Se ela continuasse naquele ritmo, em menos de dois anos ficaria sem nenhuma.

Eu tinha arrumado as caixas duras cor de laranja na prateleira de mais fácil acesso, onde nunca permaneciam por muito tempo. A cada três ou quatro dias, ela se preparava para sair para o almoço e dizia, com um suspiro, "Ahn-dre-ah, me dê uma echarpe". Eu me consolava com o pensamento de que já teria ido embora muito tempo antes de ela esgotar seu estoque. Quem fosse infeliz o bastante para estar por perto, teria de lhe dizer que não havia mais echarpes Hermès brancas, e que nenhuma poderia ser confeccionada, despachada, criada, formada, enviada por correio, encomendada ou exigida. O mero pensamento era aterrador.

Assim que abri o armário e a sala, Uri ligou.

— Andrea? Alô, alô. É Uri. Pode descer, por favor? Estou na rua 58, perto da Park Avenue, logo em frente ao New York Sports Club. Tenho umas coisas para você.

A ligação era uma boa, mas imperfeita, maneira de me avisar que Miranda chegaria mais cedo. Talvez. Na maioria das manhãs, ela enviava Uri na frente com as suas coisas, um sortimento de roupas sujas que precisavam ser lavadas, algum exemplar que ela havia levado para ler em casa, revistas, sapatos ou bolsas para serem consertados, e o Livro.

Assim, ela me faria ir até o carro e pegar todas aquelas coisas tão mundanas com antecedência, para cuidar de tudo antes que ela pisasse na redação. Ela apareceria mais ou menos meia hora depois de suas coisas. Uri as deixava e voltava para buscá-la onde quer que estivesse escondida na manhã em questão.

Poderia estar em qualquer lugar, pois, segundo Emily, nunca dormia. Não acreditei naquilo até começar a chegar à redação antes de Emily e ser a primeira a escutar os seus recados. Toda noite, sem exceção, Miranda deixava de oito a dez mensagens ambíguas entre 1h e 6h. Recados como: "Cassidy quer uma daquelas bolsas de nylon que todas as meninas têm. Encomende uma no tamanho médio e da cor que ela gostaria"; "Vou precisar do endereço e do número de telefone da casa de antiguidades, na rua 70 ou 70 alguma coisa, onde vi uma cômoda antiga". Como se soubéssemos que bolsa de nylon era moda entre as meninas de 10 anos, ou em qual das quatrocentas lojas de antiguidades nas ruas 70 e 70 alguma coisa — a propósito, leste ou oeste? — ela, por acaso, vira algo de que gostou em algum momento nos últimos quinze anos? Porém, toda manhã, eu ouvia e transcrevia fielmente as mensagens, apertando o "repetir" várias e várias vezes, tentando dar sentido ao sotaque e interpretar as dicas para evitar pedir diretamente a ela mais informações.

Uma vez, cometi o erro de sugerir que pedíssemos a Miranda mais detalhes, e tudo o que consegui de Emily foi um de seus olhares fulminantes. Contestar Miranda estava, aparentemente, fora de questão. Melhor fazer o possível, em seguida ouvir como o resultado havia sido insatisfatório. Para localizar a cômoda antiga que havia atraído o olhar de Miranda, passei dois dias e meio em um carro, rodando por Manhattan, pelas ruas 70 dos dois lados do parque. Descartei a York (residencial demais) e subi a Primeira, desci a Segunda, subi a Terceira, desci a Lex. Pulei a Park (também residencial demais), continuei Madison acima, e repeti um processo similar no West Side. Caneta equilibrada, olhos atentos, agenda de telefone no colo, pronta para saltar à primeira visão de uma loja que vendesse antiguidades. Honrei cada loja de antiguidades — não lojas comuns de móveis — com uma visita pessoal. Lá pela loja número quatro, eu tinha me tornado uma especialista.

— Oi, vocês vendem cômodas antigas? — praticamente gritava no instante em que abriam a porta para mim. A partir da sexta loja, eu já não me dava nem mesmo o trabalho de entrar. Algum vendedor metido a besta inevitavelmente me examinava dos pés à cabeça — eu não conseguia escapar da conferida! —, me avaliando para saber se valia a pena perder tempo comigo. A maior parte via o carro à minha espera e, de má vontade, me respondia um sim ou um não, outros pediam descrições detalhadas da cômoda que eu procurava.

Se admitissem vender algo que se ajustasse às duas palavras do meu pedido, eu logo emendava com um lacônico, "Miranda Priestly esteve aqui recentemente?" Se até então não tivessem me achado louca, agora pareciam prontos para chamar o segurança. Alguns sequer tinham ouvido falar em seu nome, o que foi fantástico tanto por ser rejuvenescedor ver, em primeira mão, que ainda existiam seres humanos plenamente normais cujas vidas não eram dominadas por ela, quanto por eu poder sair imediatamente sem maiores discussões. A patética maioria que reconhecia o nome logo ficava curiosa. Alguns se perguntavam para que coluna de fofocas eu escrevia. Mas, independentemente da história que inventasse, ninguém a tinha visto na loja (com exceção de três antiquários que não tinham visto "a Sra. Priestly há meses, e, ah, como sentimos sua falta! Por favor, diga que Franck/Charlotte/Sarabeth mandam lembranças!").

Como ainda não havia localizado a loja por volta do meio-dia do terceiro dia, Emily finalmente me deu sinal verde para ir à sala de Miranda e lhe pedir mais detalhes. Comecei a suar quando o carro estacionou em frente ao edifício. Ameacei pular a roleta se Eduardo não me deixasse passar sem uma performance. Quando cheguei ao nosso andar, o suor tinha ensopado a minha blusa. As mãos começaram a tremer no momento em que entrei na nossa sala, e o discurso perfeitamente ensaiado (*Olá, Miranda. Estou bem, obrigada, muito obrigada por perguntar. Como vai você? Ouça. Eu só queria que soubesse que tenho tentado localizar a loja de antiguidades que você descreveu, mas não tenho tido muita sorte. Poderia me dizer se fica no lado leste ou oeste de Manhattan? Ou quem sabe não se lembra do nome?*) simplesmente desapareceu nas regiões volúveis do meu cérebro nervoso. Contrariando todo protocolo, não afixei a minha pergunta no quadro de avisos: pedi permissão para me aproximar de sua mesa e — provavelmente por ter ficado chocada por eu ter tido coragem de falar sem ela se dirigir primeiro a mim — ela a concedeu. Em suma, Miranda deu um suspiro, me olhou de maneira superior, me insultou de todas as maneiras que só ela sabia e, por fim, abriu sua agenda Hermès de couro preto (atada, de modo nada prático, porém elegante, com uma echarpe Hermès branca) e apresentou... o cartão da loja.

— Deixei esta informação para você na gravação, Ahn-dre-ah. Não creio que fosse tão trabalhoso anotá-la. — E apesar do desejo incontrolável de decorar sua cara com pedacinhos daquele cartão de visita já mencionado, apenas concordei com um aceno de cabeça. Só quando baixei os olhos para o cartão notei o endereço: 244 East, rua 68. Naturalmente. Leste ou oeste ou Segunda ou Terceira Avenida ou Amsterdam não teriam feito a menor diferença, porque a loja a que eu acabara de dedicar as últimas 36 horas de trabalho para localizar não ficava nem mesmo na 70 ou 70 e alguma coisa.

Pensei naquilo enquanto anotava o último dos pedidos crepusculares de Miranda, antes de descer correndo para me encontrar com Uri na área combinada. Toda manhã ele descrevia em detalhes onde tinha estacionado para que, teoricamente, eu me encontrasse com ele no carro. Mas toda manhã, por mais rápido que eu descesse, ele trazia tudo para que eu não precisasse correr pelas ruas à sua procura. Fiquei contente de ver que aquele dia não tinha sido uma exceção: ele estava recostado na roleta do saguão, segurando sacolas e roupas e livros como um avô benevolente e generoso.

— Não corra, ouviu? — disse ele com a voz grossa e sotaque russo. — O dia inteiro você corre, corre, corre. Ela faz você dar muito, muito duro. Por isso trago as coisas — continuou ele, me ajudando a pegar as sacolas e caixas abarrotadas. — Seja uma boa garota, ouviu?, e tenha um bom dia.

Eu o encarei, agradecida, então fuzilei Eduardo com o olhar — minha maneira de dizer: "Mato você se sequer *pensar* em pedir que eu faça uma pose agora" — e abrandei um pouco, quando ele liberou a roleta e passei sem comentários. Miraculosamente me lembrei de passar na banca, onde Ahmed empilhou todos os jornais da manhã pedidos por Miranda nos meus braços. Embora o pessoal responsável pela correspondência entregasse todos na mesa de Miranda às 9h, diariamente, eu ainda tinha de comprar um novo grupo completo toda manhã para ajudar a diminuir o risco de ela passar um único segundo em sua sala sem os jornais. A mesma coisa com as revistas semanais. Ninguém parecia se preocupar por pagar por nove jornais diariamente e sete revistas semanalmente para alguém que lia apenas as páginas de fofoca e de moda.

Joguei todas as coisas no chão, debaixo da minha mesa. Era hora da primeira rodada de encomendas. Disquei o número, que tinha memorizado havia muito tempo, do Mangia, um local sofisticado que entregava refeições e, como sempre, Jorge atendeu.

— Oi, querido, sou eu — falei, escorando o telefone no ombro para poder acessar o correio eletrônico. — Vamos começar o dia. — Jorge e eu ficamos amigos. Falar três, quatro, cinco vezes toda manhã tinha um jeito peculiar de unir duas pessoas.

— Oi, gata, vou lhe mandar um dos garotos agora mesmo. Ela já está aí? — perguntou, ciente de que "ela" era a minha chefe lunática que trabalhava para a *Runway*, mas inocente quanto a quem de fato comeria o café da manhã que eu acabara de pedir. Jorge era um dos meus matutinos, como eu gostava de chamá-los. Eduardo, Uri, Jorge e Ahmed me propiciavam o mais decente começo de dia possível. Não eram afiliados à *Runway*, muito embora a existência independente daqueles homens em minha vida tivesse a exclusiva finalidade de tornar mais perfeita a vida de sua editora. Nenhum deles realmente entendia o poder e o prestígio de Miranda.

O primeiro café da manhã estaria a caminho do número 640 da Madison em segundos, e as chances de eu ter de jogá-lo fora eram grandes. Miranda comia quatro fatias de bacon gorduroso, duas linguiças e um doce folhado de queijo toda manhã, além de tomar um latte pequeno do Starbucks (dois sachês de açúcar demerara, não se esqueça!). Até onde eu sabia, a redação se dividia entre os que acreditavam que ela fazia uma eterna dieta Atkins e aqueles que lhe atribuíam a sorte de ter um metabolismo sobre-humano, resultado de genes fantásticos. De qualquer modo, ela achava natural devorar a comida mais gordurosa, mais repugnantemente insalubre — embora o restante de nós não pudesse exatamente se permitir o mesmo luxo. Como nada permanecia quente por mais de dez minutos, eu ficava encomendando e jogando tudo fora até ela aparecer. Eu podia me safar aquecendo uma refeição de cada vez no micro-ondas, mas aquilo me economizava só mais cinco minutos, e ela, em geral, percebia. ("Ahn-dre-ah, isto está repugnante. Consiga um desjejum fresco imediatamente!"). Eu pedia e tornava a pedir a cada vinte minutos até ela ligar de seu celular e me mandar encomendar seu café da manhã. ("Ahn-dre-ah, estarei na redação daqui a pouco. Peça o meu desjejum!"). Em geral, aquilo acontecia com apenas uma vantagem de dois ou três minutos, portanto a encomenda antecipada era necessária, tanto pelo prazo apertado quanto pela possibilidade de uma total falta de aviso. Se eu já tivesse concluído o meu trabalho quando ela ligava, teria dois ou três a caminho.

O telefone tocou. Tinha de ser ela, era cedo demais para qualquer outra pessoa.

— Escritório de Miranda Priestly — atendi animada, me preparando para o gelo.

— Emily, chegarei em dez minutos e gostaria que o meu desjejum estivesse pronto.

Ela havia passado a chamar Emily e a mim de "Emily", sugerindo que, para ela, éramos indistinguíveis uma da outra e completamente intercambiáveis. Em alguma parte, no fundo da minha mente, eu me sentia ofendida, mas, àquela altura, já tinha me acostumado. Além do mais, estava cansada demais para me preocupar com algo tão incidental quanto o meu nome.

— Sim, Miranda, agora mesmo. — Mas ela já tinha desligado. A Emily real entrou.

— Ei, ela está aqui? — sussurrou, olhando furtivamente na direção da sala de Miranda, como sempre fazia, sem um alô ou um bom-dia, exatamente como a sua mentora.

— Não, mas ligou dizendo que chegará em dez minutos. Já volto.

Rapidamente transferi meu celular e cigarros para o bolso do casaco e saí em disparada. Tinha somente alguns minutos para descer, atravessar a Madison e furar a fila no Starbucks — e tragar o meu primeiro precioso cigarro do dia em trânsito. Pisando no restinho de brasa, dei com o Starbucks na rua 57 com a Lex, e estudei a fila. Se houvesse menos de oito pessoas, eu preferia esperar como alguém normal. No entanto, como na maioria dos dias, a fila tinha vinte ou mais pobres almas profissionais à espera, exaustas, por sua exorbitante dose de cafeína, e tive de passar à frente. Não era algo que eu apreciasse, mas Miranda parecia não entender que o latte que eu lhe entregava toda manhã poderia não apenas não ser entregue como, facilmente, levar trinta minutos para ser comprado, naquele horário.

Umas duas semanas de ligações estridentes e iradas para meu celular ("Ahn-dre-ah, simplesmente não entendo. Liguei para você há vinte e cinco minutos para comunicar a minha chegada, e o meu desjejum não está pronto. Isso é inadmissível!"), e eu tinha falado com a gerente da franquia.

— Humm, oi. Obrigada por ter um minuto para conversar comigo — falei para a mulher negra e baixinha que era a encarregada. — Sei que parece loucura, mas pensei se não poderíamos combinar uma maneira de eu não ter de esperar na fila. — Continuei explicando, da melhor maneira possível, que eu trabalhava para uma pessoa importante e irracional, que não gostava de esperar pelo café da manhã, e se havia algum modo de eu furar a fila, sutilmente, lógico, e alguém providenciar meu pedido de pronto. Por algum golpe da sorte, Marion, a gerente, estudava marketing de moda à noite no FIT (Fashion Institute of Technology).

— Ah, meu Deus, está brincando? Trabalha para Miranda Priestly? E ela bebe nosso latte? Um pequeno? Toda manhã? Inacreditável. Ah, sim, sim, certo! Pedirei a todos para ajudar. Não se preocupe com nada. Ela é a pessoa mais poderosa no mundo da moda — disparou, e eu me forcei a concordar, balançando a cabeça entusiasticamente.

E assim eu podia, à vontade, evitar uma fila de nova-iorquinos cansados, agressivos, arrogantes, e fazer o meu pedido antes de tantos que esperavam havia vários minutos. Aquilo não fazia eu me sentir bem ou importante ou mesmo descolada, e sempre tive horror dos dias em que era obrigada a agir assim. Quando a fila estava infernalmente longa — seguindo a extensão do balcão até a calçada —, eu me sentia ainda pior e sabia que sairia carregada. Àquela altura, minha cabeça latejava e meus olhos pareciam pesados e secos. Tentava me esquecer de que aquela era a minha vida, a razão por que passara quatro longos anos memorizando poemas e analisando textos em prosa, o resultado das boas notas e de muita bajulação. Então, pedi o latte A um dos novos baristas e acrescentei algumas bebidas para mim mesma. Um Cappuccino Amaretto médio, um Frappuccino Mocha e um Caramelo Macchiato em meu suporte para 4 copos, e mais meia dúzia de muffins e croissants. O total foi de 28,83 dólares, e me certifiquei de enfiar o recibo na seção, já estufada, especialmente projetada para recibos, em minha carteira — todos seriam reembolsados pela sempre confiável Elias-Clark.

Agora, eu tinha de correr, pois já haviam se passado doze minutos desde que Miranda ligara e provavelmente estaria sentada na sua sala, se perguntando onde, exatamente, eu me escondia toda manhã — o logotipo do Starbucks no lado da xícara nunca lhe deu uma pista. Mas antes que eu pegasse tudo no balcão, meu telefone tocou. E, como sempre, meu coração titubeou. Eu sabia que era ela, tinha certeza absoluta, mas ainda assim me apavorei. O identificador de chamadas confirmou a minha suspeita, e fiquei surpresa ao ouvir que era Emily, chamando do telefone de Miranda.

— Ela já está aqui, e está furiosa — sussurrou Emily. — Você já deveria ter voltado.

— Estou fazendo tudo o que posso — resmunguei, tentando equilibrar a bandeja e o pacote de muffins e croissants em um braço, e segurar o telefone com o outro.

E, consequentemente, aquela era a raiz do ódio que existia entre mim e Emily. Como ela ocupava a posição de assistente "sênior", a mim cabia a de assistente pessoal de Miranda; eu existia para pegar cafés e refeições, ajudar suas crianças com o dever de casa e percorrer a cidade inteira atrás dos pratos perfeitos para os jantares que oferecia. Emily calculava suas despesas, tomava as providências para suas viagens e — o maior trabalho de todos — ligava para encomendar suas roupas, de meses em meses. De modo que, quando eu estava fora recolhendo guloseimas toda manhã, Emily era deixada só para tratar de todas as linhas de telefone que tocavam, de uma alerta e madrugadora Miranda e de todas as suas exigências. Eu odiava Emily por poder usar camisetas sem mangas para trabalhar, por nunca precisar deixar a sala aquecida seis vezes ao dia e percorrer Nova York procurando, pesquisando, recolhendo. Ela me odiava por ter desculpas para deixar a sala, quando sabia que eu sempre demorava mais do que o necessário para falar ao celular e fumar.

O caminho de volta ao edifício levava, geralmente, mais tempo do que o de ida ao Starbucks, já que eu tinha de distribuir os cafés e lanches. Eu preferia dá-los a um pequeno bando de sem-teto, que ficavam nos degraus e dormiam nas entradas de prédios na rua 57, ignorando as tentativas da cidade de "removê-los". A polícia sempre os enxotava antes da hora do rush, mas eles continuavam por ali quando eu fazia a primeira corrida do dia ao café. Havia algo de fantástico — realmente revigorante — em me certificar de que aquele café excessivamente caro, patrocinado pela Elias-Clark, chegasse às mãos das pessoas mais indesejáveis da cidade.

O homem ensopado de urina que dormia em frente ao Chase Bank recebia um Frappuccino Mocha. Na verdade, ele nunca acordou para recebê-lo, mas eu o deixava (com um canudinho, lógico) ao lado do seu cotovelo esquerdo toda manhã, e, frequentemente, tinha desaparecido — com ele — quando eu retornava para a minha corrida seguinte ao café, algumas horas depois.

A velha que se escorava sobre um carrinho e tinha escrito em um papelão DESABRIGADA/FAZ FAXINA/PRECISA DE COMIDA recebia o Caramelo Macchiato. Logo descobri que o seu nome era Theresa e costumava comprar para ela um latte pequeno como o de Miranda. Ela sempre dizia obrigada, mas nunca fez menção de experimentá-lo enquanto quente. Quando finalmente perguntei se queria que eu parasse de levá-los, ela sacudiu a cabeça vigorosamente e murmurou que odiava ser tão meticulosa, mas que, na verdade, gostaria de algo mais doce, que o café era forte demais. No dia seguinte levei um café com baunilha e chantilly. Melhor? Ah, sim, muito melhor, mas talvez um pouco doce demais. Mais um dia e, por fim, acertei: Theresa gostava de seu café sem aromatizante, com chantilly e um pouco de essência de caramelo. Ela exibiu um sorriso quase sem dentes e começou a bebê-lo diariamente, assim que eu lhe dava.

O terceiro café era para Rio, o nigeriano que vendia CDs em um cobertor. Ele não parecia um desabrigado, mas, certa manhã, se aproximou quando eu dava para Theresa a sua dose diária e disse, ou melhor, cantou:

— Ei, você, você, você é a fada Starbucks ou o quê? Onde está o meu?

— Eu dei a ele um Cappuccino Amaretto médio no dia seguinte, e nos tornamos amigos desde então.

Eu gastava mais 24 dólares por dia com café do que o necessário (o latte de Miranda custava meros 4 dólares) em mais um golpe passivo-agressivo na empresa, minha reprimenda pessoal pela carta-branca dada a Miranda Priestly. Eu os dava aos imundos, fedorentos e malucos porque aquilo — não o dinheiro gasto — era o que *realmente* os deixaria putos.

Quando cheguei ao saguão, Pedro, o garoto mexicano que fazia as entregas da Mangia, com o seu sotaque carregado, estava conversando em espanhol com Eduardo, ao lado do elevador.

— Ei, aí está a nossa garota — disse Pedro, e algumas das claque-claques nos olharam. — Trouxe o de sempre: bacon, linguiça e uma coisa de queijo com aspecto nojento. Você só pediu um hoje! Não sei como come tanta porcaria e continua magra, garota. — Ele abriu um sorriso largo. Contive o impulso de lhe dizer que ele desconhecia o que era magreza. Pedro sabia muito bem que não era para mim aquele café da manhã, mas, como todas as pessoas com quem eu falava antes das 8h, todo dia, desconhecia os detalhes. Como sempre, eu lhe dei uma nota de 10 pelo café da manhã de 3,99 dólares, e subi.

Ela estava ao telefone quando entrei, seu trench coat da Gucci de pele de cobra em cima da minha mesa. Minha pressão decuplicou. Será que a mataria dar mais dois passos até o armário e pendurar o próprio casaco? Por que tinha de jogá-lo em cima da minha mesa? Pousei o latte, olhei para Emily, que estava ocupada demais ao telefone, atendendo três linhas, para reparar em mim, e pendurei o trench de pele de cobra. Tirei o meu casaco e me abaixei para jogá-lo embaixo da mesa, já que poderia infectar o Gucci caso confraternizassem no armário.

Peguei dois sachês de açúcar demerara, um mexedor e um guardanapo de um estoque que guardava na gaveta e os embrulhei. Cogitei, por um breve momento, cuspir na bebida, mas consegui me conter. Em seguida, puxei um pequeno prato de porcelana e joguei nele a carne gordurosa e o doce folhado sebento, limpando as mãos na roupa suja de Miranda, escondida debaixo da mesa, para que ela não visse que ainda estava ali. Na teoria, eu deveria lavar seu prato na pia de nosso protótipo de cozinha, mas eu simplesmente não conseguia me dar o trabalho. A humilhação de lavar sua louça na frente de todo mundo me instigava a limpá-la com lenço de papel depois de cada refeição, e a raspar todo o restante de queijo com as unhas. Se estivesse muito suja ou com crostas, eu abria uma garrafa de Pellegrino, que mantínhamos em grande quantidade, e derramava um pouquinho em cima. Imaginava que ela ficaria grata por eu não borrifar a porcelana com o limpa-tudo usado nas mesas. Eu tinha razoável certeza de que a minha moral havia atingido o ponto mais baixo — o que me preocupava era eu ter relaxado com tamanha naturalidade.

— Lembre-se, quero minhas garotas sorrindo — dizia ela ao telefone. Pelo tom de voz, eu podia afirmar que falava com Lucia, a diretora de moda que seria a responsável pela sessão fotográfica no Brasil, que ocorreria em breve. — Felizes, dentes à mostra, garotas saudáveis. Nada de melancolia, nada de raiva, nada de cenho franzido, nada de maquiagem escura. Eu as quero esplendorosas. Falo sério, Lucia. Não vou admitir nada menos que isso.

Pus o prato na beira de sua mesa e, do lado, o latte e o guardanapo com todos os acessórios necessários. Ela não me encarou. Fiz uma pausa para ver se me daria uma pilha de papéis, coisas para transmitir por fax ou procurar ou arquivar, mas ela me ignorou, então saí. Oito e meia da manhã. Eu estava acordada havia três horas, e parecia que já tinha trabalhado outras doze, e pude me sentar pela primeira vez em todo aquele tempo. Assim que abri o e-mail, ansiosa para ler algumas mensagens engraçadas de pessoas de fora da empresa, ela apareceu. A jaqueta cinturada apertava sua silhueta já finíssima e complementava a saia justa, de caimento perfeito. Ela estava maravilhosa.

— Ahn-dre-ah. O latte está gelado. Não entendo por quê. Você deve ter demorado muito na rua! Vá buscar outro.

Respirei fundo e me concentrei em não deixar o ódio transparecer. Miranda pôs o café rejeitado em minha mesa e folheou rapidamente o novo número da *Vanity Fair* que havia sido deixado para ela. Senti Emily me observando, e sabia que o seu olhar era de simpatia e raiva: ela se sentia mal por eu ter de repetir a maldita tarefa, mas odiava que eu ousasse me chatear com aquilo. Afinal, um milhão de garotas não dariam a vida por aquele emprego?

E então, com um suspiro audível — algo que eu aperfeiçoara recentemente, alto o bastante para Miranda ouvir, mas não o suficiente para ela me repreender —, tornei a vestir meu casaco e consegui fazer minhas pernas se dirigirem até os elevadores. Ia ser mais um dia longo, muito longo.

O segundo café levou vinte minutos e foi muito mais tranquilo: as filas no Starbucks tinham diminuído um pouco, e Marion estava trabalhando. Ela começou a preparar um latte assim que me viu entrar. Não aumentei o pedido daquela vez, porque estava louca para voltar e me sentar, mas acrescentei cappuccinos grandes para mim e Emily. No exato momento em que estava pagando, meu telefone tocou. Maldição, a mulher era insuportável. Insaciável, impaciente, impossível. Eu estava fora havia menos de quatro minutos: ela não podia já ter se cansado de esperar. De novo, equilibrei a bandeja com uma das mãos e tirei o telefone do bolso do casaco. Eu já tinha decidido que aquele comportamento da parte de Miranda renderia mais um cigarro — nem que fosse para atrasar mais um pouco seu café —, quando percebi que era Lily ligando de casa.

— Ei, liguei na hora errada? — perguntou, parecendo empolgada. Consultei o relógio e vi que ela deveria estar na aula.

— Humm, mais ou menos. Estou na segunda corrida do café, o que é ótimo. Estou realmente me divertindo muito, se é isso que está querendo saber. O que houve? Não teve aula?

— Sim, mas saí com o Garoto da Camisa Rosa de novo na noite passada, e nós dois bebemos margaritas demais. Mais ou menos umas oito. Ele ainda está desmaiado aqui, então não posso sair. Mas não é por isso que estou ligando.

— Mesmo? — Mal a escutava já que um dos cappuccinos estava derramando e, com o celular preso entre o pescoço e o ombro, eu usava a mão livre para tirar um cigarro do maço e acendê-lo.

— Meu senhorio teve a coragem de bater à minha porta às 8h para me dizer que eu estava sendo despejada — disse ela, sem a menor alegria na voz.

— Despejada? Lil, por quê? O que vai fazer?

— Parece que, finalmente, estão se dando conta de que não sou Sandra Gers e que ela não mora aqui há seis meses. Já que ela, tecnicamente, não é parente, a lei do inquilinato não permite que transfira o apartamento para mim. O que eu já sabia, por isso dizia que era ela. Não sei como descobriram. Mas não importa, porque agora eu e você vamos poder morar juntas! O seu contrato com Shanti e Kendra é mensal, não é? Você sublocou porque não tinha onde morar, certo?

— Certo.

— Bem, agora tem! Podemos dividir um apartamento onde você quiser!

— Que máximo! — Aquilo soou falso até mesmo aos meus ouvidos, se bem que estava genuinamente animada.

— Então, está a fim? — perguntou ela, perdendo um pouco o entusiasmo.

— Lógico, Lil. Sinceramente, é uma ideia incrível. Não quero ser desmancha-prazeres, mas está chovendo com neve, e estou na rua, e tem café quente escorrendo por meu braço esquerdo... — *Bip-bip.* Tocou a outra linha e, apesar de quase queimar o pescoço com a ponta do cigarro enquanto tentava afastar o telefone do ouvido, pude ver que era Emily. — Merda, Lil, é Miranda na outra linha, tenho de correr. Mas parabéns por ter sido despejada! Estou animadíssima. Ligo mais tarde, ok?

— Ok, vou falar com...

Eu já tinha desligado e me preparado mentalmente para o bombardeio.

— Eu, de novo — disse Emily, lacônica. — O que está acontecendo? É só um café, pelo amor de Deus. Esqueceu que eu fazia o seu trabalho e sei que não leva tanto tempo...

— O quê? — interrompi aos berros, com alguns dedos sobre o bocal do telefone. — O que você disse? Não estou ouvindo. Se estiver me ouvindo, chego em um minuto! — Desliguei o celular e o enfiei no bolso. E apesar de o Marlboro estar pela metade, o joguei na calçada e corri de volta ao trabalho.

Miranda se dignou a aceitar aquele latte ligeiramente mais quente, e até nos permitiu alguns momentos de paz entre 10h e 11h, quando se instalou em sua sala com a porta fechada, falando amorosamente com C-SEM. Oficialmente, eu o conhecera na semana anterior, quando deixei o Livro naquela quarta à noite, por volta das 21h. Ele tinha tirado o casaco do armário no vestíbulo e passado os dez minutos seguintes referindo-se a si mesmo na terceira pessoa. A partir daquele encontro, ele passara a me dispensar uma atenção especial quando, toda noite, eu chegava, sempre dispensando alguns minutos para perguntar como havia sido meu dia ou elogiar um trabalho bem-feito. Naturalmente, nenhuma daquelas gentilezas parecia contagiar sua mulher, mas, pelo menos, era uma pessoa agradável.

Eu estava prestes a ligar para um dos assessores de imprensa, para ver se conseguia mais algumas roupas de trabalho, quando a voz de Miranda interrompeu meus pensamentos.

— Emily, gostaria do meu almoço. — Ela havia falado de sua sala a ninguém em particular, pois Emily podia ser qualquer uma de nós duas. A verdadeira Emily olhou para mim e fez um movimento com a cabeça, indicando que eu deveria agir. O número do Smith and Wollensky estava programado na minha agenda, e reconheci a voz da nova garota do outro lado da linha.

— Oi, Kim, é Andrea, do escritório de Miranda Priestly. Sebastian está?

— Ah, olá, humm, como disse mesmo que se chamava? — Independentemente de eu ligar à mesma hora duas vezes por semana, e já ter me identificado, ela sempre agia como se nunca tivéssemos conversado.

— Do escritório de Miranda Priestly. Da *Runway*. Ouça, não quero ser rude — *sim, realmente quero* —, mas estou com um pouco de pressa. Pode chamar Sebastian? — Se qualquer outra pessoa tivesse atendido, eu poderia ter dito apenas para providenciar o pedido de sempre de Miranda, mas como aquela garota era idiota demais para ser confiável, eu havia aprendido a chamar o gerente.

— Humm, ok, vou ver se ele pode atender. — *Pode ter certeza de que ele está disponível, Kim. Miranda Priestly é a vida dele.*

— Andy, querida, como vai? — disse Sebastian. — Espero que esteja ligando porque a nossa editora de moda preferida quer o almoço, não?

Eu me perguntei o que ele diria se, só uma vez, eu respondesse que não era para Miranda, mas para mim. Afinal, não era exatamente um restaurante de quentinhas, mas faziam uma exceção para a rainha.

— Ah, sim, é isso. Ela acabou de dizer que gostaria de algo delicioso de seu restaurante, e, também, que mandava um abraço. — Se nem mesmo sob a ameaça de morte ou desmembramento, Miranda conseguiria identificar o nome do lugar que preparava seu almoço, que dirá o nome do gerente diurno, mas ele sempre parecia muito feliz quando eu dizia algo assim. Naquele dia, ficou tão contente que deixou escapar uma risadinha.

— Fabuloso! Simplesmente fabuloso! Estará pronto quando você chegar — exclamou com um entusiasmo renovado em sua voz. — Mal posso esperar! E dê um abraço nela por mim, também, é claro!

— Sim. Até já. — Era exaustivo afagar seu ego de modo tão entusiasmado, mas ele facilitava tanto o meu trabalho que valia a pena. Todo dia que Miranda não almoçava fora, eu lhe servia o mesmo prato em sua mesa, e ela o comia calmamente a portas fechadas. Eu mantinha um suprimento de pratos de porcelana com esse propósito. A maioria era de amostras enviadas por designers cujas novas linhas "do lar" tinham acabado de ser lançadas, embora pegasse alguns na cantina. No entanto, seria muito irritante ter de guardar estoques de coisas como molheiras, facas, guardanapos de linho, de modo que Sebastian sempre fornecia os acessórios com a refeição.

E, mais uma vez, vesti meu casaco de lã preto, meti os cigarros e o telefone no bolso e saí, no fim de um longo dia de fevereiro, que parecia ficar cada vez mais cinzento. Embora fosse uma caminhada de apenas quinze minutos até o restaurante, na rua 49 com a Terceira, pensei em chamar um táxi, mas reconsiderei ao sentir o ar puro nos pulmões. Acendi um cigarro e traguei; quando exalei, não soube bem se era fumaça, ar frio ou irritação, mas foi bom demais.

O ato de me esquivar dos turistas tinha se tornado mais fácil. Antes, eu costumava encarar com repugnância pedestres falando ao celular, mas por causa dos meus dias caóticos, me tornei uma anda e fala. Peguei o celular e liguei para a escola de Alex, onde, segundo a minha vaga lembrança, ele deveria estar almoçando na sala dos professores.

Tocou duas vezes antes de uma voz aguda de mulher atender.

— Alô. Escola Municipal 277, Sra. Whitmore falando. Como posso ajudar?

— Alex Fineman está?

— E quem gostaria de falar com ele?

— Andrea Sachs, namorada de Alex.

— Ah, sim, Andrea! Ouvimos falar tanto de você. — Suas palavras soaram tão entrecortadas que parecia que ela iria se asfixiar a qualquer momento.

— Ah, é mesmo? Isso é... isso é bom. Também ouvi muito de vocês. Alex diz coisas maravilhosas sobre todos na escola.

— Bem, não é tão agradável. Mas, falando sério, Andrea, parece que você tem um trabalho e tanto! Como deve ser interessante trabalhar para uma mulher tão talentosa. Você é realmente uma garota de sorte.

Ah, sim, Sra. Whitmore. Sou uma garota de sorte realmente. *Tenho tanta sorte que nem imagina. Não pode imaginar como me senti com sorte quando fui enviada ontem à tarde para comprar absorventes internos para a minha chefe, só para depois escutar que tinha comprado os errados e me perguntarem por que eu não fazia nada direito. E a sorte é provavelmente a única explicação para eu ter de separar as roupas suadas e manchadas de comida de outra pessoa toda manhã antes das 8h, e providenciar para que sejam lavadas. Ah, espere! Acho que o que mais me torna afortunada é ter de falar com criadores de animais de toda a região por três semanas seguidas, procurando um filhote de buldogue francês perfeito, para que duas meninas incrivelmente mimadas e hostis possam, cada uma, ter o seu próprio cachorrinho de estimação. Sim, é isso aí!*

— Ah, sim, bem, é uma oportunidade fantástica — retruquei, por hábito. — Um trabalho pelo qual um milhão de garotas dariam a vida.

— Pode ter certeza, querida! Adivinhe? Alex acaba de chegar. Vou passar para ele.

— Oi, Andy, o que houve? Como está o seu dia?

— Nem me fale. Estou indo pegar o almoço dela. E o seu?

— Até agora, tudo bem. A minha turma tem aula de música hoje depois do almoço, então tenho uma hora e meia livre, o que é muito bom. Depois, faremos mais exercícios de fonética! — respondeu ele, parecendo só um pouco frustrado. — Embora tenha a impressão de que nunca vão aprender a ler coisa alguma.

— Bem, cortaram alguém hoje?

— Não.

— E o que você quer mais? Teve um dia relativamente sem dor, sem sangue. Aproveite. Deixe o conceito de leitura para amanhã. Adivinhe? Lily ligou de manhã. Foi finalmente despejada do apartamento no Harlem, e, então, vamos morar juntas. Engraçado, não é?

— Ei, parabéns! Não podia ser em um momento melhor para você. Vocês duas vão se divertir muito. Mas, pensando bem, dá um pouco de medo. Lidar com Lily o dia todo... e os garotos de Lily... Promete que passaremos bastante tempo na minha casa?

— É claro. Mas vai se sentir em casa. Será como o último ano de novo.

— Péssimo ela ter perdido o apartamento barato. Mas, fora isso, são ótimas notícias.

— Sim, estou animada. Shanti e Kendra são legais, mas estou um pouco cheia desse lance de morar com estranhos. — Eu curtia comida indiana, mas não como o cheiro de curry se impregnava em tudo. — Vou ver se Lily quer se encontrar para beber alguma coisa hoje à noite e celebrar. Está a fim? Podemos nos encontrar em algum lugar no East Village, assim não fica muito longe para você.

— Sim, sim, parece ótimo. Vou a Larchmont assistir a Joey hoje à noite, mas estarei de volta à cidade mais ou menos às 20h. Você ainda nem terá saído do trabalho a essa hora, então vou me encontrar com Max e depois nos vemos todos. Ei, Lily está saindo com alguém? Max poderia, bem...

— O quê? — Ri. — Vamos, fale. Acha que minha amiga é uma vadia? Ela tem um espírito livre, só isso. E se está saindo com alguém? Que tipo de pergunta é essa? Alguém chamado Garoto da Camisa Rosa passou a noite passada com ela. Não sei o seu nome de verdade.

— Não importa. De qualquer jeito, o sinal acaba de tocar. Ligue quando entregar o Livro.

— Ligo. Tchau.

Eu estava guardando o celular quando tocou de novo. O número não era familiar, mas atendi aliviada por não ser Miranda ou Emily.

— Escr... alô? — Atendia automaticamente o celular ou o telefone em casa dizendo "escritório de Miranda Priestly", o que era extremamente constrangedor quan. o era outra pessoa que não meus pais ou Lily. Tinha de trabalhar aquilo.

— É a adorável Andrea Sachs que eu, inadvertidamente, aterrorizei na festa de Marshall? — perguntou uma voz rouca e muito sexy. Christian! Eu havia me sentido quase aliviada por ele não ter reaparecido depois de massagear minha mão com seus lábios. Mas toda a vontade de querer impressioná-lo com a minha sagacidade e meu charme retornou imediatamente, e logo me esforcei para parecer legal.

— É. E posso saber com quem estou falando? Foram muitos os homens que me aterrorizaram naquela noite e pelas mais variadas razões. — *Ok, até aqui, tudo bem. Respire fundo, fique fria.*

— Não percebi que tinha tantos rivais — disse ele suavemente. — Mas eu não devia me surpreender. Como está, Andrea?

— Bem. Muito bem, na verdade — menti logo, me lembrando de um artigo na *Cosmo* que havia aconselhado a me "manter leve, etérea e feliz" ao falar com um cara que acabara de conhecer, porque os caras mais "normais" não reagiam bem ao cinismo empedernido. — O trabalho vai bem. Estou adorando, de verdade! Ultimamente tem sido bastante interessante. Muita coisa para aprender, milhões de coisas acontecendo. Sim, é incrível. E você? — *Não fale demais sobre você mesma, não domine a conversa, deixe-o à vontade para falar sobre o seu tópico preferido e mais familiar: ele.*

— Você é uma mentirosa hábil, Andrea. A um ouvido não treinado isso soaria quase convincente, mas sabe o que dizem, não? Não se pode mentir para um mentiroso. Mas não se preocupe. Deixarei que saia impune desta vez. — Abri a boca para negar, mas, em vez disso, apenas ri. Um cara perspicaz, sem dúvida. — Vou direto ao assunto, porque estou para embarcar em um avião para Washington, D.C., e a segurança não parece muito feliz por eu passar pelo detector de metal conversando ao telefone. Tem planos para sábado à noite?

Eu odiava quando as pessoas formulavam suas perguntas dessa maneira, perguntavam se você tinha planos antes de revelarem as próprias intenções. A namorada dele precisava de alguém para resolver umas coisas e ele achou que eu seria boa para a função? Ou quem sabe ele não precisava de alguém para levar seu cachorro para passear enquanto dava mais uma entrevista de oito horas ao *New York Times*? Eu estava pensando em como responder sem me comprometer, quando ele continuou:

— Tenho uma reserva no Babbo para sábado. Nove da noite. Um grupo de amigos estará lá, também; a maior parte é de editores de revistas, pessoas interessantes. Um editor da *Buzz* e alguns escritores da *New Yorker*. Gente boa. Está a fim? — Naquele exato momento, uma ambulância passou com a sirene ligada, luzes acesas em uma vã tentativa de atravessar o trânsito engarrafado. Como sempre, os motoristas ignoraram a ambulância e ela teve de parar no sinal vermelho, como todos os outros veículos.

Ele me convidou para sair? Sim, achei que era exatamente o que tinha acabado de acontecer. Ele estava me convidando para sair! Ele estava me convidando para sair. Christian Collinsworth estava marcando um encontro comigo — um encontro sábado à noite, para ser mais específica, e no Babbo, onde ele acabara de fazer uma reserva, para o horário concorrido, com um grupo de pessoas inteligentes, interessantes como ele. Nem mesmo me importavam os escritores da *New Yorker*! Puxei pela memória tentando me lembrar se tinha mencionado a ele, na festa, que o Babbo era o restaurante que eu mais queria conhecer em Nova York, que adorava comida italiana e sabia o quanto Miranda gostava de lá e estava louca para ir. Tinha até mesmo pensado em estourar o salário de uma semana em uma refeição, e tinha ligado para fazer uma reserva para mim e Alex, mas eles estavam lotados pelos cinco meses seguintes. Em três anos, o único rapaz que marcara encontro comigo tinha sido Alex.

— Humm, Christian, poxa, eu adoraria. — Imediatamente tentei me esquecer de que tinha dito "poxa". *Poxa!* Quem dizia aquilo? A cena de *Dirty Dancing* em que Baby orgulhosamente anuncia a Johnny que carregara uma melancia me passou pela cabeça, mas a ignorei e me forcei a avançar, apesar da humilhação. — Eu realmente adoraria — *sim, idiota, acabou de dizer isso, tente algo novo agora* —, mas não vou poder. Eu, bem, já tenho planos para sábado. — Uma boa resposta, de modo geral, pensei. Eu estava gritando por cima do barulho da sirene, mas achei que ainda parecia, de algum modo, digna. Não há necessidade de estar disponível para um encontro para dali a dois dias, e nenhuma necessidade de revelar a existência de um namorado... afinal, não era da conta de ninguém. Certo?

— Tem mesmo planos, Andrea, ou acha que seu namorado não aprovaria que saísse com outro homem? — Ele estava jogando verde, eu tinha certeza.

— Seja como for, não é da sua conta — repliquei de maneira afetada, e realmente cheguei a revirar os olhos. Atravessei a Terceira Avenida sem notar que o sinal estava fechado para mim e quase fui atropelada por uma van.

— Ok, vou perdoá-la desta vez. Mas vou convidá-la outro dia. E acho que, na próxima vez, você vai dizer sim.

— Ah, é mesmo? O que te dá essa impressão? — A confiança que antes tinha parecido tão sexy começava a parecer arrogância. O único problema era que o tornava ainda mais sexy.

— Só um palpite, Andrea, só um palpite. E não precisa preocupar essa sua cabecinha bonita, ou a do seu namorado. Eu só estava fazendo um convite cordial para uma boa refeição e boa companhia. Quem sabe ele não gostaria de nos encontrar, Andrea? O seu namorado. Deve ser um cara e tanto, eu realmente gostaria de conhecê-lo.

— Não! — quase gritei, em pânico com a ideia dos dois sentados à mesa um diante do outro, cada um surpreendente de maneiras radicalmente opostas. Eu ficaria envergonhada se Christian visse a integridade, o jeito de bom moço de Alex. Para Christian, Alex seria um caipira ingênuo. E eu ficaria ainda mais envergonhada se Alex visse, com seus próprios olhos, todas as coisas feias que eu achava incrivelmente atraentes em Christian: a elegância, a arrogância, a confiança sólida como uma rocha que fazia parecer impossível insultá-lo. — Não. — Eu ri, ou melhor, forcei uma risada e tentei soar natural. — Não acho que seria uma boa ideia. Embora acredite que ele adoraria conhecer você, também.

Ele riu comigo, mas seu riso era irônico, condescendente.

— Eu estava brincando, Andrea. Estou certo de que ele é mesmo um grande sujeito, mas não estou particularmente interessado em conhecê-lo.

— Certo. Sim. Quero dizer, eu sabia que você...

— Ouça, tenho de correr. Por que não me liga, se mudar de ideia... ou de "planos"? Está bem? O convite continua de pé. Ah, e tenha um excelente dia. — E antes que eu pudesse dizer qualquer outra coisa, desligou.

O que diabos tinha acabado de acontecer? Revisei tudo: Escritor Gato e Inteligente tinha descoberto, não sei como, o número do meu celular, ligado e me convidado para, no sábado à noite, irmos a um Restaurante Badalado. Eu não sabia bem se ele já sabia que eu tinha namorado ou não, mas não pareceu desencorajado com a informação. A única coisa que eu sabia ao certo era que eu havia passado tempo demais conversando ao telefone, fato confirmado por uma conferida rápida no relógio. Tinham se passado trinta e dois minutos desde que eu saíra da redação, mais tempo do que gastava geralmente para pegar o almoço e voltar.

Guardei o celular e vi que já tinha chegado ao restaurante. Empurrei a porta de madeira de demolição e entrei no salão silencioso e escuro. Embora as mesas estivessem todas ocupadas por banqueiros e advogados roendo seus amados filés, quase não se ouvia um ruído, como se o carpete fofo e a cor viril absorvessem todo e qualquer som.

— Andrea! — Ouvi Sebastian gritar da recepção. Ele seguiu em minha direção, como se eu fosse a portadora de um raro medicamento crucial. — Estamos todos tão contentes em vê-la aqui! — Duas garotas com impecáveis tailleurs cinza balançavam a cabeça com expressões sérias às suas costas.

— É mesmo? E por que isso? — Não consegui deixar de brincar, só um pouco, com Sebastian. Ele era um puxa-saco inacreditável.

Ele se inclinou, com um ar conspirador e flagrante animação.

— Bem, você sabe o que toda a equipe do Smith and Wollensky acha da Sra. Priestly, não sabe? *Runway* é uma revista tão maravilhosa, com aquelas fotos belíssimas e uma elegância incrível e, evidentemente, artigos cultos fascinantes. Todos nós adoramos!

— Artigos cultos, hein? — perguntei, reprimindo um amplo sorriso que ameaçava emergir. Ele balançou a cabeça com orgulho e se virou quando uma das ajudantes de tailleur deu um tapinha em seu ombro e lhe entregou uma sacola.

Ele, literalmente, gritou de alegria.

— Arrá! Aqui está, um almoço preparado com perfeição para uma editora perfeita. E uma assistente perfeita — acrescentou, piscando para mim.

— Obrigada, Sebastian, nós duas agradecemos. — Abri a sacola de algodão cru, uma bolsa igual às *ultracool* da Strand, que todos os estudantes da Universidade de Nova York penduravam no ombro, mas sem o logotipo, e conferi tudo. Eram 600 gramas de filé de costela bovina, sangrando, tão malpassado que parecia nem ter sido cozido. Confere. Duas batatas assadas do tamanho de gatinhos pequeninos, fumegantes. Confere. Uma pequena embalagem de alumínio com purê de batatas, bem macio, com muito creme e manteiga. Confere. Exatamente oito caules de aspargos com as pontas de cima roliças e suculentas, e as de baixo bem aparadas. Confere. Também havia uma molheira de metal cheia de manteiga, e um pequeno saleiro transbordando de sal grosso, uma faca de cabo de madeira e um guardanapo de linho branco, dobrado na forma de uma saia pregueada. Que adorável. Sebastian esperou para ver se eu aprovava.

— Muito bem, Sebastian! — exclamei, como se elogiasse um cachorrinho por ter ido fazer cocô do lado de fora. — Você hoje realmente se superou.

Ele sorriu radiante, depois baixou os olhos e tentou parecer humilde.

— Obrigado. Você sabe o que sinto em relação à Sra. Priestly e, bem, é realmente uma honra, bem, você sabe...

— Preparar seu almoço? — concluí, prestativa.

— Bem, sim. Exatamente. Você sabe o que quero dizer.

— Sim, é claro que sei, Sebastian. Ela vai adorar. Tenho certeza. — Não tive coragem de revelar que eu desembrulhava imediatamente todas as suas criações porque a Sra. Priestly, que ele adorava tanto, teria um acesso de fúria caso se deparasse com um guardanapo em outra forma que não a de um guardanapo, nem que fosse na forma de uma bolsa ou de um sapato de salto. Pus a bolsa no ombro e me virei para sair, quando meu celular tocou.

Sebastian olhou para mim na expectativa, esperando ardorosamente que a voz no outro lado da linha fosse a do seu amor, da razão de sua vida. Não se desapontou.

— Emily? Emily, é você, quase não a ouço! — A voz de Miranda chegou do outro lado em um staccato estridente e raivoso.

— Alô, Miranda. Sim, é Andrea — declarei calmamente, e Sebastian ficou visivelmente enfeitiçado ao escutar aquele nome.

— Está preparando pessoalmente a minha refeição, Andrea? Porque, segundo o meu relógio, eu a pedi há trinta e cinco minutos. Não consigo pensar em uma razão sequer para o meu almoço ainda não estar sobre a minha mesa. E você?

Ela disse o meu nome! Um pequeno sucesso, mas não havia tempo para celebrar.

— Humm, bem, lamento ter demorado tanto, mas houve uma pequena confusão com...

— Você sabe que pouco me interessam tais detalhes, não?

— Sim, compreendo totalmente, e não vai demorar para...

— Estou ligando para dizer que quero o meu almoço, e quero *agora*. Não há espaço para desculpas, Emily. Eu. Quero. Meu. Almoço. Já! — E desligou o telefone, e as minhas mãos tremiam tanto que deixei cair o celular no chão. Até parecia que estava coberto de arsênico fervente.

Sebastian, que estava a ponto de desmaiar, se abaixou depressa para pegar o telefone para mim.

— Ela está chateada conosco, Andrea? Espero que ela não esteja decepcionada com a gente! Ela está? Será que está decepcionada? — Sua boca se franziu em um ricto oval, e as veias, já proeminentes em sua testa, latejavam, e eu quis odiá-lo tanto quanto odiava Miranda, mas sentia apenas pena. Por que aquele homem, aquele homem que parecia notável por ser tão comum, por que ele se importava tanto com Miranda Priestly? Por que investia tanto em agradá-la, impressioná-la, servi-la? Talvez pudesse pegar o meu lugar, pensei, porque eu ia me demitir. Sim, era isso. Eu iria voltar àquela redação e pediria demissão. Quem precisava daquela droga? Quem lhe dava o direito de falar comigo, ou com qualquer outra pessoa, daquela maneira? A posição? O poder? O prestígio? A maldita Prada? Em universo justo aquele comportamento seria admissível?

O recibo que eu deveria assinar diariamente, cobrando os 95 dólares à Elias-Clark, estava à minha frente e rabisquei rapidamente uma assinatura ilegível. Se era minha ou de Miranda ou de Emily ou de Mahatma Gandhi, àquela altura, eu não sabia ao certo, mas não fazia diferença. Peguei a sacola de comida que redefinia a expressão "carne para consumo" e saí pisando duro, deixando um Sebastian muito frágil para cuidar de si mesmo. Entrei em um táxi no momento que cheguei à rua, quase derrubando um homem idoso. Não havia tempo para me preocupar. Tinha um emprego a abandonar. Mesmo com o trânsito do meio do dia, cobrimos os poucos quarteirões em dez minutos, e dei uma nota de vinte ao taxista. Teria dado uma de cinquenta se a tivesse — e encontrasse um modo de ser reembolsada pela Elias-Clark. Mas não havia nenhuma nota de cinquenta em minha carteira. Ele se pôs imediatamente a contar o troco, mas bati a porta e corri. Que aqueles vinte servissem para cuidar de uma menininha ou consertar o aquecedor, decidi. Ou mesmo para algumas cervejas depois do trabalho, no estacionamento de táxis no Queens — o que quer que o taxista fizesse com a gorjeta seria, de certo modo, mais nobre do que comprar mais outra bebida no Starbucks.

Cheia de indignação hipócrita, disparei para dentro do edifício e ignorei os olhares reprovadores do pequeno grupo de claque-claques. Vi Benji saindo dos elevadores do lado Bergman, mas me virei depressa para não perder mais tempo, passei o cartão e joguei o quadril contra a roleta. Merda! A barra de metal bateu na minha pélvis e eu soube que em poucos minutos estaria com um hematoma. Ergui os olhos para as duas fileiras de dentes brancos brilhantes e a cara gorda e suada em volta daquele sorriso. Eduardo. Ele devia estar de sacanagem. Tinha de estar.

Rapidamente o fuzilei com o meu melhor olhar maldoso, aquele que dizia, muito simplesmente, Morra!, mas não funcionou. Sem desviar os olhos, fui para a roleta seguinte, passei o crachá com a rapidez de um raio e me joguei contra a barra. Eduardo tinha conseguido trancá-la a tempo, e fiquei ali, enquanto ele deixava as claque-claques, uma por uma, passar pela primeira roleta que tentei. Seis ao todo, e eu continuei parada ali, tão frustrada que quase caí em prantos. Eduardo não foi empático.

— Amiga, não fique tão triste. Não é nenhuma tortura. É engraçado. Agora, por favor. Preste atenção, porque... *I think we're alone now. There doesn't seem to be anyone a-rou-ound. I think we're alone now. The beatin' of our hearts is the only sou-ound.*

— Eduardo! Como acha que devo representar essa música? Não tenho tempo para essa merda agora!

— Ok, ok. Não represente, apenas cante. Eu começo, você termina. *Children behave! That's what they say when we're together. And watch how you play! They don't understand, and so we're...*

Imaginei que não precisaria pedir demissão se um dia conseguisse subir, porque seria demitida de qualquer jeito. Mas talvez pudesse fazer alguém ganhar o dia.

— *Running just as fast as we can* — continuei, sem perder o ritmo. — *Holdin' on to one another's hand. Tryin' to get away into the night and then you put your arms around me and we tumble to the ground and then you say...*

Eu me aproximei quando notei que o babaca do primeiro dia, Mickey, estava tentando escutar, e Eduardo concluiu:

— *I think we're alone now. There doesn't seem to be anyone a-rou-ou-nd. I think we're alone now. The beatin' of our Hearts is the Only sou-ou-nd!* — Ele gargalhou e jogou a mão para o alto. Eu bati a minha na sua, e ouvi o estalo da barra de metal ao se abrir.

— Tenha um bom almoço, Andy! — gritou, ainda com um sorriso largo no rosto.

— Você também, Eduardo, você também.

A subida no elevador foi, graças a Deus, sem imprevistos, e só quando eu estava diante da porta do nosso conjunto de salas é que decidi que não podia pedir demissão. Sem contar o óbvio — isto é, seria aterrador demais fazer aquilo sem estar preparada, Miranda provavelmente apenas olharia para mim e diria, "Não, não permito que peça demissão". E então o que eu responderia? Não podia esquecer que era somente um ano da minha vida. Um único ano para escapar de coisa muito pior. Um ano, 12 meses, 52 semanas, 365 dias, me sujeitando àquele lixo para fazer o que realmente queria. Não era uma exigência tão grande e, além do mais, estava exausta para, até mesmo, pensar em procurar outro trabalho. Exausta.

Emily ergueu os olhos para mim quando entrei.

— Ela já vai voltar. Foi chamada à sala do Sr. Ravitz. Sério, Andrea, por que demorou tanto? Sabe que ela me repreende quando você se atrasa, e o que posso dizer? Que está fumando, em vez de comprar o café, ou falando com o seu namorado, em vez de buscar o almoço? Não é justo, não é mesmo. — Voltou a atenção para o computador, com expressão resignada.

Ela tinha razão, lógico. Não era justo. Para mim, para ela, para nenhum ser humano semicivilizado. E me senti mal por piorar as coisas para Emily, o que eu fazia sempre que levava alguns minutos extras fora da redação, para relaxar e me revigorar. Pois cada segundo que eu me ausentava, era mais um segundo que Miranda concentrava sua atenção implacável em Emily. Prometi a mim mesma me esforçar mais.

— Você tem toda razão, Em, me desculpe. Vou me esforçar mais.

Ela pareceu genuinamente surpresa e um pouquinho satisfeita.

— Eu agradeceria, Andrea. Quero dizer, já fiz o seu trabalho e *sei* como é ruim. Houve dias em que tive de sair na neve, na lama e na chuva, para buscar o café cinco, seis, sete vezes em um único dia. Eu ficava tão cansada que mal conseguia me mover. Eu sei como é! Às vezes, ela me chamava para perguntar onde estava alguma coisa. Seu latte, seu almoço, um creme dental especial para dentes sensíveis que me mandou procurar, foi reconfortante descobrir que pelo menos seus dentes tinham um pouco de sensibilidade, e eu ainda nem tinha saído do edifício. Não tinha ido lá fora! Ela é assim, Andy. É a sua maneira de ser. Você não pode lutar contra, ou não sobreviverá. Miranda não faz por mal, não mesmo. É simplesmente a sua maneira de ser.

Balancei a cabeça, e entendia, mas não me convenci. Eu não tinha trabalhado em outro lugar, mas não conseguia acreditar que todos os chefes agissem assim. Mas quem sabe agiam?

Levei a sacola com a comida para a minha mesa e comecei os preparativos para servi-la. Com as minhas próprias mãos, tirei a comida de cada recipiente quente e selado, e a dispus (elegantemente, eu esperava) em um dos pratos de porcelana. Diminuindo a velocidade somente para limpar as mãos, agora engorduradas, na calça Versace de Miranda que eu ainda não tinha mandado lavar, coloquei o prato sobre a bandeja de teca e azulejo que ficava sob a minha mesa. Do lado, a molheira cheia de manteiga, o sal e os talheres de prata envolvidos no guardanapo de linho, outrora saia pregueada. Um exame rápido do meu talento artístico revelou que faltava a Pellegrino. Melhor me apressar, ela estaria de volta em um minuto! Disparei para uma das minicozinhas e peguei um punhado de gelo, soprando os cubos para que não queimassem minhas mãos. Soprar estava apenas a um passo bem pequenininho de lamber — *Devo? Não! Seja superior, você é melhor que isso. Não cuspa na comida da sua chefe nem lamba seus cubos de gelo. Você é uma pessoa melhor!*

A sala ainda estava vazia quando voltei, e a única coisa que restava a fazer era servir a água e colocar a bandeja toda arrumada sobre a sua mesa. Ela voltaria e se sentaria à mesa gigantesca e chamaria alguém para fechar a porta. E era a única hora que eu me levantava de um pulo, feliz e animada, porque significava não somente que ela ficaria, por trás da porta fechada, em silêncio por uma boa meia hora, ao telefone com C-SEM, mas também que estava na nossa hora de comer. Uma de nós podia correr até o restaurante e pegar a primeira coisa que visse, então correr de volta para dar tempo de a outra ir. Esconderíamos a comida debaixo da mesa e atrás da tela dos computadores para o caso de ela aparecer inesperadamente. Se havia uma regra tácita, mas irrefutável, era a de que membros da equipe da *Runway* não comiam na frente de Miranda Priestly. Ponto final.

Meu relógio dizia que eram 14h15. Meu estômago dizia que era fim da tarde. Haviam se passado sete horas desde que eu empurrara um bolinho de chocolate goela abaixo ao voltar do Starbucks para a redação, e estava com tanta fome que cheguei a pensar em dar uma mordida no filé de Miranda.

— Em, acho que vou desmaiar de fome. Vou descer e pegar alguma coisa para comer. Quer que traga algo para você?

— Está maluca? Ainda não serviu o almoço. Ela deve voltar a qualquer momento.

— Falo sério. Não estou me sentindo bem. Acho que não posso esperar. — A privação de sono e a queda da glicose combinadas me deixaram tonta. Não tinha certeza se conseguiria levar a bandeja até a mesa de Miranda, mesmo que ela chegasse logo.

— Andrea, seja racional! E se vocês se esbarrarem no elevador ou na recepção? Ela ficaria sabendo que saiu da sala. Ela perderia o controle! Não vale a pena arriscar. Espere um segundo, vou buscar alguma coisa. — Ela pegou sua bolsinha de moedas e saiu da sala. Nem quatro segundos depois, vi Miranda descendo o corredor na minha direção. Qualquer noção de tonteira ou fome ou exaustão desapareceram no momento em que a vi, de cenho franzido, e voei da minha mesa para colocar a bandeja na sua, antes que ela entrasse.

Aterrissei na minha cadeira, a cabeça girando, a boca seca, e completamente desorientada, antes que o seu primeiro Jimmy Choo ultrapassasse o vão da porta. Ela nem relanceou os olhos na minha direção ou, graças a Deus, pareceu notar que a verdadeira Emily não estava em sua mesa. Tive o pressentimento de que a reunião com o Sr. Ravitz não tinha sido boa, se bem que podia ser simplesmente o ressentimento por ter sido obrigada a sair da própria sala para ir à de outra pessoa. O Sr. Ravitz era, até então, a única pessoa no edifício a quem Miranda se dignava a atender.

— Ahn-dre-ah! O que é isto? Por favor, me diga, o que diabos é isto?

Corri para a sua sala e fiquei diante de sua mesa, onde nós duas olhamos para o que era, obviamente, o mesmo almoço que sempre comia quando não saía. Uma lista mental de itens revelou que não estava faltando nada nem nada estava fora do lugar, ou no lado errado, ou cozido de maneira incorreta. Qual seria o problema?

— Humm, é, bem, é o seu almoço — respondi calmamente, fazendo um esforço genuíno para não parecer sarcástica, o que era difícil, considerando-se que a minha resposta era extremamente óbvia. — Tem alguma coisa errada?

Acho que ela apenas separou os lábios, mas, para a minha mente quase delirante, pareceu que estava mostrando presas pontiagudas.

— Se tem alguma coisa errada? — ecoou com uma voz aguda que não lembrava em nada a minha, que sequer parecia humana. Ela estreitou os olhos e se inclinou para mais perto, se recusando, como sempre, a elevar a voz. — Sim, há algo errado. Algo muito, muito errado. Por que tenho de voltar à minha sala e encontrar *isto* sobre a mesa?

Foi como ter de decifrar um de seus enigmas. Por que ela teve de voltar à sala e encontrar aquilo sobre a mesa, eu me perguntei. Sem dúvida, o fato de ela ter pedido a comida uma hora antes não era a resposta certa, mas era a única que eu tinha. Não gostou da bandeja? Não, era impossível: ela a havia visto um milhão de vezes e nunca reclamado. Tinham, sem querer, lhe dado o corte errado de carne? Não, também não era aquilo. Uma vez, o restaurante havia me mandado um filé aparentemente delicioso, achando que Miranda certamente o apreciaria mais do que a dura costeleta, mas ela quase tivera um ataque do coração. Então me obrigara a ligar para o chef e a gritar com ele ao telefone, enquanto vigiava e me dizia o que falar.

— Lamento, senhorita, realmente lamento — desculpou-se baixinho, parecendo o melhor sujeito do mundo. — Realmente achei que, como a Sra. Priestly é uma freguesa tão boa, iria preferir receber o que temos de melhor. Não cobrei mais, mas não se preocupe, não vai acontecer de novo, prometo. — Achei que fosse chorar quando ela mandou eu dizer a ele que nunca seria um chef de verdade em nenhum lugar que não um empório de carne de segunda classe, mas obedeci. E ele havia pedido desculpas e concordado, e a partir daquele dia sempre recebera o filé de costela sangrento. Portanto, também não era aquilo. Eu não fazia ideia do que dizer ou fazer.

— Ahn-dre-ah, a assistente do Sr. Ravitz não disse que tínhamos almoçado juntos naquela cantina deplorável não faz muito tempo? — perguntou devagar, como se estivesse se contendo para não perder o controle por completo.

Ela *o quê*? Depois de tudo, depois da corrida e da estupidez de Sebastian, e das ligações iradas, e dos 95 dólares, e da canção da Tiffany, e da arrumação da comida, e da tontura, e da espera para comer até a sua volta, e *ela já havia comido*?

— Não, não recebemos nenhuma ligação. Então... quero dizer... isso significa que não quer o filé? — perguntei apontando para a bandeja.

Ela me olhou como se eu tivesse acabado de sugerir que comesse uma das gêmeas.

— O que acha que significa, Emily?

Merda! Ela estava indo tão bem com o meu nome.

— Acho que, ahn, bem, que você não quer.

— Bastante perspicaz de sua parte, Emily. Tenho sorte de você ser tão observadora. Tire isto daqui. E que não aconteça de novo. É isso.

Uma fantasia rápida me ocorreu: assim como nos filmes, eu jogaria a bandeja para o ar com um golpe. Ela observaria e, chocada e arrependida, pediria desculpas por falar comigo daquela maneira. Mas o bater de suas unhas sobre a mesa me trouxe de volta à realidade, então peguei a bandeja e, com cuidado, saí da sala.

— Ahn-dre-ah, feche a porta! Preciso de um momento de paz! — gritou ela. Acho que encontrar um almoço requintado em sua mesa quando não estava a fim de comer tinha sido realmente um momento estressante de seu dia.

Emily havia acabado de voltar com uma lata de Coca Light e um pacote de passas para mim. Supostamente, era o lanchinho para me sustentar até o almoço, e, evidentemente, não havia uma única caloria ou grama de gordura ou adição de açúcar naquilo. Ela deixou tudo na mesa ao ouvir Miranda gritar, e correu para fechar as portas francesas.

— O que aconteceu? — cochichou, olhando para a bandeja de comida intocada que eu estava segurando, paralisada ao lado da minha mesa.

— Ah, parece que a nossa chefe encantadora já almoçou — sibilei entre dentes. — E ela acaba de me esculachar por não ter previsto, não ter adivinhado, não ter olhado dentro de seu estômago e visto que não estava mais com fome.

— Está brincando — disse ela. — Gritou com você por ter corrido para buscar seu almoço, exatamente como ela pediu, e, depois, por não ter adivinhado que ela já havia comido em outro lugar? Mas que filha da puta!

Concordei com a cabeça. Era uma mudança fenomenal Emily ter ficado do meu lado, e não me dado um sermão sobre Eu Simplesmente Não Entender. Mas espere aí! Era bom demais para ser verdade. Como o sol saindo do céu e deixando apenas riscas cor-de-rosa e azuis onde tinha brilhado segundos antes, o rosto de Emily passou de raivoso para contrito. A Virada Paranoica *Runway*.

— Lembre-se do que falamos antes, Andrea. — Ah, sim, aí estava. VPR, à frente. — Ela não faz isso para magoá-la. Ela não faz de propósito. Ela é simplesmente importante demais para se ater a coisas pequenas. Por isso, não resista. Apenas jogue a comida fora, e vamos trabalhar. — O rosto de Emily assumiu uma expressão determinada e ela se sentou em frente ao computador. Eu sabia que ela estava imaginando, naquele exato instante, se Miranda não teria espalhado escutas na área das assistentes e ouvido tudo. Estava vermelha, aturdida e, obviamente, chateada com a sua falta de controle. Eu não sabia como ela havia sobrevivido por tanto tempo.

Pensei em comer a carne, mas o mero pensamento de que tinha estado na mesa de Miranda havia poucos instantes me provocou náuseas. Levei a bandeja à cozinha e a inclinei de modo que cada item deslizasse diretamente para dentro do lixo — toda a comida preparada, temperada com perícia, o prato de porcelana, a molheira com manteiga, o sal, o guardanapo, os talheres de prata e a taça Baccarat. Tudo. Tudo jogado fora. Que importância tinha? Eu buscaria tudo novamente no dia seguinte, ou quando ela sentisse vontade de almoçar.

Quando cheguei a Drinkland, Alex parecia aborrecido, e Lily, abatida. Imediatamente me perguntei se Alex saberia, não sei como, que eu havia sido convidada para sair por um cara que, além de famoso e mais velho, era um completo e perfeito babaca. Ele sabia? Sentia o que tinha acontecido? Eu devia contar? Não, não havia necessidade de discutir algo tão insignificante. Não era o mesmo que eu estar interessada em outro, não como se eu realmente fosse tomar uma atitude. Portanto, não havia nada a ganhar mencionando a conversa.

— Oi, garota da moda — disse Lily, agitando seu gim tônica para mim, em uma saudação. Derramou um pouco em seu cardigã, mas ela pareceu nem notar. — Ou devo dizer futura companheira de apartamento? Peça uma bebida. Temos que brindar! — A última palavra saiu mais como "brendar".

Beijei Alex e me sentei do seu lado.

— Você está gata! — disse ele, estudando e aprovando meu traje Prada. — Quando isso aconteceu?

— Ah, hoje. Já que só faltaram soletrar que, se eu não cuidasse da minha aparência, poderia perder o emprego. Bastante ofensivo, mas tenho de admitir que vestir algo diferente todo dia não é nada mau. Ei, ouçam, eu sinto muito, mas muito mesmo ter me atrasado. O Livro não ficava pronto nunca, e assim que o deixei na casa de Miranda, ela me mandou à delicatéssen da esquina comprar manjericão.

— Pensei que ela tivesse um cozinheiro — falou Alex. — Por que ele não fez isso?

— Ela tem um cozinheiro. Também tem uma faxineira, uma babá e duas filhas. Então não faço a menor ideia de por que me mandou comprar o tempero para o jantar. Foi especialmente irritante porque a Quinta Avenida não tem nenhuma delicatéssen em esquinas, nem a Madison ou a Park, de modo que tive de ir até a Lex para encontrar uma. Mas, óbvio, não vendiam manjericão, por isso tive de percorrer nove quadras até encontrar um D'Agostino aberto. O que levou outros quarenta e cinco minutos. Mas vou dizer uma coisa: esses quarenta e cinco minutos valeram a pena! Isto é, pensem em quanto aprendi comprando esse manjericão, como estou muito mais preparada para o meu futuro nas revistas! Agora chegarei mais rápido à posição de redatora! — E exibi um sorriso de triunfo.

— Ao seu futuro! — gritou Lily, sem detectar um único sinal de sarcasmo em meu discurso.

— Ela está bêbada — disse Alex calmamente, observando Lily com a expressão de alguém diante de um parente doente, na cama de um hospital. — Cheguei aqui com Max, que já foi embora, no horário, mas ela já devia estar aqui há tempos. Ou então bebe rápido demais.

Lily sempre tinha bebido demais, o que não era de estranhar porque ela sempre foi intensa. Foi a primeira a fumar maconha, antes mesmo do ensino médio, a primeira a perder a virgindade no ensino médio, e a primeira a saltar de paraquedas na faculdade. Gostava de tudo e todos, desde que não retribuíssem o seu amor e a fizessem *se sentir* viva.

— Não entendo como dorme com ele sabendo que nunca vai terminar com a namorada! — Eu havia comentado sobre um cara com quem se encontrava secretamente, durante o penúltimo ano da faculdade.

— Não entendo como você pode obedecer a tantas regras — replicara ela, instantaneamente. — O que tem de divertido em sua vida tão perfeitamente planejada, detalhada, cheia de normas? Viva um pouco, Andy! Sinta alguma coisa! É bom estar viva!

Talvez ela andasse bebendo um pouco demais ultimamente, mas eu sabia que as disciplinas do primeiro ano eram terrivelmente estressantes, até mesmo para ela, e que seus professores na Columbia eram mais exigentes e menos compreensivos do que os que comiam da mão dela, na Brown. *Talvez não fosse má ideia*, pensei, fazendo um sinal para a garçonete. Talvez beber fosse o remédio para tudo. Pedi Absolut com suco de toranja, e bebi um gole demorado. Aquilo me enjoou mais do que qualquer outra coisa, porque eu ainda não tinha tido tempo de comer nada, exceto as passas e a Coca Light que Emily havia descolado para mim mais cedo.

— Tenho certeza de que ela teve algumas semanas duras na faculdade — comentei com Alex, como se Lily não estivesse sentada conosco. Ela não notou que falávamos dela, absorta em lançar olhares lânguidos e sedutores a um *yuppie* no balcão. Alex pôs o braço ao meu redor e me aconcheguei a ele no sofá. Era muito bom estar perto do meu namorado de novo. Era como se não nos víssemos havia semanas.

— Odeio ser um desmancha-prazeres, mas tenho de ir para casa — disse Alex, colocando meu cabelo para trás das orelhas. — Vai ficar bem com ela?

— Você tem de ir? Já?

— Já? Andy, estou aqui assistindo à sua melhor amiga beber há duas horas. Vim para ver você, mas você não estava. E agora é quase meia-noite, e ainda preciso corrigir redações — falou calmamente, mas percebi que estava chateado.

— Eu sei, desculpe. Mesmo! Você sabe que teria chegado antes se pudesse. Sabe que...

— Sei de tudo isso. Não estou dizendo que fez alguma coisa errada ou que deveria ter agido de outra maneira. Eu entendo. Mas tente entender de onde estou vindo, também, ok?

Assenti com a cabeça e o beijei, mas me senti horrível. Prometi compensar, planejar uma noite especial só para nós dois. Afinal ele realmente tinha aguentado muito.

— Então, não vai passar a noite comigo? — perguntei esperançosa.

— Não, a menos que precise de ajuda com Lily. Tenho mesmo de ir para casa e trabalhar. — Ele me abraçou se despedindo, beijou Lily na bochecha e se dirigiu à porta. — Ligue, se precisar — disse ao sair.

— Ei, por que Alex foi embora? — perguntou Lily, embora estivesse ali durante a nossa conversa. — Está chateado com você?

— Provavelmente — respondi, com um suspiro, abraçando minha bolsa carteiro. — Tenho aprontado muito com ele, ultimamente. — Fui até o balcão pedir o menu de entradas e, quando voltei, o cara de Wall Street tinha se enroscado no sofá, ao lado de Lily. Parecia ter quase 30 anos, mas suas entradas pronunciadas tornavam impossível saber ao certo.

Peguei o casaco de Lily e o joguei para ela.

— Lily, ponha o casaco, vamos embora — avisei, olhando para ele, vestido com uma calça cáqui que não ajudava a sua figura um pouco atarracada. E o fato de ter a língua a 5 centímetros da orelha da minha melhor amiga não fez com que eu gostasse mais do sujeito.

— Ei, por que a pressa? — perguntou com uma voz nasalada. — Sua amiga e eu só estamos querendo nos conhecer. — Lily sorriu e assentiu, tentando beber um gole de seu drinque, sem se dar conta de que o copo estava vazio.

— Bem, isso é muito fofo, mas temos de ir. Como se chama?

— Stuart.

— Foi um prazer conhecê-lo, Stuart. Por que não dá o seu número a Lily para que ela possa ligar para você quando estiver se sentindo um pouco melhor, ou não. O que acha? — Abri um sorriso.

— Bem, não importa. Sem problemas. Vejo vocês depois. — Ele se levantou de um pulo e foi para o bar tão depressa que Lily nem percebeu que ele tinha ido embora.

— Stuart e eu estamos querendo nos conhecer, não é, Stu? — Virou-se para onde ele estava antes e ficou confusa.

— Stuart teve de ir, Lil. Venha, vamos sair daqui. — Pus seu casaco de lã grossa sobre seu suéter e a puxei para que ficasse de pé. Ela cambaleou até se equilibrar. O ar lá fora estava frio e seco, e achei que ajudaria a curar seu porre.

— Não me sinto muito bem — disse Lily com a fala arrastada.

— Eu sei, querida, eu sei. Vamos pegar um táxi para a sua casa, está bem? Acha que consegue?

Ela assentiu com a cabeça e, então, se curvou à frente e, com naturalidade, vomitou. Em cima das próprias botas, espirrando um pouco no jeans. *Se as garotas* Runway *vissem a minha melhor amiga agora*, não consegui evitar pensar.

Eu a sentei no parapeito de uma janela, que parecia não ter nenhum alarme, e mandei que não se mexesse. Havia uma loja 24 horas do outro lado da rua, e a garota precisava, com certeza, de água. Quando voltei, ela havia vomitado de novo, daquela vez sobre si mesma, e seus olhos pareciam sonolentos. Eu tinha comprado duas garrafas de água mineral, uma para beber e outra para limpá-la, mas Lily estava nojenta demais. Despejei uma sobre seus pés, e metade da segunda no casaco. Era melhor ficar encharcada do que coberta de vômito. Estava tão bêbada que nem notou.

Demorou um pouco para eu convencer um táxi a nos levar, por causa do aspecto de Lily. Mas prometi uma boa gorjeta em cima do que seria uma boa corrida. Estávamos indo do Lower East Side para o extremo Upper West, e eu já arquitetava como ser reembolsada de uma corrida que certamente daria uns vinte dólares. Talvez pudesse declarar como uma saída em busca de alguma coisa para Miranda. Sim, daria certo.

Subir até o quarto andar foi ainda menos divertido do que o táxi, mas ela se mostrou mais cooperativa depois da viagem de vinte e cinco minutos, conseguindo até se lavar no chuveiro depois de eu despi-la. Eu a virei na direção de sua cama e a vi cair de bruços quando seus joelhos bateram na lateral do colchão. Olhei para ela, inconsciente, e, por um momento, senti nostalgia da faculdade, de todas as coisas que tínhamos feito juntas. Era divertido agora, sem dúvida, mas nunca mais seria tão leve como na época.

Pensei se Lily não andava bebendo demais ultimamente. Afinal, ela parecia estar sempre bêbada. Mas quando Alex falara isso na semana anterior, eu havia lhe assegurado que era porque ela continuava uma estudante, ainda não tinha vivido no mundo real com responsabilidades reais, de adulto (como servir Pellegrino!). Quero dizer, não é como se não tivéssemos tomado shots demais no Señor Frog's, nas férias de primavera, ou bebido três garrafas de vinho tinto para celebrar o aniversário do dia em que nos conhecemos, no oitavo ano. Lily havia segurado meu cabelo enquanto eu descansava meu rosto na tampa da privada, depois do porre após os exames finais, e estacionado quatro vezes ao me levar de carro, de volta ao dormitório, depois de uma noite qu incluíra oito cubas-libres e uma horrível interpretação de "Every Rose Has Its Thorn" no karaokê. Eu a tinha arrastado de volta ao meu apartamento na noite de seu aniversário de 21 anos, então a deitado na cama, checando a sua respiração a cada dez minutos e, finalmente, caído no sono no chão, ao lado dela, depois de ter me certificado de que sobreviveria. Ela tinha acordado duas vezes, naquela noite. A primeira para vomitar do lado da cama — fazendo um esforço sincero para mirar a lata de lixo que eu havia colocado ali, mas se confundindo e vomitando na parede; a outra vez para se desculpar sinceramente e dizer que me amava e que eu era a melhor amiga que alguém podia ter. Amigas se embebedavam juntas, faziam coisas idiotas e cuidavam uma da outra, certo? Ou tudo não passava de farra de faculdade, ritos de passagem que tinham um tempo e lugar? Alex tinha insistido que agora era diferente, que ela estava diferente, mas eu não via assim.

Eu sabia que deveria passar a noite com ela, mas eram quase 2h e eu tinha de trabalhar dali a cinco horas. Minhas roupas cheiravam a vômito e não havia como arranjar uma única peça de roupa apropriada para a *Runway* no armário de Lily — especialmente com a minha nova aparência sofisticada. Dei um suspiro e ajeitei o cobertor sobre ela, pus o despertador para as 7h, para ter uma chance de ir à aula, se não acordasse com uma ressaca daquelas.

— Tchau, Lil. Estou indo. Você está bem? — Pus o telefone sem fio sobre o travesseiro ao lado de sua cabeça.

Ela abriu os olhos, me encarou e sorriu.

— Obrigada — murmurou, as pálpebras tornando a se fechar. Ela não estava em condições de correr uma maratona, nem provavelmente de operar um cortador de grama, mas estaria bem para dormir.

— De nada — respondi, embora fosse a primeira vez, em vinte e uma horas, em que eu tinha parado de correr, buscar, rearrumar, limpar, ou em que não estivesse servindo de alguma outra maneira. — Ligo amanhã — avisei, convencendo minhas pernas a não ceder. — Se ainda estivermos vivas. — E finalmente, *finalmente*, fui para casa.

10

— Ei, que bom que a encontrei! — Ouvi Cara dizer no outro lado da linha. Por que estaria sem fôlego às 7h45?

— Oh-oh! Você nunca ligou tão cedo. O que houve? — Na fração de segundo em que disse aquelas palavras, meia dúzia de situações em que Miranda poderia precisar de ajuda atravessaram velozmente minha cabeça.

— Não, não é nada disso. Só quis avisar que C-SEM está indo ver você, e ele está particularmente tagarela esta manhã.

— Ah, bem, é uma ótima notícia, com certeza. Já se passou quase uma semana desde a última vez que ele me interrogou sobre cada aspecto da minha vida. Eu já me perguntava por onde andava o meu maior fã. — Acabei de digitar meu memorando e cliquei em "imprimir".

— Você é uma garota de sorte, tenho de admitir. Ele perdeu totalmente o interesse por mim — falou, dramaticamente. — Só tem olhos para você. Eu o ouvi dizer que iria aí discutir os detalhes da festa do Whitney com você.

— Ótimo, é mesmo ótimo. Mal posso esperar para conhecer o tal irmão. Até agora só falamos por telefone, mas me pareceu um perfeito idiota. Tem certeza de que veio para cá ou é possível que um espírito caridoso me poupe dessa infelicidade hoje?

— Não, hoje não. Ele está a caminho. Miranda tem hora com um podólogo às 8h30, então não deve ir com ele.

Chequei a agenda na mesa de Emily rapidamente e confirmei a consulta. Uma manhã livre de Miranda estava realmente programada.

— Fantástico, não consigo imaginar alguém mais maravilhoso com quem bater papo de manhã cedo do que C-SEM. Por que ele fala tanto?

— Não sei responder, apenas apontar o óbvio: ele se casou com ela, logo não é muito bom da cabeça. Ligue, se ele disser algo muito ridículo. Tenho de ir. Caroline acaba de esmagar um dos batons Stila de Miranda no espelho do banheiro, sem nenhum motivo aparente.

— Nossas vidas são surpreendentes, não? Somos as garotas mais legais que existem. De qualquer modo, obrigada pelo aviso. Falo com você depois.

— Ok. Tchau.

Dei uma lida no memorando enquanto esperava a chegada de C-SEM. Era uma solicitação de Miranda à direção do Whitney Museum. Ela pedia autorização para oferecer um jantar no museu, em março, para o cunhado, um homem que posso afirmar que ela desprezava, mas que, infelizmente, era da família. Jack Tomlinson era o irmão mais novo e mais rebelde de C-SEM e que tinha acabado de anunciar que estava abandonando a mulher e os três filhos para se casar com a massagista. Embora ele e C-SEM pertencessem à típica aristocracia da Costa Leste, Jack tirou a máscara de Harvard quando tinha 20 e tantos anos e se mudou para a Carolina do Sul, onde, imediatamente, fez fortuna com imóveis. Segundo tudo o que Emily me contou, ele havia se transformado em um rapaz sulista de primeira, um verdadeiro caipira que masca palha, cospe tabaco, o que, óbvio, estarreceu Miranda, o epítome de classe e sofisticação. C-SEM tinha pedido a Miranda para organizar uma festa de noivado para o seu irmãozinho, e Miranda, cega de amor, não teve outra escolha. Ele havia deixado todos os detalhes a cargo de Miranda, então, óbvio, ela decidira tornar tudo humanamente impossível.

Em vez de oferecer o jantar em um, oh, *restaurante*, Miranda havia decidido que teria "mais impacto" para os convidados um jantar num museu, embora ela tenha eliminado a maior parte como se fossem lanchonetes (o Met é "muito rígido", o Guggenheim "muito escuro", o Museu de História "uma monstruosidade que agora inclui aquele planetário terrível"). Enfim se decidiu pelo Whitney ("discreto, moderno, íntimo"). Fiquei encantada quando o museu imediatamente concordou com o jantar em seu restaurante do andar inferior, ou no lobby do primeiro andar, mas eu deveria ter imaginado que estava parecendo muito fácil. No momento em que transmiti a notícia para Miranda, ela suspirou profundamente, balançou a cabeça em simpatia pela minha estupidez, e me informou que ela nunca concordaria com um jantar em qualquer lugar, exceto na galeria de Kooning, na coleção permanente. Obviamente. Prezados e Honrados Membros, blá-blá-blá, gostaria de pedir permissão para organizar uma fabulosa pequena *soirée*, de preferência na sala dos fundos do segundo andar, blá-blá-blá, para a qual seriam contratados os melhores fornecedores, floristas, banda, é claro, blá-blá-blá, a sua contribuição será bem-vinda, blá-blá-blá. Certificando-me mais uma vez de que não havia erros gritantes, rapidamente imitei sua assinatura e liguei para um office boy vir buscar a carta.

A batida na porta da sala — que eu mantinha fechada de manhã cedo, já que ninguém havia chegado ainda — ecoou quase imediatamente, e fiquei impressionada com a prontidão do serviço, mas a porta se abriu e revelou C-SEM ostentando um largo sorriso, entusiasmado demais para antes das 8h.

— Andrea — cantou, se aproximando no mesmo instante da minha mesa e sorrindo tão genuinamente que me fez sentir culpada por não gostar dele.

— Bom dia, Sr. Tomlinson. O que o traz aqui tão cedo? — perguntei.

— Lamento dizer que Miranda ainda não chegou.

Ele soltou uma risadinha, o nariz se franzindo como o de um roedor.

— Sim, sim, ela só vai chegar depois do almoço, acho. Andy, faz muito tempo desde a última vez que nos falamos. Diga ao Sr. T., diga: como vai tudo?

— Deixe isso comigo — falei, puxando a bolsa de viagem com o seu monograma, cheia de roupa suja, que Miranda lhe dera para me entregar. Também peguei a bolsa tote de contas Fendi que havia voltado à cena recentemente. Era uma bolsa exclusiva, feita a mão, com um elaborado bordado com contas de cristal desenhada para Miranda, de Silvia Venturini Fendi, em agradecimento ao seu apoio, e uma das assistentes de moda a tinha avaliado em quase dez mil dólares. Mas notei, naquele dia, que uma das alças de couro havia se soltado de novo, embora o departamento de acessórios a tivesse devolvido à Fendi para costurá-la umas doze vezes. Fora feita para acomodar uma carteira feminina delicada, talvez acompanhada de óculos escuros ou, talvez, se absolutamente necessário, um pequeno telefone celular. Miranda realmente não ligava para as especificações. Havia colocado um frasco extragrande do perfume Bulgari, uma sandália com um salto quebrado, que eu provavelmente deveria mandar consertar, a agenda diária Hermès, que pesava mais do que um laptop, uma exagerada coleira de spikes, que achei que pertenceria a Madelaine ou seria para uma sessão de fotos, e o Livro que tinha levado para ela na noite anterior. Eu teria penhorado uma bolsa de dez mil dólares e pagado meu aluguel por um ano, mas Miranda preferia usá-la como um saco de lixo.

— Obrigado, Andy. Você realmente é de grande ajuda para todo mundo. Por isso o Sr. T. gostaria de ouvir mais sobre a sua vida. O que está acontecendo?

O que está acontecendo? O que está acontecendo? *Humm, bem, vamos ver. Não muita coisa na verdade, acho. Passo a maior parte do tempo tentando cumprir o meu contrato de servidão com sua mulher sádica. Se houver alguns minutos livres durante o expediente, quando ela não está fazendo alguma exigência humilhante, então, tenho de tentar bloquear as idiotices descerebradas de sua assistente sênior. Nas ocasiões, cada vez mais raras, em que me vejo fora dos limites desta revista, em geral fico tentando me convencer de que é realmente normal comer mais de oitocentas calorias por dia e que vestir 40 não me torna plus size. Portanto, acho que a resposta curta é... não muito.*

— Bem, Sr. Tomlinson, não muita coisa. Trabalho muito. E acho que, quando não estou trabalhando, saio com a minha melhor amiga ou com o meu namorado. Tento ver minha família. — *Eu costumava ler muito,* quase disse, *mas me sinto cansada demais para os livros agora.* E atividades físicas sempre tinham ocupado uma boa parte da minha vida, mas não havia mais tempo.

— Então, tem 25 anos, certo? — Argumento *non sequitur*. Não consegui imaginar aonde queria chegar.

— Bem, não, tenho 23. Eu me formei só em maio passado.

— Arrá! Vinte e três, hein? — Parecia na dúvida se diria algo ou não. Eu me preparei. — Então diga ao Sr. T, o que se faz aos 23 anos para se divertir nesta cidade? Restaurantes? Boates? Esse tipo de coisa? — Sorriu de novo, e eu me perguntei se ele realmente precisava de atenção como fazia crer: não havia nada sinistro por trás de seu interesse, apenas uma aparente necessidade de *conversar*.

— Bem, todas essas coisas, acho. Eu realmente não vou a boates, mas a bares e restaurantes. Saio para jantar, vou ao cinema.

— Bem, parece muito divertido. Eu também costumava fazer esse tipo de coisa, quando era da sua idade. Agora são só eventos de negócios e para levantar fundos. Aproveite enquanto pode, Andy. — Piscou o olho como um pai esquisitão faria.

— É, estou tentando — comentei. *Por favor, saia, por favor, saia, por favor, saia,* desejei, olhando com desejo para o bagel que só faltava gritar meu nome. Eu tinha três minutos de paz e silêncio por dia, e aquele homem os estava roubando de mim.

Ele abriu a boca para dizer alguma coisa, mas as portas se abriram e Emily entrou. Ela estava com fones de ouvido e se mexendo ao ritmo da música. Vi seu queixo cair ao vê-lo ali.

— Sr. Tomlinson! — exclamou, arrancando os fones dos ouvidos e jogando seu iPod na bolsa Gucci. — Tudo bem? Algum problema com Miranda? — Ela parecia verdadeiramente preocupada. Uma performance esplêndida: sempre a assistente perfeitamente atenta, infalível, cordial.

— Olá, Emily. Nenhum problema. Miranda vai chegar logo mais. O Sr. T. só passou para deixar suas coisas. Como vai?

Emily sorriu radiante, e me perguntei se realmente havia gostado de encontrá-lo ali.

— Bem. Muito obrigada por perguntar. E o senhor? Andrea o ajudou com tudo?

— Ah, claro que ajudou — disse ele, lançando o seu sorriso número 6 mil na minha direção. — Queria repassar alguns detalhes da festa de noivado do meu irmão, mas acho que ainda é um pouco cedo para isso, certo?

Por um momento, pensei que ele tinha dito cedo em termos de horário, e quase gritei "Sim!", mas então percebi que ele se referia a cedo em relação ao planejamento.

Ele se virou para Emily e disse:

— Você conseguiu uma assistente júnior e tanto, não acha?

— Sim — disse Emily, embora entre dentes. — Ela é a melhor. — Abriu um enorme sorriso.

Eu também.

O Sr. Tomlinson abriu um enorme sorriso com uma voltagem extra, e me perguntei se ele não sofreria de um desequilíbrio químico, talvez hipomania.

— Bem, é melhor o Sr. T. ir embora. É sempre adorável conversar com vocês, garotas. Tenham uma boa manhã. Até logo.

— Tchau, Sr. Tomlinson! — gritou Emily quando ele dobrou o corredor a caminho da recepção. — Por que foi tão rude com ele? — perguntou ela, tirando um leve blazer de couro, revelando uma blusa de chiffon, com decote redondo, mais leve ainda, toda amarrada na frente como um espartilho.

— Tão rude? Eu o ajudei com as coisas que trouxe e conversei com ele até você chegar. Isso é ser rude?

— Bem, você não se despediu, para começo de conversa. E ficou com essa cara.

— Essa cara?

— Sim, essa cara que você faz. A que deixa óbvio como você está acima disso tudo, quanto odeia a *Runway*. Isso pode até colar comigo, mas não com o Sr. Tomlinson. Ele é o *marido* de Miranda, e não pode tratá-lo assim.

— Em, você não acha que ele é um pouco, sei lá... esquisito? Não para de falar. Como pode ser tão simpático quando ela é uma... não tão simpática? — Eu a observei passar os olhos pela sala de Miranda para ver se eu tinha disposto os jornais corretamente.

— Esquisito? Dificilmente, Andrea. Ele é um dos advogados mais importantes de Manhattan.

Não valia a pena a discussão.

— Não importa, nem sei o que estou dizendo. E você, como vai? Como foi a sua noite?

— Ah, foi boa. Fui fazer compras com Jessica, presentes para as suas madrinhas de casamento. Fomos a vários lugares: Scoop, Bergdor, Infinity. E experimentei um monte de coisas pensando em Paris, mas ainda é cedo demais.

— Paris? Você vai a Paris? Isso quer dizer que vai me deixar sozinha com ela? — Não havia sido minha intenção falar a última parte em voz alta, mas escapou.

De novo, ela me olhou como se eu fosse louca.

— Sim, irei a Paris com Miranda, em outubro, para os desfiles das coleções primavera prêt-à-porter. Todo ano, ela leva sua assistente sênior aos desfiles, para que veja como são. Quero dizer, eu já estive em milhões em Bryant Park, mas os desfiles europeus são diferentes.

Fiz um cálculo rápido.

— Em outubro. Daqui a sete meses? Está experimentando roupas para uma viagem daqui a sete meses? — Não tive a intenção de soar tão ríspida, e Emily, imediatamente, se pôs na defensiva.

— Sim, bem, quero dizer, obviamente não vou comprar nada. Muitos estilos terão mudado até lá. Mas só quis começar a pensar no assunto. É realmente uma grande viagem, sabe? Ficar em hotéis cinco estrelas, ir às festas mais incríveis. E, meu Deus, verei os desfiles de moda mais badalados, mais exclusivos que existem.

Emily já tinha me dito que Miranda ia à Europa três ou quatro vezes por ano, para assistir a desfiles de moda. Ela sempre pulava Londres, como todo mundo, mas ia a Milão e Paris em outubro para as coleções de primavera do prêt-à-porter, em julho, para a coleção de inverno da alta-costura, e em março para as coleções de outono do prêt-à-porter. Às vezes, ela via as coleções resort, mas nem sempre. Tínhamos trabalhado como loucas a fim de preparar Miranda para os desfiles do fim do mês. Pensei, por um instante, por que ela não planejava levar uma assistente.

— Por que não a leva para todos? — Decidi arriscar, embora a resposta certamente acarretasse uma explicação extensa. Eu estava muito animada com o fato de Miranda ficar fora da redação por duas semanas inteiras (passava uma em Milão e uma em Paris) e inebriada com a ideia de me livrar de Emily por uma semana. Imagens de cheeseburgers com bacon, jeans rasgados nada adequados à redação e sapatos baixos, ah, Deus, talvez até tênis, encheram minha cabeça. — Por que só em outubro?

— Bem, não que ela não precise de ajuda nos outros lugares. As *Runways* francesa e italiana sempre mandam algumas de suas assistentes para Miranda, e, na maior parte do tempo, os próprios editores a ajudam. Mas é no prêt-à-porter da primavera que ela organiza uma festa imensa, a festa anual de lançamento, que todo mundo diz que é a maior e a melhor de toda a temporada de desfiles. Só vou para a semana em que ela estará em Paris. Então, obviamente, ela só confia em mim para ajudá-la por lá. — Obviamente.

— Humm, parece incrível. Então, quer dizer que eu ficarei no controle das coisas aqui?

— Sim, na maior parte do tempo. Mas não pense que será moleza. Provavelmente será a semana mais difícil de todas, porque ela precisa de muita assistência quando está fora. Ela vai ligar muito para você.

— Ah, que ótimo — ironizei. Ela revirou os olhos.

Dormi com os olhos abertos, encarando a tela em branco do computador, até a redação começar a encher e haver outras pessoas a quem observar. Às 10h, chegaram as primeiras claque-claques. Bebericavam silenciosamente os lattes com leite desnatado, sem chantilly, para cuidar da ressaca de champanhe da noite anterior. James passou pela minha mesa, como fazia sempre que via que Miranda não estava, e proclamou que tinha conhecido o seu futuro marido no Balthazar, na noite anterior.

— Ele estava sentado ao balcão, usando a jaqueta de couro vermelha mais maravilhosa que já vi. E vou dizer uma coisa: ficava ótima nele. Devia vê-lo deslizar aquelas ostras na língua... — Gemeu bem alto. — Ah, foi simplesmente magnífico.

— E então, ficou com o seu telefone? — perguntei.

— Com o telefone? Fiquei com sua calça. Ele estava com o traseiro nu no meu sofá às 23h, e, céus, vou dizer uma coisa...

— Adorável, James. Adorável. Não precisou fingir indiferença, não foi? Parece um pouco devasso da sua parte, para ser franca. Estamos na era da Aids, sabia?

— Querida, até você, a Srta. Toda Poderosa Namoro-o-Último-Anjo-do-Mundo, até mesmo você ficaria de joelhos sem pensar duas vezes se visse o cara. Ele é simplesmente incrível. Incrível!

Por volta das 11h, todo mundo já tinha checado todo mundo, reparando em quem havia conseguido a nova calça "Max" da Theory ou a última impossível-de-encontrar da Seven. Uma pausa ao meio-dia, quando a conversa se concentrava em peças de roupas e, geralmente, acontecia do lado das araras alinhadas ao longo das paredes. Toda manhã, Jeffy trazia as araras de vestidos, maiôs, calças, blusas, casacos e sapatos, enfim tudo o que fora pedido como item potencial a ser fotografado para um dos editoriais de moda. Ele alinhava as araras contra a parede, dispondo-as por todo o andar, de modo que os editores pudessem encontrar o que precisavam sem ter de procurar no Closet.

O Closet não era, de fato, um closet. Era mais um pequeno auditório. Em toda a sua extensão havia paredes de sapatos de todos os tamanhos, cores e estilos, uma espécie de fantástica fábrica de chocolate para fashionistas, com dezenas de slingbacks, stilettos, sapatilhas, botas de salto alto, sandálias, saltos com contas. Gavetas empilhadas, algumas embutidas, outras pelos cantos, continham todas as configurações concebíveis de meias-calças, meias, sutiãs, calcinhas, combinações, corpetes e espartilhos. Precisa na última hora de um push-up de estampa de leopardo La Perla? Veja no Closet. Que tal uma meia arrastão bege ou óculos tipo aviador da Dior? No Closet. As prateleiras e gavetas de acessórios ocupavam as duas paredes mais distantes, e a quantidade de mercadorias, sem falar no seu valor, era assombrosa. Canetas-tinteiro. Joias. Roupas de cama. Cachecóis, luvas e gorros. Pijamas. Capas. Xales. Material de papelaria. Flores de seda. Chapéus, muitos chapéus. E bolsas. As bolsas! Havia bolsas totes, bowling, mochilas, baguetes, transversais minis, *oversizeds, clutches,* envelopes e carteiro, cada uma com uma etiqueta exclusiva e um preço maior que o valor mensal da hipoteca do americano comum. Então, havia araras e araras de roupas — tão juntas que era impossível passar entre elas —, que ocupavam cada centímetro do espaço restante.

Durante o dia, Jeffy tentava tornar o Closet um espaço semiutilizável, onde as modelos (e assistentes como eu) pudessem experimentar roupas e conseguissem pegar os sapatos e bolsas nos fundos, empurrando todas as araras para os corredores. Ainda estava para ver um único visitante — escritor, namorado, office boy ou estilista — não parar pasmo diante dos corredores repletos de alta-costura. Às vezes, as araras eram dispostas por sessão fotográfica (Sydney, Santa Bárbara), outras por item (biquínis, tailleurs), mas, em geral, pareciam simplesmente uma miscelânea casual de *coisas realmente caras*. E apesar de todo mundo parar, olhar e tocar os cashmeres macios e os vestidos longos com bordados intricados, eram as claque-claques que rondavam, possessivamente, "suas" roupas e faziam comentários constantes sobre cada peça.

— Maggie Rizer é a única mulher no *mundo* que pode realmente usar essa Capri — declarou com um suspiro Hope, uma das assistentes de moda, com colossais 48 quilos distribuídos por 1,85m, do lado de fora da nossa sala, segurando uma calça na frente das próprias pernas. — Fariam minha bunda parecer mais gigantesca do que já é.

— Andrea — chamou sua amiga, uma garota que eu não conhecia muito bem e que trabalhava com os acessórios —, por favor, diga a Hope que ela não está gorda.

— Você não está gorda — repeti, minha boca no piloto automático. Muitas horas minhas seriam poupadas se eu usasse uma camisa com essas palavras impressas, ou tivesse a frase tatuada na testa. Eu era constantemente chamada para assegurar a várias funcionárias da *Runway* de que não estavam gordas.

— Ah, meu Deus, está vendo a minha barriga? Pareço uma maldita loja da Firestone, pneus para todo lado. Estou enorme! — A gordura estava na cabeça de todo mundo, e não em seus corpos. Emily jurava que as suas coxas tinham "uma circunferência maior do que a de uma sequoia-gigante". Jessica acreditava que seus "braços flácidos" eram como os de Roseanne Barr. Até mesmo James se queixou de que a sua bunda tinha parecido tão grande de manhã, quando saiu do chuveiro, que havia cogitado não ir naquele dia, declarando que estava "gordo demais para trabalhar".

No começo, respondia à miríade de perguntas sobre peso com o que eu considerava argumentos extremamente racionais.

— Se você está gorda, Hope, o que diz de mim? Sou cinco centímetros mais baixa do que você e peso mais.

— Ah, Andy, fala sério. *Eu* sou gorda. *Você* é magra e linda!

Naturalmente achei que ela estivesse mentindo, mas logo percebi que Hope — assim como com todas as outras garotas anorexicamente magras da redação, e a maior parte dos rapazes — era capaz de avaliar com exatidão o peso de outras pessoas. Só quando chegava a hora de se olhar no espelho é que via, genuinamente, um gnu refletido.

É evidente que, por mais que eu tentasse me manter afastada da polêmica, me lembrar que eu era normal e elas, não, os comentários constantes sobre gordura tinham deixado uma marca. Estava trabalhando na revista havia somente quatro meses, mas a minha percepção havia se tornado distorcida — até paranoica — a ponto de, às vezes, achar que aqueles comentários eram dirigidos intencionalmente a mim. Por exemplo: eu, a assistente de moda alta, linda e esbelta, estou fingindo me achar gorda para que você, a assistente pessoal rechonchuda e atarracada se dê conta de que é gorda. Com 1,78m e 52 quilos (o mesmo peso de quando o meu corpo foi torturado pelos parasitas), sempre me considerei magra, em relação às garotas da minha idade. Até então, tinha passado a vida me sentindo mais alta do que 90 por cento das mulheres que eu conhecia, e, pelo menos, metade dos rapazes. Só quando comecei a trabalhar naquele lugar delirante foi que percebi como era se sentir baixa e gorda o dia inteiro, todos os dias. Eu era, tranquilamente, o ogro do grupo, a mais atarracada e a mais larga, e usava tamanho 40. E se conseguisse não pensar naquilo por um instante, as conversas e fofocas diárias certamente me lembrariam.

— A Dra. Eisenberg disse que a Dieta da Zona só funciona se você renunciar solenemente às frutas também — acrescentou Jessica, que se juntou à conversa puxando uma saia Narciso Rodriguez da arara. Noiva recentemente de um dos mais jovens vice-presidentes da Goldman Sachs,

Jessica sentia a pressão da sociedade sobre o seu casamento iminente. — E ela tem razão. Perdi pelo menos mais cinco quilos desde a última prova do vestido. — Eu a perdoava por passar fome quando mal tinha gordura suficiente para funcionar normalmente, mas não podia perdoá-la por *falar* sobre o assunto. Eu não conseguia, por mais impressionantes que fossem os nomes dos médicos, ou por mais bem-sucedidos os casos relatados, dar a *mínima*.

Por volta das 13h, a redação acelerava o ritmo, pois todo mundo começava a se preparar para o almoço. Não que o ato de comer estivesse associado à hora do almoço, mas era o horário nobre para convidados. Eu observava preguiçosamente como o grande número de estilistas, colaboradores, freelancers, amigos e amantes passavam para se deleitar e, em geral, se banhar no glamour que naturalmente acompanhava centenas de milhares de dólares de roupas, dezenas de rostos deslumbrantes, e o que parecia um número ilimitado de pernas muito, muito, muito longas.

Jeffy se aproximou de mim assim que confirmou que Miranda e Emily tinham saído para almoçar e me deu duas sacolas de compras enormes.

— Tome, dê uma olhada. Deve ser um bom começo.

Despejei o conteúdo de uma sacola no chão, do lado da minha mesa, e comecei a separar. Havia calças Joseph nas cores camelo e cinza-escuro, ambas compridas e justas e de cintura baixa, feitas de uma lã incrivelmente macia. Uma calça de camurça Gucci marrom capaz de transformar qualquer cafona em uma supermodelo, e dois jeans Marc Jacobs, desbotados com perfeição, que pareciam cortados para o meu corpo. Havia oito ou nove opções de tops, de um suéter canelado bem justo, gola rolê, da Calvin Klein, até uma pequenina bata completamente transparente da Donna Karan. Um maravilhoso vestido transpassado estampado Diane Von Furstenberg perfeitamente dobrado sobre um terninho Tahari de veludo azul-marinho. Vi e me apaixonei imediatamente por uma saia de denim com pregas Habitual, que caía bem acima dos joelhos e parecia perfeita com o blazer Katayone Adeli de estampa floral, definitivamente estiloso.

— Estas roupas... são todas para mim? — perguntei, querendo soar empolgada, não ofendida.

— Sim, e não é nada. Só algumas coisinhas que estavam no Closet há muito tempo. Devemos ter usado algumas peças em sessões de fotos, mas nunca retornaram às grifes. De tempos em tempos, eu limpo o Closet e distribuo essas coisas, e pensei que você, bem, que talvez estivesse interessada. Você veste 40, não é?

Fiz que sim com a cabeça, ainda pasma.

— Sim, eu tinha certeza. A maioria delas veste tamanho 36 ou menor, por isso você pode ficar com tudo.

Ai, aquilo doeu.

— Fantástico. É fantástico, Jeffy, não sei como agradecer. É tão incrível!

— Veja a segunda sacola — disse ele, apontando para o chão. — Não acha que vai poder usar esse terninho de veludo com essa bolsa carteiro que você não larga, acha?

A segunda, ainda mais cheia, continha vários sapatos, bolsas e dois casacos. Havia dois pares de botas Jimmy Choo de salto alto — uma de cano curto e outra de cano longo —, dois peep toes Manolo, um par dos clássicos escarpins Prada pretos, e um par de mocassins Tod's, que Jeffy imediatamente me lembrou de nunca usar na redação. Pendurei uma bolsa vermelha de camurça no ombro e logo vi os dois "C" entrelaçados na frente, mas não era tão linda quanto a tote de couro chocolate da Celine que pus no outro braço. Um trench coat, no estilo militar, com os típicos botões enormes da Marc Jacobs arrematava tudo.

— Você está brincando — comentei baixinho, afagando os óculos escuros da Dior que ele jogara ali dentro, como se tivesse em um rompante. — Só pode estar brincando.

Ele pareceu satisfeito com a minha reação e baixou a cabeça.

— Só me faça o favor de usar tudo, ok? E não conte a ninguém que eu te dei essas coisas em primeira mão. As garotas vivem para as limpezas do Closet, entendeu? — Ele saiu rápido da sala quando ouvimos a voz de Emily chamar alguém no corredor, e empurrei minhas coisas para debaixo da mesa.

Emily voltou da cantina com o seu almoço de sempre: smoothie de frutas natural e uma embalagem pequena para viagem com alface, bró-colis e vinagre balsâmico. Não era vinagrete. Vinagre. Miranda chegaria a qualquer minuto — Uri tinha acabado de ligar para dizer que a estava deixando —, portanto eu não tinha os meus sete minutos preciosos para ir direto à mesa de sopa e tragá-la na minha mesa. Os minutos se passavam e eu estava morrendo de fome, mas não tinha energia para me desviar das claque-claques e ser julgada pela caixa, e me perguntei se não estaria me causando um mal permanente ao engolir uma sopa fervendo (e gordurosa!) tão depressa que sentia o calor escaldando meu esôfago. *Não vale a pena,* pensei. *Pular uma refeição não vai te matar,* disse a mim mesma. *De fato, segundo todos os seus colegas de trabalho sadios e estáveis, só te fará mais forte. E, além disso, calças de 2 mil dólares não ficam tão atraentes em garotas que se empanturram,* refleti. Eu me afundei na cadeira e pensei em como acabara de representar tão bem a revista *Runway*.

11

O celular esganiçou em algum lugar no fundo do meu sonho, mas a consciência se impôs e me perguntei se seria ela. Depois de um processo de orientação espantosamente rápido — *Onde estou? Quem é "ela"? Que dia é hoje?* —, me dei conta de que o telefone tocar às 8h de um sábado não era um bom presságio. Nenhum dos meus amigos acordaria tão cedo, e, depois de anos sendo ignorados, meus pais aceitaram, de má vontade, que eu só atenderia depois do meio-dia. Nos sete segundos que levei para me dar conta de tudo aquilo, também fiquei pensando numa boa razão para atender a ligação. As razões que Emily havia dado em meu primeiro dia de trabalho me voltaram à mente, então desvencilhei o braço do conforto das cobertas. Consegui atender o celular logo antes que parasse de tocar.

— Alô? — Fiquei orgulhosa por minha voz soar forte e nítida, como se eu tivesse passado as últimas horas trabalhando duro em algo respeitável, e não desfalecido em um sono tão profundo, tão intenso, que possivelmente não indicaria coisas boas em relação à minha saúde.

— Bom dia, querida! Que bom que está acordada. Só quero dizer que estamos na altura da 60 e pouco com a Terceira, então, estarei aí em mais ou menos dez minutos, ok? — A voz da minha mãe retumbou pela linha. Dia da mudança! Era o dia da mudança! Tinha me esquecido completamente de que meus pais haviam concordado em me ajudar a empacotar as coisas e levá-las ao novo apartamento que Lily e eu havíamos alugado. Levaríamos as caixas com roupas, CDs e álbuns de fotos, enquanto a empresa de mudança transportaria a minha enorme cama.

— Ah, oi, mãe — resmunguei, falando com minha voz cansada. — Pensei que fosse Miranda.

— Não, hoje vai ter uma folga. Enfim, onde estacionamos? Há algum estacionamento por perto?

— Sim, debaixo do meu prédio, entrem pela Terceira. Deem o número do apartamento e terão um desconto. Tenho de me vestir. Até já.

— Ok, querida. Espero que esteja pronta para trabalhar hoje!

Caí de volta no travesseiro, considerando minhas chances de voltar a dormir. Eles realmente pareciam impiedosos, considerando que tinham vindo de Connecticut para me ajudar a me mudar. Naquele momento, o despertador estrilou a sua música de sempre. Arrá! Então eu tinha lembrado que hoje era o dia da mudança. O lembrete de que eu não estava ficando completamente louca foi um pequeno conforto.

Sair da cama foi, talvez, ainda mais difícil do que nos outros dias, embora algumas horas mais tarde. Meu corpo tinha brevemente se iludido, achando que iria sair do atraso, determinado a reduzir a infame "dívida de sono" que aprendemos em Psicologia Básica, quando o tirei à força da cama. Havia uma pilha de roupas que eu havia deixado dobradas fora do armário, as únicas coisas, além da escova de dentes, que eu ainda não empacotara. Vesti a calça de corrida Adidas azul, o blusão de moletom marrom com capuz, e o tênis cinza sujo New Balance, que tinham me acompanhado pelo mundo. Nem um segundo depois de eu bochechar com o restinho de Listerine, a campainha tocou.

— Oi, já vou abrir, só um segundo.

Bateram à minha porta dois minutos depois, e, em vez de meus pais, ali estava um Alex com aparência amarrotada. Estava o máximo, como sempre. Seu jeans desbotado baixo, caindo sobre quadris inexistentes, e camiseta de manga comprida azul-marinho, justa na medida certa. Os óculos minúsculos de armação de metal, que só usava quando não tolerava as lentes de contato, enfeitavam os olhos vermelhos, e seu cabelo estava desgrenhado. Não consegui deixar de abraçá-lo ali mesmo. Não o via desde o domingo anterior, quando nos encontramos para um rápido café no meio da tarde. Tínhamos pretendido passar o dia inteiro e a noite juntos, mas Miranda tinha precisado de uma babá de emergência para Cassidy, para que pudesse levar Caroline ao médico, e eu tinha sido recrutada. Voltei para casa tarde demais para passar um tempo com ele, e, recentemente, tinha parado de acampar na minha cama só para ficar um pouco comigo, o que eu entendia. Quisera ficar na noite passada, mas eu ainda estava na fase de fingir para os pais: embora todas as partes envolvidas soubessem que Alex e eu dormíamos juntos, nada podia ser feito, dito ou sugerido para confirmá-lo. E assim, eu não queria que ele estivesse ali quando meus pais chegassem.

— Oi, gata. Achei que talvez precisassem de ajuda. — Levantou uma sacola da Bagelry que eu sabia conter bagels salgados, os meus preferidos, e alguns cafés grandes. — Seus pais já chegaram? Trouxe café para eles também.

— Achei que ia dar aulas particulares hoje — comentei, assim que Shanti saiu de seu quarto vestindo um terninho preto. Baixou a cabeça ao passar por nós e resmungou alguma coisa sobre trabalhar o dia todo, então se foi. A gente se falava tão raramente que me perguntei se ela teria percebido que era o meu último dia no apartamento.

— E ia, mas liguei para os pais das duas meninas e todos concordaram em transferir a aula para amanhã de manhã, portanto, sou todo seu!

— Andy! Alex! — Meu pai apareceu à porta, atrás de Alex, radiante, como se aquela fosse a melhor manhã do mundo. Minha mãe parecia tão desperta que me perguntei se não estaria drogada. Fiz um rápido exame da situação e imaginei que eles iriam supor de imediato que Alex acabara de chegar, já que ele ainda estava de sapatos e carregava uma sacola de comida obviamente comprada havia pouco. Além disso, a porta continuava aberta. Ufa.

— Andy disse que hoje você não poderia vir — disse meu pai, colocando o que parecia ser uma sacola de bagels, também salgados, sem dúvida, e cafés em cima da mesa da sala. Evitou deliberadamente o encarar. — Você está chegando ou saindo?

Sorri e olhei para Alex, esperando que não se arrependesse de ter chegado tão cedo.

— Ah, acabei de chegar aqui, Dr. Sachs — disse Alex, resoluto. — Remarquei as aulas particulares, porque achei que precisariam de mais um par de braços.

— Ótimo. Isso é ótimo. Tenho certeza de que será uma grande ajuda. Tome, sirva-se de bagels. Alex, desculpe, mas só trouxemos três cafés, não sabíamos que estaria aqui. — Meu pai parecia sinceramente chateado, o que foi comovente. Eu sabia que ele ainda tinha problemas em relação à sua filha caçula ter namorado, mas fazia o possível para não demonstrar.

— Não se preocupe, Dr. S. Também trouxe algumas coisas, por isso acho que vai dar para todo mundo. — E meu pai e meu namorado se sentaram no futon juntos, sem o menor sinal de constrangimento, e dividiram o café da manhã.

Peguei bagels salgados na sacola dos dois e pensei em como seria divertido voltar a morar com Lily. Estávamos fora da universidade fazia quase um ano. Tentávamos falar no mínimo uma vez por dia, mas ainda era como se mal nos víssemos. Agora, iríamos chegar em casa e reclamar do nosso dia infernal, exatamente como nos velhos tempos. Alex e meu pai conversaram sobre esportes (basquete, acho) enquanto minha mãe e eu etiquetávamos as coisas no meu quarto. Não havia muita coisa: apenas algumas caixas de roupa de cama e travesseiros, outra de álbuns de fotografias e itens sortidos de papelaria (embora eu não tivesse mesa), um pouco de maquiagem e artigos de higiene, e um bando de sacolas cheias de roupas que não combinavam com a *Runway*. Mal justificavam as etiquetas; falou a assistente em mim.

— Vamos andando — gritou meu pai, da sala.

— Shhh! Vai acordar Kendra — sussurrei. — São só 9h de sábado, sabe.

Alex sacudiu a cabeça.

— Não a viu sair com Shanti? Pelo menos, acho que era ela. Tinham definitivamente duas delas, usando terninhos pretos e parecendo infelizes. Dá uma olhada no quarto.

A porta para o quarto que conseguiam dividir com uma cama beliche estava parcialmente aberta, e a empurrei um pouco. As duas camas estavam meticulosamente feitas, travesseiros afofados e cachorros de pelúcia Gund combinando, um sobre cada cama. Só então me dei conta de que nunca havia entrado no quarto das duas — nos poucos meses em que morei com as garotas, não tivemos uma conversa de mais de trinta segundos —, percebi que não sabia exatamente o que faziam, aonde iam, ou se tinham amigos além de uma à outra. Estava feliz por partir.

Alex e meu pai tinham limpado os restos de comida e estavam tentando elaborar um plano de ação.

— Tem razão, as duas saíram. Acho até que não sabem que estou indo embora hoje.

— Talvez devesse deixar um bilhete — sugeriu minha mãe. — Podia deixar no tabuleiro de Scrabble. — Eu tinha herdado o vício de meu pai, que tinha a teoria de que cada casa nova exigia um novo tabuleiro, por isso estava deixando o outro.

Passei os últimos cinco minutos no apartamento compondo com as pedrinhas: "Obrigada por tudo e boa sorte bjs Andrea." Cinquenta e dois pontos. Nada mau.

Levamos uma hora para pôr tudo nos dois carros. Na verdade, não fiz mais do que escorar a porta da rua e tomar conta dos carros enquanto iam e vinham. Os contratados para levar a cama, cobrando mais do que o preço real do trabalho, estavam atrasados, portanto meu pai e Alex partiram para o Baixo Manhattan. Lily tinha encontrado o novo apartamento em um anúncio no *Village Voice*, e eu ainda não o vira. Ela havia ligado para mim no trabalho, no meio do dia, aos berros.

— Achei! Achei! É perfeito! Tem um banheiro com água corrente, piso de madeira só um pouquinho empenado, e estou aqui há quatro minutos e não vi um único rato nem barata. Pode vir até aqui agora?

— Surtou? — sussurrei. — *Ela* está na sala, o que significa que não posso ir a lugar algum.

— Você tem de vir *imediatamente*. Sabe como é. Estou com a papelada e tudo o mais.

— Lily, por favor, seja razoável. Não posso deixar a redação, nem que eu precise de um transplante de coração de emergência, sem ser demitida. Como posso ver um apartamento?

— Bem, ele não vai estar livre daqui a trinta segundos. Há, pelo menos, 25 pessoas aqui, e todas estão preenchendo as fichas. Preciso fazer a oferta agora.

No mundo obsceno do mercado imobiliário de Manhattan, apartamentos semi-habitáveis eram mais raros — e mais desejáveis — do que caras heterossexuais seminormais. Se acrescentamos semiacessível à mistura, se tornam mais difíceis de alugar do que uma ilha particular na costa sudeste da África. Provavelmente mais ainda. Não importa que a maioria medisse menos de 90 metros quadrados de sujeira e madeira apodrecida, paredes esburacadas e eletrodomésticos pré-históricos. Sem baratas? Sem ratos? Um achado!

— Lily, confio em você, vá em frente. Pode me mandar um e-mail descrevendo o apartamento? — Estava tentando desligar o mais rápido possível, já que Miranda deveria chegar do departamento de arte a qualquer segundo. Se ela me visse em uma ligação pessoal, eu estava ferrada.

— Bem, tenho cópias do seu contracheque, que, a propósito, é uma merda... E consegui as declarações dos nossos bancos e a impressão do histórico dos nossos extratos e a carta do seu empregador. O único problema é o fiador. Tem de ser residente no estado, ou em estados vizinhos, e ganhar mais de quarenta vezes o aluguel mensal, e a minha avó com certeza não ganha 100 mil dólares. Seus pais podem assinar para nós?

— Meu Deus, Lil, não sei. Não perguntei a eles, e não posso ligar agora. Você liga.

— Certo. Eles ganham o suficiente, não?

Eu não tinha certeza, mas a quem mais eu poderia pedir?

— Ligue para eles — mandei. — Explique sobre Miranda. Diga que lamento não ligar eu mesma.

— Farei isso — disse ela. — Mas deixe antes eu me certificar de que teremos o apartamento. Ligo depois — avisou, desligando. O telefone soou de novo vinte segundos depois, e vi o número do seu celular no identificador de chamadas. Emily tornou a levantar os olhos com aquela expressão típica de quando me via conversar de novo com uma amiga. Peguei o telefone, mas olhei para Emily.

— É importante — falei baixinho. — A minha melhor amiga está tentando alugar um apartamento para mim, por telefone, porque não posso sair para uma maldita...

Três vozes me atacaram ao mesmo tempo. A de Emily parecia controlada e calma, e tinha um tom de alerta.

— Andrea, por favor — começou no mesmo instante em que Lily falava empolgada.

— Eles vão aceitar, Andy, eles vão aceitar! Está me ouvindo? — Embora as duas obviamente falassem comigo, eu não ouvia a nenhuma delas. A única voz que me alcançou em alto e bom som foi a de Miranda.

— Está com algum problema, Ahn-dre-ah? — Incrível, ela disse o meu nome. Ela estava me rondando, parecendo pronta para atacar.

Desliguei imediatamente, torcendo para que Lily entendesse, e me preparei para o massacre.

— Não, Miranda, nenhum problema.

— Ótimo. Então, eu gostaria de um sundae, e gostaria de poder comê-lo antes que derreta. Sorvete de baunilha, não iogurte, não leite gelado, e nada "sem açúcar" ou com "baixo teor de gordura", e calda de chocolate e chantilly autêntico. Não enlatado, entendeu? O autêntico. É isso. — Ela voltou com determinação ao departamento de arte, me deixando com a nítida impressão de que tinha aparecido só para checar o que eu estava fazendo. Emily sorriu com arrogância. O telefone tocou. Lily de novo. Droga, será que não podia passar um e-mail? Peguei o fone e o pus contra o ouvido, mas não disse nada.

— Ok, sei que não pode falar, por isso eu falo. Seus pais serão os fiadores, o que é ótimo. O apartamento é um grande quarto e sala, e, quando levantarmos uma parede na sala, ainda vai ter espaço para um sofá de dois lugares *e* uma cadeira. O banheiro não tem banheira, mas o chuveiro parece ok. Não tem lava-louças, óbvio, e nenhum ar-condicionado, mas podemos instalar aqueles de janela. Lavanderia no subsolo, porteiro meio expediente, a uma quadra do metrô 6. E mais: uma varanda!

Devo ter deixado escapar um suspiro, porque ela ficou ainda mais empolgada.

— Sim! Uma loucura, certo? Parece que vai despencar da lateral do prédio, mas está lá! E tem lugar para nós duas fumarmos um cigarro, e, ah, é simplesmente perfeita!

— Quanto? — sussurrei, determinada que aquela fosse a última palavra a sair da minha boca.

— Nosso pelo total de 2.280 dólares por mês. Acredita que teremos uma sacada por 1.140 dólares cada uma? O apartamento é o achado do século. Posso fechar negócio?

Fiquei calada. Queria falar, mas Miranda estava voltando para a sua sala, repreendendo a coordenadora de eventos na frente de todo mundo. Ela estava de péssimo humor e meu dia já havia sido bastante difícil. A garota que Miranda estava insultando tinha abaixado a cabeça de vergonha, as bochechas vermelhas, e rezei que, para o seu próprio bem, não chorasse.

— Andy! Isso é ridículo. Diga apenas sim ou não! Já foi ruim o bastante eu ter matado aula hoje, e você não pode nem deixar o trabalho para ver o apartamento, mas nem mesmo se dar o trabalho de dizer sim ou não? O que eu... — Lily tinha chegado ao seu limite e eu entendia perfeitamente, mas não havia nada que eu pudesse fazer, a não ser desligar. Ela estava gritando tão alto que ecoava pela sala silenciosa, Miranda parada a menos de 1,5m. Eu me sentia tão frustrada que tive vontade de chamar a coordenadora de eventos para ir até o banheiro feminino e chorar com ela. Ou talvez, se agíssemos juntas, pudéssemos jogar Miranda em um dos reservados e apertar a echarpe Hermès em volta do seu pescoço magro. Eu a imobilizaria ou esganaria? Talvez fosse mais eficaz simplesmente jogar a maldita coisa por sua goela abaixo e observá-la ficar sufocar e...

— Ahn-dre-ah! — Sua voz soou áspera e dura. — O que lhe pedi há apenas cinco minutos? — Merda! O sundae. Tinha me esquecido do sundae. — Há alguma razão particular para você continuar sentada aí em vez de fazer seu trabalho? Achou que era brincadeira? Fiz ou disse alguma coisa que indicasse que eu não estava falando sério? Fiz? Disse? — Seus olhos azuis pareciam esbugalhados, e embora ainda não tivesse elevado totalmente a voz, é claro, estava bem perto. Abri a boca para retrucar, mas Emily foi mais rápida.

— Miranda, desculpe. A culpa foi minha. Pedi a Andrea que atendesse o telefone porque achei que poderia ser Caroline ou Cassidy, e eu estava na outra linha, encomendando a blusa Prada que você queria. Andrea estava de saída. Desculpe, não vai acontecer de novo.

Milagre dos milagres! A Perfeitinha tinha me defendido.

Miranda pareceu, momentaneamente, apaziguada.

— Está bem, então. Vá buscar o meu sundae agora, Andrea. — E entrou na sua sala, pegou o telefone e começou imediatamente a conversar baixinho com C-SEM.

Olhei para Emily, mas ela fingia trabalhar. Então mandei um e-mail com duas palavras. *Por quê?* Escrevi.

Porque não tinha certeza de que ela não ia demiti-la, e não estou nem um pouco a fim de treinar mais alguém, respondeu no mesmo instante. Parti em busca do sundae perfeito e liguei para Lily do meu celular assim que o elevador chegou ao térreo.

— Desculpe, sinto muito mesmo. É que...

— Ouça, não tenho tempo para isso — disse Lily, sem emoção. — Acho que está exagerando um pouco. Quero dizer, não pode nem mesmo dizer sim ou não ao telefone?

— É difícil explicar, Lil, é que...

— Esqueça. Tenho de correr. Ligo se conseguirmos o apartamento. Não que você realmente se importe.

Tentei protestar, mas ela desligou. Droga! Não era justo esperar que Lily entendesse quando eu mesma me acharia ridícula quatro meses antes. Não era justo que ela corresse toda a Manhattan atrás de um apartamento para dividirmos, quando eu nem mesmo podia atender seus telefonemas, mas que outra escolha eu tinha?

Quando atendeu uma das minhas ligações logo depois da meia-noite, me disse que havíamos conseguido o apartamento.

— Isso é incrível, Lil. Não sei como agradecer. Juro que vou te compensar, prometo! — Então, tive uma ideia. Ser espontânea! Chamar um carro da Elias e ir ao Harlem agradecer à minha melhor amiga pessoalmente. Sim, era isso! — Lil, está em casa? Estou chegando para celebrarmos, ok?

Achei que ela ficaria empolgada, mas ficou em silêncio.

— Não se incomode — disse calmamente. — Comprei uma garrafa de So-Co, e Garoto Piercing na Língua está aqui. Tenho tudo o que quero.

Aquilo doeu, mas entendi. Lily raramente ficava irritada, mas, quando acontecia, ninguém conseguia argumentar com ela até que estivesse bem e disposta. Escutei um líquido sendo derramado no copo e gelo tilintando, e a ouvi dar um longo gole.

— Ok. Mas ligue se precisar de alguma coisa, está bem?

— Por quê? Para que você fique calada do outro lado? Não, obrigada.

— Lil...

— Não se preocupe comigo. Estou bem. — Outro gole. — Falarei com você mais tarde. E parabéns a nós.

— Sim, parabéns a nós — repeti, mas ela já tinha desligado, mais uma vez.

Eu havia ligado para o celular de Alex para perguntar se podia ir ao seu apartamento, mas ele não pareceu tão deliciado em me ouvir quanto eu esperava.

— Andy, você sabe que adoro te ver, mas saí com Max e uns amigos. Você nunca está livre durante a semana, por isso combinei de encontrá-los hoje à noite.

— Bem, onde vocês estão, no Brooklyn ou perto daqui? Posso ir encontrá-los? — perguntei, sabendo que evidentemente estavam no Upper East Side, provavelmente bem perto de mim, porque era onde todos os outros rapazes também moravam.

— Ouça, qualquer outra noite vai ser bom demais, mas hoje, com certeza, é a noitada dos meninos.

— Ah, claro. Eu ia ver Lily para celebrar o novo apartamento, mas nós, bem, meio que brigamos. Ela não entende por que não posso falar no trabalho.

— Bem, Andy, tenho de admitir que eu também, às vezes, não entendo direito. Quero dizer, sei que Miranda é uma mulher durona, pode ter certeza de que sei, mas parece que você leva tudo muito a sério quando tem a ver com ela, entende? — Ele parecia estar se esforçando ao máximo para manter o tom conciliador e sensato.

— Talvez seja porque eu leve a sério! — repliquei, furiosa com ele por não querer me ver, por não me implorar para sair com seus amigos, e por tomar o partido de Lily, embora ela tivesse certa razão... e ele também. — É a minha vida, sabe? Minha carreira. Meu *futuro*. O que diabos eu deveria fazer? Tratar tudo como uma piada?

— Andy, você está distorcendo minhas palavras. Sabe que não foi o que eu quis dizer.

Mas eu já estava gritando de volta, não conseguia me controlar. Primeiro Lily, e agora, Alex? Os dois, além de Miranda, o dia todo, todos os dias? Era demais e quis chorar, mas tudo o que consegui foi gritar.

— A porra de uma grande piada, hein? É o que o meu trabalho é para vocês dois! *Ah, Andy, você trabalha com moda, como pode ser difícil?* — Imitei, me odiando mais a cada segundo. — Bem, desculpe se nem todos podem ser abnegados ou candidatos a um doutorado! Desculpe se...

— Ligue quando se acalmar — falou. — Não vou escutar mais nada. — E desligou. Desligou! Esperei que ligasse de volta, mas não ligou, e quando finalmente caí no sono, quase às 3h, não tinha tido notícias de Alex nem de Lily.

Chegou o dia da mudança — uma semana inteira depois — e apesar de nenhum dos dois estar visivelmente irritado, também não pareciam exatamente os mesmos. Não tinha havido tempo para corrigir erros pessoalmente, já que estávamos no meio do fechamento de uma nova edição, mas achei que as coisas se ajeitariam quando Lily e eu mudássemos para o novo apartamento. O nosso apartamento, onde tudo voltaria a ser como antes, como quando estávamos na faculdade e a vida era muito mais tolerável.

Os homens da mudança finalmente chegaram às 11h, e levaram nove minutos para desarmar minha amada cama e jogar os pedaços na parte de trás da van. Mamãe e eu pegamos carona com eles até o meu novo edifício, onde meu pai e Alex estavam conversando com o porteiro — estranhamente, uma cópia do estilista John Galliano —, minhas caixas empilhadas contra a parede do saguão.

— Andy, que bom que chegou. O Sr. Fisher só abre o apartamento se o inquilino estiver presente — disse meu pai, com um enorme sorriso. — O que é muito inteligente de sua parte — acrescentou, piscando para o porteiro.

— Ah, Lily ainda não está aqui? Ela disse que chegaria por volta das 10h, 10h30.

— Não, não a vimos. Ligo para ela? — perguntou Alex.

— Sim, acho que sim. Por que não sobe com, eh, o Sr. Fisher, para que possamos começar a levar as coisas? Pergunte se ela precisa de ajuda.

O Sr. Fisher sorriu de uma maneira que só podia ser descrita como lasciva.

— Por favor, agora somos como uma família — disse ele, olhando para os meus peitos —, me chame de John.

Quase engasguei com o café, agora frio, que estava segurando, e me perguntei se o homem reverenciado pelo mundo por reviver a grife Dior tinha morrido sem eu saber e reencarnado como meu porteiro.

Alex concordou com a cabeça e limpou os óculos na camiseta. Eu adorava quando ele fazia aquilo.

— Vá com seus pais. Eu ligo.

Eu me perguntei se era bom ou ruim meu pai ter se tornado melhor amigo do meu porteiro (estilista), o homem que, inevitavelmente, saberia cada detalhe da minha vida. O saguão era bonito, se bem que um pouco retrô. Era de uma pedra de cor clara, e havia alguns bancos, que pareciam desconfortáveis, em frente dos elevadores e atrás do espaço para correspondência. O nosso apartamento era o número 8C e dava para o sudoeste, o que, pelo que eu sabia, era uma coisa boa. John abriu a porta com a chave mestra e recuou como um pai orgulhoso.

— Aí está — anunciou, com pompa.

Entrei primeiro, esperando me deparar com um cheiro opressivo de enxofre, ou ver alguns morcegos batendo asas pelo teto, mas parecia surpreendentemente limpo e claro. A cozinha à direita, uma faixa estreita da largura de uma pessoa, tinha piso de cerâmica branca e armários de fórmica razoavelmente brancos. A bancada era de uma espécie de imitação de granito, e havia um micro-ondas embutido em cima do fogão.

— É ótimo — disse minha mãe, abrindo a geladeira. — Já tem fôrmas para gelo. — Os homens da mudança passaram por nós, resmungando enquanto transportavam a cama.

A cozinha dava para a sala, que já havia sido dividida em dois por uma parede provisória, para criar um segundo quarto. Aquilo deixou a sala sem nenhuma janela, mas tudo bem. O quarto era de um tamanho decente — sem dúvida maior do que o que eu acabara de vagar — e a porta de vidro de correr que se abria para a sacada formava uma das paredes. O banheiro ficava entre a sala e o quarto original, e tinha azulejos cor-de-rosa e era pintado na mesma cor. Não poderia ser mais *kitsch*. Entrei no quarto original, consideravelmente maior do que a sala, e dei uma olhada. Um armário minúsculo, um ventilador de teto e uma pequena janela empoeirada que dava diretamente para um apartamento em frente. Lily tinha escolhido aquele e eu havia concordado feliz. Ela preferia ter mais espaço, já que passava a maior parte do tempo no quarto, estudando, mas eu ficaria com a luz e o acesso à sacada.

— Obrigada, Lil — sussurrei para mim mesma, sabendo que ela não poderia escutar.

— O que disse, querida? — perguntou minha mãe, chegando por trás.

— Ah, nada. Mas Lily realmente acertou. Eu não fazia ideia do que esperar, mas é ótimo, não acha?

Ela parecia estar tentando encontrar uma maneira delicada de dizer alguma coisa.

— Sim, para Nova York está ótimo. Só é difícil imaginar pagar tanto por tão pouco. Sabe que a sua irmã e Kyle pagam somente 1.400 dólares por mês naquele condomínio, e têm ar-condicionado central, banheiros de mármore, máquinas novinhas de lavar e secar, além de lava-louças, três quartos e dois banheiros? — salientou, como se ela fosse a primeira a ter chegado àquela conclusão. Por 2.280 dólares era possível viver em uma casa de frente para a praia em Los Angeles, em um condomínio de três andares numa rua arborizada em Chicago, em um quatro quartos de vários níveis em Miami, ou um incrível castelo com fosso e tudo em Cleveland. Sim, nós sabíamos.

— E duas vagas na garagem, acesso à pista de golfe, academia de ginástica e piscina — acrescentei, prestativa. — Sim, eu sei. Mas, acredite ou não, este é um grande negócio. Acho que seremos muito felizes aqui.

Ela me abraçou.

— Também acho. Contanto que não trabalhe demais para aproveitá-lo — disse ela, gentilmente.

Meu pai entrou e abriu a bolsa de viagem que não largava, e que eu supunha conter suas roupas de squash, para a partida mais tarde. Mas ele puxou uma caixa bordô, com a inscrição "Edição Limitada!". Scrabble. A edição de colecionador em que o tabuleiro vinha montado sobre um suporte giratório e os quadrados tinham as bordas elevadas de modo que as letras não escorregassem. Nós o havíamos admirado juntos, em lojas especializadas, durante os últimos dez anos, mas não houvera nenhuma ocasião que exigisse a compra de um.

— Ah, papai, você não devia! — Eu sabia que o tabuleiro custava mais de 200 dólares. — Ah, eu adorei!

— Use-o com moderação — disse ele, me abraçando. — Ou melhor ainda, para acabar com o seu velho pai, como sei que fará. Eu me lembro de quando deixava você ganhar. Eu tinha de deixar, senão você ficava emburrada pela casa, mal-humorada a noite toda. E agora, bem, agora, o meu cérebro velho está arruinado e não poderia vencê-la por mais que tentasse. Não que eu não vá — acrescentou.

Estava para lhe dizer que tinha aprendido com o melhor, mas Alex chegou. E não parecia feliz.

— O que houve? — perguntei imediatamente, enquanto ele parecia entretido com o próprio tênis.

— Ah, nada — mentiu, com um olhar de relance na direção dos meus pais. Então me encarou com um "espere um instante" e disse: — Tome, trouxe uma caixa.

— Vamos buscar mais algumas — disse meu pai à minha mãe, se dirigindo à porta. — Talvez o Sr. Fisher tenha um carrinho ou algo parecido. Assim traríamos várias de uma vez só. Já voltamos.

Olhei para Alex e esperamos até ouvirmos a porta do elevador se abrir e fechar.

— Acabei de falar com Lily — disse ele, devagar.

— Ela continua com raiva de mim? Ela passou a semana toda muito esquisita.

— Não, não creio que seja isso.

— Então o que é?

— Bem, ela não estava em casa...

— Onde ela está? No apartamento de algum cara? Não acredito que tenha se atrasado logo no dia da mudança. — Abri uma das janelas no quarto convertido para deixar o ar frio dissipar um pouco o cheiro de tinta fresca.

— Não, na verdade, ela estava em uma delegacia no centro. — Ele olhou para os sapatos.

— Onde? Ela está bem? Ah, meu Deus! Ela foi assaltada, estuprada? Tenho de vê-la agora mesmo.

— Andy, ela está bem. Ela foi detida — disse ele calmamente, como se estivesse comunicando a um pai que seu filho não passaria de ano.

— Detida? Ela foi presa? — Tentei ficar calma, mas percebi, tarde demais, que estava gritando. Meu pai entrou, puxando um carrinho gigantesco que parecia prestes a cair com o peso das caixas empilhadas de modo irregular.

— Quem foi presa? — perguntou, distraído. — O Sr. Fisher trouxe tudo para nós.

Eu estava quebrando a cabeça para imaginar uma mentira, mas Alex interferiu antes de eu pensar em algo remotamente plausível.

— Ah, eu estava contando a Andy que vi no VH-1, ontem à noite, que uma das garotas do TLC foi presa, acusada de posse de drogas. E ela sempre pareceu uma das mais corretas...

Meu pai sacudiu a cabeça e examinou o quarto, não prestando muita atenção e com certeza se perguntando quando exatamente Alex ou eu tínhamos nos tornado tão interessados em astros populares a ponto de discutirmos o assunto.

— Acho que o único lugar para a sua cama é com a cabeceira na parede do fundo — disse ele. — Falando nisso, é melhor eu ir ver o que estão fazendo.

Eu literalmente joguei meu corpo na frente de Alex no minuto em que a porta do apartamento se fechou.

— Rápido! Diga o que aconteceu. O que aconteceu?

— Andy, você está gritando. Não é tão grave. Na verdade, é meio engraçado. — Rugas se formavam em volta de seus olhos quando ria e, por um breve segundo, ele se pareceu com Eduardo. Eca.

— Alex Fineman, é melhor contar logo o que aconteceu com a minha melhor amiga...

— Está bem, está bem, relaxe. — Era óbvio que ele estava se divertindo com a situação. — Ela estava com um cara, na noite passada, a que se referia como Garoto Piercing na Língua, sabe quem era?

Encarei-o, furiosa.

— Bem, eles saíram para jantar e o Garoto Piercing na Língua a estava levando para casa. Mas Lily achou que seria divertido tirar a roupa, ali mesmo na rua, em frente ao restaurante. "Sexy", disse ela, para fazer com que ele se interessasse.

Imaginei Lily desembrulhando uma bala de menta e valsando para fora do restaurante, depois de um jantar romântico, só para tirar a blusa para um cara que havia pagado para alguém cravar uma haste em sua língua. Jesus.

— Ah, não. Ela não...

Alex balançou a cabeça, sóbrio, mas tentando conter o riso.

— Está dizendo que a minha amiga foi detida por mostrar os peitos? Isso é ridículo. Estamos em Nova York. Todo dia vejo mulheres praticamente sem blusa, e isso no trabalho! — Eu estava gritando de novo, mas não consegui evitar.

— A bunda. — Ele estava olhando para os sapatos de novo, o rosto muito vermelho, e eu não sabia se de vergonha ou histeria.

— O quê?

— Não foram os peitos. Foi a bunda. A parte de baixo. Tipo, ela toda. A parte da frente e a de trás. — Um sorriso de orelha a orelha finalmente irrompeu, e ele parecia tão contente que achei que faria xixi nas calças.

— Ah, diga que não é verdade — gemi, me perguntando em que a minha amiga tinha se metido. — E um policial a viu e prendeu?

— Não, na verdade, duas crianças viram e avisaram a mãe...

— Ah, meu Deus.

— Então, a mãe pediu que ela vestisse a calça e Lily disse, em voz alta, o que ela podia fazer com as suas opiniões, e então a mulher procurou um policial que estava numa rua próxima.

— Ah, pare. Por favor, pare.

— Tem mais. Quando a mulher e o policial voltaram, Lily e o Garoto do Piercing na Língua estavam prestes a transar na rua, segundo ela.

— Quem é essa? A minha amiga Lily Goodwin? A minha doce e adorável melhor amiga, desde o oitavo ano, agora fica nua e transa nas esquinas? Com caras que têm piercing na língua?

— Andy, calma. Ela está bem, de verdade. A única razão pela qual o policial a deteve foi porque ela mostrou o dedo do meio quando ele perguntou se, de fato, tinha abaixado a calça...

— Ah, meu Deus, não quero mais ouvir. É assim que deve se sentir uma mãe.

— Mas eles a deixaram ir com uma advertência, e ela está voltando para o antigo apartamento para se recuperar. Ela devia estar muito bêbada. Por que outro motivo alguém mostraria o dedo a um policial? Por isso, não se preocupe. Terminamos sua mudança e, depois, vamos visitá-la, se quiser. — Ele se dirigiu ao carrinho que o meu pai tinha deixado no meio da sala, e começou a tirar as caixas.

Eu não podia esperar; tinha de ver o que havia acontecido. Ela atendeu no quarto toque, antes de cair na caixa postal, como se estivesse pensando se deveria ou não atender.

— Você está bem? — perguntei, assim que ouvi sua voz.

— Oi, Andy. Espero não estar estragando a mudança. Não precisa de mim, certo? Desculpe por tudo.

— Não, não se preocupe com nada, se preocupe com você. Está bem? — Tinha acabado de me ocorrer que Lily talvez tivesse passado a noite na delegacia, porque já era sábado e ela havia acabado de sair de lá. — Você passou a noite em *cana*?

— Bem, sim, acho que pode se dizer que sim. Não foi tão ruim, nada como na TV ou algo parecido. Simplesmente dormi numa sala com outra garota totalmente inofensiva, que estava ali por um motivo igualmente idiota. O guarda era tranquilo, não foi nada tão grave. Nada de grades ou coisa do gênero. — Ela riu, mas soou falso.

Digeri a informação por um momento, tentando conciliar a imagem da doce hippie Lily sendo acuada, em uma cela cheia de urina, por uma lésbica possessiva e raivosa.

— Onde diabos estava o Garoto Piercing na Língua enquanto tudo isso acontecia? Simplesmente a deixou apodrecer na cadeia? — Mas, antes que ela pudesse responder, me ocorreu... Onde diabos eu estava? Por que Lily não havia me ligado?

— Ele foi mesmo ótimo, e...

— Lily, por que...

— ... se ofereceu para ficar comigo e até chamar o advogado dos pais...

— Lily, Lily! Espere um minuto. Por que não me ligou? Sabe que eu estaria lá em um segundo e não sairia enquanto não a soltassem. Então, por quê? Por que não me chamou?

— Ah, Andy, não tem mais importância. Não foi tão ruim, não mesmo, juro. Não acredito em como fui estúpida, e acredite, parei com a bebida. Não vale a pena.

— Por quê? Por que não ligou? Passei a noite toda em casa.

— Não tem importância de verdade. Não liguei porque ou você estaria trabalhando ou estaria muito cansada, e não quis incomodá-la. Especialmente numa sexta à noite.

Pensei no que fizera na noite anterior, e a única coisa de que me lembrei foi assistir a *Dirty Dancing* na TNT pela 68ª vez, exatamente. E, em todas aquelas vezes, havia sido a primeira em que eu tinha adormecido antes de Johnny anunciar, "Ninguém coloca Baby de lado", então começar a fazê-la voar, literalmente, até o Dr. Houseman admitir que sabia que Johnny não era o responsável por ter encrencado Penny, dar um tapinha em suas costas e beijar Baby que, pouco antes, reivindicara o nome de Frances. Eu considerava a cena um fator determinante na formação da minha identidade.

— Trabalhando? Achou que eu estivesse trabalhando? E o que estar cansada demais tem a ver quando você precisa de ajuda? Lil, não entendi.

— Ouça, Andy, deixe isso pra lá, ok? Você trabalha direto. Dia e noite, e muitas e muitas vezes nos fins de semana. E, quando não está trabalhando, está se queixando do trabalho. Não que eu não entenda, porque sei como é duro o que você faz, e sei que trabalha para uma lunática. Mas não seria eu a interromper uma noite de sexta-feira quando você deveria estar relaxando ou com Alex. Quero dizer, ele diz que nunca te vê, e eu não quis atrapalhar. Se eu precisasse mesmo de você, teria telefonado, e sei que viria correndo. Mas, juro, não foi tão ruim. Por favor, podemos esquecer tudo? Estou exausta e preciso de um banho e da minha cama.

Fiquei tão atordoada que não consegui falar, mas Lily entendeu meu silêncio como um sim.

— Está aí? — perguntou, depois de quase trinta segundos, durante os quais eu tentava desesperadamente encontrar as palavras certas para me desculpar ou me explicar ou sei lá o quê. — Ouça, acabei de chegar em casa. Preciso dormir. Posso ligar depois?

— Humm, ahn, sim — balbuciei. — Lil, desculpe mesmo. Se cheguei a te dar a impressão de que...

— Andy, não. Não há nada errado. Estou bem, estamos bem. Apenas vamos falar mais tarde.

— Está bem. Durma bem. Ligue se eu puder fazer alguma coisa...

— Ligo. Ah, a propósito, o que achou do apartamento?

— É o máximo, Lil, realmente é. Você mandou muito bem. É muito melhor do que eu podia imaginar. Nós vamos adorar. — Minha voz soou falsa aos meus próprios ouvidos, e ficou óbvio que eu falava por falar, só para mantê-la ao telefone para me certificar de que a nossa amizade não tinha mudado de um modo inexplicável e permanente.

— Ótimo. Estou feliz que tenha gostado. Tomara que o Garoto Piercing na Língua também goste — brincou ela, embora também tivesse soado falso.

Desligamos e fiquei na sala, olhando o telefone até minha mãe entrar e anunciar que levariam a mim e Alex para almoçar.

— O que foi, Andy? Onde está Lily? Achei que ela fosse precisar de ajuda também, mas não vamos ficar até muito depois das 15h. Ela está a caminho?

— Não, Lily, hum, não passou bem ontem à noite, já anda mal há alguns dias, acho, por isso é provável que só se mude amanhã. Era ela ao telefone.

— Tem certeza de que ela está bem? Acha que devemos passar por lá? Eu sempre sinto tanta pena dessa menina. Sem pais, com apenas aquela avó velha e rabugenta. — Ela pôs a mão no meu ombro, como se para canalizar a dor. — Ela tem sorte de ter você como amiga. Senão estaria completamente só no mundo.

A minha voz ficou presa na garganta, mas, depois de alguns segundos, consegui dizer algumas palavras.

— Sim, acho que sim. Mas ela está bem, está muito bem. Precisa apenas dormir um pouco. Vamos comer uns sanduíches? O porteiro disse que tem uma déli excelente a apenas quatro quadras daqui.

— Escritório de Miranda Priestly — respondi, agora naquele tom entediado característico, que eu esperava que transmitisse minha infelicidade a qualquer um que se atrevesse a interromper meu tempo dedicado aos e-mails.

— Oi, é Em-Em-Em-Emily? — balbuciou alguém, gaguejando.

— Não, é Andrea. Sou a nova assistente de Miranda — respondi, embora já tivesse me apresentado a milhares de curiosos que ligavam.

— Ah, a nova assistente de Miranda — berrou a estranha voz de mulher. — Não é a garota mais sortuda do mu-mu-mundo? O que está achando de seu trabalho com o mal supremo?

Eu me animei. Aquilo era novidade. Em todo o meu tempo na *Runway*, nunca tinha encontrado uma única pessoa que ousasse criticar Miranda de maneira tão atrevida. Ela falava sério? Estaria me testando?

— Humm, bem, trabalhar na *Runway* tem sido uma experiência de aprendizado extraordinária. — Ouvi a mim mesma gaguejar. — É um trabalho pelo qual milhões de garotas dariam a vida. — Eu disse aquilo?

Houve um momento de silêncio, seguido de um grito semelhante ao da hiena.

— Ah, isso é pe-pe-pe-per-perfeito! — exclamou com um guincho, seguido de uma espécie de riso asfixiado. — Ela te tranca em sua quitinete no West Village e a priva de todas as coisas G-g-g-gucci até a lavagem cerebral estar completa e você dizer essas merdas? F-f-f-fantástico! Essa mulher é realmente notável! Bem, Srta. Experiência de Aprendizado, um passarinho me contou que Miranda tinha, dessa vez, contratado uma l-l-l-lacaia pensante, mas vejo que o passarinho, como sempre, estava errado. Gosta dos *t-t-twinsets* Michael Kors e dos casacos de pele da J. Mendel?

214

Sim, querida, você vai servir perfeitamente. Agora chame a magricela da sua chefe.

Fiquei confusa. Meu primeiro impulso foi mandá-la se foder, dizer que não me conhecia, que era fácil ver que tentava compensar sua gagueira com uma atitude arrogante. Eu queria pressionar o telefone em minha boca e sussurrar com urgência, "Sou prisioneira, mais do que pode imaginar. Por favor, ah, por favor, venha me salvar deste inferno doutrinário. Você tem razão, é exatamente como descreveu, só que eu sou diferente!" Mas não tive chance de dizer nada, porque, finalmente, me ocorreu que eu não fazia a menor ideia de a quem pertencia a voz áspera e gaga no outro lado da linha.

Respirei fundo e decidi responder ponto por ponto, menos sobre Miranda.

— Bem, adoro Michael Kors, é claro, mas tenho de confessar que não exatamente por causa dos *twinsets*. As peles da J. Mendel são maravilhosas, sem dúvida, mas uma verdadeira garota *Runway*, isto é, alguém com um gosto apurado e impecável, provavelmente preferiria algo feito sob medida da Pologeorgis, na 29. Ah, e no futuro eu preferiria que você usasse o mais informal "funcionária contratada" a algo tão frio e inflexível quanto "lacaia". Agora, é óbvio, ficarei feliz em corrigir outras suposições incorretas, mas talvez eu devesse perguntar primeiro com quem estou falando?

— *Touché*, nova assistente de Miranda, *touché*. Você e eu se-se-se--seremos amigas, afinal. Eu n-n-n-não gosto muito dos robôs que ela contrata, mas é coerente porque eu não gosto muito dela. O meu nome é Judith Mason, e se p-p-por aca-ca-caso não sabe, escrevo os artigos de viagens todo m-m-m-mês. Agora, me diga, já que ainda é relativamente nova no cargo: a lua de m-m-m-mel já acabou?

Fiquei em silêncio. O que ela queria dizer? Era como falar com uma bomba-relógio.

— Então? Está na fascinante janela do tempo e-e-em q-q-q-que já está aí há tempo bastante para todos saberem seu nome, mas não para desvendarem e explorarem todas as suas fraquezas. É um sentimento realmente doce quan-an-quando isso acontece, pode acreditar. Você está trabalhando em um lugar muito especial.

Mas antes que eu pudesse responder, ela disse:

— Chega de na-na-namoro, minha nova amiga. Não se dê o t-t-t-trabalho de dizer meu nome, porque ela nunca atende minhas ligações. Acho que a gagueira a irrita. Apenas ponha meu n-n-n-nome no Boletim, para que ela mande alguém me ligar. Obrigada, d-d-docinho. — Clique.

Desliguei o telefone, estarrecida, e comecei a rir. Emily ergueu os olhos de um dos relatórios de despesas de Miranda e perguntou quem era. Quando eu lhe disse que era Judith, ela revirou os olhos de tal maneira que quase não voltaram ao normal, e se queixou.

— Ela é uma vaca-mor. Não faço ideia de por que Miranda chega a falar com ela. Mas não atende suas ligações, por isso nem precisa dizer que ela está ao telefone. Apenas a ponha no Boletim e Miranda mandará alguém ligar para ela. — Parece que Judith conhecia o funcionamento interno da redação melhor do que eu.

Cliquei duas vezes no ícone chamado "Boletim" no meu iMac turquesa e li seu conteúdo até o momento. O Boletim era a *pièce de résistance* do escritório de Miranda Priestly e, até onde percebi, a sua única razão de viver. Desenvolvido muitos anos antes por alguma assistente facilmente excitável e compulsiva, o Boletim era simplesmente um documento do Word, salvo em uma pasta que eu e Emily podíamos acessar. Somente uma de nós podia abri-lo de cada vez e acrescentar uma mensagem, ideia ou pergunta à lista de itens. Em seguida, imprimíamos a versão atualizada e o colocávamos em uma prancheta, na prateleira acima da minha mesa, retirando os antigos. Miranda o consultava de minuto em minuto, o dia inteiro, enquanto Emily e eu lutávamos para digitar, imprimir e disponibilizar a versão mais atualizada logo depois das ligações. Frequentemente pedíamos à outra aos sussurros que fechasse o Boletim, para podermos acessá-lo e acrescentar um recado. Em geral, o imprimíamos simultaneamente nas respectivas impressoras, e corríamos para a prancheta, sem saber qual era o mais recente até estarmos cara a cara.

— Judith é o último recado no meu — avisei, exausta com a pressão de tentar concluí-lo antes de Miranda entrar. Eduardo tinha ligado da mesa da segurança lá embaixo e avisado que ela estava subindo. Ainda não tínhamos recebido o chamado de Sophy, mas sabíamos que era questão de segundos.

— Tenho o *concierge* do Ritz de Paris depois de Judith. — Emily quase gritou triunfante, prendendo sua folha na prancheta de acrílico. Peguei meu Boletim obsoleto havia quatro segundos e o li rapidamente. Travessões nos números de telefone não eram permitidos, somente pontos. Nada de dois pontos em horários, só pontos. A hora devia ser arredondada para mais ou menos, o mais próximo do quarto de hora. Números para responder às ligações sempre ocupavam uma linha, para serem distinguidos mais facilmente. Um horário anotado indicava que alguém tinha ligado. A palavra "observação" se referia a algo que Emily ou eu tínhamos de dizer a ela (já que estava fora de questão nós lhe dirigirmos a palavra, toda a informação relevante era registrada no Boletim). "Lembrete" era algo que Miranda tinha deixado nas nossas secretárias eletrônicas entre 1h e 5h da madrugada anterior, ciente de que, uma vez gravado para nós, estava praticamente feito. Referíamos a nós mesmas na terceira pessoa, se fosse absolutamente crucial nos referirmos a nós mesmas.

Ela pedia frequentemente para descobrirmos exatamente quando e em que número uma pessoa em particular estaria disponível. Naquele caso, não se sabia se os frutos de nossa investigação iriam para "Observação" ou "Lembrete". Lembro de uma vez ter pensado que o Boletim informaria quem é quem na equipe Prada, mas os nomes dos magnatas, papas da alta moda, que mais causavam sensação, tinham cessado de ser registrados como "especiais" em meu cérebro insensibilizado. Na minha nova realidade *Runway*, o secretário social da Casa Branca tinha pouco mais interesse do que o veterinário que precisava falar com Miranda sobre a vacina do gato (sem chances de receber uma ligação de volta!).

Quinta-feira, 8 de abril

7.30: Simone ligou da redação de Paris. Combinou as datas com o Sr. Testino para as fotos no Rio e também confirmou com o agente de Gisele, mas ainda precisa discutir o estilo com você. Por favor, ligue para ela.
011.33.1.55.91.30.65

8.15: Sr. Tomlinson ligou. Está no celular. Por favor, ligue para ele.

Observação: Andrea falou com Bruce. Ele disse que está faltando uma peça decorativa de gesso no canto superior esquerdo do espelho grande no vestíbulo. Ele localizou um idêntico em um antiquário em Bordeaux. Quer que o encomende?

8.30: Jonathan Cole ligou. Está partindo para Melbourne no sábado e gostaria de esclarecer a tarefa antes de viajar. Por favor, ligue para ele.
555.7700

Lembrete: Ligar para Karl Lagerfeld sobre a festa da Modelo do Ano. Ele estará acessível em sua casa, em Biarritz, hoje à noite das 20.00 às 20.30, fuso local.
011.33.1.55.22.06.78: casa
011.33.1.55.22.58.29: estúdio em casa
011.33.1.55.22.92.64: motorista
011.33.1.55.66.76.33: número da assistente em Paris, no caso de não o encontrar.

9.00: Natalie da Glorious Foods ligou para ver se prefere que o Vacherin seja recheado com frutas vermelhas ou compota de ruibarbo quente. Por favor, ligue para ela.
555.9887

9.00: Ingrid Sischy ligou para parabenizá-la pela revista de abril. Disse que a capa estava "espetacular, como sempre", e quer saber quem produziu o encarte de beleza. Por favor, ligue para ela.
555.6246: redação
555.8833: casa

Observação: Miho Kosuda ligou para se desculpar por não ter podido entregar o arranjo de flores de Damien Hirst. Disseram para avisá-la que esperaram do lado de fora do edifício durante quatro horas, mas, como não havia porteiro, tiveram de ir embora. Tentarão amanhã de novo.

9.15: Sr. Samuels ligou. Estará inacessível até depois do almoço, mas quer lembrá-la do encontro de pais e professores hoje à noite, na Horace Mann. Ele gostaria de discutir o projeto de história de Caroline com você antecipadamente. Por favor, ligue para ele depois das 14.00, mas antes das 16.00.
555.5932

9.15: Sr. Tomlinson ligou de novo. Pediu a Andrea para fazer reservas para o jantar de hoje à noite, depois do encontro de pais e professores. Por favor, ligar para ele. Está no celular.

Observação: Andrea fez reservas para você e o Sr. Tomlinson para hoje à noite, às 20.00, no La Caravelle. Rita Jammet disse estar ansiosa para revê-la e está feliz por ter escolhido o seu restaurante.

9.30: Donatella Versace ligou. Disse que está tudo confirmado para a sua visita. Você vai precisar de funcionários, além do motorista, um chef, um personal, alguém para o cabelo e maquiagem, uma assistente pessoal, três empregadas e um capitão de iate? Se sim, por favor, informá-la antes que ela parta para Milão. Ela também fornecerá aparelhos celulares, mas não poderá estar com você, já que estará se preparando para os desfiles.
011.3901.55.27.55.61

9.45: Judith Mason ligou. Por favor, ligue para ela.
555.6834

Amassei a folha e a joguei na cesta debaixo da minha mesa, onde imediatamente se empapou de gordura dos restos do terceiro café da manhã de Miranda jogado fora. Até agora, um dia relativamente normal no que dizia respeito ao Boletim. Eu estava para clicar na caixa de entrada na minha conta do Hotmail, para ver se havia alguma mensagem, quando ela entrou. Maldita Sophy! Tinha se esquecido outra vez de ligar avisando.

— Espero que o Boletim esteja atualizado — disse ela num tom gélido, sem me olhar ou admitir minha presença.

219

— Está, Miranda — repliquei, o entregando para ela, de modo que mal precisasse estender o braço. *Duas palavras e contando*, pensei comigo, predizendo e torcendo para que não fosse um dia de mais de 75 palavras de minha parte. Ela tirou o casaqueto de vison, tão felpudo que tive de me controlar para não enfiar a cara na pelagem, e o jogou sobre a minha mesa. Quando eu ia pendurar aquele magnífico animal morto no armário, tentando passar minha bochecha, discretamente, sobre ele, senti um rápido choque frio e úmido: havia pequeninos pedaços de neve ainda congelada presos na pele. Fabulosamente oportunos.

Destampando um já morno latte, dispus, cuidadosamente, a pilha gordurosa de bacon, linguiça e doce folhado de queijo em um prato imundo. Entrei em sua sala na ponta dos pés e pousei tudo com cuidado, discretamente, em um canto de sua mesa. Ela estava concentrada, escrevendo um bilhete no papel de carta Dempsey and Carroll cor de linho cru e falou tão baixinho que quase não escutei.

— Ahn-dre-ah, preciso discutir a festa de noivado com você. Pegue um caderno.

Balancei a cabeça, percebendo, ao mesmo tempo, que balançar a cabeça não conta como palavra. Aquela festa de noivado já tinha se tornado uma maldição na minha vida e ainda faltava mais de um mês, porém como Miranda partiria em breve para os desfiles europeus, e ficaria fora por duas semanas, planejá-la tinha ocupado a maior parte dos nossos últimos dias de trabalho. Retornei à sua sala com um bloco e uma caneta, me preparando para não entender uma única palavra do que ela diria. Pensei em me sentar por um momento, já que tornaria o ditado muito mais confortável, mas, pensando bem, resisti.

Ela deu um suspiro como se aquilo fosse tão exaustivo que não estivesse certa se conseguiria, e ajeitou a echarpe Hermès branca que havia enrolado como uma pulseira em volta do pulso.

— Encontre Natalie, da Glorious Foods, e diga a ela que prefiro compota de ruibarbo. Não a deixe convencê-la de que precisa falar comigo pessoalmente, porque não precisa. Fale também com Miho e se certifique de que compreenderam minhas ordens para as flores. Ligue para Robert Isabell, antes do almoço, para revermos toalhas de mesa, cartões para marcar lugares e travessas. E também para aquela garota do Whitney, para ver quando eu posso ir até lá e me certificar de que tudo está arranjado adequadamente, e mande-a passar um fax sobre as configurações das mesas, para que eu possa fazer o mapa dos lugares. É isso por enquanto.

Tinha me ditado aquela lista sem fazer uma única pausa na escrita de seu bilhete, e, quando parou de falar, me deu o recado que acabara de escrever à mão para que fosse enviado. Acabei de anotar em meu bloco, esperando ter compreendido tudo corretamente, o que, por conta do sotaque e da cadência acelerada, nem sempre era fácil.

— Ok — murmurei e me virei para sair, somando meu Total de Palavras a Miranda em três. *Talvez eu não passe de cinquenta*, pensei. Senti seus olhos examinando o tamanho da minha bunda enquanto voltava para a minha mesa, e, por um breve momento, pensei em dar a volta e andar de costas como um judeu religioso faria ao deixar o Muro das Lamentações. Em vez disso, procurei deslizar em direção à segurança da minha mesa, imaginando milhares e milhares de chassídicos em preto Prada, andando em círculos em volta de Miranda Priestly.

12

O tão esperado, tão sonhado dia finalmente chegou. Miranda não só tinha saído da redação, mas do país também. Havia pulado para seu assento no Concorde menos de uma hora antes, para se encontrar com alguns estilistas europeus, fazendo de mim, naquele momento, incontestavelmente a garota mais feliz do planeta. Emily continuou tentando me convencer de que Miranda era ainda mais exigente quando estava no exterior, mas eu não caí na pilha. Eu estava planejando minuciosamente como passar cada momento de êxtase das duas próximas semanas, quando chegou um e-mail de Alex.

> Oi, gata, como vai? Espero que o seu dia esteja ok. Deve estar adorando ela ter viajado, não? Aproveite. Só queria saber se vai poder me ligar hoje por volta das 15h30. Terei uma hora livre antes do programa de leitura começar, e preciso falar com você. Nada importante, mas gostaria de conversar. Amor, A.

Fiquei preocupada e respondi imediatamente, perguntando se estava tudo bem, mas ele devia ter desconectado logo em seguida, porque não respondeu. Anotei mentalmente para ligar exatamente às 15h30, adorando a sensação de liberdade despertada pela certeza de que Ela não estaria por perto para estragar tudo. Mas, por via das dúvidas, peguei uma folha de papel *Runway* e escrevi LIGAR PARA A., 15h30, HOJE, e colei do lado do meu monitor. Quando pretendia retornar a ligação de uma amiga de escola, que havia deixado um recado na secretária eletrônica da minha casa uma semana antes, o telefone tocou.

— Escritório de Miranda Priestly. — Suspirei, pensando que não havia uma única pessoa no mundo com quem eu gostaria de falar naquele momento.

— Emily? É você? Emily? — A voz inconfundível ocupou a linha e pareceu se infiltrar no ar do escritório. Embora fosse impossível ela escutar do outro lado da sala, Emily ergueu os olhos para mim.

— Alô, Miranda. É Andrea. Posso ajudar? — Como era possível aquela mulher estar ligando? Rapidamente chequei o itinerário que Emily tinha digitado para todos, enquanto Miranda estivesse na Europa, e vi que o seu voo deveria ter decolado havia apenas seis minutos. Ela já estava ligando de seu assento.

— Espero que sim. Examinei o meu itinerário e acabo de ver que cabelo e maquiagem na quinta-feira antes do jantar não estão confirmados.

— Hum, bem, Miranda, é porque monsieur Renaud não conseguiu uma confirmação absoluta de sua equipe de quinta-feira, mas disse que havia 99 por cento de chance de que pudessem...

— Ahn-dre-ah, responda-me: 99 por cento é o mesmo que 100 por cento? É o mesmo que *confirmado*? — Mas antes que pudesse responder, eu a ouvi dizer a alguém, provavelmente à comissária de bordo, que não estava "particularmente interessada nas normas e nos regulamentos relacionados ao uso de aparelhos eletrônicos" e para "por favor, aborrecer outra pessoa com tais detalhes".

— Mas, senhora, é contra as regras, e vou ter de pedir que desligue até termos alcançado uma altitude de cruzeiro. Simplesmente não é seguro — disse ela, em tom de súplica.

— Ahn-dre-ah, está me ouvindo? Está ouvindo...

— Senhora, terei de insistir. Por favor, desligue o telefone. — Minha boca começava a doer por conta do enorme sorriso. Imaginei como Miranda estaria odiando ser tratada de "senhora", o que, como todo mundo sabe, tem a conotação de velha.

— Ahn-dre-ah, a *aeromoça* está me obrigando a encerrar a ligação.

Ligarei de volta, quando a *aeromoça* me permitir. Nesse meio-tempo, quero cabelo e maquiagem confirmados, e gostaria que você começasse a entrevistar as garotas para o cargo de babá. É isso. — Desliguei, mas não antes de ouvir a comissária de bordo chamá-la de "senhora" uma última vez.

— O que ela queria? — perguntou Emily, a testa vincada de preocupação.

— Ela me chamou pelo nome três vezes seguidas — falei com maliciosa satisfação, feliz em prolongar a sua ansiedade. — Três vezes, acredita? Acho que isso significa que somos amigas íntimas, não é? Quem diria? Andrea Sachs e Miranda Priestly, melhores amigas.

— Andrea, o que ela disse?

— Bem, quer que o cabelo e a maquiagem de quinta-feira sejam confirmados porque sem dúvida 99 por cento não é tranquilizador o suficiente. Ah, e disse alguma coisa sobre entrevistas para uma nova babá. Não devo ter entendido direito. De qualquer modo, ela vai ligar de novo daqui a trinta segundos.

Emily respirou fundo, num esforço para encarar minha estupidez com graça e elegância. Obviamente não era fácil para ela.

— Não, acho que não entendeu errado. Cara não está mais com Miranda, de modo que, evidentemente, ela precisa de uma nova babá.

— O quê? O que quer dizer com não está mais "com Miranda"? Se ela não está mais "com Miranda", onde diabos está? — Achei difícil acreditar que Cara não tivesse me dito nada sobre sua partida repentina.

— Miranda achou que Cara seria mais feliz trabalhando para outra pessoa — explicou Emily, de um modo muito mais diplomático, creio, do que faria Miranda. Como se Miranda se preocupasse com a felicidade dos outros!

— Emily, por favor. Por favor, conte o que realmente aconteceu.

— Eu soube por Caroline que Cara pôs as meninas de castigo, cada uma em seu quarto, depois de terem lhe faltado com o respeito. Miranda não achou que fosse apropriado Cara tomar esse tipo de decisão. E eu concordo. Quero dizer, Cara não é a mãe das crianças, entende?

Então Cara fora demitida porque havia deixado duas meninas de castigo em seus respectivos quartos depois de terem, com certeza, merecido?

— Sim, sei o que quer dizer. Não cabe a uma babá cuidar do bem-estar das crianças sob seus cuidados — argumentei, balançando a cabeça solenemente. — Cara saiu da linha.

Emily não somente não reagiu ao meu sarcasmo como pareceu nem mesmo detectá-lo.

— Exatamente. E, além disso, Miranda nunca gostou de Cara não falar francês. Como as meninas vão aprender a falar sem sotaque?

Ah, não sei. Talvez em uma de suas escolas particulares de 18 mil dólares ao ano, onde o francês é obrigatório e todos os três professores de francês são nativos. Ou talvez com a mãe, que é fluente no idioma, que viveu na França e continua visitando o país meia dúzia de vezes por ano e pode ler, escrever e falar a língua com uma pronúncia perfeita. Mas, em vez disso, apenas disse:

— Você tem razão. Sem francês, nada de babá. Concordo.

— Bem, de qualquer modo, é sua a responsabilidade de encontrar uma nova babá para as meninas. Aqui está o número da agência com que trabalhamos — disse ela, me enviando o telefone por e-mail. — Eles sabem como Miranda é minuciosa, e com razão, óbvio, então, em geral, nos enviam boas pessoas.

Olhei para ela desconfiada, e me perguntei como teria sido a sua vida antes de Miranda Priestly. Consegui dormir com os olhos abertos por algum tempo, até o telefone tocar de novo. Graças a Deus, Emily atendeu.

— Alô, Miranda. Sim, sim, posso ouvi-la. Não, nenhum problema. Sim, confirmei cabelo e maquiagem para quinta-feira. E sim, Andrea já começou a procurar novas babás. Teremos três boas candidatas para você entrevistar assim que voltar. — Inclinou a cabeça para o lado e tocou os lábios com a caneta. — Hum, sim. Sim, está confirmado. Não, não é 99 por cento, é 100 por cento. Com certeza. Sim, Miranda. Sim, confirmei eu mesma, e estou tranquila. Estão esperando ansiosos. Ok. Tenha uma boa viagem. Sim, está confirmado. Passarei um fax imediatamente. Ok. Até logo.

Desligou e parecia trêmula.

— Por que essa mulher não entende? Eu disse que cabelo e maquiagem estavam confirmados. Depois, repeti. Por que tenho de falar cinquenta vezes? E sabe o que ela respondeu? — Sacudi a cabeça. — Sabe o que ela disse? Disse que, como a questão havia sido uma dor de cabeça para ela, gostaria que eu refizesse o itinerário, salientando que cabelo e maquiagem estavam agora confirmados, e que passasse um fax ao Ritz para que ela recebesse o correto ao chegar. Faço tudo por essa mulher, eu lhe dou a minha *vida*, e, em troca, é assim que ela fala comigo? — Parecia prestes a chorar. Eu estava empolgada com a rara oportunidade de ver Emily criticar Miranda, mas sabia que uma Virada Paranoica *Runway* era iminente, de modo que tinha de proceder com cautela. O toque certo de simpatia e indiferença.

— Não é você, Em, juro. Ela sabe como trabalha duro. Você é uma assistente incrível. Se Miranda não estivesse satisfeita com seu trabalho já teria dispensado você. Ela não teria exatamente medo de fazer isso, entende o que quero dizer?

Emily tinha parado de chorar e se aproximava da zona desafiadora em que, embora concordasse comigo, defenderia Miranda se eu dissesse algo ultrajante demais. Em minha aula de psicologia, eu havia estudado a síndrome de Estocolmo, na qual as vítimas se identificam com seus sequestradores, mas jamais tinha entendido direito como aquilo acontecia. Talvez eu gravasse uma das pequenas sessões entre mim e Emily e enviasse ao professor para que os calouros do próximo ano pudessem ver como a síndrome se manifestava. Todos os esforços para proceder com cuidado começaram a parecer sobre-humanos, então respirei fundo e chutei o balde.

— Ela é maluca, Emily — falei baixinho, devagar, torcendo para que concordasse comigo. — Não é você, é ela. É uma mulher vazia, fútil, amarga, que tem toneladas e toneladas de roupas lindas, e não muito mais.

Emily contraiu o rosto, a pele do pescoço e ao redor das bochechas se retesou e suas mãos pararam de tremer. Eu sabia que ela iria me desancar a qualquer momento, mas não consegui parar.

— Já reparou que ela não tem amigos, Emily? Já? Sim, seu telefone não para de tocar dia e noite, as pessoas mais descoladas do mundo ligam para ela, mas não estão ligando para falar de seus filhos ou trabalho ou casamento, estão? Estão ligando porque precisam de alguma coisa. Pode parecer maravilhoso, mas imagine se a única razão para alguém ligar para você...

— Pare! — gritou ela, as lágrimas correndo de novo pelo rosto. — Cale a droga da sua boca! Nem bem chega à redação, acha que entende tudo. Pequena Srta. Sou Tão Sarcástica e Estou Tão Acima de Tudo Isso! Você não entende nada. Nada!

— Em...

— Não me chame de Em, Andy. Deixe eu terminar. Sei que Miranda é difícil. Sei que, às vezes, parece louca. Sei o que é nunca dormir e estar sempre com medo de que ela ligue, de que nenhum dos seus amigos entenda. Sei de tudo isso! Mas se você odeia tanto tudo, se não consegue fazer outra coisa a não ser se queixar do trabalho, dela e de todo mundo aqui, o tempo todo, então, por que não vai embora? Porque a sua atitude é mesmo um problema. E dizer que Miranda é maluca, bem, acho que tem muita, mas muita gente que acha que ela é talentosa e linda, e que acharia que a maluca é você, por não fazer tudo o que pode para ajudar alguém tão surpreendente. Porque ela é surpreendente, Andy... ela realmente é!

Considerei o que disse por um instante e decidi que tinha razão. Miranda, até onde eu sabia, era mesmo uma profissional fantástica. Nem uma única palavra na revista era impressa sem a sua aprovação explícita, difícil de obter, e ela não tinha medo de descartar algo e começar tudo de novo, por mais inconveniente ou por mais que fizesse alguém infeliz. Apesar de os diversos editores de moda reunissem as que roupas seriam fotografadas, Miranda selecionava sozinha que modelos queria e que peças cada uma delas vestiria; os editores que participavam das sessões de fotos estavam simplesmente executando as instruções específicas, incrivelmente detalhadas, de Miranda. Ela tinha a última — e frequentemente a primeira também — palavra sobre cada pulseira, bolsa, sapato, traje, cabelo, matéria, entrevista, escritor, foto, modelo, locação e fotografia, em cada edição, e aquilo a tornava, na minha cabeça, a principal razão do sucesso espantoso da revista. *Runway* não seria *Runway* — porra, não seria absolutamente nada — sem Miranda Priestly. Eu sabia disso, todo mundo sabia. O que ainda não tinha conseguido era me convencer de que aquilo lhe dava o direito de tratar as pessoas como ela tratava. Por que a capacidade de juntar um longo Balmain com uma garota asiática, de pernas compridas e expressão introspectiva, em uma viela em San Sebastián, era tão reverenciada a ponto de Miranda não ser responsabilizada por seu comportamento? Eu ainda não conseguia estabelecer a relação, mas o que diabos sabia? Emily, obviamente, entendia.

— Emily, só estou dizendo que você é uma grande assistente, e que ela tem sorte de contar com alguém que trabalhe com tanto afinco quanto você, alguém que esteja sempre tão envolvida com o trabalho. Só quero que perceba que a culpa não é sua se ela está infeliz com alguma coisa. Ela é simplesmente uma pessoa infeliz. Não há nada mais que você possa fazer.

— Eu sei disso. Sei mesmo. Mas você não lhe dá crédito, Andy. Pense nisso. Isto é, pense realmente sobre o assunto. Ela é extraordinariamente competente e teve de sacrificar muita coisa para chegar lá, mas não se pode afirmar o mesmo das pessoas muito bem-sucedidas em todas as áreas? Diga-me, quantos CEOs ou administradores ou diretores de cinema não têm de ser duros às vezes? É parte do cargo.

Parecia óbvio que não entraríamos em acordo àquele respeito. Parecia óbvio que Emily havia se envolvido profundamente com Miranda, com a *Runway*, com tudo aquilo, mas eu não conseguia entender por quê. Ela não era em nada diferente das centenas de outras assistentes pessoais e assistentes editoriais e editores assistentes e editores associados e editores sêniores e editores-chefes, de revistas de moda. Eu simplesmente não conseguia entender por quê. De tudo o que eu tinha visto até então, todos eram humilhados, degradados e, em geral, insultados por seus superiores diretos, somente para, no segundo em que fossem promovidos, fazerem o mesmo com os seus subordinados. E tudo aquilo para que pudessem dizer, no fim de uma longa e exaustiva escalada, que tinham conseguido se sentar na fila da frente do desfile de Yves Saint Laurent e descolado algumas bolsas Prada grátis ao longo do caminho?

Hora de simplesmente concordar.

— Eu sei — admiti, com um suspiro, me rendendo à sua insistência.

— Espero que saiba que é você que está fazendo um favor a ela, aguentando essas merdas, não o contrário.

Esperei um rápido contra-ataque, mas Emily sorriu.

— Sabe quando lhe disse umas cem vezes que o cabelo e a maquiagem da quinta-feira estavam confirmados? — Assenti. Ela parecia absolutamente extasiada. — Eu estava mentindo. Não liguei para ninguém para confirmar nada! — Ela praticamente cantarolou a última parte.

— Emily! Fala sério? O que vai fazer agora? Acaba de jurar que tinha confirmado tudo pessoalmente. — Pela primeira vez desde que eu começara o trabalho, quis abraçar aquela garota.

— Andy, pense bem. Acha francamente que alguma pessoa em sã consciência seria capaz de recusar fazer cabelo e maquiagem para Miranda? Poderia acabar com uma carreira. Estariam loucos se recusassem. Estou certa de que o homem estava planejando concordar o tempo todo. Com certeza, estava apenas reorganizando a agenda ou algo assim. Não preciso confirmar com ele pessoalmente porque tenho certeza absoluta de que cumprirá o combinado. Como *não* o faria? Ela é Miranda Priestly!

Achei que fosse chorar, mas disse apenas:

— Então, o que preciso saber para contratar a nova babá? Acho que devo começar agora mesmo.

— Sim — concordou ela, ainda parecendo deliciada com a própria perspicácia. — É, provavelmente, uma boa ideia.

A primeira garota que entrevistei para o cargo de babá parecia positivamente perplexa.

— Ah, meu Deus! — gritou quando lhe perguntei, ao telefone, se ela poderia vir à redação se encontrar comigo. — Ah, meu Deus! É sério? Ah, meu Deus!

— Hum, isso é um sim ou um não?

— Deus, sim. Sim, sim, sim! Na *Runway*? Ah, meu Deus. Espere só até eu contar para as minhas amigas. Vão morrer de inveja. Apenas me diga onde e quando.

— Você sabe que Miranda não está, por isso não se encontrará com ela, certo?

— Sim. Certo.

— E também sabe que a entrevista é para selecionar a babá das duas filhas de Miranda, certo? Que não vai ter nenhuma relação com a *Runway*?

Ela soltou um suspiro, como se estivesse se resignando com o fato triste, infeliz.

— Sim, certo, babá, entendi.

Bem, ela realmente não havia entendido, porque embora tivesse a aparência padrão Miranda (alta, impecavelmente arrumada, razoavelmente bem-vestida e gravemente malnutrida), continuou a perguntar que partes do trabalho exigiriam que fosse à redação.

Eu lhe lancei um olhar de censura, mas ela não pareceu notar.

— Hum, nenhuma. Lembra-se de que conversamos sobre isso? Estou fazendo uma pré-seleção para Miranda, por acaso, na redação. Mas só isso. As gêmeas não vivem aqui, sabe?

— Sim, certo — concordou, mas eu já a tinha eliminado.

As três seguintes, à espera na recepção, não eram muito melhores. Fisicamente, todas se ajustavam ao perfil de Miranda — a agência sabia exatamente o que ela queria —, mas nenhuma candidata tinha o que eu procuraria em uma babá que fosse tomar conta da minha futura sobrinha, ou sobrinho, o padrão que eu havia estabelecido para o processo. Uma tinha mestrado em desenvolvimento infantil, em Cornell, mas gelou quando tentei descrever as maneiras sutis como aquele trabalho poderia ser diferente dos outros que ela realizara. Outra tinha namorado um famoso jogador da NBA, o que ela sentia ter lhe dado um "insight sobre celebridade". Mas quando lhe perguntei se já tinha trabalhado com filhos de celebridades, ela instintivamente franziu o nariz e me informou que "filhos de pessoas famosas sempre têm, tipo, muitos problemas". Eliminada. A terceira, e mais promissora, fora criada em Manhattan, acabara de se formar na Middlebury e queria passar um ano como babá a fim de economizar dinheiro para uma viagem a Paris. Quando perguntei se aquilo queria dizer que ela falava francês, ela assentiu. O único problema era que se tratava de uma garota da cidade em todos os aspectos e, portanto, não tinha carteira de motorista. Estava disposta a aprender a dirigir? Perguntei. Não, respondeu. Achava que as ruas já engarrafadas não precisavam de mais um carro. Eliminada a número três. Passei o restante do dia tentando imaginar uma maneira diplomática de dizer a Miranda que se uma garota é atraente, atlética, instruída, familiarizada com celebridades, inteiramente flexível com o seu tempo, além de morar em Manhattan, ter carteira de motorista, saber nadar e falar francês, então era provável que não quisesse ser babá.

Ela deve ter lido a minha mente, pois o telefone tocou imediatamente. Fiz alguns cálculos e percebi que Miranda devia ter acabado de aterrissar no De Gaulle, e uma olhada rápida no itinerário segundo a segundo, que Emily havia elaborado tão meticulosamente, mostrou que ela agora deveria estar no carro, a caminho do Ritz.

— Escritório de Miranda Pri...

— Emily! — praticamente grunhiu. Sensata, decidi que não era hora de corrigi-la. — Emily! O motorista não me deu o telefone de sempre, e, consequentemente, não tenho o número de ninguém. Isso é inaceitável. Totalmente inaceitável. Como posso conduzir os negócios sem o número dos telefones? Transfira a ligação imediatamente para o Sr. Lagerfeld.

— Sim, Miranda, por favor, só um momento. — Pressionei o botão de espera e pedi ajuda a Emily, embora teria sido mais fácil simplesmente comer o telefone do que localizar Karl Lagerfeld em menos tempo do que Miranda levaria para se aborrecer e arrebentar o telefone, gritando: "Onde diabos ele está? Por que não consegue encontrá-lo? Não sabe como se usa um telefone?"

— Ela quer falar com Karl — avisei a Emily. O nome fez com que ela voasse, correndo para procurar, espalhando papéis sobre a mesa.

— Ok. Ouça, temos de vinte a trinta segundos. Você fica com Biarritz e o motorista, e eu com Paris e a assistente — gritou, os dedos já deslizando rapidamente sobre o teclado. Cliquei duas vezes na lista de contatos, com mais de mil nomes, que partilhávamos em nossos discos rígidos, e encontrei exatamente cinco números para chamar: Biarritz principal, Biarritz segundo principal, Biarritz estúdio, Biarritz piscina e Biarritz motorista. Uma olhada rápida nas outras entradas para Karl Lagerfeld indicava que Emily tinha um total de sete, e havia ainda mais números de Nova York e Milão. Estávamos ferradas antes mesmo de começar.

Já tinha tentado Biarritz principal e estava discando para Biarritz segundo principal, quando vi que a luz vermelha havia parado de piscar. Emily comunicou que Miranda desligara, caso eu não tivesse reparado. Só tinham se passado dez ou quinze segundos — ela estava particularmente impaciente naquele dia. Naturalmente, o telefone tocou de novo logo em seguida, e Emily respondeu ao meu olhar de súplica e atendeu. Não estava nem na metade da saudação automática e já começou a balançar a cabeça, séria, e a tranquilizar Miranda. Eu continuei a discar e, milagrosamente, tinha conseguido a piscina em Biarritz, então estava conversando com uma mulher que não falava uma única palavra de inglês. Seria o motivo para a obsessão por francês?

— Sim, sim, Miranda. Andrea e eu estamos ligando neste exato instante. Só preciso de mais alguns segundos. Sim, compreendo. Não, sei que é frustrante. Se você permitir que a deixe em espera por apenas alguns segundos a mais, tenho certeza de que o terá na linha. Ok? — Ela apertou "espera" e continuou a digitar vários números. Eu a ouvi tentando, no que soou como um francês sofrível, carregado de sotaque, falar com alguém que parecia desconhecer o nome Karl Lagerfeld. Estávamos ferradas. Mortas. Eu estava pronta a desligar na cara da maluca francesa, que guinchava ao telefone, quando vi a luz vermelha se apagar de novo. Emily continuava a discar freneticamente.

— Ela se foi! — gritei com a urgência de um socorrista realizando uma ressuscitação.

— É a sua vez de atender! — gritou ela, os dedos descontrolados, e, lógico, o telefone tocou.

Atendi e nem mesmo tentei dizer alguma coisa, já sabia que a voz do outro lado começaria a falar imediatamente. E o fez.

— Ahn-dre-ah! Emily! Com quem quer que eu esteja falando... por que estou falando com vocês e não com o Sr. Lagerfeld? Por quê?

Meu primeiro impulso foi permanecer em silêncio, já que o bombardeio verbal parecia não ter se encerrado, mas, como sempre, meus instintos estavam equivocados.

— Alô-*ooo*? Tem alguém aí? O processo de conectar uma ligação com outra é tão difícil assim para as minhas *duas* assistentes?

— Não, Miranda, óbvio que não. Lamento — minha voz soou um pouco trêmula, mas não conseguia controlá-la —, mas é que não conseguimos encontrar o Sr. Lagerfeld. Já tentamos no mínimo oito...

— *Não conseguimos encontrá-lo?* — imitou com a voz aguda. — O que quer dizer com "não conseguimos encontrá-lo"?

Que parte daquela frase de três palavras ela não compreendia? Não. Conseguimos. Encontrá-lo. Parecia nítida e precisa: não conseguimos encontrá-lo, porra! É por isso que não está falando com ele. Se *você* puder encontrá-lo, então *você* poderá falar com ele. Um milhão de respostas mordazes passaram pela minha cabeça, mas só consegui falar de maneira atrapalhada, da mesma maneira que uma menina repreendida pela professora por estar conversando na aula.

— Hum, bem, Miranda, ligamos para todos os números que temos listados, e parece que não está em nenhum deles — consegui dizer.

— É claro que não! — Quase gritou, a frieza e o controle estavam prestes a ruir. Inspirou fundo, de modo exagerado, e disse calmamente:

— Ahn-dre-ah. Está sabendo que o Sr. Lagerfeld está em Paris esta semana? — Eu me senti como se estivéssemos tendo aulas de inglês como segunda língua.

— É claro, Miranda. Emily tentou todos os números na...

— E sabe que o Sr. Lagerfeld disse que estaria disponível no seu celular enquanto estivesse em Paris? — Cada músculo em sua garganta parecia se retesar para manter sua voz uniforme e calma.

— Bem, não, não temos o seu celular listado no diretório, por isso não sabíamos nem mesmo que o Sr. Lagerfeld possuía um. Mas Emily está ao telefone com a assistente dele neste exato instante, e estou certa de que conseguirá o número em um minuto. — Emily ergueu o polegar antes de anotar alguma coisa e exclamou, "*Merci*, ah, sim, obrigada, quero dizer, *merci*", várias vezes.

— Miranda, estou com o número. Quer que a conecte agora? — Senti meu peito inflar de confiança e orgulho. Um trabalho bem-feito! Uma realização superior sob condições anormais de pressão. Não tinha importância que a minha blusa, realmente bonitinha, que havia sido elogiada por duas — não uma, mas duas — assistentes de moda, agora ostentasse manchas de suor debaixo dos braços. Quem se importava? Eu me livrara daquela lunática furiosa e sua ligação internacional, e me sentia exultante.

— Ahn-dre-ah? — Soou como uma pergunta, mas eu estava concentrada em descobrir algum padrão nas indiscriminadas trocas de nomes. Primeiro, pensei que ela fazia aquilo deliberadamente, na tentativa de nos diminuir e humilhar ainda mais, mas, então, achei que, com certeza, estaria satisfeita com os níveis de diminuição e humilhação que sofríamos e, portanto, o fazia apenas porque não podia se incomodar com detalhes tão fúteis quanto o nome de suas assistentes. Emily havia confirmado minha teoria ao revelar que era chamada de Emily metade das vezes, e a outra metade por uma mistura de Andrea e Allison, a assistente anterior a ela. Eu me senti melhor.

— Sim? — guinchei de novo. Droga! Era impossível para mim ter um pingo de dignidade quando se tratava daquela mulher?

— Ahn-dre-ah, não sei por que todo esse problema para encontrar o número do celular do Sr. Lagerfeld, quando eu o tenho aqui comigo. Ele me deu há cinco minutos, mas a ligação caiu e eu não consigo digitar corretamente. — Proferiu a última parte como se o mundo inteiro fosse culpado daquela irritante inconveniência, exceto ela própria.

— Ah. Você, hum, você tinha o número? E sabia que ele estava nesse número o tempo todo? — repeti a informação pelo benefício de Emily, mas só serviu para irritar Miranda ainda mais.

— Não estou sendo perfeitamente clara? Preciso que me conecte com 03.55.23.56.67.89. Imediatamente. Ou é difícil demais?

Emily sacudia a cabeça devagar, incrédula, enquanto amassava o número que nós duas tínhamos lutado tanto para conseguir.

— Não, não, Miranda, lógico que não é difícil demais. Vou conectá-la imediatamente. Só um minuto. — Apertei o botão de conferência, disquei os números, ouvi a voz de um homem mais velho gritar "Allo!", e apertei o botão de conferência de novo. — Sr. Lagerfeld, Miranda Priestly, estão conectados — declarei como uma daquelas telefonistas da época de *Os pioneiros*. E em vez de pôr a ligação no mudo e apertar o viva-voz, para Emily e eu escutarmos a conversa, simplesmente desliguei.

Ficamos em silêncio por alguns minutos, e tentei me abster de criticar Miranda de imediato. Em vez disso, enxuguei o suor da testa e inspirei profunda e longamente. Ela falou primeiro.

— Vamos ver se entendi direito. Ela tinha o número o tempo todo, mas não sabia como discá-lo?

— Ou talvez não estivesse a fim — acrescentei esperançosa, sempre entusiasmada com a chance de nos unirmos contra Miranda, em especial sendo tão raras as oportunidades com Emily.

— Eu já devia saber — disse ela, sacudindo a cabeça, como se estivesse terrivelmente decepcionada consigo mesma. — Eu devia saber. Ela sempre me liga para conectá-la com gente que está na sala ao lado, ou em um hotel a duas ruas. Eu me lembro de ter achado a coisa mais esquisita, ligar de Paris para Nova York e colocá-la na linha com alguém em Paris. Agora, parece normal, é claro, mas não acredito que não percebi.

Eu estava prestes a dar um pulo na cantina para almoçar, mas o telefone tocou de novo. Com base na teoria de que um raio não cai duas vezes no mesmo lugar, decidi apelar para meu espírito esportivo e atender o telefone.

— Escritório de Miranda Priestly.

— Emily! Estou debaixo da chuva na rue de Rivoli e o meu motorista desapareceu. Desapareceu! Está entendendo? Desapareceu! Encontre-o imediatamente! — Estava histérica, a primeira vez que a ouvi assim, e não me surpreenderia se fosse a única.

— Miranda, um momento. Tenho o número aqui. — Busquei o itinerário que havia colocado um momento antes sobre a mesa, mas só vi papéis, Boletins antigos, pilhas de edições anteriores. Somente três ou quatro segundos tinham se passado, mas eu me senti parada ao lado dela, observando a chuva cair desabar sobre seu casaco de pele Fendi e arruinar a sua maquiagem. Como se ela pudesse estender a mão e me esbofetear, dizer que eu era uma inútil sem nenhum talento, nenhuma habilidade, uma completa e perfeita fracassada. Não havia tempo para eu tentar me acalmar, me lembrar de que ela era meramente um ser humano (em teoria), que não estava satisfeita de estar em pé na chuva, por isso descontava em sua assistente a 5.800 quilômetros de distância. *Não é minha culpa. Não é minha culpa. Não é minha culpa.*

— Ahn-dre-ah! Os meus sapatos estão *arruinados*. Está me ouvindo? Está me escutando? Encontre o meu motorista *já*!

Eu corria o risco de uma emoção inadequada — sentia o nó na garganta, o retesamento dos músculos na nuca, mas era cedo para dizer se eu iria rir ou chorar. Nenhuma das duas reações parecia conveniente. Emily devia ter pressentido meu estado, pois pulou de sua cadeira e me deu a própria cópia do itinerário. Tinha até mesmo grifado os números do motorista, três ao todo: o do carro, do seu celular e da sua casa. Naturalmente.

— Miranda, vou precisar pôr você em espera enquanto ligo para ele. Posso colocá-la em espera? — Não esperei resposta, o que, eu sabia, a deixaria furiosa. Disquei de novo para Paris. A boa notícia foi que o motorista atendeu ao primeiro toque do primeiro número que tentei. A má notícia foi que ele não falava inglês. Embora eu nunca tivesse manifestado tendências autodestrutivas antes, não consegui evitar bater a testa no tampo da mesa. Três vezes, até Emily pegar a linha em sua mesa. Ela havia recorrido aos gritos, não somente na tentativa de fazer o chofer entender o seu francês, como simplesmente porque estava tentando fazê-lo entender a urgência da situação. Novos motoristas sempre precisavam se ambientar, em geral porque acreditavam, tolamente, que se Miranda precisasse esperar de quarenta e cinco segundos a um minuto, ficaria tudo bem. Aquela era precisamente a noção que Emily e eu tínhamos de corrigir.

Nós duas baixamos a cabeça na mesa alguns minutos mais tarde, depois de Emily ter conseguido insultar o motorista o suficiente para que retornasse depressa ao lugar em que deixara Miranda, três ou quatro minutos antes. Eu não estava mais faminta, um fenômeno que me deixava nervosa. A *Runway* estaria me tirando o apetite? Ou seria apenas a adrenalina e os nervos descontrolados que suprimiam a fome? Era isso! A inanição endêmica na *Runway* não era, de fato, autoinduzida. Era meramente a resposta fisiológica de corpos tão consistentemente aterrorizados e tiranizados pela ansiedade reinante que não sentiam fome. Prometi examinar a questão mais a fundo e, talvez, explorar a possibilidade de Miranda ser mais esperta do que todos e ter deliberadamente criado uma persona tão ofensiva em todos os níveis que, literalmente, emagrecia as pessoas na base do medo.

— Senhoritas, senhoritas, senhoritas! Levantem a cabeça da mesa! Já imaginaram se Miranda as visse? Não ficaria nada satisfeita! — James cantou da porta. Havia penteado o cabelo para trás, usando uma cera gordurosa chamada Bed Head ("Nome excitante — como resistir?"), e vestia um tipo de camisa de futebol americano, justa, com o número 69 na frente e nas costas. Como sempre, uma imagem de sutileza e discrição.

Nenhuma de nós fez mais que olhá-lo de relance. O relógio dizia que eram apenas 16h, mas parecia meia-noite.

— Ok, vou adivinhar. Mama não para de ligar porque perdeu um brinco em algum lugar entre o Ritz e o Alain Ducasse, e quer que o encontrem, embora esteja em Paris e vocês em Nova York.

Bufei uma risada.

— Você acha que isso nos deixaria assim? Esse é o nosso trabalho. Fazemos isso todo dia. Pense em algo realmente difícil.

Até Emily riu.

— Sério, James, errou feio. Eu seria capaz de achar um brinco em dez minutos, em qualquer cidade do mundo — disse ela, de repente inspirada a participar por razões que não compreendi. — Só seria um desafio se ela não nos dissesse em que cidade o tinha perdido. Mas aposto que, mesmo assim, nós o encontraríamos.

James estava saindo da sala, fingindo uma expressão de horror.

— Tudo bem, então, senhoritas, tenham um excelente dia, ouviram? Pelo menos ela não fodeu vocês duas para sempre. Quero dizer, sério, graças a Deus, né? As duas estão *tooootalmente* sãs. Sim, bem, tenham um excelente dia...

— NÃO TENHA TANTA PRESSA, VIADO! — estrilou alguém muito alto e em tom agudo. — QUERO QUE VOLTE LÁ E DIGA ÀS GAROTAS O QUE ESTAVA PENSANDO QUANDO VESTIU ESSA SHMATA, ESSE TRAPO, HOJE DE MANHÃ! — Nigel pegou James pela orelha esquerda e o arrastou para a área entre as nossas mesas.

— Ah, vamos, Nigel! — queixou-se James, fingindo estar aborrecido, mas obviamente deliciado por Nigel o tocar. — Você sabe que adora esta camisa!

— ADORO ESTA CAMISA? ACHA QUE ADORO ESTE ESTILO ATLE-TA GAY UNIVERSITÁRIO DE FRATERNIDADE? JAMES, VOCÊ PRECISA RECONSIDERAR, OK? OK?

— O que tem de errado com uma camisa de futebol americano justa? Eu acho sexy. — Emily e eu concordamos com a cabeça, em uma aliança tácita com James. Podia não ser exatamente de bom gosto, mas ele parecia incrivelmente descolado. Além do mais, era meio duro receber conselhos de um homem que, naquele exato momento, estava usando um jeans boot cut estampa de zebra e um suéter preto com decote V e uma abertura em forma de fechadura nas costas, revelando músculos definidos. O conjunto era coroado por um chapéu de palha mole e um toque (sutil, admito!) de delineador preto.

— BEBÊ, MODA NÃO É ANUNCIAR SEU ATO SEXUAL PREDILETO NA CAMISETA. NÃO É NÃO! QUER EXIBIR UM POUCO DA PELE? ISSO É SEXY! QUER MOSTRAR ALGUMAS DESSAS SUAS CURVAS SARADAS E JOVENS? ISSO É SEXY. ROUPA NÃO É PARA CONTAR AO MUNDO QUE POSIÇÃO VOCÊ PREFERE, AMOR. ENTENDEU AGORA?

— Mas Nigel! — Fez uma cara de derrota pensada cuidadosamente para disfarçar como estava curtindo ser o foco das atenções de Nigel.

— NADA DE "NIGEL", QUERIDO. VÁ FALAR COM JEFFY. DIGA QUE FUI EU QUE MANDEI. DIGA A ELE PARA TE DAR A NOVA CAMISETA SEM MANGAS DA CALVIN QUE PEDIMOS PARA AS FOTOS EM MIAMI. A QUE AQUELE MODELO NEGRO MARAVILHOSO, AH, NOSSA!, TÃO GOSTOSO QUANTO UM MILK-SHAKE DE CHOCOLATE, VESTIU. AGO-RA, VÁ, XÔ, XÔ. MAS VOLTE E ME MOSTRE COMO FICOU!

James saiu rápido, como um coelhinho que acabou de ser alimentado, e Nigel se virou para nós.

— JÁ FIZERAM O PEDIDO DELA? — perguntou a nenhuma de nós em particular.

— Não, ela só vai escolher quando estiver com os lookbooks — respondeu Emily, parecendo entediada. — Ela disse que faria isso ao voltar.

— BEM, NÃO SE ESQUEÇAM DE ME AVISAR COM ANTECEDÊNCIA PARA QUE EU RESERVE TEMPO NA MINHA AGENDA PARA ESSA FESTA! — Partiu em direção ao Closet, provavelmente para tentar dar uma olhada em James se trocando.

Eu já tinha sobrevivido a uma seleção de guarda-roupa por Miranda, e não tinha sido nada agradável. Nos desfiles, ela ia de passarela a passarela, o caderno de esboços na mão, se preparando para retornar aos Estados Unidos e dizer à sociedade de Nova York o que usaria — e aos americanos do interior o que gostariam de usar —, através da única passarela que realmente importava, a *Runway*. Mal sabia eu que Miranda também estava prestando uma atenção particular às roupas que cruzavam as passarelas, porque era o seu primeiro vislumbre do que ela própria usaria nos próximos meses.

Umas duas semanas depois de retornar à redação, Miranda tinha dado a Emily uma lista de designers cujos lookbooks gostaria de ver. Enquanto os suspeitos de sempre se apressavam para organizar os books para Miranda — as fotografias da passarela muitas vezes ainda nem mesmo **tinham** sido reveladas, que dirá retocadas e reunidas, e ela já pedia para **vê-las** —, todos na *Runway* ficaram de prontidão, à espera. Nigel precisaria **estar preparado**, é claro, para ajudá-la a estudá-los e selecionar suas roupas **pessoais**. Um editor de acessórios estaria disponível para escolher bolsas **e sapatos, e**, talvez, um editor de moda extra para assegurar que todos **combinassem** — em especial se a encomenda incluísse algo grandioso, **como** um casaco de pele ou um longo. Quando as diversas *maisons* tivessem, finalmente, reunido os diferentes itens pedidos por ela, o costureiro pessoal de Miranda iria à *Runway* por alguns dias, para ajustar tudo. Jeffy esvaziaria completamente o Closet, e ninguém poderia fazer nenhum trabalho, já que Miranda e seu costureiro ficariam entocados ali durante horas a fio. Na primeira rodada de roupas, passei pelo Closet a tempo de escutar Nigel gritar: "MIRANDA PRIESTLY! TIRE ESSE TRAPO JÁ! ESSE VESTIDO FAZ COM QUE PAREÇA UMA VADIA! UMA PROSTITUTA COMUM!" Fiquei do lado de fora, escutando contra a porta — literalmente arriscando a vida, se esta fosse aberta —, e esperei que ela o repreendesse da sua maneira especial, porém tudo o que ouvi foi um murmúrio de anuência e o farfalhar do tecido enquanto despia o vestido.

Como já estava lá havia tempo suficiente, parecia que a honra de fazer os pedidos de Miranda caberia a mim. Quatro vezes por ano, religiosamente, ela folheava lookbooks como se fossem seu próprio catálogo pessoal, e selecionava terninhos Alexander McQueen e calças Balenciaga, como se fossem simples camisetas. Um post-it amarelo sobre aquela calça cigarrete Fendi, outro colado diretamente sobre o tailleur da Chanel, um terceiro com um grande "NÃO" posicionado sobre a blusa de seda combinando. Virada de página, cola, virada de outra, cola, e assim sucessivamente até ter selecionado um guarda-roupa completo para a estação, diretamente da passarela; roupas que, muito provavelmente, ainda não tinham nem mesmo sido confeccionadas.

Eu tinha observado Emily enviar faxes com as escolhas de Miranda aos vários designers, omitindo tamanho ou preferência de cor, já que qualquer pessoa digna de um Manolo saberia o que serviria em Miranda Priestly. É claro, meramente acertar o tamanho não bastava — quando as roupas chegassem à revista, precisariam ser cortadas e ajustadas, de modo a parecerem feitas sob medida. Somente quando todo o guarda--roupa fosse encomendado, despachado, cortado e levado expressamente ao closet de seu quarto por uma limusine, Miranda se livraria das roupas da estação anterior, e pilhas de Yves e Celine e Helmut Lang retorna-riam — em sacos de lixo — à redação. A maioria era de apenas quatro ou seis meses antes, coisas que foram usadas uma ou duas vezes ou, mais frequentemente, nunca. Tudo continuava tão incrivelmente elegante, tão absurdamente atual que ainda não estavam disponíveis na maioria das lojas, mas como eram da estação anterior, a probabilidade de que ela fosse vista as usando era igual a de ser flagrada em uma calça da nova linha de roupas de um supermercado.

Ocasionalmente, eu achava uma regata ou uma jaqueta *oversized* com que poderia ficar, mas o fato de tudo ser tamanho 34 era um problema. Em geral, distribuíamos as roupas a qualquer um com filhas pré-adoles-centes, as únicas a terem uma chance de caber nas peças. Eu imaginava meninas com corpos de meninos, exibindo saias Prada estampadas de batom e elegantes vestidos Dolce & Gabbana de alcinhas. Se havia algo realmente maravilhoso, realmente caro, eu o tirava da sacola e o enfia-va debaixo da minha mesa até poder levá-lo para casa em segurança. Alguns cliques no eBay ou, talvez, uma rápida visita a uma das lojas de peças em consignação de luxo, na Madison, e o meu salário, de repente, não parecia tão deprimente. Não era roubo, eu racionalizava, simplesmente se aproveitar do que estava disponível.

Miranda ligou mais seis vezes entre 18h e 21h — meia-noite e 3h em Paris — para que a conectássemos a várias pessoas que já estavam em Paris. Eu obedecia, apática, com total indiferença, até juntar minhas coisas e tentar furtivamente encerrar a noite antes de o telefone tocar de novo. Só quando, exausta, vestia o casaco, notei o lembrete preso ao meu monitor: LIGAR PARA A., 15h30, HOJE. Minha mente parecia oca, minhas lentes de contato tinham ressecado havia muito tempo, se transformando em minúsculos cacos de vidro sobre meus olhos e, naquele momento, minha cabeça começou a latejar. Nenhuma dor aguda, somente aquela dor nebulosa, vaga, impossível de localizar a fonte, mas cuja intensidade aumenta lentamente até você desmaiar ou a cabeça explodir. No frenesi das ligações que haviam gerado tal ansiedade, tal pânico, feitas do outro lado do oceano, eu tinha me esquecido de reservar trinta segundos do meu dia para ligar para Alex, quando ele pedira. Simplesmente tinha me esquecido de fazer algo tão simples para alguém que parecia nunca exigir nada de mim.

Eu me sentei na sala, agora escura e silenciosa, peguei o telefone, que continuava ligeiramente úmido do suor de minhas mãos durante a última ligação de Miranda, minutos antes. O telefone em sua casa tocou e tocou até a secretária eletrônica atender, mas ele atendeu ao primeiro toque quando liguei para o celular.

— Oi — disse ele, sabendo, pelo identificador de chamadas, que era eu. — Como foi o seu dia?

— O de sempre. Alex, desculpe não ter ligado às 15h30. Não consigo nem falar disso... é que foi tudo uma loucura, ela ficou ligando e...

— Esquece. Não é tão grave. Ouça, agora não é uma boa hora para mim. Posso ligar amanhã? — Ele parecia distraído, a voz assumindo aquela qualidade distante de alguém falando de um telefone público, na praia de um pequeno povoado no outro lado do mundo.

— Hum, certo. Mas está tudo bem? Pode falar por alto o que queria me dizer antes? Fiquei realmente preocupada que estivesse com algum problema.

Ele ficou em silêncio por um instante, então, disse:

— Bem, não parece que estivesse tão preocupada. Pedi que me ligasse numa hora que seria conveniente para mim, sem falar que a sua chefe nem mesmo está no país, e você só pôde ligar seis horas depois do combinado. Não parece um sinal de que estivesse realmente preocupada, sabe? — Falou aquilo sem nenhum sarcasmo, nem crítica, simplesmente constatando os fatos.

Girei o fio do telefone nos dedos até prender totalmente a circulação, deixando a junta inchada e a ponta branca; também senti um gosto breve e metálico de sangue na boca, ao me dar conta de que estava mordendo a parte interna do lábio inferior.

— Alex, não me esqueci de ligar — menti sem pudor, tentando me livrar da acusação subjetiva. — É que não tive sequer um segundo livre, e como parecia algo sério, não quis ligar só para ter de desligar logo. Ela deve ter me ligado umas trinta vezes à tarde, e em cada uma delas era uma nova emergência. Emily saiu às 17h e me deixou sozinha com o telefone, e Miranda não parou. Ficou ligando e ligando, e toda vez que eu pensava em te ligar, lá estava ela de novo na outra linha. Eu, bem... entende?

A minha lista relâmpago de justificativas soou patética até mesmo para mim, mas não consegui me conter. Ele sabia que eu havia simplesmente esquecido, e eu também. Não porque não me importasse nem estivesse preocupada, mas porque tudo o que não fosse relacionado a Miranda meio que deixava de ser relevante no momento em que eu chegava ao trabalho. Eu ainda não entendia e, com certeza, não podia explicar — nem pedir que outras pessoas entendessem — como o mundo exterior apenas era absorvido em uma espécie de não existência, que a única coisa que permanecia quando o resto sumia era a *Runway*. Parecia especialmente difícil explicar aquele fenômeno quando se tratava da única coisa em minha vida que eu desprezava. E, ainda assim, era a única que tinha importância.

— Ouça, tenho de vigiar Joey. Ele convidou dois amigos e, a essa altura, já devem ter detonado a casa.

— Joey? Você está em Larchmont? Não costuma tomar conta dele às quartas. Está tudo bem? — Queria distraí-lo do fato óbvio de eu ter ficado envolvida demais no trabalho por seis horas seguidas, e aquele me pareceu o melhor caminho. Ele me contaria que a mãe tinha ficado presa no trabalho, ou talvez tivesse precisado comparecer a uma reunião de professores de Joey, e a babá não pôde ir. Ele nunca se queixava, não era o seu estilo, mas, pelo menos, me diria o que estava acontecendo.

— Sim, sim, está tudo bem. Minha mãe teve um encontro de emergência com um cliente hoje à noite. Andy, não posso realmente falar agora. Eu só queria te dar uma boa notícia. Mas você não me ligou de volta — comentou, sem emoção.

Envolvi o fio do telefone, que tinha começado a se desenrolar lentamente, tão apertado em volta do indicador e do dedo médio que os dois começaram a latejar.

— Desculpe. — Foi só o que consegui dizer, porque, embora soubesse que ele tinha razão, que eu fora insensível ao não ligar, estava exausta demais para apresentar uma defesa convincente. — Alex, por favor. Por favor, não me castigue não me contando algo bom. Sabe há quanto tempo ninguém me liga com boas notícias? Por favor. Me dê pelo menos uma alegria. — Eu sabia que ele se renderia ao meu argumento racional, e foi o que fez.

— Ouça, não é tão empolgante. Só me adiantei e organizei tudo para irmos juntos à primeira reunião de ex-alunos.

— Verdade? Mesmo? Nós vamos? — Eu havia tocado naquele assunto algumas vezes antes, de um modo que eu acreditava ter sido espontâneo, casual, mas, de um modo nada típico de Alex, ele tinha evitado se comprometer a irmos juntos. Era realmente cedo para planejar a viagem, mas os hotéis e os restaurantes em Providence precisavam ser reservados com meses de antecedência. Eu tinha desistido havia algumas semanas, achando que iríamos descolar um lugar onde ficar. Mas, de alguma forma, evidentemente, ele tinha percebido como eu queria que fôssemos juntos, e havia planejado tudo.

— Sim, está feito. Temos um carro alugado, na verdade, um Jeep, e reservei um quarto no Biltmore.

— No Biltmore? Fala sério? Conseguiu um quarto lá? É demais.

— Sim, bem, você sempre falou que gostaria de se hospedar lá, então imaginei que poderíamos tentar. Fiz até uma reserva para o brunch no domingo, no Al Forno, para dez pessoas, para que possamos reunir a tropa e ter todo mundo em um mesmo lugar e na mesma hora.

— Não é possível. Já fez tudo isso?

— Sim. Achei que provavelmente você gostaria de saber. Por isso estava ansioso para contar. Mas, evidentemente, você estava ocupada demais para ligar de volta.

— Alex, estou vibrando. Não pode imaginar como me sinto, e não acredito que já organizou tudo. Sinto muito pelo que aconteceu antes, mas mal posso esperar por outubro. Vai ser maravilhoso, e graças a você.

Conversamos mais alguns minutos. Quando desliguei, ele não parecia mais irritado, mas eu mal conseguia me mexer. O esforço para agradá-lo, para encontrar as palavras certas, não somente para convencê-lo de que não o havia negligenciado, mas também para demonstrar que estava grata e entusiasmada, tinha consumido minhas últimas reservas de energia. Não me lembro de entrar no carro, ir para casa, ou de ter ou não cumprimentado John Fisher-Galliano no hall do prédio. Além de uma exaustão profunda que doía tanto que era quase boa, a única coisa de que me lembro ter sentido foi alívio ao ver a porta de Lily fechada e nenhuma luz por baixo. Pensei em pedir algo para comer, mas o simples ato de localizar um menu e o telefone parecia demais — outra refeição que simplesmente não aconteceria.

Em vez disso, me sentei no concreto rachado da minha sacada sem móveis e, vagarosamente, dei uma tragada em um cigarro. Sem energia para expelir a fumaça, deixei que escapasse por meus lábios e pairasse no ar à minha volta. A certa altura, ouvi a porta de Lily se abrir, seus passos pelo corredor, mas rapidamente apaguei as luzes e fiquei em silêncio. Haviam sido quinze horas ininterruptas de conversa, não conseguia falar nem mais uma palavra.

13

— Contrate-a — decretou Miranda, quando conheceu Annabelle, a 12ª garota que eu havia entrevistado e uma das duas que decidi estarem aptas a conhecê-la. Francês era a língua materna de Annabelle (na verdade, falava tão pouco inglês que precisei que as gêmeas servissem de intérpretes), e ela era graduada na Sorbonne, dona de um físico esbelto, torneado, e um lindo cabelo castanho. Era estilosa. Não tinha medo de usar stiletto no trabalho, e parecia não se incomodar com o temperamento rude de Miranda. De fato, era arrogante e, ela própria, brusca, e parecia nunca encarar ninguém nos olhos. Tinha sempre um ar entediado, um tanto desinteressado e extremamente confiante. Fiquei animada quando Miranda a escolheu, não apenas porque me poupava semanas de entrevistas com babás em potencial, mas porque indicava, de um modo muito, mas muito sutil, que eu estava começando a entender.

Entender o que, exatamente, eu não fazia ideia, mas, àquela altura, as coisas corriam tão tranquilamente quanto se podia esperar. Eu havia concluído a encomenda das roupas com apenas algumas gafes. Ela não tinha ficado exatamente entusiasmada quando lhe mostrei tudo o que havia encomendado da Givenchy e, por acidente, pronunciei como se lia em inglês — Gui-ven-tchi. Depois de muitos olhares fulminantes, e alguns comentários sarcásticos, fui informada da pronúncia correta, e tudo correu razoavelmente bem, até ela saber que os vestidos Roberto Cavalli que escolhera ainda não tinham sido confeccionados e só ficariam prontos dali a três semanas. Mas cuidei do problema e consegui coordenar provas no Closet com o seu alfaiate, e organizar quase tudo no closet de sua residência, um espaço do tamanho aproximado de uma quitinete.

O planejamento da festa tinha prosseguido durante a ausência de Miranda e sido retomado com prioridade máxima quando ela voltou, mas havia, surpreendentemente, pouco pânico — parecia que estava tudo em ordem, que a sexta-feira seguinte aconteceria sem contratempos. Chanel tinha mandado entregar um longo e justo vestido exclusivo vermelho, bordado, enquanto Miranda estava na Europa, e eu, imediatamente, o mandei para a lavanderia para ser avaliado. Tinha visto um parecido em preto na *W*, no mês anterior, e quando disse isso a Emily, ela havia balançado a cabeça, melancólica.

— Quarenta mil dólares — disse ela, levantando e abaixando a cabeça, várias vezes. Ela clicou duas vezes em uma calça preta no style.com, site em que passara meses pesquisando looks para a sua viagem à Europa com Miranda.

— Quarenta mil O QUÊ?

— O vestido. O vermelho Chanel. Custa 40 mil dólares, se comprá-lo na loja. É claro que Miranda não está pagando o preço total, mas tampouco o ganhou. Não é uma loucura?

— Quarenta mil DÓLARES? — perguntei de novo, ainda sem acreditar que, apenas algumas horas antes, tinha pegado em algo que valesse tanto dinheiro. Não consegui evitar uma rápida contextualização de quanto valiam 40 mil: dois anos completos de mensalidades da faculdade, sinal na compra de uma nova casa, um salário anual médio de uma típica família americana de quatro pessoas. Ou, no mínimo, uma porrada de bolsas Prada. Mas um vestido? Pensei ter visto de tudo àquela altura, mas ainda teria outro choque quando o vestido retornasse da lavanderia de alta-costura com um envelope em que se lia, escrito à mão, *Sra. Miranda Priestly*. Dentro, havia uma fatura manuscrita em papel Cardstock cor de creme:

Tipo de roupa: *vestido longo*. Designer: *Chanel*. Comprimento: *Tornozelo*. Cor: *Vermelho*. Tamanho: *34*. Descrição: *Bordado de contas à mão, sem mangas, com um ligeiro decote redondo, zíper lateral invisível, forro de seda.* Serviço: *Básico, primeira lavagem.* Preço: *US$ 670.*

Havia um bilhete complementar sob o trecho da fatura, da dona da lavanderia, uma mulher que eu tinha certeza de que pagava o aluguel de sua loja e da sua casa com o dinheiro recebido da Elias, graças à obsessão de Miranda por lavagem a seco.

Tivemos um grande prazer em trabalhar um vestido tão lindo e esperamos que goste de usá-lo na sua festa, no Whitney Museum. Como fomos instruídos, pegaremos o vestido na segunda-feira, 24 de maio, para a sua limpeza pós-festa. Por favor, informe-nos se pudermos prestar mais algum serviço. Atenciosamente, Colette.

Enfim, era só quinta-feira e Miranda tinha um vestido novinho em folha, recém-lavado a seco, em seu closet, e Emily havia localizado com precisão as sandálias Jimmy Choo prateadas que ela pedira. O cabeleireiro estaria em sua casa às 17h30 na sexta-feira, o maquiador às 17h45, e Uri estaria de prontidão para, exatamente às 18h15, levar Miranda e o Sr. Tomlinson ao museu.

Miranda já havia saído para assistir à competição de ginástica de Cassidy, e eu tinha esperança de fugir mais cedo para fazer uma surpresa a Lily. Minha amiga completara sua última prova do ano, e eu queria sair com ela para comemorar.

— Em, acha que eu poderia sair por volta das 18h30 ou 19h hoje? Miranda disse que não precisa do Livro, porque não há nada realmente novo — acrescentei rapidamente, irritada por ter de pedir a uma pessoa igual a mim, do mesmo nível hierárquico, permissão para sair depois de trabalhar por doze horas, em vez das quatorze horas de sempre.

— Hum, claro. Bem, de qualquer jeito, estou saindo agora. — Ela checou a tela do seu computador e viu que passava um pouco das 17h. — Fique mais duas horas e pode ir. Ela vai ficar com as gêmeas hoje à noite, por isso acho que não vai ligar muito. — Emily tinha um encontro com o homem que havia conhecido em Los Angeles, no Ano-Novo. Ele tinha, finalmente, ido a Nova York e, surpresa!, realmente tinha ligado. Iam ao Craftbar para uns drinques. Depois, ela o levaria para jantar no Nobu, se ele estivesse se comportando bem. Emily havia feito as reservas cinco semanas antes, quando ele tinha enviado um e-mail falando que talvez fosse a Nova York, mas ainda assim precisou usar o nome de Miranda para conseguir um horário.

— Bem, o que vai fazer quando chegar, já que não é Miranda Priestly? — perguntei, de maneira idiota.

Como sempre, ela me dirigiu a clássica combinação de suspiro profundo e revirada de olhos.

— Simplesmente vou mostrar meu cartão de visitas e dizer que Miranda teve de se ausentar inesperadamente da cidade, então me pediu para aproveitar a reserva. Nada de mais.

Miranda ligou só uma vez depois de Emily sair, para dizer que só voltaria à redação no dia seguinte, ao meio-dia, mas que gostaria de uma cópia da resenha daquele restaurante que havia lido "no jornal". Tive a presença de espírito de perguntar se ela se lembrava do nome do restaurante ou do jornal em que tinha visto a resenha, mas aquilo a aborreceu enormemente.

— Ahn-dre-ah, já estou atrasada para a competição. Não me faça perguntas. Era um restaurante de *Asian fusion* e foi no jornal de hoje. É isso. — Com isso, ela fechou seu Motorola V60. Esperei, como sempre fazia quando ela me interrompia no meio da frase, que naquele dia o telefone simplesmente engolisse seus dedos, levando um bom tempo para cortar em pedacinhos as unhas impecavelmente pintadas de vermelho. Mas não tive sorte.

Rabisquei um recado no caderno em que guardava as infinitas — e dinâmicas — exigências de Miranda, para procurar o restaurante assim que chegasse à redação no dia seguinte, e corri para pegar um carro. Liguei para Lily do meu celular e ela atendeu assim que eu estava prestes a saltar e subir ao apartamento, então acenei para John Fisher-Galliano (que tinha deixado o cabelo crescer um pouco e enfeitado o uniforme com algumas correntes, e se parecia cada vez mais com o designer), mas não me movi.

— Oi, e aí? Sou eu.

— Oiiiiiii! — cantou ela mais feliz do que se mostrava havia semanas, talvez meses. — Acabou. Acabei! Nada de aulas de manhã cedo no verão, nada além de uma pequena, insignificante proposta para uma tese de mestrado que posso mudar dez vezes, se quiser. Portanto, nada até meados de julho. Dá para acreditar? — Ela parecia radiante.

— Eu sei, estou tão feliz por você! Está a fim de jantar para comemorar? Onde você quiser, por conta da *Runway*.

— Verdade? Em qualquer lugar?

— Em qualquer lugar. Estou aqui embaixo e de carro. Desça, vamos a algum lugar bacana.

Ela gritou.

— Maravilha! Estava louca para contar tudo sobre o Garoto Freudiano. Ele é lindo! Espere só um segundo. Vou vestir um jeans e já desço.

Apareceu cinco minutos depois, mais montada e feliz do que a via em muito tempo. Estava com um jeans desbotado boot cut que abraçava seus quadris, e uma blusa bufante de mangas compridas, branca. Sandálias de dedo que eu jamais vira — tiras de couro marrom com contas turquesas — completavam o traje. Estava até maquiada, e seus cachos pareciam ter visto um secador em algum momento nas últimas 24 horas.

— Você está o máximo — elogiei, quando ela entrou no carro. — Qual é o segredo?

— Garoto Freudiano, óbvio. Ele é incrível. Acho que estou apaixonada. Até agora, ele alcançou nove décimos. Dá para acreditar?

— Primeiro, vamos decidir aonde ir. Não fiz reserva em nenhum lugar, mas posso ligar e usar o nome de Miranda. Qualquer lugar que você quiser.

Ela estava passando um gloss da Kiehl's e se olhando no espelho retrovisor.

— Qualquer lugar? — disse, distraída.

— Qualquer lugar. Talvez Chicama para aqueles mojitos — sugeri, sabendo que a maneira de atraí-la para um restaurante era anunciar seus drinques, não sua comida. — Ou aqueles cosmopolitans maravilhosos do Meet. Ou o Hudson Hotel, quem sabe conseguimos sentar do lado de fora? Mas se preferir vinho, eu gostaria de experimentar...

— Andy, podemos ir ao Benihana? Sempre morri de vontade de ir. — Ela parecia envergonhada.

— Benihana? Quer ir ao *Benihana*? A franquia cheia de turistas e bandos de crianças choronas, onde atores asiáticos desempregados preparam a comida na sua mesa? *Esse* Benihana?

Ela assentiu, com um entusiasmado aceno de cabeça. Eu não tinha outra escolha a não ser ligar para perguntar o endereço.

— Não, não, eu tenho aqui. Rua 56 entre a Quinta e a Sexta Avenidas, lado norte — falou para o motorista.

Minha amiga estranhamente empolgada não pareceu notar que eu a estava encarando. Em vez disso, se pôs a tagarelar feliz sobre o Garoto Freudiano, assim chamado porque estava no último ano de um programa de doutorado em psicologia. Tinham se conhecido no lounge dos alunos da pós-graduação, no subsolo da Biblioteca Low. Tive de ouvir um resumo detalhado de todas as suas qualificações: 29 anos ("Bem mais maduro, mas não velho demais"), de Montreal ("Um sotaque francês fofo, mas tipo, totalmente americanizado"), cabelo comprido ("Mas não para rabo de cavalo"), e a quantidade certa de pelos faciais ("Parece Antonio Banderas com barba de três dias").

Os chefs samurais faziam seu trabalho, fatiando, cortando e salteando cubos de carne por todo o restaurante, enquanto Lily ria e batia palmas, como uma menininha em sua primeira ida ao circo. Apesar de ser impossível acreditar que Lily gostasse realmente de um cara, parecia ser a única explicação lógica para a sua óbvia alegria. Ainda mais impossível acreditar na sua afirmação de que ainda não tinha dormido com ele ("Duas semanas e meia inteiras juntos na escola, e nada! Não está orgulhosa de mim?"). Quando perguntei por que eu não o tinha visto pelo apartamento, ela sorriu, orgulhosa, e respondeu:

— Ainda não foi convidado a subir. Estamos indo com calma.

Estávamos sentadas do lado de fora do restaurante, ela me regalando com todas as histórias engraçadas que ele havia contado, quando Christian Collinsworth apareceu à minha frente.

— Andrea. Adorável Andrea. Tenho de admitir que estou surpreso em descobrir que é fã do Benihana... O que Miranda pensaria? — provocou, deslizando o braço em volta do meu ombro.

— Eu, ahn, bem... — A gagueira me dominou imediatamente. Não havia espaço para palavras, quando os pensamentos quicavam na minha cabeça, zunindo nos meus ouvidos. *Comendo no Benihana. Christian conhece o lugar! Miranda no Benihana! Está tão lindo com a jaqueta bomber de couro! Deve estar sentindo o cheiro do Benihana em mim! Não o beije na bochecha! Beije-o na bochecha!* — Bem, não é bem, ahn, isso...

— Estávamos justamente discutindo aonde ir agora — declarou Lily, com firmeza, estendendo sua mão para Christian que, enfim me ocorreu, estava sozinho. — Temos tanto assunto para pôr em dia que nem mesmo percebemos que paramos no meio da rua! Ha, ha! Não é, Andy? O meu nome é Lily — disse ela a Christian, que apertou sua mão e, em seguida, afastou um cacho de cabelo do olho, exatamente como tinha feito tantas vezes na festa. Mais uma vez, tive a estranha sensação de que poderia ficar extasiada por horas, talvez dias, só o observando afastar do rosto perfeito aquela única e adorável mecha.

Olhei para ela e para ele, vagamente ciente de que devia dizer alguma coisa, mas os dois pareciam estar se saindo bem sozinhos.

— *Lily.* — Christian rolou o nome na língua. — Lily. Ótimo nome. Quase tão incrível quanto *Andrea.* — Tive a presença de espírito de, pelo menos, olhar para eles, e notei que Lily parecia radiante. Ela estava pensando que, além de ser mais velho, o cara era sexy e charmoso. Eu podia sentir sua cabeça dando voltas, especulando se eu estaria interessada em Christian, se eu realmente faria alguma coisa com Alex na jogada e, se sim, se havia algo que ela pudesse fazer para acelerar as coisas. Ela adorava Alex, era impossível não adorar, mas se recusava a entender como duas pessoas tão jovens poderiam passar tanto tempo juntas, ou, pelo menos, era o que alegava, apesar de eu saber que era o aspecto monogâmico que realmente a intrigava. Se havia uma única centelha de chance de um romance entre mim e Christian, Lily abanaria a brasa.

— Lily, é um prazer conhecê-la. Sou Christian, amigo de Andrea. Sempre param em frente ao Benihana para conversar? — Aquele sorriso me provocou um frio na barriga.

Lily afastou os seus cachos castanhos com as costas das mãos e disse:

— É claro que não, Christian! Acabamos de jantar no Town, e estávamos pensando onde poderíamos tomar um drinque. Alguma sugestão?

Town! Era um dos restaurantes mais badalados e caros da cidade. Miranda o frequentava. Jessica e o noivo o frequentavam. Emily falava obsessivamente em ir até lá. Mas Lily?

— Bem, que bizarro — disse Christian, obviamente acreditando —, acabo de jantar lá com o meu agente. Estranho não ter visto vocês...

— Estávamos no fundo, meio escondidas atrás do bar — falei depressa, recuperando o mínimo de compostura. Ainda bem que tinha prestado atenção quando Emily havia me mostrado a foto minúscula do bar do restaurante listado no citysearch.com, quando ela tentava decidir se seria um bom lugar para um encontro.

— Humm — balançou a cabeça, parecendo um pouco distraído e mais bonito do que nunca. — E estão querendo tomar um drinque?

Senti uma irresistível necessidade de lavar o cheiro do Benihana das minhas roupas e do cabelo, mas Lily não me dava oportunidade. Eu me perguntei por um instante se parecia óbvio para Christian, como parecia para mim, que eu estava sendo oferecida como uma prostituta, mas ele era atraente e ela estava determinada, então mantive a boca fechada.

— Sim, estávamos justamente falando sobre isso. Alguma sugestão? Adoraríamos que fosse conosco — declarou Lily, puxando seu braço de brincadeira. — Há algum lugar que você goste perto daqui?

— Bem, o centro de Manhattan não é exatamente conhecido por seus bares, mas vou encontrar meu agente no Au Bar, se quiserem me acompanhar. Ele voltou à redação para pegar alguns papéis, mas deve aparecer por lá daqui a pouco. Andy, talvez você goste de conhecê-lo. Nunca se sabe quando se precisará de um agente. Então, Au Bar, o que acham?

Lily me lançou um olhar encorajador, um olhar que gritava, *Ele é lindo, Andy! Lindo! Posso não saber quem diabos é, mas ele quer você, por isso se controle e diga que adora o Au Bar!*

— Adoro o Au Bar — falei, quase convincente, embora nunca tivesse pisado no lugar. — Acho que é perfeito.

Lily sorriu, e Christian sorriu, e seguimos juntos para o Au Bar. Christian Collinsworth e eu tomaríamos um drinque juntos. Aquilo poderia ser considerado um encontro? *É claro que não, não seja ridícula,* repreendi a mim mesma. *Alex, Alex, Alex,* entoei em silêncio, determinada a não me esquecer de que tinha um namorado muito amoroso, e também decepcionada por precisar me esforçar para lembrar que tinha um namorado muito amoroso.

Embora fosse uma noite comum de quinta-feira, a polícia do cordão de veludo estava a pleno vapor, e, apesar das promoters não hesitarem em nos liberar, não rolou nenhum desconto: vinte dólares só para entrar.

Mas antes de eu poder entregar o dinheiro, Christian, habilmente, pegou três notas de vinte de um bolo enorme que tirou do bolso, e pagou sem dizer uma palavra.

Tentei protestar, mas Christian pôs dois dedos nos meus lábios.

— Querida Andy, não esquente essa cabecinha linda. — Antes de eu poder afastar a boca do seu toque, ele pôs a outra mão atrás da minha cabeça e pegou meu rosto com as duas mãos. Em algum recesso do meu cérebro completamente confuso, o tiroteio de sinapses me alertava que ele iria me beijar. Eu sabia, sentia, mas não conseguia me mexer. Ele entendeu a fração de segundo em que hesitei como permissão, se curvou e tocou meu pescoço com os lábios. Apenas um leve roçar, talvez com a língua, logo debaixo do maxilar, perto da orelha, mas, ainda assim, no pescoço, e, então, pegou minha mão e me puxou para dentro.

— Christian, espere! Eu, bem, preciso confessar uma coisa — comecei, sem saber se um beijo não solicitado, lábio-excludente, com um leve toque de língua, realmente exigia uma longa explicação sobre ter um namorado e não querer passar uma impressão errada. Aparentemente, Christian não achava necessário, pois me levou até um sofá, num canto escuro, e me mandou sentar. Eu obedeci.

— Vou buscar uns drinques, ok? Não se preocupe tanto. Eu não mordo. — Ele riu, e me senti enrubescer. — Ou, se morder, prometo que vai gostar. — Deu meia-volta e foi para o balcão.

Para evitar um desmaio ou uma reflexão profunda sobre o que tinha acabado de acontecer, procurei Lily no espaço escuro e abafado. Estávamos ali havia menos de três minutos e ela já estava conversando com um cara negro alto, prestando total atenção a cada palavra e jogando a cabeça para trás, com gosto. Abri caminho por entre a multidão de clientes internacionais. Como sabiam que aquele era o lugar aonde ir quando não se tinha um passaporte americano? Passei por um grupo de homens na faixa dos 30, gritando em, acho, japonês, duas mulheres agitando as mãos e conversando empolgadíssimas em árabe, e um casal que parecia infeliz e sussurrava com raiva no que parecia espanhol, mas que talvez fosse português. O cara de Lily já estava com a mão perto da sua bunda e parecia encantado. Não havia tempo para gentilezas, decidi. Christian Collinsworth tinha acabado de massagear o meu pescoço com a boca. Ignorando o homem, pus minha mão no braço direito de Lily e me virei para arrastá-la até o sofá.

— Andy! Pare — disse ela, desvencilhando o braço, mas se lembrando de sorrir para o homem. — Está sendo grosseira. Gostaria de apresentá--la ao meu amigo. William, esta é a minha melhor amiga, Andrea, que geralmente não age assim. Andy, este é William. — Ela sorria benevolente, enquanto apertávamos as mãos.

— Posso perguntar por que está roubando a sua amiga de mim, Ahn-dre-ah? — perguntou William, com uma voz grossa que quase ecoava no espaço subterrâneo. Talvez em outro lugar, outra hora ou com outra pessoa, eu teria notado o sorriso afetuoso ou a maneira cortês com que ele, imediatamente, se levantou e me ofereceu seu lugar quando me aproximei, mas a única coisa em que consegui me concentrar foi no sotaque britânico. Não importava que fosse um homem, um enorme homem negro, que não lembrava em nada Miranda Priestly, nos modos, silhueta ou aparência. Simplesmente escutar o sotaque, a maneira como pronunciou o meu nome, *exatamente como ela fazia*, foi o bastante para fazer o meu coração, literalmente, acelerar.

— William, desculpe, não é nada pessoal. É que estou com um pequeno problema e gostaria de falar com Lily em particular. Já a trago de volta. — Então, agarrei seu braço, daquela vez com mais firmeza, e dei um puxão. Eu estava cheia daquela merda: precisava da minha amiga.

Quando nos sentamos no sofá em que Christian tinha me deixado, e depois de me certificar de que ele continuava tentando atrair a atenção do barman (um homem hétero no balcão, talvez passasse a noite toda ali), respirei fundo.

— Christian me beijou.

— E qual é o problema? Beija mal? Ah, foi isso, não foi? Não há maneira mais rápida de arruinar uma boa fração do que...

— Lily! Bem, mal, qual a diferença?

Suas sobrancelhas se ergueram até a testa, e ela abriu a boca para falar, mas eu continuei:

— Não que tenha alguma relevância, mas ele beijou o meu pescoço. O problema não é *como* ele beijou, mas sim que aconteceu. E Alex? Eu não saio por aí beijando outros caras, você sabe.

— Ah, como sei — murmurou baixinho, antes de continuar, em alto e bom som. — Andy, está sendo ridícula. Você ama Alex e ele ama você, mas é perfeitamente normal sentir vontade de beijar outro cara de vez em quando. Você tem 23 anos, pelo amor de Deus! Relaxe um pouco!

— Mas eu não o beijei... Ele me beijou!

— Antes de mais nada, vamos analisar a situação. Você se lembra de quando Monica beijou Bill e o país inteiro, nossos pais e Ken Starr chamaram aquilo de sexo? Não foi sexo. De maneira semelhante, um cara que com certeza queria beijar seu rosto e beijou seu pescoço não pode ser qualificado como "beijar alguém".

— Mas...

— Cale a boca e me deixe terminar. Mais importante do que o que realmente aconteceu é que você quis que acontecesse. Admita, Andy. Você quis beijar Christian independentemente de se era "certo" ou "errado" ou "contra as regras". E, se não admitir, é uma mentirosa.

— Lily, falando sério, não acho que seja justo...

— Eu a conheço há nove anos, Andy. Acha que não vejo na sua cara que o venera? Você sabe que não devia, afinal ele não joga seguindo as suas regras, joga? Mas com certeza é justo por isso que gosta de Christian. Simplesmente se deixe levar, aproveite. Se Alex é o homem certo para você, sempre será. E agora, com licença, porque encontrei alguém que é certo para mim... neste exato instante. — Ela pulou do sofá e voltou para William, que parecia indiscutivelmente feliz em vê-la.

Eu me senti constrangida, sentada no enorme sofá de veludo sozinha, e olhei em volta à procura de Christian, mas ele não estava mais no bar. Só levaria um pouco mais de tempo, decidi. Tudo se resolveria se eu parasse de me preocupar tanto. Talvez Lily tivesse razão e eu gostasse de Christian — o que havia de errado naquilo? Ele era inteligente e inegavelmente deslumbrante, e a sua autoconfiança assertiva incrivelmente sexy. Sair com alguém que por acaso era sexy não implicava, necessariamente, em traição. Tenho certeza de que houve situações, ao longo dos anos, em que Alex tinha conhecido, trabalhado ou estudado com uma garota descolada, bonita, pela qual devia ter se sentido atraído. Aquilo o tornava infiel? Lógico que não. Com a confiança renovada (e um desesperado desejo de ver, observar, ouvir, estar novamente perto de Christian), comecei a cruzar o bar.

Eu o encontrei apoiado no braço direito, em uma conversa animada com um homem mais velho, provavelmente na faixa dos 40 e tantos, que vestia um elegante terno de três peças. Christian gesticulava muito, as mãos se agitando, o rosto estampando uma expressão entre bom humor e tédio extremo, enquanto o homem com o cabelo grisalho o encarava, sério. Eu ainda estava longe demais para escutar o que discutiam, mas devia estar olhando fixamente, pois o homem me viu e sorriu. Christian recuou um pouco, seguiu seu olhar e me flagrou observando os dois.

— Andy, querida — disse ele, o tom de voz muito diferente de alguns minutos antes. Notei que fazia a transição de sedutor para tiozão com facilidade. — Venha cá, quero que conheça um amigo meu. Este é Gabriel Brooks, meu agente, administrador e herói para todas as horas. Gabriel, esta é Andrea Sachs, atualmente na revista *Runway*.

— Andrea, é um prazer conhecê-la — disse Gabriel, estendendo a mão e pegando a minha em um daqueles apertos irritantemente delicados não-estouapertando-sua-mão-como-faria-com-um-homem-porque-estou-certo-de-que-simplesmente-quebraria-seus-ossinhos-femininos. — Christian falou muito de você.

— Mesmo? — perguntei, apertando um pouco mais, o que só fez ele afrouxar ainda mais a pressão. — Bem, espero?

— Claro. Disse que você é aspirante a escritora, como o nosso amigo aqui. — Sorriu.

Fiquei surpresa ao saber que tinha ouvido falar de mim por Christian, já que a nossa conversa sobre escrever fora apenas casual.

— É, bem, gosto de escrever, por isso, quem sabe um dia...

— Bem, se você for pelo menos metade do que as pessoas que ele me encaminha são, já ficarei ansioso para ler o seu trabalho. — Pôs a mão dentro de um bolso interno e tirou um estojo de couro, do qual puxou um cartão. — Sei que ainda não está pronta, mas quando chegar a hora de mostrar o que produziu para alguém, espero que se lembre de mim.

Foi preciso toda a minha força de vontade e determinação para continuar de pé, para impedir que minha boca se abrisse ou os joelhos cedessem. *Espero que se lembre de mim?* O homem que representava Christian Collinsworth, o menino-prodígio da literatura, havia acabado de pedir para eu não me esquecer dele. Era loucura.

— Obrigada — agradeci com a voz rouca, enfiando o cartão na bolsa, de onde eu sabia que iria tirá-lo para examinar cada centímetro, na primeira oportunidade. Os dois sorriram para mim, e levei um minuto para perceber que era minha deixa para sumir. — Bem, Sr. Brooks, hum, Gabriel, foi realmente um prazer conhecê-lo. Agora tenho de ir, mas espero revê-lo em breve.

— O prazer foi meu, Andrea. Parabéns de novo por conseguir um trabalho tão fantástico. Saiu direto da faculdade para trabalhar na *Runway*. Impressionante.

— Eu a acompanho até a porta — disse Christian, pondo uma mão no meu cotovelo e sinalizando para Gabriel que voltaria logo.

Paramos no bar para eu dizer a Lily que estava indo para casa e ela, desnecessariamente, me avisou — em meio a um amasso com William —, que não iria me acompanhar. Ao pé da escada que dava no nível da rua, Christian me beijou no rosto.

— Foi muito bom encontrá-la hoje. E tenho um pressentimento de que vou ter de ouvir Gabriel falar como você é fantástica. — Sorriu.

— Mal trocamos duas palavras — salientei, me perguntando por que todo mundo estava sendo tão lisonjeiro.

— Sim, Andy, mas o que você parece não perceber é que o mundo da escrita é pequeno. Quer escreva mistérios ou matérias de destaque ou artigos para jornais, todo mundo conhece todo mundo. Gabriel não precisa conhecer você a fundo para saber que tem potencial; foi boa o bastante para conseguir um trabalho na *Runway*, parece brilhante e articulada quando fala e, sério, é minha amiga. Ele não tem nada a perder te dando um cartão. Quem sabe? Pode ter acabado de descobrir a próxima autora best-seller. E acredite, Gabriel Brooks é um bom homem para você conhecer.

— Hum, acho que tem razão. Bem, de qualquer modo, preciso ir para casa, já que tenho de estar na redação daqui a algumas horas. Obrigada por tudo. Realmente estou agradecida. — Eu me inclinei para beijá-lo no rosto, meio esperando que ele o virasse, meio querendo que fizesse isso, mas ele só sorriu.

— É mais do que um prazer, Andrea Sachs. Tenha uma boa noite. — E antes que me ocorresse algo remotamente inteligente para dizer, ele voltou para Gabriel.

Revirei os olhos e fui para a rua chamar um táxi. Tinha começado a chover — nada torrencial, apenas uma garoa leve, regular —, de modo que, óbvio, não havia nem um único táxi livre em Manhattan. Liguei para o serviço de carros da Elias-Clark, dei o meu número VIP, e um carro chegou para me buscar exatamente seis minutos depois. Alex havia deixado um recado perguntando como tinha sido o meu dia e dizendo que estaria em casa a noite toda, montando o planejamento das aulas. Fazia muito tempo desde que o surpreendera. Estava na hora de fazer um pequeno esforço e ser espontânea. O motorista concordou em esperar o tempo que eu quisesse, então subi correndo, pulei para o chuveiro, dei um pouco mais de atenção ao cabelo e arrumei uma bolsa com as coisas para trabalhar no dia seguinte. Como já passava das 23h, o trânsito estava tranquilo e chegamos ao apartamento de Alex, em menos de quinze minutos. Ele pareceu genuinamente feliz em me ver ao abrir a porta, repetindo várias vezes que não acreditava que eu tivesse ido até o Brooklyn tão tarde em um dia de semana, e que era a melhor surpresa que eu poderia ter feito. E quando me deitei no meu lugar favorito em seu peito, assistindo a *Conan* e escutando o som rítmico de sua respiração enquanto ele mexia no meu cabelo, mal pensei em Christian.

— Humm, oi. Posso falar com o seu editor de gastronomia, por favor? Não? Ok, talvez com um assistente editorial, ou alguém que possa me dizer quando uma resenha de restaurante foi publicada? — perguntei a uma recepcionista francamente hostil no *New York Times*. Ela atendeu aos gritos, "O quê?!", e estava fingindo, ou talvez não, que não falávamos a mesma língua. Mas a minha persistência tinha valido a pena; depois de perguntar seu nome três vezes ("Não podemos dizer nossos nomes, senhora"), ameaçar fazer uma queixa ao seu gerente ("O quê? Acha que ele se importa? Vou chamá-lo agora mesmo"), e, finalmente, jurar enfaticamente que iria pessoalmente à redação, na Times Square, e fazer tudo o que estivesse em meu poder para que a demitissem imediatamente ("Ah, mesmo? Estou tão preocupada"), ela se cansou de mim e passou a ligação para outra pessoa.

— Editorial — falou bruscamente outra mulher que soava transtornada. Eu me perguntei se atendia ao telefone de Miranda assim, e se não, então aspirava a atender assim. Era de tal modo desagradável ouvir uma voz tão incrível e inegavelmente infeliz que quase dava vontade de simplesmente desligar.

— Oi, queria fazer uma pergunta rápida. — As palavras saíram atrapalhadas em uma tentativa desesperada de ser ouvida antes de ela desligar o telefone. — Gostaria de saber se publicaram alguma resenha de um restaurante de *Asian fusion* ontem?

Ela suspirou como se eu tivesse acabado de pedir que doasse um de seus membros à ciência e, então, suspirou de novo.

— Deu uma olhada on-line? — Outro suspiro.

— Sim, sim, é claro, mas não consigo...

— Porque é onde devem estar, se publicamos alguma. Não posso acompanhar cada palavra que sai no jornal, sabia?

Respirei fundo e tentei permanecer calma.

— A sua encantadora recepcionista me pôs em contato com você porque trabalha no departamento de arquivos. Por isso parece, de fato, que o seu trabalho é acompanhar cada palavra.

— Ouça, se eu procurasse cada descrição vaga que as pessoas me pedem diariamente, não poderia fazer mais nada. Você tem mesmo de verificar on-line. — Suspirou mais duas vezes, e eu comecei a me preocupar que ela começasse a hiperventilar.

— Não, não, *você* vai ouvir por um minuto — insisti, me sentindo inclinada e pronta para socar aquela garota preguiçosa que tinha um emprego muito melhor que o meu. — Estou ligando da parte do escritório de Miranda Priestly e acontece que...

— Desculpe, mas disse que está ligando do escritório de Miranda Priestly? — perguntou, e mesmo do outro lado da linha senti seus ouvidos se aguçarem. — Miranda Priestly... da revista *Runway*?

— A própria. Por quê? Já ouviu falar nela?

Foi aí que ela se transformou de uma assistente editorial inconveniente a uma escrava da moda efusiva.

— Se ouvi falar nela? É claro! Quem não conhece Miranda Priestly? Na moda, ela é única. O que disse que ela estava procurando?

— Uma resenha. Jornal de ontem. Um restaurante de *Asian fusion*. Não encontrei nada on-line, mas talvez não tenha procurado direito. — Era meio que mentira. Eu havia checado a versão digital e tinha certeza de que não existia uma resenha de nenhum restaurante de *Asian fusion* no *New York Times*, em nenhum dia da última semana, mas não ia confessar aquilo a ela. Talvez a Garota Editorial Esquizofrênica conseguisse um milagre.

Até agora, eu tinha ligado para o *Times*, o *Post* e o *Daily News*, mas não encontrara nada. Coloquei o número do seu cartão corporativo para ter acesso aos arquivos pagos do *Wall Street Journal* e encontrei um anúncio de um novo restaurante tailandês no Village, mas logo tive de descartá-lo, quando percebi que o preço médio das entradas era de 7 dólares e o citysearch.com o classificava com apenas um cifrão.

— Bem, é claro, espere só um segundo. Vou verificar agora mesmo para você. — E de repente a Srta. "Não Podem Esperar que me Lembre de Cada Palavra Que Sai no Jornal" estava digitando e cantarolando empolgada.

Minha cabeça doía da confusão da noite anterior. Tinha sido divertido fazer uma surpresa a Alex e incrivelmente relaxante ficar à toa em seu apartamento, mas pela primeira vez em muitos, muitos meses, não consegui dormir. Dominada por um recorrente sentimento de culpa, tinha flashbacks de Christian beijando meu pescoço e eu entrando em um carro para ver Alex, mas sem lhe contar nada. Embora eu tentasse afastar aquelas imagens da mente, retornavam o tempo todo, cada vez mais intensas. Quando enfim consegui dormir, sonhei que Alex tinha sido contratado para ser babá de Miranda e — embora, na realidade, a dela não morasse lá — se mudaria para viver com a família. No meu sonho, sempre que eu queria ver Alex, tinha de dividir um carro para casa com Miranda, e visitá-lo em seu apartamento. Ela insistia em me chamar de Emily e me mandava fazer coisas sem sentido, apesar de eu repetir que estava lá para ver o meu namorado. Quando finalmente amanhecera, Alex tinha sido enfeitiçado por Miranda e não conseguia entender por que ela era tão má e, ainda pior, Miranda tinha começado a namorar Christian. Felizmente, meu inferno terminou quando despertei, com um sobressalto, depois de sonhar que Miranda, Christian e Alex sentavam juntos, usando roupões Frette, todo domingo de manhã para ler a *Times*, e riam enquanto eu preparava o café da manhã e, depois, tirava a mesa. O sono da noite anterior havia sido tão relaxante quanto descer sozinha uma rua deserta às 4h, e, agora, a resenha sobre aquele restaurante estava destruindo qualquer esperança que eu tivesse alimentado de passar uma sexta-feira tranquila.

— Humm, não, não publicamos nada ultimamente sobre um restaurante de *Asian fusion*. Estou tentando pensar se há novos lugares do estilo. Sabe, lugares a que Miranda realmente pensasse em ir — disse ela, parecendo que faria qualquer coisa para prolongar a conversa.

Ignorei sua transição para a familiaridade de tratar Miranda pelo primeiro nome, e tratei de fazê-la desligar.

— Ok, bem, foi o que pensei. De qualquer maneira, muito obrigada. Tchau.

— Espere! — gritou, e, embora o telefone já estivesse a caminho da base, o tom urgente fez com que eu voltasse a escutá-la.

— Sim?

— Ah, bem, humm, eu só queria que soubesse que se tiver algo que eu possa fazer, ou qualquer um de nós aqui, sinta-se à vontade para ligar, entende? Adoramos Miranda e gostaríamos, bem, gostaríamos de ajudar com o que pudermos.

Parecia que a primeira-dama dos Estados Unidos tinha acabado de perguntar à Garota Editorial Esquizofrênica se ela podia localizar um artigo para o presidente, um artigo que incluía informação crucial de uma guerra iminente, não uma resenha anônima em um restaurante anônimo em um jornal anônimo. A parte mais triste de tudo era que eu não estava surpresa: eu sabia que aconteceria.

— Ok, vou passar a informação a todos aqui. Muito obrigada mesmo.

Emily ergueu os olhos da contabilidade de despesas e disse:

— Nada lá também?

— Nada. Não faço ideia do que ela está falando, como, aparentemente, mais ninguém na cidade. Consultei cada jornal de Manhattan que ela lê, verifiquei on-line, falei com arquivistas, críticos de restaurantes, chefs. Nem uma única pessoa consegue se lembrar de um restaurante de *Asian fusion* apropriado, que tenha sido inaugurado na semana passada, muito menos um que tenha sido resenhado nas últimas 24 horas. Com certeza, ela perdeu o juízo. E agora? — Caí de volta na minha cadeira e amarrei o cabelo em um rabo de cavalo. Ainda não eram 9h e a dor de cabeça já tinha se irradiado para pescoço e ombros.

— Acho — disse ela devagar, lamentando — que não tem outra escolha a não ser pedir que ela explique.

— Ah, não, isso não! Como será que ela vai reagir?

Emily, como sempre, não apreciou meu sarcasmo.

— Ela chegará ao meio-dia. Se eu fosse você, já pensaria antecipadamente no que vai dizer, porque ela não ficará satisfeita se não conseguir a resenha. Principalmente por tê-la pedido ontem à noite — salientou ela, com um sorriso mal reprimido. Estava obviamente deleitada com o fato de eu estar prestes a ser esculachada.

Não havia muito o que fazer a não ser esperar. Era uma sorte Miranda estar na sessão maratona de terapia ("Ela simplesmente não tem tempo de ir uma vez por semana", havia explicado Emily, quando perguntei por que a sessão durava três horas), o único intervalo de tempo, do dia ou da noite, em que ela não ligava para nós e, evidentemente, o único momento em que eu precisava que o fizesse. Uma montanha de correspondência que negligenciei nos últimos dois dias ameaçava desmoronar sobre a mesa, e havia mais dois dias inteiros de roupa suja empilhados aos meus pés. Dei um imenso suspiro para que o mundo soubesse como me sentia infeliz, e telefonei para a lavanderia.

— Oi, Mario. Sou eu. Sim, eu sei, dois dias sem ligar. Pode mandar alguém vir buscar, por favor? Ótimo. Obrigada. — Desliguei o telefone e me forcei a puxar algumas roupas para o colo, a fim de começar a organizar e registrar as peças na lista que eu mantinha no meu computador. Quando Miranda ligou, às 21h45, e perguntou onde estava o seu tailleur Chanel novo, tudo o que fiz foi abrir o documento e dizer que tinha sido enviado no dia anterior e que deveria ser entregue no dia seguinte. Anotei as roupas do dia (uma blusa Missoni, duas calças idênticas Alberta Ferretti, dois suéteres Jil Sander, duas echarpes Hermès brancas e um trench coat Burberry), as joguei em uma sacola de compras com o nome *Runway* e chamei um office boy para deixá-las na área onde a lavanderia as pegaria.

Estava tudo dando certo! Mandar itens para a lavanderia era uma das tarefas mais degradantes porque, independentemente de quantas vezes tivesse de fazer, continuava a sentir repulsa por separar roupas sujas de outra pessoa. Depois de terminar de organizar e colocá-las na sacola todos os dias, eu lavava as mãos: o cheiro persistente de Miranda impregnava tudo, e embora consistisse em uma mistura do perfume Bulgari, hidratante e, ocasionalmente, um leve odor dos charutos de C-SEM, e não de todo desagradável, me fazia sentir mal. Sotaque britânico, perfume Bulgari, echarpes de seda brancas — apenas alguns dos prazeres mais simples da vida, agora arruinados para mim.

A correspondência era a de sempre, 99 por cento de lixo que Miranda nunca veria. Tudo o que estava etiquetado "editor-chefe" ia diretamente para as pessoas que editavam a sessão de Cartas, mas muitas das leitoras tinham se tornado mais sagazes e endereçavam sua correspondência diretamente a Miranda. Precisei de cerca de quatro segundos para passar os olhos em uma e ver que era uma carta à editora, e não um convite para um baile beneficente ou um bilhete rápido de uma amiga de longa data, e aquelas eu simplesmente deixava de lado. Naquele dia, havia toneladas. Bilhetes entusiasmados de adolescentes, donas de casa e até de alguns homens gays (ou, para ser justa, talvez metrossexuais). "Miranda Priestly, você não é apenas a queridinha do mundo da moda, você é a rainha do meu mundo!", babava uma. "Não poderia ser mais perfeita a sua escolha de publicar o artigo sobre o vermelho ser o novo preto na edição de abril — foi ousado, mas genial!", exclamava outra. Algumas cartas criticavam a sexualidade exagerada em um anúncio da Gucci, que estampava duas mulheres de stilettos e ligas, deitadas em uma cama amarrotada, os corpos abraçados, e algumas outras censuravam as modelos de olhos encovados, desnutridas e com a aparência chique de viciadas em heroína que a *Runway* havia usado em seu artigo "Saúde Primeiro: Como se Sentir Melhor". Uma era um cartão-postal padrão, de um lado endereçado, em letra floreada, a Miranda Priestly, do outro, lia-se: "Por quê? Por que publica uma revista tão maçante e idiota?" Ri alto e guardei aquela na bolsa para mais tarde — a minha coleção de cartas e cartões críticos estava aumentando, e logo não haveria mais espaço na geladeira. Lily achava baixo-astral levar para casa a hostilidade e os pensamentos negativos de outras pessoas, e sacudia a cabeça quando eu insistia que qualquer carma ruim originalmente dirigido a Miranda só podia me fazer feliz.

A última carta da pilha volumosa, antes de eu começar a atacar as duas dúzias de convites que Miranda recebia diariamente, estava redigida na letra redonda e feminina de uma adolescente; cheia de "is" com pingos em forma de coração e carinhas sorridentes do lado de pensamentos felizes. Pretendia dar apenas uma rápida olhada, mas o texto me prendeu: era triste e sincero demais — sangrava, suplicava, implorava. Os primeiros quatro segundos se passaram e eu continuei a ler.

Querida Miranda,

Meu nome é Anita, tenho 17 anos e sou estudante do último ano do ensino médio, na Barringer, em Newark, NJ. Tenho muita vergonha do meu corpo, embora todos me digam que não sou gorda. Quero me parecer com as modelos de sua revista. Todo mês espero a Runway chegar pelo correio, apesar de minha mãe dizer que é bobagem eu gastar a mesada com a assinatura de uma revista de moda. Mas ela não entende que tenho um sonho, mas você entende, não? Tem sido o meu sonho desde que eu era pequena, mas não acho que vá se realizar. Por quê?, você pergunta. Quase não tenho peito e minha bunda é maior do que as das suas modelos, e isso me deixa muito envergonhada. Pergunto a mim mesma se essa é a maneira como quero viver, e respondo NÃO!!! Porque quero mudar, parecer e me sentir melhor e por isso estou pedindo a sua ajuda. Quero uma mudança radical e me olhar no espelho e gostar dos meus peitos e minha bunda, porque se parecem com os que estão na melhor revista do mundo!!!

Miranda, sei que é uma pessoa e uma editora de moda maravilhosa e que pode me transformar em uma outra pessoa, e, acredite, serei grata para sempre. Mas se não puder me transformar em uma nova pessoa, talvez pudesse me dar um vestido muito, muito, muito bonito para ocasiões especiais? Nunca namorei, mas mamãe diz que tudo bem garotas saírem sozinhas, por isso vou sair. Tenho um vestido antigo, mas não é um vestido de grife ou qualquer coisa que você mostraria na Runway. Meus designers favoritos são Prada (nº 1), Versace (nº 2), Jean Paul Gaultier (nº 3). Tenho vários preferidos, mas esses são os três de que mais gosto. Não tenho nenhuma roupa de nenhum deles, e nunca as vi em uma loja (acho que em Newark não vendem esses designers, mas se souber de alguma, por favor, me informe para que eu possa ir olhá-las e ver como são de perto), mas eu as vi na Runway e tenho de dizer que realmente as adoro.

Agora, vou parar de aborrecê-la, mas quero que saiba que mesmo que jogue esta carta no lixo, continuarei uma grande fã de sua revista porque amo as modelos e as roupas e tudo, e, é claro, também amo você.

Atenciosamente,
Anita Alvarez

PS.: O número do meu telefone é 973-555-3948. Pode escrever ou ligar, mas, por favor, faça isso antes da semana de 4 de julho, porque realmente preciso de um vestido bonito antes disso. TE AMO!! Obrigada!!!!

A carta cheirava a Jean Naté, aquela água-de-colônia de cheiro acre preferida pelas pré-adolescentes do país. Mas não foi aquilo que causou um aperto no meu peito, a compressão em minha garganta. Quantas

Anitas havia lá fora? Meninas com tão pouco em suas vidas que mediam seu valor, sua confiança, toda a sua existência em função das roupas e das modelos que viam na *Runway*. Quantas outras tinham decidido amar incondicionalmente a mulher que reunia tudo aquilo, todo mês — a organizadora de uma fantasia tão sedutora —, embora ela não merecesse um único segundo da sua adoração? Quantas meninas não faziam ideia de que o objeto da sua adoração era uma mulher solitária, profundamente infeliz e, muitas vezes, cruel, que não merecia o mais breve instante de seu afeto e sua atenção inocentes?

Eu queria chorar, por Anita e todas as suas amigas que gastavam tanta energia tentando se transformar em modelos como Shalom ou Stella ou Carmen, tentando impressionar, agradar e bajular a mulher que pegaria suas cartas e reviraria os olhos, daria de ombros e as jogaria fora, sem pensar na garota que havia escrito ali um pedaço de si mesma. Em vez disso, pus a carta na primeira gaveta de minha mesa e jurei arrumar um modo de ajudar Anita. Ela parecia ainda mais desesperada do que as outras que escreviam, e não havia motivo para eu, cercada por todas aquelas roupas, não encontrar um vestido decente para um encontro com um rapaz que, tinha esperança, ela conheceria em breve.

— Em, vou dar uma descida até a banca e ver se já chegou o *Women's Wear*. Não acredito como está atrasado hoje. Quer alguma coisa?

— Pode me trazer uma Coca Light? — perguntou.

— Certo. Só um instante — respondi, atravessando rapidamente por entre as araras até o elevador de serviço, onde escutei Jessica e James dividindo um cigarro e se perguntando quem estaria na festa de Miranda, no Whitney, naquela noite. Ahmed, finalmente, conseguiu produzir um exemplar do *Women's Wear Daily*, o que foi um alívio, e peguei uma Coca Light para Emily e uma Pepsi para mim, mas, pensando bem, troquei por uma Light para mim também. A diferença no gosto e o prazer não valiam os olhares e/ou comentários reprovadores que eu certamente receberia no caminho da recepção à minha mesa.

Eu estava tão ocupada examinando a foto colorida de Tommy Hilfiger na capa que nem mesmo notei que um dos elevadores estava disponível. Pelo canto do olho, tive o vislumbre de verde, de um verde muito distinto. Particularmente digno de nota porque Miranda tinha um tailleur Chanel exatamente naquele *tweed* esverdeado, uma cor que eu jamais vira antes, mas de que gostava muito. E apesar de minha mente estar bem treinada, não conseguiu impedir que os meus olhos se erguessem e olhassem para dentro do elevador, onde, de certa forma, não se surpreenderam ao se deparar com Miranda. Empertigada, o cabelo afastado do rosto de modo austero, como sempre, seus olhos fitando atentamente o meu rosto em choque. Não havia nenhuma outra alternativa a não ser entrar no elevador.

— Hum, bom dia, Miranda — cumprimentei, mas saiu como um sussurro. As portas se fecharam: seríamos só nós duas subindo 17 andares. Ela não me respondeu, mas pegou sua agenda de couro e se pôs a folheá-la. Ficamos lado a lado, o silêncio pesando dez vezes mais a cada segundo sem resposta. *Será que ela me reconheceu?*, me perguntei. Seria possível que ela estivesse inteiramente inconsciente de que eu era sua assistente havia sete meses, ou quem sabe eu não teria falado baixo demais e ela não havia escutado? Pensei por que ela não tinha me perguntado imediatamente sobre o restaurante, ou se eu recebera a mensagem sobre a encomenda da nova porcelana, ou se estava tudo pronto para a festa à noite. Em vez disso, agiu como se estivesse sozinha naquele elevador, como se não houvesse nenhum outro ser humano, ou, para ser precisa, ninguém que valesse a pena conhecer, dentro do pequeno recinto com ela.

Quase um minuto depois, notei que não estávamos saindo do lugar. Ah, meu Deus! Ela *tinha* me visto e suposto que eu apertaria o botão, mas eu havia ficado atordoada demais para me mover. Estendi o braço devagar, receosa, apertei o número 17, e, instintivamente, esperei que alguma coisa explodisse. Mas logo fomos levadas para cima, e não tive certeza se ela havia reparado que não tínhamos nos movido ainda.

Cinco, seis, sete... parecia que o elevador levava dez minutos para passar cada andar, e o silêncio começou a zumbir em meus ouvidos. Quando consegui reunir coragem suficiente para relancear os olhos na direção de Miranda, descobri que ela estava me examinando da cabeça aos pés. Seus olhos se moviam sem o menor constrangimento, checando primeiro meus sapatos, depois minha calça e, em seguida, minha blusa, prosseguindo para cima até o meu rosto e cabelo, o tempo todo evitando os meus olhos. A expressão em seu rosto era de uma repulsa passiva, como a dos detetives insensíveis de *Law and Order* quando se viam diante de mais um cadáver ensanguentado. Fiz uma rápida revista em mim mesma e me perguntei o que exatamente tinha desencadeado a reação. Camisa estilo militar de mangas curtas, jeans Seven novinho em folha que o departamento de Relações Públicas me enviou grátis, simplesmente por trabalhar na *Runway*, e um par de slingbacks pretos, relativamente baixos (5 centímetros), que eram os únicos calçados não botas/não tênis/não mocassins que me permitiam fazer mais de quatro viagens ao Starbucks por dia sem deixar meus pés em frangalhos. Em geral, tentava usar o Jimmy Choo que Jeffy havia me dado, mas eu precisava de um dia de folga a cada semana, mais ou menos, para que os arcos de meus pés parassem de doer. Meu cabelo estava limpo e preso naquela espécie de coque alto, deliberadamente displicente, que Emily sempre usava sem comentários, e minhas unhas — apesar de não pintadas — compridas e razoavelmente lixadas. Eu havia raspado as axilas nas últimas 48 horas. Pelo menos, que eu soubesse, não havia erupções significativas no meu rosto. Meu relógio Fossil estava com a face para dentro do pulso para o caso de alguém tentar dar uma olhada na marca, e uma verificação rápida com a mão direita indicou que nenhuma alça de sutiã estava visível. Então o que era? O que exatamente a fazia me olhar daquele jeito?

Doze, treze, quatorze... o elevador parou e abriu para mais outra impecável área de recepção branca. Uma mulher, de cerca de 35 anos, deu um passo à frente para entrar, mas parou a 60 centímetros da porta ao ver Miranda.

— Ah, eu, ahn... — gaguejou alto, olhando em volta freneticamente, procurando uma desculpa para não entrar em nosso inferno privado. E embora fosse ser melhor para mim tê-la a bordo, no íntimo torcia para que escapasse. — Eu, humm, ah! Eu me esqueci das fotos que preciso levar — conseguiu dizer finalmente, dando meia-volta em seus Manolos especialmente instáveis, voltando rápido para a sua sala. Miranda não pareceu reparar, e as portas, mais uma vez, se fecharam.

Quinze, dezesseis, e finalmente — finalmente! — dezessete, onde as portas se abriram para revelar um grupo de assistentes de moda da *Runway* a caminho de pegarem cigarros, Coca Light e salada verde, que constituiriam seu almoço. Cada rosto jovem, belo, expressava mais em pânico do que o outro, e elas quase colidiram tentando sair do caminho de Miranda. Dividiram-se ao meio, três para um lado e duas para o outro, e ela se dignou a passar entre elas. Todas ficaram olhando fixo para Miranda, em silêncio, enquanto se dirigia à área de recepção, e fui deixada sem outra opção a não ser segui-la. Não reparava em nada, imaginei. Tínhamos acabado de passar o que parecia uma semana intolerável trancadas em uma caixa de 1,5 metro por 1 metro, e ela nem mesmo reconheceu a minha presença. Mas assim que pisei no andar, ela se virou.

— Ahn-dre-ah? — perguntou, a voz cortando o silêncio tenso que dominava o espaço. Não respondi, pois achei que era uma pergunta retórica, mas ela esperou. — Ahn-dre-ah?

— Sim, Miranda?

— De quem são os sapatos que está usando? — Pôs a mão levemente sobre o quadril coberto de tweed e me encarou. O elevador tinha ido sem as assistentes, já que estavam absortas demais em ver, e ouvir!, Miranda Priestly em carne e osso. Senti seis pares de olhos em meus pés que, apesar de alguns minutos antes parecerem bastante confortáveis, começaram a arder e coçar sob o intenso escrutínio de cinco assistentes de moda e um guru fashion.

A ansiedade da inesperada subida de elevador com ela (a primeira) e o olhar inabalável de todas aquelas pessoas confundiram minha cabeça. Assim, quando Miranda perguntou de quem eram os sapatos que eu calçava, pensei que talvez ela achasse que não estava usando os meus próprios.

— Humm, meus? — respondi, sem perceber, até as palavras serem proferidas, que soavam não apenas desrespeitosas, como também completamente ofensivas. O bando de claque-claques começou a se alvoroçar, até que a raiva de Miranda se voltou contra elas.

— Eu me pergunto por que a vasta maioria de minhas assistentes de moda parece não ter nada melhor a fazer a não ser fofocar como menininhas. — Começou a apontar cada uma, já que não seria capaz de dizer o nome de nenhuma nem mesmo sob a mira de uma arma.

— Você! — disse bruscamente à garota nova e espevitada que provavelmente estava vendo Miranda pela primeira vez. — Nós a contratamos para isso ou para pedir as roupas para a sessão de fotos de terninhos? — A garota baixou a cabeça e abriu a boca para se desculpar, mas Miranda prosseguiu.

— E você! — disse ela, se aproximando e ficando na frente de Jocelyn, a de posição superior entre elas, e a preferida dos editores. — Acha que não há milhões de garotas que querem o seu emprego e que entendem de alta-costura tanto quanto você? — Ela recuou, relanceando o olhar por seus corpos, demorando o tempo suficiente para que cada uma se sentisse gorda, feia e inadequadamente vestida, e mandou que todas voltassem a suas salas. Assentiram com vigor, as cabeças baixas. Algumas murmuraram sinceros pedidos de desculpas enquanto voltavam rapidamente para os seus departamentos. Só quando todas saíram, me dei conta de que estávamos a sós. De novo. — Ahn-dre-ah? Não vou tolerar que minha assistente fale comigo dessa maneira — declarou, dirigindo-se à porta que nos levaria ao corredor. Eu não sabia bem se devia acompanhá-la ou não, e torci, por um instante, que Eduardo ou Sophy ou uma das garotas do departamento de moda tivesse avisado Emily que Miranda estava a caminho.

— Miranda, eu...

— Chega. — Fez uma pausa à porta e olhou para mim. — Que sapatos está usando? — perguntou de novo, com um tom nada agradável.

Chequei meus slingbacks novamente e me perguntei como dizer à mulher mais elegante do hemisfério ocidental que estava usando sapatos comprados na Ann Taylor Loft. Outro olhar de relance para o seu rosto, e soube que não seria capaz.

— Comprei-os na Espanha — respondi rapidamente, desviando os olhos. — Em uma loja adorável em Barcelona, perto de Las Ramblas, que vendia essa nova linha de um designer espanhol. — De onde, diabos, eu tinha tirado aquilo?

Vi James se aproximando da porta de vidro, pelo outro lado, mas, assim que viu Miranda, deu meia-volta e fugiu.

— Ahn-dre-ah, eles são inaceitáveis. Minhas garotas precisam representar a revista *Runway*, e esses sapatos não são a mensagem que procuro transmitir. Procure algo decente no Closet. E me traga um café. — Ela olhou para mim, e compreendi que tinha de estender o braço e abrir a porta para ela, o que eu fiz. Passou sem dizer obrigada e seguiu para a sua sala. Eu precisava de dinheiro e de meus cigarros para a corrida ao café, mas nada disso valia andar atrás dela como um patinho maltratado, mas ainda leal, então voltei ao elevador. Eduardo poderia me emprestar 5 dólares para o latte, e Ahmed poria um maço de cigarros na conta da *Runway*, como fazia havia meses. Eu não tinha imaginado que ela notaria, mas sua voz atingiu a minha nuca como uma pá.

— Ahn-dre-ah!

— Sim, Miranda? — Parei onde estava e me virei para encará-la.

— Espero que a resenha do restaurante que pedi esteja na minha mesa.

— Humm, bem, na verdade, tive um pouco de dificuldade em localizá-la. Falei com todos os jornais e parece que nenhum deles publicou a resenha de um restaurante de *Asian fusion*, nos últimos dias. Será que, bem, se lembra do nome do restaurante? — Sem me dar conta, eu estava prendendo a respiração e me preparando para o massacre.

Parece que a minha explicação não suscitou nenhum interesse, pois ela retomou o caminho para a sua sala.

— Ahn-dre-ah, eu já lhe disse que foi no *Post*. É tão difícil assim encontrá-la? — E com isso, se foi. *Post?* Eu tinha falado com o autor das críticas de restaurantes naquela manhã, e ele tinha jurado que não havia nenhuma resenha que se ajustasse à minha descrição: nada digno de nota acontecera naquela semana. Ela estava tendo um colapso nervoso, sem dúvida, e eu levaria a culpa.

Buscar o café levou só alguns minutos, já que era meio-dia, então me senti livre para acrescentar mais dez e ligar para Alex, que almoçava 12h30 em ponto. Ainda bem que atendeu o celular, assim não precisei falar com nenhum dos professores de novo.

— Oi, gata, como está sendo o seu dia? — Ele parecia animado, excessivamente, e tive de me conter para não me irritar.

— Maravilhoso, como sempre. Eu realmente adoro trabalhar aqui. Passei as últimas cinco horas pesquisando um artigo imaginário que foi sonhado por uma mulher delirante, que provavelmente prefere se matar a admitir que errou. E você?

— Bem, eu tive um dia e tanto. Você se lembra de Shauna? — Balancei a cabeça, embora ele não pudesse ver. Shauna era uma das menininhas que nunca tinha proferido uma única palavra em classe, e que por mais que ele ameaçasse, subornasse ou encorajasse, não conseguia fazer com que falasse. Ele tinha ficado quase histérico a primeira vez que ela aparecera na sua turma, colocada ali por uma assistente social que havia descoberto que, apesar de ter 9 anos, ela jamais frequentara uma escola, e, a partir de então, ele ficara obcecado em ajudá-la. — Bem, parece que não vai se calar nunca! Só precisei de um pouco de música. Hoje um cantor de folk veio tocar violão para as crianças, e Shauna começou a cantar. E depois de quebrar o gelo, está falando com todo mundo. Ela sabe inglês. Tem um vocabulário apropriado para a idade. É completamente normal! — Seu entusiasmo óbvio me fez sorrir, e, de repente, comecei a sentir falta dele. Uma saudade do tipo que se sente quando vemos alguém frequente e regularmente, mas não nos envolvemos com a pessoa de uma maneira significativa. Tinha sido muito bom fazer a surpresa na noite anterior, mas, como sempre, eu estava exausta demais para ser boa companhia. No fundo, nós dois compreendíamos que estávamos esperando o cumprimento da minha sentença, do meu ano de servidão, para tudo voltar a ser como antes. Mas eu ainda sentia falta de Alex. E continuava a sentir culpa pela situação com Christian.

— Parabéns! Não que precise de um atestado de que é um grande professor, mas, de qualquer jeito, conseguiu! Deve estar emocionado.

— Sim, é empolgante. — Escutei o sinal tocar ao fundo.

— Ouça, o convite para hoje à noite continua de pé, só eu e você? — perguntei, esperando que ele não tivesse feito planos (ainda que, interiormente, alimentasse esperanças de que tivesse). De manhã, enquanto eu arrastava o meu corpo exausto e dolorido da cama para o chuveiro, ele gritou que queria alugar um filme, pedir algo para comer, e ficar à toa. Murmurei alguma coisa desnecessariamente sarcástica sobre não valer a pena porque eu só chegaria em casa muito tarde e cairia na cama, e que, pelo menos, um de nós deveria viver e aproveitar a noite de sexta-feira.

Agora, queria lhe dizer que estava com raiva de Miranda, da *Runway*, de mim mesma, mas não dele, e que não havia nada que eu gostaria mais de fazer do que me enroscar no sofá e ficar agarrada a ele por quinze horas seguidas.

— Claro. — Ele pareceu surpreso, mas feliz. — Posso esperar você na sua casa e, então, pensamos no que fazer? Ficarei com Lily até você chegar.

— Parece perfeito. Vai ficar sabendo tudo sobre o Garoto Freudiano.

— Quem?

— Deixa pra lá. Ouça, tenho de correr. A rainha não pode esperar pelo café. Até a noite... mal posso esperar.

Eduardo me deixou passar depois de cantar somente dois refrãos — de minha escolha — de "We Didn't Start the Fire", e Miranda estava conversando animadamente quando coloquei seu café no canto esquerdo da mesa. Passei o restante da tarde argumentando com cada assistente e editor que consegui achar no *New York Post*, insistindo que eu conhecia o jornal melhor do que eles, e se poderiam, por favor, me enviar uma cópia da resenha sobre o restaurante de *Asian fusion* que tinham publicado um dia antes?

— Senhora, já disse uma dezena de vezes, e vou repetir mais uma: *não resenhamos nenhum restaurante desse tipo*. Sei que a Sra. Priestly é uma mulher maluca e não duvido de que ela esteja transformando a sua vida em um inferno, mas simplesmente não posso apresentar um artigo que não existe. Entendeu? — Aquilo fora dito, finalmente, por um associado que, embora trabalhasse na *Page Six*, tinha sido designado para procurar o meu artigo e me calar. Fora paciente e prestativo, mas chegara ao fim de sua cota diária de filantropia. Emily estava na outra linha com um dos críticos de restaurantes freelancers, e eu tinha obrigado James a ligar para um de seus ex-namorados que trabalhava no departamento de publicidade, para ver se havia alguma coisa, qualquer coisa, que ele pudesse fazer. Já eram 15h do dia seguinte ao que Miranda tinha pedido alguma coisa, e a primeira vez que eu não havia conseguido providenciar de imediato.

— Emily! — gritou Miranda de sua sala ilusoriamente iluminada.

— Sim, Miranda? — respondemos, dando um pulo para ver a qual das duas ela iria se dirigir.

— Emily, acabou de falar com o pessoal do *Post*? — perguntou ela, dirigindo a atenção a mim. A verdadeira Emily, parecendo aliviada, se sentou.

— Sim, Miranda, acabo de desligar. Falei com três pessoas diferentes e todas insistem que não resenharam um único restaurante novo de *Asian fusion* em Manhattan, em dia algum da última semana. Não terá sido antes? — Parada, vacilante, em frente à sua mesa, abaixei a cabeça o suficiente para estudar o slingback preto Jimmy Choo, salto 10, que Jeffy tinha me fornecido tão presunçosamente.

— Manhattan? — Ela soou confusa e irritada ao mesmo tempo. — Quem falou em Manhattan?

Foi a minha vez de ficar confusa.

— Ahn-dre-ah, eu lhe disse pelo menos cinco vezes que a resenha foi escrita sobre um novo restaurante em *Washington*. Como estarei lá na semana que vem, preciso que faça uma reserva. — Empertigou a cabeça e esboçou com os lábios o que só poderia ser descrito como um sorriso perverso. — O que exatamente nesse projeto você acha tão desafiador?

Washington? Ela havia me dito cinco vezes que o restaurante era em Washington? Acho que não. Ela estava com certeza perdendo o juízo, ou nutria um prazer sádico em me observar perder o meu. Mas sendo a idiota por quem ela me tomava, falei novamente sem pensar.

— Ah, Miranda, tenho certeza de que o *New York Post* não faz resenhas de restaurantes de Washington. Parece que só visitam e resenham lugares novos em Nova York.

— É uma tentativa de ser engraçada, Ahn-dre-ah? Essa é a sua ideia de senso de humor? — Seu sorriso tinha desaparecido, e ela estava inclinada à frente, parecendo um abutre faminto circundando, impacientemente, sua presa.

— Não, Miranda. Só achei que...

— Ahn-dre-ah, como já deixei claro *uma dezena de vezes*, a resenha que procuro saiu no *Washington Post*. Já ouviu falar nesse pequeno jornal, não? Assim como Nova York tem o *New York Post*, Washington, D.C., tem o seu próprio jornal. Viu como funciona? — Seu tom ultrapassava o escárnio: ela estava me tratando de modo tão condescendente que parecia prestes a usar a voz que adultos reservavam para bebês.

— Vou conseguir agora mesmo — declarei tão calmamente quanto possível, e saí em silêncio.

— Ah, Ahn-dre-ah? — Meu coração parou e o meu estômago se perguntou se suportaria mais uma "surpresa". — Espero que compareça à festa hoje à noite para receber os convidados. É isso.

Olhei para Emily, que parecia completamente desconcertada, o cenho franzido a deixando com uma expressão tão estarrecida quanto a minha.

— Ouvi direito? — sussurrei para Emily, que só conseguiu assentir e fazer um gesto para que eu me aproximasse.

— Eu receava que isso acontecesse — cochichou com gravidade, **como um** cirurgião contando a um membro da família do paciente que **descobriu algo** horrível ao abrir seu tórax.

— **Ela não** pode estar falando sério. São 16h de sexta-feira. A festa **começa às 19h.** É black tie, pelo amor de Deus, ela não pode, de jeito **algum, esperar** que eu vá. — Incrédula, consultei de novo meu relógio **e tentei** relembrar suas palavras exatas.

— Ah, ela falou muito sério — disse Emily, atendendo o telefone. — **Vou** ajudá-la, ok? Vá descobrir a resenha no *Washington Post*, e leve uma cópia para ela antes que saia. Uri está vindo para levá-la para fazer cabelo e maquiagem. Vou conseguir um vestido e tudo o que você precisar para hoje à noite. Não se preocupe. Vamos dar um jeito.

Pôs-se a discar rápido e sussurrar instruções urgentes ao telefone. Fiquei ali olhando, mas ela fez um gesto com a mão sem erguer os olhos, e eu voltei à realidade.

— Vá — sussurrou, olhando para mim com uma rara demonstração de simpatia. E fui.

14

— Não pode aparecer de táxi — disse Lily, enquanto aplicava desajeitadamente o rímel, novinho, Maybelline Great Lash. — É black tie. Peça um carro, pelo amor de Deus. — Ela me observou por mais um minuto e, então, tirou o rímel da minha mão e fechou minhas pálpebras.

— Acho que tem razão — falei com um suspiro, ainda recusando aceitar que a minha noite de sexta-feira seria passada no Whitney, em um vestido de gala, recebendo ricos-mas-ainda-assim-matutos da Geórgia, da Carolina do Sul e do Norte, ostentando um sorriso falso atrás do outro em meu rosto mal maquiado. O comunicado tinha me deixado com apenas três horas para achar um vestido, comprar maquiagem, me aprontar e refazer todos os meus planos para o fim de semana, e, em meio à loucura, tinha me esquecido de providenciar o transporte.

Felizmente, trabalhar em uma das maiores revistas de moda do país (o trabalho pelo qual um milhão de garotas dariam a vida!) tinha suas vantagens e, por volta das 16h40, eu ostentava, orgulhosamente, um sensacional Oscar de la Renta longo, preto, emprestado gentilmente por Jeffy, especialista do Closet e amante de todas as coisas femininas ("Garota, se é black tie, é Oscar, e pronto. Não fique tímida, tire essa calça e experimente isto aqui para Jeffy." Comecei a me desabotoar e ele tremeu. Perguntei se ele achava meu corpo seminu tão repulsivo, e ele respondeu que não. Eram apenas as marcas da minha calcinha que ele achava tão repugnantes). Os assistentes de moda já tinham pedido um par de Manolos prateados do meu tamanho, e alguém nos acessórios tinha escolhido uma bolsa de festa Judith Leiber prateada, com uma tilintante corrente comprida. Eu havia expressado interesse em uma discreta clutch Calvin Klein, mas ela tinha soltado uma risada desdenhosa e me entregado a Judith. Stef estava na dúvida se eu deveria usar uma gargantilha ou um colar com pingente, e Allison, a recém-promovida editora de beleza, estava ao telefone com sua manicure, que atendia na redação.

— Ela vai encontrá-la na sala de conferências, às 16h45 — avisou Allison, quando atendi meu ramal. — Você vai usar preto, certo? Insista no Chanel Ruby Red. E peça a ela para nos mandar a conta.

Toda a redação havia entrado em um frenesi quase histérico, tentando tornar a minha aparência apropriada para a noite de gala. Não porque me adoravam e seriam capazes de dar a vida para me ajudar. Na verdade, sabiam que Miranda tinha ordenado a transformação, e estavam ansiosos para provar o alto nível de seu gosto e classe.

Lily terminou a maquiagem solidária, e me perguntei, por um breve momento, se não estaria ridícula usando um longo Oscar de la Renta e cosméticos de farmácia. Provavelmente, mas eu tinha rejeitado todas as ofertas para enviarem um maquiador profissional ao apartamento. Todos da equipe insistiram, e nenhum sutilmente, mas recusei, inflexível. Até eu tinha limites.

Manquei para dentro do quarto em meus stilettos Manolo de 10 centímetros e beijei Alex na testa. Ele mal ergueu os olhos da revista que estava lendo.

— Com certeza já vou estar em casa às 23h, e poderemos sair para jantar ou beber alguma coisa, está bem? Desculpe, preciso fazer isso, mesmo. Se decidir sair com os rapazes me ligue e vou encontrá-los, ok? — Alex tinha, como prometido, vindo diretamente da escola para passarmos a noite juntos, e não havia ficado nada feliz quando cheguei com a notícia de que ele poderia ter uma noite relaxante em casa, mas que eu não participaria dos planos. Ele estava sentado na sacada do meu quarto, lendo um número antigo de *Vanity Fair* e bebendo uma das cervejas que Lily deixava na geladeira para convidados. Só depois de explicar que tinha de trabalhar naquela noite é que reparei que ele e Lily não estavam juntos.

— Onde ela está? — perguntei. — Não tem nenhuma aula, e sei que não vai trabalhar às sextas durante o verão.

Alex tomou um gole da sua Pale Ale e deu de ombros.

— Acho que está aqui. A porta do quarto está fechada, e vi um cara andando pela casa antes.

— Um cara? Pode ser um pouco mais específico? Que cara? — Eu me perguntei se alguém havia entrado sem ser convidado, ou talvez o Garoto Freudiano tivesse sido finalmente convidado a subir.

— Não sei, mas tem uma aparência assustadora. Tatuagens, piercings, regata justa, tudo. Não imagino onde ela possa tê-lo conhecido. — Tomou outro gole, indiferente.

Eu nem podia imaginar onde ela o tinha encontrado, considerando-se que a deixei às 23h da noite anterior na companhia de um sujeito muito educado, chamado William, que, até onde percebi, não era do tipo regata justa e tatuagens.

— Alex, fala sério! Está me dizendo que um bandido anda pelo apartamento, um bandido que pode ou não ter sido convidado, e você não liga? Que absurdo! Temos de fazer alguma coisa — argumentei, me levantando da cadeira e pensando, como sempre, se o deslocamento de peso não faria a sacada despencar do edifício.

— Andy, relaxe. Ele *não* é um bandido. — Virou mais uma página. — Pode ser um esquisitão punk e *grunge*, mas não é um bandido.

— Ah, maravilha, já estou muito mais tranquila. Agora, você vai ver o que está acontecendo, ou vai ficar a noite toda sentado aí?

Ele continuava se recusando a me encarar, e, por fim, entendi como estava chateado com a mudança de planos. Totalmente compreensível, mas eu estava igualmente irritada por ter de trabalhar, e não havia uma maldita coisa que eu pudesse fazer a respeito.

— Por que não liga, se precisar de mim?

— Ótimo — falei com raiva, fazendo drama ao sair. — Não se sinta culpado ao encontrar meu corpo desmembrado no chão do banheiro. Realmente, não é tão grave...

Marchei pelo apartamento durante algum tempo, buscando evidências da presença do tal sujeito. A única coisa que parecia fora do lugar era uma garrafa de Ketel One na pia. Ela já tinha conseguido comprar, abrir e beber uma garrafa inteira de vodca em alguma hora depois da meia-noite de ontem? Bati na sua porta. Nenhuma resposta. Bati com um pouco mais de insistência e ouvi a voz de um cara declarar o fato óbvio de que alguém estava batendo à porta. Como ninguém respondeu, girei a maçaneta.

— Oi, tem alguém aí? — gritei, tentando não olhar dentro do quarto, mas só conseguindo resistir por cinco segundos. Tive um vislumbre de duas calças jeans emaranhadas no chão, um sutiã pendurado na cadeira e o cinzeiro cheio, que fazia o quarto feder a alojamento de estudantes. Segui direto para a cama, onde a minha melhor amiga estava deitada de lado, de costas para mim, completamente nua. Olhei para o rapaz de aparência doentia com uma linha de suor sobre o lábio e cabelos oleosos esparramados nos lençóis de Lily: suas dezenas de tatuagens sinuosas, espiraladas, assustadoras, agiam como a camuflagem perfeita no edredom xadrez verde e azul. Havia uma argola de ouro em sua sobrancelha, brilhos demais em cada orelha, e dois piercings se projetavam de seu queixo. Ainda bem que estava de cuecas, boxer, mas pareciam tão sujas, encardidas e velhas que eu quase, quase, desejei que não as estivesse vestindo. Ele tragou seu cigarro, exalando lentamente e de maneira significativa, e depois balançou a cabeça na minha direção.

— Você aí — disse ele, agitando o cigarro para mim. — Pode fechar a porta, minha amiga?

O quê? "Minha amiga?" Aquele australiano de aparência suja estava tirando onda com a *minha* cara?

— Está fumando *crack*? — perguntei, nada interessada em boas maneiras e nem um pouco assustada. Ele era mais baixo do que eu, e não devia pesar mais de 58kg, pelo que pude perceber, e a pior coisa que poderia me fazer, àquela altura, era tocar em mim. Encolhi os ombros ao pensar na quantidade de maneiras como provavelmente tocara em Lily, que continuava a dormir profundamente ao seu lado. — Quem você pensa que é? Este é o *meu* apartamento e gostaria que saísse. Agora! — acrescentei, a coragem incitada pela exigência do tempo. Eu tinha exatamente uma hora para me preparar para a noite mais estressante de minha carreira, e lidar com aquele esquisitão drogado não fazia parte do plano.

— *Caaaaraaaaa*, fica fria! — Respirou e inalou de novo. — Não acho que a sua amiguinha aqui quer que eu vá embora...

— Ela ia querer sim que fosse embora se POR ACASO ESTIVESSE CONSCIENTE, SEU BABACA! — gritei horrorizada com o fato de Lily ter, como era mais do que provável, feito sexo com aquele sujeito. — Garanto que falo por nós duas quando digo: SAI DA PORRA DO NOSSO APARTAMENTO!

Senti a mão em meu ombro e me virei rápido, dando de cara com Alex, parecendo preocupado, avaliando a situação.

— Andy, por que não vai tomar um banho? E deixa que eu cuido disso, ok? — Embora ninguém pudesse chamá-lo de um cara grande, parecia um lutador profissional em comparação àquela coisa magricela que, no momento, esfregava o metal facial nas costas nuas da minha melhor amiga.

— QUERO. ELE. — Apontei para que não houvesse dúvidas — FORA. DO. MEU. APARTAMENTO.

— Sei que quer, e acho que ele está quase pronto para sair, não é, amigão? — Alex falou com o tom tranquilizador que usamos com um cão raivoso que tememos perturbar.

— *Caaaaraaaaa*, não vamos brigar. Só estava me divertindo um pouco com Lily, só isso. Ela se jogou pra mim ontem à noite, no Au Bar. Pode perguntar para qualquer um que estava lá. Ela implorou para que eu a acompanhasse.

— Não duvido — disse Alex, calmo. — Ela é uma garota muito afável quando quer, mas, às vezes, bebe demais e não sabe o que está fazendo. Portanto, como amigo de Lily, vou ter de pedir que vá embora.

O maluco amassou seu cigarro e fez um show, levantando as mãos como se estivesse se rendendo.

— Cara, sem problemas. Só vou tomar uma chuveirada rápida e me despedir direito da minha Lily, depois vou embora. — Colocou as pernas para fora da cama e estendeu a mão para pegar a toalha pendurada do lado da mesa.

Alex avançou, tirando a toalha de suas mãos com um movimento rápido, e o encarou.

— Não, acho que deve sair agora. Neste instante. — E de um modo como nunca o tinha visto fazer em quase três anos, se colocou na frente do Garoto Esquisitão e usou de sua altura para reforçar a ameaça velada.

— Amigo, não se preocupe. Já estou saindo — falou baixinho, depois de perceber que, para encarar Alex, precisava esticar o pescoço. — Só vou me vestir e caio fora. — Pegou seu jeans no chão, localizou a camiseta rasgada debaixo do corpo ainda exposto de Lily. Ela se mexeu quando ele a puxou, e alguns segundos depois, seus olhos conseguiram se abrir.

— Cubra o corpo dela! — pediu Alex, contrariado, sem dúvida gostando de seu novo papel de homem-responsável-ameaçador. E sem fazer nenhum comentário, Garoto Esquisitão puxou o lençol até os ombros de Lily, e só um emaranhado de cachos pretos ficou visível.

— O que está acontecendo? — perguntou Lily, rouca, se esforçando para manter os olhos abertos. Então se virou e me viu, trêmula de raiva, à porta do quarto, Alex em desajeitadas poses viris, e o Garoto Esquisitão se apressando a calçar e a amarrar de qualquer maneira seus tênis Diadora azul e amarelo-canário, e dar o fora dali antes que as coisas ficassem realmente feias. Tarde demais. O olhar de Lily se deteve no Garoto Esquisitão.

— Quem diabos é você? — perguntou ela, se sentando depressa, sem se dar conta de que estava completamente nua. Alex e eu nos viramos instintivamente, enquanto ela puxava os lençóis, parecendo chocada, mas o Garoto Esquisitão sorriu de maneira lasciva e encarou seus peitos.

— Bebê, está dizendo que não se lembra de quem eu sou? — perguntou ele, o sotaque australiano carregado se tornando menos adorável a cada segundo. — Você com certeza sabia quem eu era na noite passada. — Ele se aproximou dela e parecia que ia se sentar na cama, mas Alex já tinha agarrado seu braço e o erguido.

— Fora. Já. Ou vou precisar te levar eu mesmo — ordenou, parecendo durão e muito bonitinho e um tanto orgulhoso de si mesmo.

O Garoto Esquisitão ergueu as mãos e balbuciou.

— Estou saindo. Liga pra mim um dia desses, Lily. Você foi maravilhosa ontem à noite. — Atravessou rápido o quarto, na direção da sala, seguido por Alex. — Cara, ela é mesmo safada. — Eu o ouvi dizer a Alex logo antes de a porta da frente bater, mas parece que Lily não escutou. Ela havia vestido uma camiseta e conseguido sair da cama.

— Lily, quem diabos era aquele cara? Nunca vi um sujeito mais babaca, além de totalmente *nojento*.

Ela sacudiu a cabeça devagar, e pareceu se esforçar para se concentrar e se lembrar de quando e onde ele entrara em sua vida.

— Nojento. Tem razão, é absolutamente nojento, e não faço a menor ideia do que aconteceu. Eu me lembro de você indo embora ontem à noite, e de estar conversando com um cara realmente simpático de terno... estávamos tomando shots de Jäger por alguma razão... e só isso.

— Lily, imagine como estava bêbada para, não só concordar em transar com alguém com essa aparência, como trazê-lo para o nosso apartamento! — Achei que estava constatando o óbvio, mas seus olhos se arregalaram de surpresa.

— Acha que transei com ele? — perguntou baixinho, se recusando a aceitar o que parecia inegável.

As palavras de Alex, alguns meses antes, me voltaram à mente: Lily bebia mais do que o normal — ali estavam todos os sinais. Faltava a aulas regularmente, tinha sido presa e, agora, levado para casa o cara mutante mais assustador que já vi na vida. Também me lembrei da mensagem que um dos seus professores havia deixado em nossa secretária, logo depois dos exames finais; em resumo, dizia que, apesar de o seu exame escrito final ter sido excelente, ela havia faltado a muitas aulas e atrasado demais a entrega dos trabalhos para receber o "10" que merecia. Decidi prosseguir com cuidado.

— Lil, querida, não acho que o problema seja o cara. Mas sim a bebida.

Ela havia começado a escovar o cabelo, e só então me dei conta de que já eram 18h de sexta-feira e que ela acabara de sair da cama. Ela não protestou.

— Não que eu tenha alguma coisa contra beber — continuei, tentando manter a conversa relativamente tranquila. — Obviamente, não sou contra a bebida. Só me pergunto se você não tem perdido um pouco do controle ultimamente, entende? Está tudo bem na faculdade?

Ela abriu a boca para dizer alguma coisa, mas Alex enfiou a cabeça pela porta e me entregou o meu celular estridente.

— É ela — disse ele, e tornou a sair. *Arghhh!* A mulher tinha o dom especial de estragar a minha vida.

— Desculpe — lamentei, olhando para a tela cautelosamente enquanto exibia CELULAR MP. — Em geral, ela só leva um segundo para me humilhar e repreender, então só um minutinho. — Lily abaixou a escova e me observou responder.

— Escrit... — Novamente, eu quase tinha atendido como se fosse o fixo. — Aqui é Andrea — corrigi, me preparando para o bombardeio.

— Andrea, sabe que a espero às 18h30, não sabe? — gritou, sem uma saudação e sem se identificar.

— Ah, humm, você tinha dito antes às 19h. Eu ainda tenho de...

— Eu disse 18h30 antes, e estou dizendo agora de novo. *Seeeeeis e meeeeeia.* Entendeu? — Clique. Tinha desligado. Consultei o relógio: 6h05. Um problema.

— Ela quer que eu esteja lá em vinte e cinco minutos — declarei a ninguém em particular.

Lily pareceu aliviada com a mudança de assunto.

— Então, precisa se apressar, certo?

— Estávamos no meio de uma conversa importante. O que você ia dizer mesmo? — As palavras soavam certas, mas nós duas sabíamos que a minha cabeça já estava a quilômetros de distância. Decidi que não havia tempo para um banho, já que tinha quinze minutos para pôr o vestido e entrar no carro.

— Sério, Andy, precisa correr. Vá se vestir... conversaremos depois.

E mais uma vez me vi sem escolha, a não ser me apressar, com o coração disparado, entrar no vestido e escovar o cabelo, tentando combinar alguns dos nomes com as fotos dos convidados que Emily, prestativa, havia imprimido mais cedo. Lily observava tudo bem-humorada, mas eu sabia que estava preocupada com o incidente Garoto Esquisitão. E eu me sentia péssima por não poder lidar com aquilo na hora. Alex falava ao telefone, tentando convencer o irmão de que era jovem demais e que a mãe não era cruel por proibi-lo de ir ao cinema às 21h.

Dei um beijo em sua bochecha enquanto ele assobiava, avisando que provavelmente iria sair para jantar com uns amigos, mas para eu ligar mais tarde se quisesse encontrá-lo, em seguida disparei, o mais depressa que os saltos me permitiram, de volta à sala, onde Lily estava segurando uma bela peça de seda preta. Olhei para ela, sem entender.

— Um xale para a sua grande noite — explicou, o sacudindo como um lençol. — Quero que a minha Andy pareça tão sofisticada quanto todos os ricaços caipiras da Carolina do Norte a quem ela servirá hoje à noite como uma simples garçonete. Minha avó comprou para mim muitos anos atrás, para usar no casamento de Eric. Não consigo decidir se é maravilhoso ou horroroso, mas é black tie o bastante, e é Chanel.

Eu a abracei.

— Apenas prometa que se Miranda me matar por dizer a coisa errada, queimará este vestido e me enterrará com meu moletom da Brown. Prometa! — Ela pegou o rímel que eu agitava e começou a passá-lo nos meus cílios.

— Você está o máximo, Andy, de verdade. Nunca pensei que a veria em um longo Oscar, indo a uma das festas de Miranda Priestly, mas você está perfeita. Agora vá.

Ela me entregou a detestavelmente brilhante bolsa de alcinhas da Judith Leiber, e segurou a porta enquanto eu saía para o corredor.

— Divirta-se!

O carro estava esperando em frente ao prédio, e John — que estava virando um pervertido de primeira linha — assobiou quando o motorista abriu a porta para mim.

— Acabe com eles, gostosa — gritou, com uma piscadela exagerada. — Vejo você de madrugada. — Ele não tinha ideia de onde eu estava indo, óbvio, mas era reconfortante que ele achasse que eu voltaria para casa. *Talvez não seja tão ruim*, pensei ao me instalar no confortável banco traseiro do carro. Mas, então, meu vestido subiu até os joelhos e minhas pernas tocaram o couro gelado do assento, e cambaleei para a frente. *Ou, talvez, seja tão ruim quanto imagino?*

O motorista saltou e correu para dar a volta e abrir a porta para mim, mas eu já estava na calçada quando me alcançou. Eu tinha estado no Whitney uma vez, em uma excursão de um dia a Nova York com minha mãe e Jill, para conhecer alguns dos pontos turísticos. O museu em si não me parecia familiar, mas logo tudo me voltou à memória quando vi a entrada em ponte. Aos 13 anos, fiquei parada naquela passarela por quase vinte minutos, olhando para o lado de baixo, onde a multidão abastada do Upper East Side se misturava com os abastados excursionistas suburbanos, entre limonadas e expressos. Todos pareciam tão confiantes, tão alegres em suas discussões sobre a revolucionária exposição arquitetônica ou as atrevidas estampas em preto e branco de um jovem fotógrafo gay. Eles conversavam entre si com familiaridade, e se moviam com o tipo de confiança que nunca experimentei quando adolescente, e tinha certeza de que nunca experimentaria.

Como eu estava certa então. Podiam ter se passado dez anos, mas a única diferença entre antes e agora era o preço da minha roupa. E, lógico, a altura dos meus saltos. Por um segundo, cogitei atirar primeiro os sapatos e depois a mim mesma da passarela, mas um cálculo rápido confirmou que eu só quebraria uma rótula ou esmagaria uma clavícula — não o suficiente para me tirar das festividades da noite. Na falta de alternativas, inspirei fundo, apertei os dedos para rechaçar o desejo de um último cigarro, e retoquei meu batom de farmácia. Estava na hora de ser uma lady.

O guarda abriu a porta para mim, se curvou ligeiramente, e sorriu. Provavelmente pensou que eu fosse uma convidada.

— Olá, senhorita, deve ser Andrea. Ilana disse para se sentar logo ali que ela estará aqui em um minuto. — Depois se virou e falou discretamente a um microfone na manga, balançando a cabeça ao escutar a resposta pelo fone de ouvido. — Sim, logo ali, senhorita. Ela virá assim que puder.

Olhei para onde indicou, mas não estava a fim de passar pelo incômodo de ajeitar o vestido ao me sentar. Além disso, quando teria outra chance de estar no Whitney Museum — ou em qualquer outro — depois do horário de funcionamento, aparentemente sem ninguém? As bilheterias estavam vazias e a livraria do térreo deserta, mas a sensação de que coisas excitantes aconteciam em algum lugar lá em cima era palpável.

Depois de quase quinze minutos bisbilhotando, com o cuidado de não me afastar demais do aspirante a agente do Serviço Secreto, uma garota de aparência comum, usando um longo azul-marinho, atravessou o elegante lobby em minha direção. Fiquei surpresa como alguém com um cargo tão glamuroso quanto o dela (trabalhando no departamento de eventos especiais do museu) pudesse ser tão simples, e me senti, instantaneamente, ridícula, como uma garota do interior tentando se vestir para um evento black tie em uma cidade grande — o que, ironicamente, correspondia exatamente ao que eu era. Ilana, por outro lado, parecia nem ter se incomodado em trocar a roupa de trabalho, e, mais tarde, soube que não o fizera.

— Por que me dar o trabalho? — Ela tinha rido. — As pessoas não estão aqui para olhar para mim. — Seu cabelo castanho era liso e sedoso, mas sem estilo, e suas sapatilhas marrons terrivelmente antiquadas. Mas seus olhos azuis eram brilhantes e gentis, e eu soube, no mesmo instante, que gostaria dela.

— Você deve ser Ilana — falei, sentindo que, de algum modo, eu estava no comando e deveria assumir o controle. — Sou Andrea. A assistente de Miranda. Estou aqui para ajudar no que puder.

Ela pareceu tão aliviada que eu imediatamente me perguntei o que Miranda havia lhe dito. As possibilidades eram infinitas, mas imaginei que tivesse a ver com o traje *Ladies' Home Journal* de Ilana. Estremeci ao pensar na coisa perversa que ela teria dito a uma criatura tão doce, e rezei para que não a tivesse feito chorar. Em vez disso, ela se virou para mim com aqueles grandes olhos inocentes, se inclinou à frente e declarou, nem um pouco serena:

— A sua chefe é uma puta de primeira classe.

Eu a encarei chocada por um momento, até me recuperar.

— É, não é? — concordei, e nós duas rimos. — O que precisa que eu faça? Miranda vai pressentir que estou aqui em mais ou menos dez segundos, de modo que devo parecer ocupada.

— Venha, vou mostrar a mesa — disse ela, entrando no elevador e apertando o botão do segundo andar. — Está fantástica.

Saímos do elevador, passamos por outro segurança, nos desviamos de uma escultura que fui incapaz de identificar de imediato, e seguimos até um ambiente menor, nos fundos daquele andar. Havia uma mesa retangular de vinte e quatro lugares no centro. Robert Isabell merecia a fama. Era *o* cerimonialista de Nova York, o único em quem se podia confiar para acertar o tom e com uma atenção espantosa aos detalhes: elegante sem obedecer a modismos; luxuoso, mas sem ostentação; exclusivo sem extravagâncias. Miranda insistiu que Robert cuidasse de tudo. A única vez que eu vira seu trabalho tinha sido na festa de aniversário de Cassidy e Caroline. Eu sabia que ele conseguira transformar a sala de estar de Miranda, estilo colonial, em um *lounge* chique do Baixo Manhattan (completo, com bar de refrigerantes — em taças de martíni, é claro —, bancos de camurça embutidos e uma tenda de dança, estilo marroquino e aquecida, na sacada) para crianças de 10 anos, mas aquilo estava mesmo espetacular.

Tudo em branco brilhante. Luz branca, branco suave, branco luminoso, branco com textura e branco suntuoso. Ramos de peônias brancas como leite pareciam brotar da própria mesa, deliciosamente viçosas, mas na altura correta para permitir que as pessoas conversassem sobre elas. Porcelana branca como osso (com um padrão xadrez branco) sobre uma toalha de mesa de linho branco, e cadeiras de carvalho-branco, com espaldar alto, forradas de exuberante camurça branca (o perigo!), tudo sobre um felpudo carpete branco, especialmente colocado para a noite. Velas votivas brancas, em simples castiçais de porcelana branca, emitiam uma luz branca suave, destacando (mas não queimando) as peônias e fornecendo uma iluminação sutil, discreta, ao redor da mesa. A única cor em todo o cômodo vinha das telas elaboradas, de vários matizes, penduradas nas paredes circundando a mesa. Uma rápida olhada nas descrições me disse que o irmão de C-SEM estaria comemorando o noivado na presença de pinturas a óleo de Rothko, Steel, Kline e, claro, Kooning. O contraste deliberado da mesa branca com as telas gigantescas que literalmente explodiam em cor era deslumbrante. Quando virei a cabeça para admirar a maravilhosa justaposição de cor e branco ("Aquele Robert é realmente um gênio!"), uma figura vermelho-vibrante chamou minha atenção. No canto, parada sob *Quatro Escurecimentos em Verme-*

lho, de Rothko, estava Miranda, usando o Chanel vermelho bordado de contas, que havia sido encomendado, cortado, ajustado e lavado só para aquela noite. Naquele momento, entendi por que ela fizera tanta questão da galeria e do vestido, entendi que ela havia planejado para que aquela pintura destacasse seu vestido — ou talvez fosse o contrário? De todo modo, que perfeição. Ela realmente estava espetacular. Ela própria um *objet d'art*, o queixo projetado para cima e os músculos perfeitamente retesados, um alto-relevo neoclássico em seda Chanel. Miranda não era bonita — os olhos um pouco redondos demais, o cabelo muito severo e o rosto muito duro —, mas era magnífica de um modo que eu não compreendia, e apesar do esforço que eu fazia para projetar indiferença e fingir admirar a sala, eu não conseguia tirar os olhos dela.

Como sempre, o som da sua voz interrompeu o meu devaneio.

— Ahn-dre-ah, sabe os nomes e a aparência de nossos convidados da noite, não? Presumo que tenha estudado adequadamente seus retratos. Espero que não me humilhe, deixando de cumprimentar alguém pelo nome — anunciou com o olhar perdido, somente o meu nome indicando que suas palavras, afinal, talvez fossem dirigidas a mim.

— Humm, sim — respondi, reprimindo o impulso de bater continência e ainda ciente de que a olhava fixamente. — Tirarei alguns minutos para rever as fotos e me certificar de que conheço todo mundo. — Ela olhou para mim como se dissesse, *É claro que irá, sua idiota*, e me obriguei a desviar os olhos e sair da galeria. Ilana estava bem atrás de mim.

— Do que ela estava falando? — cochichou, se inclinando para mim. — Retratos? Ela está louca?

Nós nos sentamos em um desconfortável banco de madeira, em um corredor escuro, dominadas pela necessidade de nos esconder.

— Ah, isso. Sim, normalmente eu passaria a última semana tentando encontrar fotos dos convidados desta noite, e as memorizando para poder cumprimentá-los pelo nome — expliquei a uma horrorizada Ilana. Ela me olhava, incrédula. — Mas como só hoje ela me comunicou que minha presença seria necessária, só tive alguns minutos no carro para estudá-las. O quê? — perguntei. — Acha *isso* estranho? Não importa. É um procedimento padrão para as festas de Miranda.

— Bem, achei que não haveria ninguém famoso aqui, hoje à noite — disse ela.

— Sim, não haverá ninguém conhecido, só um bando de bilionários com casas abaixo da linha Mason-Dixon. Geralmente, quando tenho de memorizar os rostos de convidados, são mais fáceis de encontrar on-line ou no *Women's Wear Daily* ou algo assim. Quero dizer, é tranquilo encontrar uma imagem da rainha Noor, ou de Michael Bloomberg ou de Yohji Yamamoto, se você precisar. Mas encontrar o Sr. e Sra. Packard em algum subúrbio rico de Charleston, ou onde quer que morem, não é tão fácil. A outra assistente de Miranda procurou essas pessoas enquanto todo o restante da equipe me arrumava, e acabou descobrindo quase todas nas colunas sociais dos jornais de suas cidades e nos sites de diversas empresas, mas na verdade foi bem chato.

Ilana continuava a me encarar. Acho que, de algum modo, eu soava como um robô, mas não conseguia parar. Sua perplexidade só fazia com que eu me sentisse pior.

— Só há um casal que ainda não consegui identificar, por isso acho que vou reconhecê-los por eliminação — comentei.

— Nossa, não sei como consegue. Estou chateada por ter de vir para cá em uma sexta à noite, mas não me imagino fazendo o seu trabalho. Como aguenta? Como suporta ser tratada dessa maneira?

Levei um momento para perceber que a pergunta me pegava de surpresa: ninguém nunca havia, voluntariamente, criticado o meu trabalho. Eu sempre tinha achado que era a única — entre milhões de garotas imaginárias que dariam "a vida" pelo meu emprego — que percebia algo remotamente perturbador na minha situação. Foi mais terrível ver o choque em sua expressão do que testemunhar as centenas de coisas ridículas que eu via diariamente no trabalho; a maneira como ela me olhou, com compaixão pura e genuína, funcionou como um gatilho. Fiz o que não tinha feito em meses de trabalho sob condições desumanas e para uma chefe cruel, o que sempre consegui reprimir para uma hora mais apropriada. Comecei a chorar.

Ilana parecia mais perplexa do que nunca.

— Ah, querida, venha cá! Sinto muito! Não quis fazê-la chorar. Você é uma santa por aguentar aquela bruxa, está me ouvindo? Venha comigo. — Ela me puxou pela mão e me conduziu por outro corredor escuro, em direção a um escritório nos fundos. — Agora se sente por um minuto e esqueça tudo a respeito da aparência dessa gente idiota.

Funguei e comecei a me sentir idiota.

— E não se sinta estranha, entendeu? Tenho o pressentimento de que guarda isso dentro de você há muito, muito tempo. Precisa chorar de vez em quando.

Ela remexeu na mesa, procurando alguma coisa, enquanto eu tentava limpar o rímel das bochechas.

— Aqui está! — proclamou orgulhosa. — Pretendo destruir isso assim que você der uma olhada e, se até mesmo pensar em contar a alguém, acabarei com a sua vida. Mas, veja, é incrível. — Ela me deu um envelope de papel pardo selado com uma etiqueta de "Confidencial" e sorriu.

Rasguei a etiqueta e puxei uma pasta verde. Dentro havia uma foto — uma foto colorida, na verdade — de Miranda estendida em um banco comprido e estofado de restaurante. Imediatamente reconheci a foto, tirada por um famoso fotógrafo da sociedade, durante uma festa recente de aniversário para Donna Karan, no Pastis. Já havia sido publicada na *New York* e estava fadada a ressurgir. Na foto, ela vestia o seu famoso trench coat de pele de cobra, marrom e branca, que sempre achei que a fazia parecer uma cobra.

Bem, pelo visto não era só eu, porque, naquela versão, alguém tinha sutil, e habilidosamente, inserido um recorte do chocalho de uma cascavel no lugar das pernas. O resultado era uma representação fabulosa de Miranda como serpente: o cotovelo apoiado no banco, o queixo esculpido na palma da mão, o chocalho enrolado em um semicírculo e pendendo da beirada do banco. Era perfeito.

— Não ficou maravilhoso? — perguntou Ilana, se curvando sobre o meu ombro. — Linda veio à minha sala, uma tarde. Tinha acabado de passar o dia todo ao telefone com Miranda, discutindo em que salão a mesa deveria ser colocada. Muito embora Miranda já soubesse que queria a galeria de Kooning, obrigou Linda a descrever em detalhes cada andar. Linda estava prestes a se matar, então fiz essa pequena foto para alegrá-la. E sabe o que ela fez? Uma versão reduzida na copiadora para poder levar na carteira! Achei que você ia gostar. Mesmo que seja só para se lembrar de que não está sozinha. Você, com certeza, é a que sofre mais, mas não está sozinha.

Pus a foto de volta no envelope confidencial e a devolvi a Ilana.

— Você é o máximo — agradeci, tocando em seu ombro. — Muito, muito obrigada mesmo. Prometo nunca contar a ninguém onde a consegui, mas, por favor, me envie uma? Não acho que caiba na bolsa Leiber, mas dou qualquer coisa se mandar uma para a minha casa. Por favor?

Ela sorriu e sinalizou para eu escrever o endereço, então nos levantamos e caminhamos (eu manquei) de volta ao foyer do museu. Eram quase 19h e os convidados deveriam chegar a qualquer momento. Miranda e C-SEM estavam conversando com o irmão deste, o convidado de honra e noivo, que parecia ter jogado futebol de praia, futebol americano, lacrosse e rúgbi em uma escola sulista — onde vivia cercado de louras. A loura de 26 anos prestes a se tornar sua noiva o fitava com silenciosa adoração e um copo de bebida nas mãos, rindo de suas piadas.

Miranda estava de braço dado com C-SEM, o mais falso dos sorrisos estampado no rosto. Eu não precisava ouvir o que diziam para saber que ela não estava respondendo no tempo apropriado. Traquejo social não era o seu forte, já que não tinha muita paciência para conversa-fiada — mas eu sabia que a sua arrogância estaria no ápice naquela noite. Eu tinha chegado à conclusão de que todos os seus "amigos" se encaixavam em duas categorias. Havia aqueles que Miranda via como "acima" dela e que deviam ser impressionados. A lista era curta, mas, de maneira geral, incluía pessoas como Irv Ravitz, Oscar de la Renta, Hillary Clinton e todo astro do cinema de primeira grandeza. Em seguida, havia os "abaixo" dela, que deviam ser tratados com condescendência e subestimados, para que não se esquecessem de seus lugares, e que incluía, basicamente, todas as outras pessoas: todos os funcionários da *Runway*, todos os membros da família, os pais dos amigos de suas filhas — a menos que, coincidentemente, entrassem na categoria número um —, quase todos os designers e os editores de outras revistas, cada pessoa do setor de serviços, tanto aqui quanto no exterior. A noite com certeza seria divertida, porque pessoas da categoria dois teriam de ser tratadas como de categoria um, simplesmente por causa de sua associação com o

Sr. Tomlinson e o irmão. Sempre gostei das raras ocasiões em que podia observar suas tentativas de impressionar aqueles à sua volta, sobretudo porque Miranda não era alguém naturalmente agradável.

Senti os primeiros convidados chegarem antes de vê-los. A tensão na sala era palpável. Com as fotos coloridas impressas em mente, eu me apressei em abordar o casal e me oferecer para tirar o casaco de pele da mulher.

— Sr. e Sra. Wilkinson, muito obrigada pela presença nesta noite. Por favor, eu fico com o casaco. E Ilana lhes mostrará a galeria onde os coquetéis estão sendo servidos.

Torcia para não estar sendo indiscreta durante o meu monólogo, mas o espetáculo era realmente ultrajante. Já tinha visto, nas festas de Miranda, mulheres vestidas como prostitutas e homens vestidos de mulher, modelos sem uma peça de roupa, mas nunca gente vestida assim. Eu não esperava a típica elegância nova-iorquina, mas imaginei algo saído de *Dallas*; em vez disso, pareciam uma versão mais chamativa do elenco de *Amargo pesadelo*.

O irmão do Sr. Tomlinson, ele próprio distinto com o cabelo grisalho, cometeu o terrível erro de usar fraque branco — e em maio, ainda por cima — com um lenço quadriculado e uma bengala. Sua noiva vestia um pesadelo em tafetá verde-esmeralda. Uma coisa rodada, bufante, com corpete apertado, que erguia o enorme busto até transbordar do decote, dando a impressão de ela acabaria sufocada pelo próprio silicone. Diamantes do tamanho de copos descartáveis pendiam de suas orelhas, e outro ainda maior cintilava na sua mão esquerda. O cabelo fora descolorido com água oxigenada, assim como seus dentes, e seus saltos eram tão altos e finos que ela andava como se tivesse jogado como running back na NFL, durante os últimos 12 anos.

— Queridos, estou *tão* feliz por se juntarem a nós nesta pequena comemoração! Todo mundo gosta de uma festa, não? — Miranda cantarolou em falsete. A futura Sra. Tomlinson parecia prestes a desmaiar. Bem na sua frente estava a primeira e única Miranda Priestly! Sua alegria constrangia a todos, e o grupo deplorável se dirigiu aos elevadores, liderado por Miranda.

O restante da noite foi como o começo. Reconheci o nome de todos os convidados e consegui não dizer nada humilhante demais. O desfile de smokings brancos, chiffon, cabelos volumosos, joias enormes e mulheres mal saídas da pós-adolescência deixaram de me divertir à medida que as horas passavam, mas não me cansava de observar Miranda. Ela era a verdadeira lady e alvo de inveja de todas as mulheres no museu, naquela noite. E muito embora soubessem que nenhum dinheiro no mundo seria capaz de comprar a classe e elegância de Miranda, jamais deixavam de desejá-las.

Sorri genuinamente quando ela me dispensou na metade do jantar, como sempre sem um obrigada nem um boa-noite. ("Ahn-dre-ah, não precisamos mais de você hoje à noite. Pode ir.") Procurei Ilana, mas ela já havia escapulido. O carro levou apenas dez minutos para chegar depois que o chamei — eu tinha pensado, por um breve momento, em pegar o metrô, mas não sabia como o Oscar ou meus pés se comportariam — e me afundei, exausta, mas serena, no banco de trás.

Quando passei por John a caminho do elevador, ele tirou de baixo da sua mesa um envelope pardo.

— Chegou há alguns minutos. Está escrito "Urgente". — Agradeci e me sentei em um canto do saguão, imaginando quem me mandaria algo às 22h de sexta-feira. Eu o abri e li o bilhete:

Querida Andrea,

Foi tão bom te conhecer! Quer se encontrar comigo na semana que vem para um sushi ou algo assim? Deixei o envelope quando voltava para casa. Achei que ajudaria a te animar depois de uma noite como a que tivemos. Aproveite.

Beijinhos,

Ilana.

Dentro estava a foto de Miranda como serpente, só que Ilana a havia ampliado a um tamanho de 25x33. Eu a estudei atentamente por alguns minutos, massageando os pés que, finalmente, tinham sido libertados dos Manolo, e olhei nos olhos de Miranda. Ela parecia intimidante e cruel, exatamente como a vaca que eu via todos os dias. Mas naquela noite também a achei triste e solitária. Acrescentar a foto à minha geladeira e debochar de Miranda com Lily e Alex não faria meus pés doerem menos, nem me devolveria a noite de sexta-feira. Rasguei o retrato e subi mancando.

15

— Andrea, é Emily. — Ouvi a voz rouca ao telefone. — Está me ouvindo? — Havia meses Emily não me ligava de madrugada, por isso soube que se tratava de algo sério.

— Oi, sim. Sua voz está horrível — comentei, me sentando na cama e me perguntando se Miranda havia feito alguma coisa para deixá-la naquele estado. A última vez que Emily tinha telefonado tão tarde foi quando Miranda ligou para ela às 23h de um sábado para que fretasse um jato particular para ela e o Sr. Tomlinson voltarem de Miami, já que o mau tempo tinha cancelado o voo regular. Emily estava se arrumando para ir à festa do próprio aniversário quando o celular tocou e ela me ligou implorando para lidar com tudo. Mas eu só recebi a mensagem no dia seguinte, e, quando respondi, ela ainda chorava.

— Perdi a festa do meu próprio aniversário, Andrea — se lamentou no instante em que atendeu o telefone. — Faltei à festa do meu aniversário porque tive de fretar um jato para eles!

— Não podiam passar a noite em um hotel e voltar no dia seguinte, como pessoas normais? — perguntei, apontando o óbvio.

— Acha que não pensei nisso? Eu tinha suítes em coberturas reservadas para eles no Shore Club, Albion e Delano, sete minutos após a sua primeira ligação, pensando que ela não podia estar falando sério, quero dizer, meu Deus, era sábado à noite. Porra, como se freta um avião em uma noite de sábado?

— Acho que ela não se interessou muito pela ideia? — perguntei com calma, me sentindo realmente culpada por não a ter ajudado e, ao mesmo tempo, aliviada por ter escapado da roubada.

— Nem um pouco. Ficou ligando de dez em dez minutos, querendo saber por que eu ainda não havia providenciado nada, e eu tendo de pôr as pessoas em espera para falar com ela, e quando voltava aos outros, tinham desligado. — Ela arfou. — Foi um pesadelo.

— E o que aconteceu? Chego a ter medo de perguntar.

— O que aconteceu? O que *não* aconteceu? Liguei para todas as companhias de táxi aéreo no estado da Flórida e, como deve imaginar, não atendiam o telefone à meia-noite de um sábado. Liguei para cada piloto individualmente, para companhias aéreas domésticas em busca de uma indicação, consegui até falar com uma espécie de supervisor no Aeroporto Internacional de Miami. Eu disse que precisava de um avião em meia hora para trazer duas pessoas a Nova York. Sabe o que ele fez?

— O quê?

— Ele riu. Histericamente. E me acusou de ser fachada para terroristas, traficantes de drogas etc. Ele me disse que eu tinha mais chances de ser atingida por um raio exatamente vinte vezes do que conseguir um avião e um piloto àquela hora, independentemente de quanto estava disposta a pagar. E que, se eu ligasse de novo, ele seria obrigado a dirigir a minha exigência ao FBI. Dá para acreditar? — Àquela altura, ela estava aos berros. — Você acredita nisso? O FBI?

— E presumo que Miranda não gostou nada, né?

— Sim, ela *adorooooou*. Passou vinte minutos se recusando a acreditar que não havia nem um único avião disponível. Eu lhe garanti que não se tratava de estarem todos ocupados, mas apenas que era uma hora difícil para se tentar fretar um voo.

— E o que aconteceu em seguida? — Não conseguia ver a história terminando bem.

— Por volta da 1h30, ela, finalmente, aceitou que não voltaria para casa naquela noite. Não que isso tivesse qualquer importância, já que as meninas estavam com o pai e a babá estava à disposição durante todo o domingo, para o caso de precisarem dela. E mandou que eu comprasse as passagens para o primeiro voo da manhã seguinte.

Era curioso. Se o seu voo havia sido cancelado, seria de imaginar que a companhia aérea a teria transferido para o primeiro voo da manhã, ainda mais levando em conta seu programa de milhagem VIP-mais--vantagens-plus-ouro-platina-diamante-executivo e o custo original das passagens de primeira classe. E foi o que eu disse.

— Sim, bem, a Continental os colocou no primeiro voo para Nova York, às 6h50. Mas quando Miranda soube que alguém tinha conseguido um voo Delta às 6h35, ficou furiosa. Ela me chamou de idiota incompetente, me perguntando várias vezes para que servia uma assistente se não era capaz de fazer algo tão simples quanto providenciar um avião particular. — Ela fungou e tomou um gole de alguma coisa, provavelmente café.

— Ah, meu Deus, sei o que vai dizer. Diga que não fez isso.

— Fiz.

— Não fez. Só pode estar brincando. Por quinze minutos?

— Fiz! Que escolha eu tinha? Ela estava realmente insatisfeita comigo. Pelo menos assim parecia que eu estava fazendo alguma coisa. Foram mais uns 2 mil dólares, nada de mais. Ela parecia quase feliz quando desligou. O que mais você pode querer?

Àquela altura, nós começamos a rir. Eu sabia, sem Emily precisar me contar — e ela sabia que eu sabia —, que ela havia se adiantado e comprado mais duas passagens na classe executiva no voo Delta só para que Miranda calasse a boca, para fazer as exigências e os insultos constantes, miraculosamente, cessarem.

Eu quase sufoquei naquele momento.

— Então, espere aí. Quando você estava providenciando um carro para levá-la ao Delano...

— Eram quase 3h e ela havia me ligado exatas vinte e duas vezes desde as 23h. O motorista esperou eles tomarem banho e se trocarem na suíte da cobertura e, depois, os levou de volta ao aeroporto a tempo do voo mais cedo.

— Pare! Por favor, pare — gritei, gargalhando diante daquela encantadora série de eventos. — Isso não pode ter acontecido.

Emily parou de rir e tentou fingir seriedade.

— Mesmo? Acha isso bom? Ainda falta a melhor parte.

— Ah, conta, conta logo! — Eu estava exultante por termos, pelo menos uma vez, conseguido achar algo engraçado na mesma hora. Era bom se sentir parte de um grupo, estar no mesmo lado na batalha contra o opressor. E pela primeira vez me dei conta de como o ano teria sido diferente se Emily e eu tivéssemos nos tornado verdadeiramente amigas, se houvéssemos nos apoiado e protegido, confiado uma na outra o bastante para encarar Miranda como uma frente unida. As coisas provavelmente não teriam sido tão insuportáveis, mas, exceto em raras vezes como aquela, discordávamos a respeito de quase tudo.

— A melhor parte disso tudo? — Ficou em silêncio, prolongando um pouco mais a alegria que sentíamos. — Ela não percebeu, é claro, mas embora o voo Delta decolasse antes, estava programado para aterrissar oito minutos depois do seu voo Continental original!

— Ah, fala sério! — gritei, sentindo prazer com aquele novo e delicioso detalhe. — Você *só* pode estar brincando!

Quando finalmente desligamos, fiquei surpresa ao constatar que tínhamos conversado por mais de uma hora, exatamente como duas amigas de verdade fariam. É claro que logo retrocedemos à hostilidade velada na segunda-feira, mas os meus sentimentos por Emily se tornaram um pouco mais afetuosos depois daquele fim de semana. Até então, óbvio. Com certeza, eu não gostava tanto dela a ponto de ouvir seja lá o que fosse de irritante ou inconveniente que ela estivesse prestes a jogar em cima de mim.

— Sério, você está com a voz péssima. Está doente? — tentei, bravamente, instilar um toque de simpatia em minha voz, mas a pergunta saiu agressiva, quase uma acusação.

— Ah, sim — respondeu com voz rouca, antes de um acesso de tosse seca. — Sim, muito doente.

Eu nunca acreditava quando alguém dizia estar doente: sem um diagnóstico oficial e potencialmente fatal, você estava bem o suficiente para trabalhar na *Runway*. Assim, quando Emily parou de tossir e reiterou que estava realmente mal, nem sequer considerei a possibilidade de ela não aparecer na segunda-feira. Afinal, ela viajaria para Paris para se encontrar com Miranda no dia 18 de outubro, dali a pouco mais de uma semana. Além disso, eu havia conseguido ignorar umas duas infecções de garganta, algumas crises de bronquite, uma terrível intoxicação alimentar, um eterno pigarro de fumante e um resfriado, sem ter tirado nem um dia de licença em quase um ano de trabalho.

Eu tinha conseguido escapulir para uma consulta quando, em uma das infecções de garganta, fiquei desesperada por um antibiótico (entrei no consultório e mandei que o médico me examinasse imediatamente, enquanto Miranda e Emily achavam que eu estava fora, pesquisando carros para o Sr. Tomlinson), mas nunca houve tempo para um tratamento preventivo. Embora eu tivesse descolado uma série de reflexos feitos por Marshall, algumas massagens gratuitas de spas que se sentiam honrados em ter uma assistente de Miranda como convidada, e inúmeras manicures e pedicures, além de vários tratamentos para melhorar e transformar meu visual, não havia visitado um dentista ou ginecologista em um ano.

— Há alguma coisa que eu possa fazer? — perguntei, tentando parecer natural e quebrando a cabeça para entender por que tinha me ligado para dizer que não estava se sentindo bem. Até onde sabíamos, aquilo era completamente irrelevante. Ela trabalharia na segunda, se sentindo bem ou não.

Ela tossiu e escutei o catarro em seus pulmões.

— Humm, na verdade, sim. Deus, não acredito que isso esteja acontecendo comigo!

— O quê? O que está acontecendo?

— Não posso ir à Europa com Miranda. Estou com mononucleose infecciosa.

— O quê?

— Você ouviu, não posso ir. O médico ligou hoje com o resultado do exame de sangue, e não posso sair de casa durante as próximas três semanas.

Três semanas! Não podia estar falando sério. Não havia tempo para sentir pena de Emily. Ela tinha acabado de me dizer que não ia para a Europa, e fora só aquilo — a ideia de que Miranda e Emily estariam fora da minha vida — que tinha me dado forças para suportar os últimos meses.

— Em, ela vai te matar. Tem de ir! Ela já sabe?

Houve um silêncio sinistro no outro lado da linha.

— Bem, sim, ela sabe.

— Você ligou?

— Sim. Fiz o médico ligar, porque ela não achou que o fato de eu estar com mononucleose me qualificava como doente, então ele teve de lhe dizer que eu poderia infectá-la e a todo mundo, enfim... — A frase ficou no ar, e o seu tom sugeria algo muito, mas muito pior.

— Enfim o quê?

— Enfim... ela quer que você vá com ela.

— Ela quer que eu vá com ela, hein? Que fofa. O que ela disse exatamente? Não ameaçou te demitir porque ficou doente, ameaçou?

— Andrea, estou... — uma tosse encatarrada fez sua voz tremer e achei, por um segundo, que ela poderia morrer naquele exato momento, falando comigo ao telefone — ...falando sério. Não podia ser mais sério. Ela disse alguma coisa sobre as assistentes estrangeiras serem idiotas e que até mesmo você seria melhor.

— Ah, bem, se é assim, conte comigo! Nada como um elogio para me convencer a fazer alguma coisa. Fala sério, ela não deve ter dito coisas tão agradáveis. Estou corando! — Não sabia se me concentrava no fato de Miranda querer que eu fosse para Paris com ela ou no detalhe de ela só ter me chamado porque me considerava ligeiramente menos burra do que clones franceses anoréxicos, bem... de mim.

— Ah, cale a boca! — exclamou, rouca, entre acessos, já irritantes, de tosse. — Você é a pessoa mais sortuda do mundo. Esperei dois anos, mais de dois anos, por essa viagem, e agora não posso ir. A ironia é dolorosa. Você se dá conta disso, não?

— É claro que sim! É um clichê excepcional: essa viagem é a única razão da sua vida e a ruína da minha existência, ainda assim eu vou, e você não. A vida é engraçada, não é? Estou rindo tanto que não consigo parar — respondi, impassível, não parecendo nem um pouco feliz.

— Bem, também acho que é desagradável, mas o que se pode fazer? Já liguei para Jeffy e avisei para começar a procurar roupas para você. Vai ter de levar uma tonelada, já que precisa de trajes diferentes para cada desfile, cada jantar e, lógico, para a festa de Miranda no Hotel Costes. Allison vai ajudá-la com a maquiagem. Peça bolsas, sapatos e joias a Stef, dos acessórios. Você só tem uma semana, por isso comece assim que chegar amanhã, ok?

— Ainda não acredito que ela espere que eu vá.

— Bem, acredite, porque com certeza ela não estava brincando. Como não poderei ir à redação durante a semana inteira, você também vai ter de...

— O quê? Não vai nem mesmo à *redação*? — Eu não havia tirado um dia de licença, sequer passado uma única hora fora da redação, enquanto Miranda estava lá, mas Emily também não. A única vez que aquilo quase aconteceu foi quando o seu bisavô morreu. Ela havia conseguido ir para casa, na Filadélfia, comparecer ao funeral e voltar à sua mesa, sem perder um minuto de trabalho. Era assim que as coisas funcionavam. Ponto final. Exceto por morte (somente parentes mais próximos), desmembramento (o seu próprio) ou guerra nuclear (somente se confirmado pelo governo dos Estados Unidos que afetaria diretamente Manhattan), o funcionário tinha de trabalhar. Aquele seria um divisor de águas no regime Priestly.

— Andrea, estou com mononucleose. Altamente infecciosa. É sério, verdade. Não posso sair do apartamento nem para um café, muito menos para trabalhar. Miranda entendeu, e por isso você vai ter de segurar a barra. Terá muito o que fazer para aprontar as duas para Paris. Miranda vai na quarta para Milão e, então, você parte para encontrá-la em Paris, na terça seguinte.

— Ela entendeu? Fala sério! O que foi que ela realmente disse? — Eu me recusava a acreditar que ela aceitara algo tão comum quanto mononucleose como desculpa para se ausentar. — Só me dê esse pequeno prazer. Afinal, a minha vida será um inferno nas próximas semanas.

Emily soltou um suspiro, e pude sentir que ela revirava os olhos pelo telefone.

— Bem, ela não ficou muito animada. Na verdade, eu não falei com ela, entende?, mas o meu médico disse que ela ficava perguntando se mononucleose era uma doença "de verdade". Mas quando ele garantiu que era, ela foi muito compreensiva.

Soltei uma gargalhada.

— Estou certa que sim, Em, tenho certeza de que ela foi. Não se preocupe com nada, ok? Concentre-se apenas em ficar boa, e eu cuidarei do restante.

— Vou te passar uma lista por e-mail, para que não se esqueça de nada.

— Não vou me esquecer de nada. Ela esteve na Europa quatro vezes nesse último ano. Tenho tudo anotado. Vou tirar o dinheiro no banco, trocar os dólares por euros e comprar mais alguns milhares de dólares em cheques de viagem, e confirmar de novo os horários de cabelo e maquiagem enquanto ela estiver lá. O que mais? Ah, me certificar de que o Ritz dê a ela o celular certo dessa vez, e falarei antecipadamente com o motorista para garantir que nunca a deixem esperando. Já estou pensando em todas as pessoas que vão precisar de seu itinerário, que vou digitar, moleza, e providenciar para que seja distribuído. E, é claro, ela terá um itinerário detalhado no que se refere às aulas, treinos e encontros das gêmeas, e a relação completa da escala de trabalho dos funcionários domésticos. Viu? Não precisa se preocupar. Tenho tudo sob controle.

— Não se esqueça do veludo — repreendeu, cantando as duas últimas palavras como se no piloto automático. — Nem das echarpes!

— É claro que não! Já estão na minha lista. — Antes de Miranda fazer as malas, ou melhor, de sua governanta fazer as malas, Emily ou eu comprávamos rolos de veludo em uma loja de tecidos e os levávamos ao apartamento de Miranda. Ali, ajudávamos a governanta a cortar o veludo na forma e no tamanho exatos de cada peça de roupa que ela estivesse planejando levar, e a envolvíamos com o lado felpudo. Os pacotes de veludo eram, então, empilhados em dezenas de malas Louis Vuitton, com várias peças extras incluídas para quando ela, inevitavelmente, jogasse o primeiro lote fora ao desfazer as malas em Paris. Além disso, geralmente metade de uma mala era ocupada por umas vinte e poucas caixas Hermès laranja, cada uma com uma única echarpe branca, esperando ser perdida, esquecida, guardada em um lugar desconhecido ou, simplesmente, descartada.

Desliguei o telefone depois de Emily fazer um grande esforço para parecer sinceramente solidária, e encontrei Lily esparramada no sofá, fumando um cigarro e bebericando um líquido claro, que com certeza não era água, em um copo de coquetel.

— Pensei que não pudéssemos fumar aqui — comentei, me jogando ao seu lado e colocando, imediatamente, os pés sobre a mesinha de centro de madeira arranhada, contribuição dos meus pais. — Não que eu me importe, mas foi uma *regra* sua. — Lily não era fumante em tempo integral, como eu. Ela fumava, em geral, somente quando bebia, e não era de comprar maços. Um maço novinho de Camel Special Lights se projetava do bolso da camisa larga. Cutuquei sua coxa com meu chinelo e balancei a cabeça na direção dos cigarros. Ela me entregou um deles e o isqueiro.

— Eu sabia que você não se importaria — disse ela, dando uma tragada preguiçosa em seu cigarro. — Estou procrastinando, e isso ajuda a me concentrar.

— O que tem de fazer? — perguntei, acendendo meu cigarro e devolvendo o isqueiro. Ela estava cursando 17 créditos naquele semestre, em um esforço para melhorar seu CR global depois do desempenho medíocre na primavera anterior. Eu a observei dar mais uma tragada e lavá-la com mais um gole saudável de sua bebida que não era água. Não parecia estar no caminho certo.

Ela suspirou profunda e significativamente, então falou, com o cigarro pendurado no canto da boca. A brasa balançava para cima e para baixo, ameaçando cair a qualquer momento, o que, combinado ao cabelo despenteado e sem lavar e a maquiagem dos olhos borrada, a fazia parecer, só por um momento, com uma ré de *Judge Judy* (ou, talvez, uma queixosa, já que sempre eram iguais: sem dentes, cabelos oleosos, olhos opacos e propensão para usar dupla negação).

— Um artigo para um jornal acadêmico totalmente informal, esotérico, que ninguém jamais vai ler, mas ainda assim tenho de escrever, para que possa dizer que já publiquei algo.

— Que chato. É para quando?

— Amanhã. — Aparentava total indiferença. Não parecia nada perturbada.

— Amanhã? Verdade?

Ela me lançou um olhar de alerta, um lembrete rápido de que eu deveria, supostamente, estar do seu lado.

— Sim. Amanhã. É uma merda, considerando que o Garoto Freudiano foi designado para editá-la. Ninguém parece se importar com o fato de ele ser aluno de psicologia, não de literatura russa. Estão sem copidesques, então ele vai ser o meu. Nem fodendo vou conseguir enviar a tempo. Que se dane. — De novo, verteu um pouco do líquido garganta abaixo, com um esforço óbvio para não sentir o gosto, e fez uma careta.

— Lil, o que aconteceu? Já faz alguns meses, mas o que ouvi pela última vez era que você estava levando as coisas devagar e que ele era perfeito. É claro que foi antes daquela... daquela coisa que você trouxe para casa, mas...

Outro olhar de alerta, daquela vez seguido por um olhar fulminante. Eu tentara falar com ela sobre o incidente do Garoto Esquisitão várias vezes, mas parecia que nunca conseguíamos estar a sós, e, ultimamente, nunca tínhamos muito tempo para trocar confidências. Ela mudava imediatamente de assunto sempre que eu insinuava falar sobre o incidente. Eu sabia que ela estava constrangida; havia reconhecido que ele era repugnante, mas não discutira o papel da bebida excessiva no episódio.

— Sim, bem, aparentemente, em algum momento naquela noite, liguei para ele do Au Bar e pedi que fosse se encontrar comigo — disse ela, evitando me encarar, concentrada no controle remoto e em trocar a faixa do fúnebre CD Jeff Buckley, que parecia em permanente loop no nosso apartamento.

— E então? Ele chegou e a viu conversando com, ahn, outra pessoa? — Tentei não a afastar ainda com críticas. Obviamente, tinha muita coisa na cabeça, os problemas na escola, a bebida e o aparentemente infinito suprimento de rapazes, e eu queria que ela se abrisse com alguém. Lil jamais escondera nada de mim, até porque só tinha a mim, mas não andava me contando muitas coisas ultimamente. Então me ocorreu como parecia estranho só estarmos discutindo a questão quatro meses depois.

— Não, não exatamente — disse ela, amarga. — Ele foi de Morningside Heights até lá só para não me encontrar. Aparentemente, ligou para o meu celular e Kenny atendeu, e não foi muito simpático.

— Kenny?

— Aquela *coisa* que eu trouxe para casa no começo do verão, lembra? — respondeu sarcástica, mas agora com um sorriso.

— Ah. Imagino que o Garoto Freudiano não levou isso numa boa.

— Não. Mas não importa. Tudo o que vem fácil, vai fácil, certo? — Ela correu até a cozinha com o copo vazio, e a vi se servir de uma garrafa de Ketel One pela metade. Colocou um pouquinho de refrigerante e voltou ao sofá.

Pensei em perguntar, da maneira mais gentil possível, por que estava se encharcando de vodca quando tinha de escrever um artigo para o dia seguinte, mas o interfone tocou.

— Quem é? — gritei para John, apertando o botão.

— O Sr. Fineman está aqui para ver a Srta. Sachs — anunciou formalmente, sempre profissional quando tinha gente por perto.

— Mesmo? Bem, ótimo. Pode mandar subir.

Lily olhou para mim e ergueu as sobrancelhas, e percebi que, mais uma vez, não teríamos aquela conversa.

— Parece extasiada — disse ela, com um sarcasmo óbvio. — Não está exatamente feliz com a chegada surpresa do seu namorado, está?

— É claro que estou — respondi, na defensiva, e nós duas sabíamos que eu estava mentindo. As coisas com Alex tinham ficado tensas nas últimas semanas. Realmente tensas. Operávamos — e bem — no automático: depois de quase quatro anos, com certeza sabíamos o que o outro queria ouvir ou precisava fazer. Mas ele tinha compensado o tempo que eu passava trabalhando sendo ainda mais dedicado à escola. Havia se oferecido como voluntário para técnico, professor particular, orientador e diretor de praticamente qualquer atividade que se pudesse imaginar. E, quando estávamos juntos, era tão excitante como se já estivéssemos casados havia trinta anos. Tínhamos uma compreensão tácita de que esperaríamos até eu completar meu ano de servidão, mas eu não queria pensar como ficaria, então, a relação.

Mas, ainda assim, eram duas pessoas próximas — primeiro Jill (que tinha ligado outra noite para falar sobre a situação) e agora Lily — que haviam salientado que Alex e eu não estávamos lá sendo muito fofos um com outro ultimamente, e eu precisava admitir que Lily, à sua maneira embriagada, porém sensata, tinha notado que eu não havia ficado feliz ao ouvir que ele chegara. Eu temia contar a ele sobre a viagem para a Europa, temia a briga inevitável que a notícia desencadearia, uma briga que eu teria preferido adiar por mais alguns dias. O ideal seria deixar para quando eu já estivesse lá. Mas não tive tal sorte, visto que ele estava batendo à porta.

— Oi! — cumprimentei um tanto entusiasmada demais ao abrir, lançando meus braços em volta do seu pescoço. — Que surpresa boa!

— Não se importa de eu ter vindo, se importa? Tomei um drinque com Max aqui perto, e pensei em passar para ver você.

— É claro que não me importo, seu bobo! Adorei. Entre, entre. — Eu sabia que estava parecendo uma maníaca. Mas qualquer pseudopsiquiatra facilmente salientaria que o meu entusiasmo exterior pretendia compensar todo o vazio interior.

Ele pegou uma cerveja e deu um beijo na bochecha de Lily, depois se sentou no sofá laranja que meus pais haviam guardado desde a década de 1970, cientes de que um dia o dariam a uma de suas filhas.

— Então, como vão as coisas? — perguntou, balançando a cabeça na direção do som, onde uma versão realmente triste de "Hallelujah" tocava alto.

Lily encolheu os ombros.

— Procrastinação. O que mais?

— Bem, tenho algumas novidades — anunciei, tentando parecer entusiasmada e, assim, convencer a mim mesma e Alex de que era, de fato, um acontecimento positivo. Ele tinha estado tão empolgado fazendo planos para o fim de semana do reencontro de alunos, e eu fora tão enfática o incentivando a seguir adiante, que parecia extremamente cruel cancelar a viagem a menos de uma semana e meia. Tínhamos passado uma noite inteira decidindo quem queríamos convidar para o nosso grande brunch de domingo, e até sabíamos exatamente onde e com quem iríamos fazer um esquenta antes do jogo Brown-Dartmouth, no sábado.

Os dois olharam para mim, inocentes, até Alex finalmente dizer:

— É mesmo? O que houve?

— Bem, acabo de receber uma ligação... vou passar uma semana em Paris! — Dei a notícia com a exuberância de quem anunciava a um casal estéril que teriam gêmeos.

— Vai pra onde? — perguntou Lily, parecendo perplexa e distraída, não totalmente interessada.

— Vai *por quê*? — perguntou Alex ao mesmo tempo, tão feliz quanto se eu tivesse acabado de comunicar que testara positivo para sífilis.

— Emily acaba de descobrir que está com mononucleose, e Miranda quer que eu a acompanhe aos desfiles. Não é fantástico? — falei, com um sorriso animado. Era exaustivo. Estava apavorada de ir, mas era dez vezes pior convencê-lo de que era realmente uma grande oportunidade.

— Não compreendo. Ela não vai a desfiles, tipo, umas mil vezes por ano? — perguntou ele. Assenti. — Então, por que, de repente, precisa que a acompanhe?

Àquela altura, Lily tinha se desligado e parecia absorta em folhear um número antigo da *New Yorker*. Eu havia guardado todos os números durante os últimos cinco anos.

— Ela dá uma enorme festa durante os desfiles da coleção de primavera, em Paris, e gosta de contar com a presença de uma das assistentes americanas. Miranda vai primeiro a Milão, depois vamos nos encontrar em Paris. Para, sabe, supervisionar tudo.

— E essa assistente americana tem de ser você, o que significa que não vai ao reencontro de alunos — disse ele, sem rodeios.

— Bem, é assim que a coisa funciona normalmente. Como é considerado um enorme privilégio, em geral a assistente sênior é a escolhida para acompanhar Miranda, mas como Emily ficou doente, vou no seu lugar. Embarco na próxima terça, por isso não vou poder ir a Providence no fim de semana. Sinto muito, muito mesmo. — Eu me levantei e fui me sentar mais perto de Alex, que imediatamente ficou tenso.

— Então é simples assim, não? Sabe, já paguei pelo quarto para garantir a reserva. Não importa que eu tenha refeito todo o meu horário para viajar com você neste fim de semana. Eu disse à minha mãe para arranjar uma babá porque você queria ir. Nada tão grave, certo? Só mais uma obrigação *Runway*. — Em todos aqueles anos que havíamos passado juntos, eu o vira tão zangado. Até Lily ergueu os olhos da revista pelo tempo suficiente para pedir licença e dar o fora da sala, antes que a situação se tornasse uma guerra declarada.

Tentei me aconchegar no seu colo, mas ele cruzou as pernas, com um aceno de mão.

— Estou falando sério, Andrea. — Ele só me chamava assim quando estava realmente irritado. — Vale a pena mesmo tudo isso? Seja franca comigo por um segundo. Para você, vale a pena?

— Tudo o quê? Se vale a pena faltar a um reencontro de alunos, o primeiro de dezenas, para que eu possa cumprir uma obrigação de trabalho? Um trabalho que abrirá portas para mim, oportunidades que nunca achei possíveis, e mais cedo do que eu esperava? Sim! Vale a pena.

Seu queixo caiu e, por um momento, achei que fosse chorar, mas quando recobrou a compostura, sua expressão era de raiva.

— Não acha que prefiro ir com você a ser escravizada por alguém, 24 horas por dia, sete dias por semana? — gritei, me esquecendo completamente de que Lily estava em casa. — Pode, por um segundo, levar em conta a hipótese de que eu talvez não queira ir, mas não tenho outra escolha?

— Não tem escolha? Você só tem escolhas! Andy, esse trabalho deixou de ser um emprego, caso não tenha notado. Ele está dominando a sua vida! — gritou, o vermelho em seu rosto se espalhando para o pescoço e as orelhas. Normalmente eu achava aquilo fofo, até mesmo sexy, mas naquela noite eu só queria dormir.

— Alex, ouça, sei que...

— Não, é *você* quem vai ouvir! Quero que se esqueça de mim por um segundo, não que seja muito difícil, mas se esqueça de que quase não nos vemos mais, por causa do seu horário, por causa das suas intermináveis emergências no trabalho. E seus pais? Quando foi a última vez que os visitou? E a sua irmã? Você se dá conta de que ela acaba de ter o primeiro filho e você ainda nem conhece seu sobrinho? Não significa nada para você? — Baixou a voz e se aproximou. Pensei que talvez fosse pedir desculpas, mas continuou: — E Lily? Não notou que a sua melhor amiga se tornou uma alcoólatra? — Devo ter parecido chocada, porque ele insistiu. — Não pode nem mesmo pensar em dizer que não percebeu, Andy. É a coisa mais óbvia do mundo.

— Sim, é óbvio que ela bebe. Mas você também, eu também e todo mundo que conhecemos. Lily é estudante, é o que estudantes fazem, Alex. O que tem de tão estranho? — Soei ainda mais patética ao dizer aquilo em voz alta, e ele só fez sacudir a cabeça. Ficamos calados por alguns minutos, e então ele falou.

— Você não entende, Andy. Não sei exatamente como aconteceu, mas sinto como se não a conhecesse mais. Acho que precisamos dar um tempo.

— O quê? O que está dizendo? Quer terminar? — perguntei, percebendo tarde demais que ele falava sério. Alex era tão compreensivo, tão doce, tão disponível que eu começara a achar que sempre estaria por perto para escutar ou me acalmar depois de um dia longo, ou me animar, quando todo mundo só fazia me atacar. O único problema era que eu não estava cumprindo a minha parte do acordo.

— Não, de jeito nenhum. Não terminar, apenas dar um tempo. Acho que vai ajudar nós dois a reavaliarmos o que está acontecendo. É óbvio que você não parece feliz comigo ultimamente, e eu não posso dizer que tenho adorado estar com você. Talvez um tempo separados seja bom para nós dois.

— Bom para nós dois? Acha que isso vai nos ajudar? — Eu queria gritar pela banalidade de suas palavras, a sua ideia de que "dar um tempo" fosse realmente nos aproximar. Parecia egoísmo ele estar fazendo aquilo justo agora, quando eu estava no que esperava ser o fim da minha sentença de um ano na *Runway*, e dias antes de eu realizar o maior desafio da minha carreira. Qualquer pontada de tristeza ou preocupação de minutos atrás foi rapidamente substituída pela irritação. — Ótimo, então. Vamos "dar um tempo" — concordei de modo intencionalmente sarcástico. — Uma pausa. Parece uma grande ideia.

Ele me encarou com aqueles grandes olhos castanhos, uma esmagadora expressão de surpresa e mágoa, então os fechou com força, em um esforço de apagar a imagem do meu rosto.

— Ok, Andy. Vou livrá-la de sua óbvia infelicidade, já estou indo. Espero que aproveite Paris, de verdade. Falo com você depois. — E antes mesmo de eu perceber o que estava realmente acontecendo, ele me beijou na bochecha, como faria com Lily ou minha mãe, e se dirigiu para a porta.

— Alex, não acha que deveríamos conversar? — argumentei, tentando manter a voz calma, me perguntando se ele iria mesmo embora.

Ele se virou, abriu um sorriso triste, e disse:

— Não vamos conversar mais hoje à noite, Andy. Deveríamos ter conversado nos últimos meses, no último *ano*, não tentar falar tudo agora. Pense nisso tudo, ok? Ligo daqui a algumas semanas, quando tiver voltado. E boa sorte em Paris. Sei que será ótimo. — Abriu a porta, saiu e a fechou calmamente atrás de si.

Corri para o quarto de Lily para que ela me dissesse que ele estava exagerando, que eu tinha de ir a Paris porque era o melhor para o meu futuro, que ela não tinha problema com bebida, que eu não era uma má irmã por sair do país quando Jill acabara de ter o seu primeiro filho. Mas ela estava apagada sobre a cama, completamente vestida, o copo vazio na mesa de cabeceira. O seu laptop Toshiba estava aberto do seu lado, e me perguntei se ela havia conseguido escrever uma única palavra. Bisbilhotei. Bravo! Tinha preenchido o cabeçalho com o seu nome, número da turma, nome do professor e a versão supostamente provisória do título do artigo: "Os Desdobramentos Psicológicos de se Apaixonar por seu Leitor". Dei uma gargalhada, mas ela não se mexeu. Pus o computador em sua mesa, acertei o despertador para 7h e apaguei as luzes.

Meu celular tocou assim que entrei em meu quarto. Depois da taquicardia inicial de cinco segundos a cada vez que eu o ouvia, temendo que fosse Ela, eu o abri imediatamente, certa de que era Alex. Sabia que ele não deixaria as coisas em aberto. Era o mesmo cara que não conseguia dormir sem um beijo de boa-noite e sem desejar bons sonhos; ele simplesmente não levaria na boa a sugestão de não nos falarmos por algumas semanas.

— Oi, gato — respirei, já sentindo saudades, mas feliz por falar com ele ao telefone e não ter de tratar de tudo pessoalmente naquele instante. Minha cabeça doía e os meus ombros pareciam colados às orelhas, e eu só queria escutá-lo dizer que tudo havia sido um erro e que ele me ligaria amanhã. — Estou feliz por ter ligado.

— Gato? Uau! Estamos progredindo, hein, Andy? É melhor tomar cuidado ou vou pensar que está se insinuando para mim — disse Christian baixinho, com um sorriso que eu podia ouvir pelo telefone. — Eu também estou feliz por ter ligado.

— Ah, é você.

— Bem, já fui recebido de maneira melhor! Qual é o problema, Andy? Tem me evitado ultimamente, não é?

— É claro que não — menti. — Só tive um dia ruim. Como sempre. O que há de novo?

Ele riu.

— Andy, Andy, Andy. Deixa disso. Não tem motivo para estar tão infeliz. Você está a caminho de grandes oportunidades. Falando nisso, estou ligando para ver se quer ir comigo à cerimônia de entrega dos prêmios PEN, amanhã à noite. Vai ter um bando de gente interessante, e não a vejo há algum tempo. Puramente profissional, é claro.

Para uma garota que tinha lido sua cota de artigos "Como Saber se Ele está Pronto para se Comprometer" na *Cosmo*, os sinais deviam estar evidentes. E estavam — simplesmente escolhi ignorá-los. Havia sido um dia muito longo e por isso permiti a mim mesma acreditar — só por alguns minutos — que ele talvez, talvez, TALVEZ realmente estivesse sendo sincero. Dane-se. Eu me senti bem em falar, por alguns minutos, com um homem que não me criticava, mesmo que se recusasse a aceitar que eu era comprometida. Eu sabia que não aceitaria o convite, mas alguns minutos de flerte inocente ao telefone não fariam mal a ninguém.

— Ah, é mesmo? — perguntei, com fingida timidez. — Fale mais sobre isso.

— Vou listar todas as razões por que acho que deve ir comigo, Andy. A primeira é a mais simples: sei o que é bom para você. Ponto final. — Deus, ele era arrogante. Por que eu achava aquilo tão encantador?

A bola estava em jogo. Tínhamos dado o pontapé inicial, e só foram necessários mais alguns minutos para que a viagem a Paris, o desagradável vício em vodca de Lily e os olhos tristes de Alex ficassem em segundo plano, os holofotes na minha conversa nada-saudável-e-emocionalmente-perigosa-mas-ainda-assim-sexy-e-divertida com Christian.

16

Fora planejado que Miranda estaria na Europa uma semana antes da minha chegada. Ela aceitara usar algumas assistentes locais para os desfiles de Milão — e chegaria a Paris na mesma manhã que eu, para que pudéssemos elaborar juntas, como velhas amigas, os detalhes de sua festa. Ah! A Delta tinha se recusado a transferir a passagem de Emily para o meu nome, de modo que, em vez de me sentir mais frustrada e me estressar ainda mais, simplesmente comprei outra. Dois mil e duzentos dólares... era a semana de moda e eu estava comprando na última hora. Fiz uma ridícula pausa de um minuto antes de dar o número do cartão corporativo. *Não importa,* pensei. *Miranda gasta isso em uma semana com cabelo e maquiagem.*

Como assistente júnior de Miranda, eu pertencia à categoria inferior de ser humano na *Runway.* No entanto, se acesso é poder, Emily e eu éramos as duas pessoas mais poderosas no mundo da moda: nós determinávamos quem seria recebido, quando (de manhã cedo era sempre preferível, porque a maquiagem estaria fresca e as roupas nada amassadas) e que mensagens seriam transmitidas (se o seu nome não estava no Boletim, você não existia).

Portanto, quando uma de nós precisava de ajuda, o restante da equipe era obrigado a cooperar. Sim, é claro que havia um quê desconcertante na certeza de que, se não trabalhássemos para Miranda Priestly, aquelas mesmas pessoas não sentiriam a menor culpa de passar por cima de nós, com seus carros com motorista. Enfim, quando requisitados, eles corriam, pegavam e traziam, como cachorrinhos adestrados.

O trabalho de edição da revista desacelerou um pouco, pois todos estavam se concentrando em me despachar para Paris adequadamente preparada. Três claque-claques do departamento de moda reuniram rapidamente um guarda-roupa que incluía toda e qualquer peça imaginável para todo e qualquer evento imaginável a que Miranda quisesse que eu comparecesse. Quando saí, Lucia, a diretora de moda, me prometeu que eu teria comigo não somente as roupas apropriadas a qualquer contingência, como também um caderno completo de esboços profissionais, retratando todas as maneiras possíveis de combinar as roupas, para maximizar a elegância e minimizar qualquer constrangimento. Em outras palavras: não me deixar selecionar ou combinar nada, assim, possivelmente, eu teria uma chance, embora pequena, de estar apresentável.

Quem sabe eu precisasse acompanhar Miranda a um bar e ficar, como uma múmia, em um canto, enquanto ela bebericava uma taça de Bordeaux? Calça cinza carvão Theory com um suéter preto de gola rolê da Celine. Que tal uma ida ao estúdio de pilates onde ela teria aulas particulares, para que eu buscasse água e, se necessário, echarpes brancas no caso de ela ficar suada? Um traje atlético da cabeça aos pés, calça bailarina, jaqueta com zíper e capuz (cropped para exibir minha barriga, óbvio), uma regata de 185 dólares para usar por baixo e tênis de camurça — tudo Prada. E se eu — apenas talvez — realmente me sentasse na fila da frente de um desses desfiles como todo mundo jurava que aconteceria? As opções eram ilimitadas. A minha favorita, até então (e ainda era fim de tarde da segunda-feira), era uma saia colegial plissada da Anna Sui, com uma blusa branca Miu muito transparente e com muitos babados, botas Christian Louboutin de cano alto, que deixavam a aparência particularmente atrevida, e em cima de tudo, um blazer de couro Katayone Adeli, tão justo que era quase obsceno. Meu jeans Express e mocassins Franco Sarto estavam cobertos por uma camada de pó em meu armário havia meses, e tenho de admitir que não sentia falta deles.

Também descobri que Allison, a editora de beleza, merecia de fato seu título, sendo, literalmente, a indústria da beleza. Em menos de

24 horas, ao "ser avisada" que eu precisaria de maquiagem e mais do que algumas dicas, ela havia criado o kit-de-maquiagem-para-toda-e--qualquer-situação. No enorme nécessaire Burberry (na verdade, se parecia mais com uma mala de rodinhas, ligeiramente maior do que as aceitas pelas companhias aéreas como bagagem de mão) havia várias opções de sombra, loção, gloss, creme, delineador, enfim, todo tipo de maquiagem. Batons matte, de alto brilho, de longa duração, e transparentes. Seis tons de rímel — do azul-claro ao "preto petulante" — eram acompanhados de um curvex e duas escovas de cílios para o caso de (ui!) formarem grumos.

Os pós pareciam representar a metade de todos os produtos de beleza que eu levaria. Fixavam/acentuavam/destacavam/ocultavam as pálpebras, o tom da pele e as maçãs do rosto, tinham um esquema de cores mais complexo e sutil do que a paleta de um pintor: alguns pretendiam bronzear, outros iluminar, e outros, ainda, dar volume, volúpia ou viço. Eu tinha a escolha de acrescentar um rubor saudável ao meu rosto na forma líquida, sólida ou em pó, ou uma combinação das três. A base era o mais impressionante de tudo: parecia que alguém tinha removido uma amostra de pele diretamente do meu rosto e feito sob encomenda um frasco ou dois do produto. Quer "acrescentasse brilho" ou "cobrisse manchas", cada pequeno frasco isolado combinava com a minha pele melhor do que, bem, a minha própria pele. Em um estojo do mesmo conjunto e um pouco menor, havia: bolas de algodão, quadrados de algodão, cotonetes, esponjas, algo próximo a duas dúzias de pincéis de tamanhos diferentes, toalhas de rosto, dois tipos diferentes de demaquilante para olhos (hidratante e *oilfree*), e não menos que doze — DOZE — tipos de hidratantes (facial, para o corpo, de hidratação profunda, com FPS 15, cintilante, com cor, perfumado, sem perfume, hipoalergênico, com alfa-hidroxiácido, antibacteriano e — só para o caso do horrível sol de outubro parisiense me surpreender — com Aloe vera).

Em um bolso lateral do nécessaire menor havia folhas de papel A4, cada uma com o desenho de um rosto ampliado. Cada rosto trazia um esquema impressionante de maquiagem: Allison tinha aplicado a maquiagem que incluíra no kit naqueles rostos de papel. Uma face fora rotulada "Glamour Noite Relaxada", mas tinha um aviso embaixo, em letras grandes e em negrito: NÃO É BLACK TIE!! CASUAL DEMAIS!!! O rosto não-formal trazia uma leve camada de base matte sob uma leve pincelada de pó bronzeador, uma gota de blush líquido ou "crème", pálpebras muito sexy com sombra carregada e delineado escuro, acentuadas pelos cílios com rímel preto, e o que parecia ser uma camada de gloss incolor. Quando avisei a Allison, em um sussurro, que seria impossível para mim recriar tudo aquilo, ela pareceu exasperada.

— Bem, com sorte não vai precisar — disse ela, com uma voz que soou tão tensa que achei que teria um colapso diante da minha ignorância.

— Não? Então por que tenho quase duas dezenas de "rostos" sugerindo maneiras diferentes de usar toda essa maquiagem?

Seu olhar fulminante era digno de Miranda.

— Andrea. Fala sério. Isso é somente para emergências, para o caso de Miranda te pedir que a acompanhe a algum lugar de última hora, e seu cabeleireiro e o maquiador não tenham horário. Ah, a propósito, vou te mostrar o material para o cabelo.

Enquanto Allison demonstrava como usar quatro tipos diferentes de escovas redondas para alisar meu cabelo, tentei entender o que ela havia acabado de dizer. Eu também teria um cabeleireiro e um maquiador? Eu não tinha providenciado ninguém para mim quando reservei o pessoal para Miranda, então quem? Precisava perguntar.

— A redação de Paris — replicou Allison, com um suspiro. — Você representa a *Runway*, entende? Miranda leva isso muito a sério. Você vai comparecer a alguns dos eventos mais glamourosos do mundo, ao lado de Miranda Priestly. Não acha que conseguiria a aparência certa sozinha, acha?

— Não, óbvio que não. Sem dúvida é melhor eu contar com ajuda profissional. Obrigada.

Allison me monopolizou por mais duas horas, até ficar satisfeita e segura de que, se algo desse errado com os 14 horários marcados com cabeleireiros e maquiagem que tinha providenciado durante a semana, eu não humilharia nossa chefe ao passar rímel na boca ou raspar as laterais da cabeça e espetar o cabelo em um moicano. Quando acabamos, achei que finalmente teria um momento para descer correndo ao restaurante e pegar uma sopa rica em calorias, mas Allison pegou o ramal de Emily — a sua antiga linha — e ligou para Stef, no departamento de acessórios.

— Oi, terminei e ela está aqui neste exato momento. Quer vir?

— Espere! Preciso almoçar antes que Miranda volte!

Allison revirou os olhos exatamente como Emily. Eu me perguntei se havia alguma coisa naquele cargo que inspirava tais demonstrações de irritação.

— Está bem. Não, não, estou falando com Andrea — disse ela ao telefone, erguendo as sobrancelhas para mim e, surpresa, surpresa!, exatamente como Emily. — Parece que ela está *com fome*. Eu sei. Sim, sei. Eu já disse, mas ela parece decidida a... *comer*.

Saí da sala e peguei uma tigela grande de creme de brócolis com queijo cheddar e retornei em três minutos, só para encontrar Miranda sentada à sua mesa, segurando o telefone afastado do rosto, como se estivesse coberto de sanguessugas. Ela deveria embarcar à noite para Milão, mas eu não tinha certeza de sobreviver para ver aquilo acontecer.

— O telefone toca, Andrea, mas quando atendo, já que parece que você não está interessada em fazer isso, ninguém responde. Pode me explicar esse fenômeno? — perguntou.

É claro que eu podia explicar, mas não para ela. Nas raras ocasiões em que estava sozinha em sua sala, Miranda, às vezes, atendia o telefone. Naturalmente as pessoas ficavam tão chocadas ao escutar a sua voz no outro lado que desligavam imediatamente. Ninguém estava, de fato, preparado para *falar* com ela, porque a probabilidade de aquilo acontecer era praticamente nula. Recebi dúzias de e-mails de editores e assistentes me informando — como se eu não soubesse — que Miranda estava atendendo o telefone de novo. "Onde estão vocês???" As missivas em pânico diziam, uma atrás da outra: "Ela está atendendo ao próprio telefone!!!"

Murmurei alguma coisa sobre aquilo também acontecer comigo de vez em quando, mas Miranda já tinha perdido o interesse. Ela estava olhando não para mim, mas para a minha tigela de sopa. Um pouco do líquido verde cremoso escorria lentamente pela lateral. Seu olhar se transformou em um de nojo quando percebeu que, além de estar segurando algo de comer, também pretendia consumi-lo.

— Livre-se disso imediatamente! — gritou a cerca de cinco metros de distância. — Só o cheiro já me deixa enjoada.

Joguei a sopa insultada no lixo e olhei com tristeza o alimento desperdiçado, antes de sua voz me trazer de volta à realidade.

— Estou pronta para as revisões — estrilou, se instalando em sua cadeira, mais satisfeita agora que a comida havia sido descartada. — E, assim que terminarmos, convoque uma reunião de pauta.

Cada palavra provocava mais uma descarga de adrenalina; como eu nunca tinha certeza do que ela exatamente estava requisitando, nunca sabia se conseguiria me sair bem ou não. Como era trabalho de Emily programar as revisões e as reuniões semanais, tive de correr à sua mesa e checar a agenda. No horário das 15h, ela havia escrito: *Revisão da sessão de fotos para Sedona, Lucia/Helen*. Liguei para o ramal de Lucia e falei assim que atenderam.

— Ela está pronta — declarei como uma ordem militar. Helen, a assistente de Lucia, desligou sem dizer uma palavra, e eu soube que ela e Lucia já estavam a meio caminho. Se não chegassem em vinte a vinte e cinco segundos, eu seria enviada para procurá-las e lembrá-las pessoalmente, para o caso de terem se esquecido, de que quando eu tinha ligado trinta segundos antes e dito que Miranda estava pronta, eu queria dizer *naquele instante*. Em geral era um saco, mais uma razão pela qual a imposição de stilettos pontiagudos tornava a vida ainda mais miserável. Percorrer a redação freneticamente, procurando alguém que, com certeza, estava se escondendo de Miranda, nunca era divertido, mas era especialmente terrível quando a pessoa estava no banheiro. O que quer que se faça no banheiro feminino ou masculino não era desculpa para não estar disponível no exato momento em que a sua presença é esperada, portanto eu tinha de entrar — às vezes checando por baixo da porta do compartimento um sapato identificável — e pedir, com educação e do modo menos constrangedor possível, que terminassem e fossem à sala de Miranda. Imediatamente.

Felizmente, para todos os envolvidos, Helen chegou em segundos, empurrando uma arara abarrotada e desordenada, e puxando outra.

Hesitou por um breve momento diante da porta francesa até Miranda balançar a cabeça de maneira quase imperceptível. Então, arrastou as araras pelo carpete espesso.

— Só isso? Duas araras? — perguntou Miranda, mal erguendo os olhos da prova que estava lendo.

Helen ficou visivelmente surpresa por Miranda ter se dirigido a ela, já que, como regra, a editora-chefe da *Runway* não falava com as assistentes de outras pessoas. Mas Lucia não tinha aparecido com as próprias araras, então não havia escolha.

— Hum, não. Lucia vai chegar a qualquer momento. Ela está com as outras duas. Gostaria que eu, ahn, começasse a mostrar o que pediu? — perguntou Helen, nervosa, puxando a camiseta para baixo, sobre a saia longa de algodão.

— Não.

E então:

— Ahn-dre-ah! Vá procurar Lucia. No meu relógio são 15h. Se ela não estiver preparada, tenho mais o que fazer do que esperar por ela. — O que não era exatamente verdade, já que não tinha parado de ler a prova e fazia somente trinta e cinco segundos desde que eu fizera a chamada inicial. Mas eu não ia corrigi-la.

— Não é preciso, Miranda, estou aqui — cantarolou uma Lucia ofegante, empurrando e puxando araras, passando por mim justo quando eu saía para procurá-la. — Desculpe. Estávamos esperando um último casaco do pessoal da YSL.

Ela dispôs as araras, organizadas segundo o tipo de roupa (camisas, casacos, calças/saias e vestidos), em um semicírculo em frente à mesa de Miranda, e fez um sinal para Helen sair. Miranda e Lucia, então, recapitularam cada item, um por um, e discutiram sobre o seu lugar ou não na sessão de moda que estava para acontecer em Sedona, Arizona. Lucia defendia um look "vaqueira urbana chique", que ela acreditava perfeito contra um fundo de montanhas rochosas, mas Miranda insistia em dizer de uma maneira sarcástica que preferia "apenas chique", já que "vaqueira chique" era claramente um paradoxo. Talvez tivesse se fartado de "vaqueiras chiques" na festa do irmão de C-SEM. Consegui me desligar da conversa até Miranda me chamar, daquela vez com ordens de ligar para o pessoal dos acessórios.

Imediatamente, chequei de novo a agenda de Emily, mas foi como eu tinha pensado: nenhuma revisão de acessórios estava marcada. Rezando para que Emily tivesse simplesmente se esquecido de anotar na agenda, liguei para Stef e disse que Miranda estava pronta para a revisão de acessórios para Sedona.

Nada feito. Só estavam agendados para o fim da tarde do dia seguinte, e pelo menos um quarto do que precisavam ainda não tinha sido entregue pelas companhias de relações públicas.

— Impossível. Não dá — comunicou Stef, parecendo muito menos confiante do que suas palavras transmitiam.

— Bem e o que espera que eu diga a ela? — sussurrei de volta.

— Diga a verdade: a revisão só deveria acontecer amanhã e grande parte das coisas ainda não chegou. Falo sério! Estamos neste exato instante esperando uma bolsa de festa, uma clutch, três bolsas de franja diferentes, quatro pares de sapato, dois colares, três...

— Ok, ok, vou dizer a ela. Mas fique perto do telefone e atenda se eu ligar. E se eu fosse você, me prepararia. Aposto que ela não dá a mínima para o fato de a coisa estar ou não marcada.

Stef desligou sem dizer mais nada, me aproximei da porta de Miranda e esperei pacientemente que ela tomasse conhecimento de minha presença. Quando olhou na minha direção e esperou, eu disse:

— Miranda, acabei de falar com Stef e ela disse que, como a revisão estava marcada para amanhã, ainda estão aguardando alguns itens. Mas devem chegar até...

— Ahn-dre-ah, simplesmente não consigo visualizar como as modelos ficarão com estas roupas sem sapatos, bolsas ou joias, e amanhã estarei na Itália. Diga a Stef que quero ver o que quer que ela já tenha, e que se prepare para me mostrar as fotos do que ainda não está aqui! — Virou-se para Lucia e as duas voltaram às araras.

Transmitir o recado para Stef deu um novo significado à máxima: "não mate o office boy". Ela surtou.

— Eu não consigo reunir tudo para a revisão em trinta segundos, dá para entender? É impossível! Quatro de minhas cinco assistentes não estão aqui, e a única que está é uma perfeita idiota. Andrea, o que eu vou fazer? — Ela estava histérica, mas não havia muito espaço para negociação.

— Ok, ótimo — falei com doçura, de olho em Miranda, que tinha um talento especial para escutar conversas. — Direi a Miranda que você já está vindo. — Desliguei antes de ela se desfazer em lágrimas.

Não me surpreendi ao ver Stef chegar dali a dois minutos e meio com a sua ajudante idiota, uma assistente de moda que havia pedido emprestado de outro departamento e James, também emprestado da editoria de beleza, todos parecendo aterrorizados, carregando enormes cestas de vime. Permaneceram encolhidos de medo do lado da minha mesa até ela balançar de novo a cabeça, então todos avançaram para os exercícios de genuflexão. Como Miranda se recusava, obviamente, a sair de sua sala — sempre —, exigia que todas as araras abarrotadas de roupas, os carrinhos cheios de sapatos e as cestas transbordando acessórios fossem levados até ela.

Quando o pessoal dos acessórios finalmente conseguiu dispor seus artigos em fileiras sobre o carpete para serem inspecionados, a sala de Miranda se transformou em um bazar beduíno — que estava mais para Madison Avenue do que para Sharm el-Sheikh. Um editor a presenteava com cintos de couro de cobra de 2 mil dólares enquanto outro tentava lhe vender uma grande bolsa Kelly. Um terceiro insistia em lhe empurrar um vestido curto Fendi semiformal, enquanto outro procurava lhe convencer dos méritos do chiffon. Stef tinha conseguido reunir o material para a revisão de maneira quase perfeita em trinta segundos, mesmo com a ausência de vários itens. Percebi que preencheu lacunas com acessórios de fotos de sessões passadas, explicando a Miranda que os itens que estavam esperando eram semelhantes, mas ainda melhores. Todos eram mestres no que faziam, porém Miranda era a melhor. Era a consumidora sempre arredia, movendo-se, friamente, de uma banca maravilhosa para outra, jamais demonstrando qualquer sinal de interesse. Quando, final e felizmente, decidia, apontava e encomendava (igual a um juiz em uma exposição de cães, "Bob, ela escolheu o Border Collie..."), e os editores balançavam a cabeça obsequiosamente ("Sim, escolha excelente", "Ah, definitivamente perfeita") e embrulhavam seus produtos e voltavam aos respectivos departamentos antes de ela, inevitavelmente, mudar de ideia.

A tortura infernal levou apenas alguns minutos, mas, ao terminar, estávamos exaustos por causa da ansiedade. Ela já tinha anunciado que sairia cedo, por volta das 16h, para passar algumas horas com as meninas antes da grande viagem, por isso cancelei a reunião de pauta, para alívio de todo o departamento. Precisamente às 15h58, ela começou a preparar sua bolsa para sair, uma atividade que não precisava de tanto esforço, já que eu levaria tudo de pesado, ou que tivesse importância, ao seu apartamento mais tarde, a tempo do voo. Basicamente, o trabalho envolvia jogar a carteira Gucci e o celular Motorola na bolsa Fendi de que continuava abusando. Nas últimas semanas, a beldade de 10 mil dólares tinha servido de mochila para Cassidy, e várias contas — além de uma das alças — tinham se soltado. Miranda a havia deixado sobre minha mesa, um belo dia, e ordenado que eu mandasse consertá-la ou, se fosse impossível, simplesmente jogar fora. Resisti, orgulhosamente, a todas as tentações de lhe dizer que era impossível consertá-la, para ficar com ela, mas consegui que um coureiro a arrumasse por apenas 25 dólares.

Quando enfim ela saiu, instintivamente peguei o telefone para ligar para Alex e reclamar do meu dia. Só quando já tinha discado metade do número, me lembrei de que estávamos dando um tempo. Seria o primeiro dia em mais de três anos em que não nos falaríamos. Fiquei com o telefone na mão, olhando para um e-mail que ele havia enviado no dia anterior, e que estava assinado "com amor", e me perguntei se não teria cometido um terrível erro concordando com aquela pausa. Liguei de novo, daquela vez disposta a lhe dizer que tínhamos de conversar sobre tudo o que estava acontecendo, entender onde tínhamos errado, que eu assumia a responsabilidade pelo papel que desempenhei no lento e constante desgaste de nosso relacionamento. Mas, antes que começasse a tocar, Stef estava diante da minha mesa com o Plano de Guerra dos Acessórios para a minha viagem a Paris, frenética depois da inspeção de Miranda. Havia sapatos e bolsas e cintos e joias e meias e óculos escuros para serem discutidos, portanto, tornei a pôr o fone no gancho e tentei me concentrar nas instruções.

Logicamente, um voo de sete horas na classe econômica, vestida com calça de couro colada ao corpo, sandálias de salto e um blazer sobre uma regata seria a mais infernal das experiências de viagem. Nem tanto. As sete horas no avião foram as mais relaxantes de que me lembro. Como Miranda e eu estávamos viajando para Paris na mesma hora, mas em voos diferentes — ela de Milão, eu de Nova York —, acabei me deparando com uma situação única em que ela não podia me ligar por sete horas seguidas. Por um bendito dia, a minha inacessibilidade não era minha culpa.

Por razões que ainda não compreendia, meus pais não tinham ficado tão emocionados quanto imaginei que ficariam quando liguei para falar sobre a viagem.

— Ah, é mesmo? — perguntou minha mãe daquela sua maneira especial, que sugeria muito mais do que as três palavrinhas realmente significavam. — Vai a Paris agora?

— O que quer dizer com "agora"?

— Bem, é que não parece a melhor hora para um voo até a Europa, só isso — respondeu ela, de modo vago, embora eu tivesse certeza de que uma avalanche de culpa de mãe-judia estava prestes a começar a deslizar em minha direção.

— E por quê? Quando *seria* uma boa hora?

— Não fique chateada, Andy. É que não a vemos há meses. Não que estejamos reclamando, seu pai e eu entendemos como o seu trabalho é exigente, mas não sente vontade de ver seu sobrinho? Ele nasceu já faz uns meses e você ainda não o conhece!

— Mãe! Não me faça sentir culpada. Estou louca para ver Isaac, mas você sabe que não posso simplesmente...

— Sabe que seu pai e eu pagaremos sua passagem para Houston, certo?

— Sim! Você já me disse isso umas quatrocentas vezes. Eu sei e agradeço, mas não se trata de dinheiro. Não consigo tirar meia folga e, agora, com Emily doente, não posso viajar... nem mesmo nos fins de semana. Acha que devo voar até o outro lado do país só para voltar, se Miranda me ligar no sábado de manhã para pegar as roupas dela na lavanderia? Acha?

— Evidente que não, Andy. Eu só pensei que... que você poderia visitá-los nessas semanas, com Miranda fora, e se você fosse, eu e seu pai também iríamos. Mas agora você está indo para Paris.

Ela disse aquilo como se insinuasse seus verdadeiros pensamentos. "Mas agora você está indo para Paris" se traduzia como, "Mas agora está voando até a Europa para escapar de todas as suas obrigações familiares".

— Mãe, quero deixar uma coisa bem, mas bem clara aqui. Não estou saindo de férias. Não escolhi ir para Paris em vez de conhecer meu sobrinho. Não foi uma decisão minha, como provavelmente deve saber, mas se recusa a aceitar. É realmente muito simples: Paris com Miranda daqui a três dias, por uma semana, ou serei demitida. Vê alguma opção aqui? Porque se vê, eu adoraria ouvir.

Ela ficou em silêncio por um momento, depois disse:

— Não, é claro que não, querida. Sabe que compreendemos. Eu só espero... bem, só espero que esteja feliz com a maneira como as coisas estão acontecendo.

— O que isso quer dizer? — perguntei, de modo vil.

— Nada, nada. — Ela se apressou em responder. — Não significa nada além do que já disse: seu pai e eu só queremos que seja feliz, e parece que tem estado, bem, hum, sob muita pressão ultimamente. Está tudo bem?

Eu me acalmei um pouco, já que ela estava se esforçando tanto.

— Sim, mãe, está tudo bem. Não estou feliz com a viagem, como você sabe. Vai ser uma semana de puro inferno, 24 horas por dia. Mas o meu ano vai acabar logo, então vou poder deixar esse tipo de vida para trás.

— Eu sei, querida, sei que está sendo um ano duro para você. E torço para que, no fim, valha a pena. Só isso.

— Sei. Eu também.

Desligamos, a tensão entre nós esquecida, mas não consegui afastar a sensação de que meus próprios pais estavam desapontados comigo.

A esteira de bagagem do Charles de Gaulle foi um pesadelo, mas encontrei o motorista elegantemente vestido, que acenava um cartaz com meu nome quando passei pelo controle de passaportes; assim que ele fechou a porta do carro, me entregou um celular.

— A Sra. Priestly pediu que ligasse para ela ao chegar. Tomei a liberdade de programar o número do hotel na discagem automática. Ela está na suíte Coco Chanel.

— Humm, ah, ok. Obrigada. Acho que vou ligar agora mesmo — comuniquei desnecessariamente.

Mas, antes que eu pressionasse asterisco e o número um, o telefone tocou e uma cor vermelha piscou, assustadora. Se o motorista não estivesse me observando, eu teria colocado no mudo e fingido que não havia visto, mas fiquei com a nítida sensação de que tinha recebido ordens de ficar de olho em mim. Alguma coisa em sua expressão sugeria que não seria do meu interesse ignorar a chamada.

— Alô? Aqui fala Andrea Sachs — falei, tão profissionalmente quanto possível, apostando que só podia ser Miranda.

— Ahn-dre-ah! Que horas está marcando o seu relógio neste momento? — Era uma pergunta ardilosa? Um prefácio da acusação de que eu estava atrasada?

— Humm, deixe eu ver. Na verdade, marca 5h15 da manhã, mas obviamente ainda não mudei para a hora de Paris. Portanto, o meu relógio deveria marcar 11h15 — respondi animada, na esperança de começar a primeira conversa de nossa interminável viagem em grande estilo, se a coragem assim permitisse.

— Obrigada por essa narrativa sem fim, Ahn-dre-ah. E posso perguntar o que, exatamente, esteve fazendo nos últimos trinta e cinco minutos?

— Bem, Miranda, o avião aterrissou alguns minutos atrasado e eu ainda tive de...

— Porque de acordo com o itinerário que você criou para mim, o seu voo chegou às 10h35 da manhã.

— Sim, estava programado para chegar a essa hora, mas veja...

— Não é você que vai me dizer o que vejo, Ahn-dre-ah. Certamente esse comportamento não será aceitável durante a semana, está me entendendo?

— Sim, certo. Desculpe. — Meu coração parecia pulsar um milhão de batidas por minuto, e senti meu rosto esquentar de humilhação.

Humilhação por falarem comigo daquela maneira, porém mais do que qualquer outra coisa, a minha própria vergonha em permitir. Eu havia acabado de pedir desculpas, na maior sinceridade, por não ter sido capaz de fazer o meu voo internacional aterrissar na hora programada e de não ser sagaz o bastante para imaginar uma maneira de evitar o controle de passaportes.

Pressionei meu rosto, desajeitadamente, contra a janela, e observei a limusine atravessar sinuosamente as ruas agitadas de Paris. As mulheres pareciam tão mais altas, os homens tão mais refinados, e quase todo mundo parecia muito bem-vestido, magro e régio. Eu só tinha estado em Paris uma vez antes, mas ficar em um albergue no outro lado da cidade não causava a mesma impressão do que observar, do banco de trás de uma limusine, as pequenas butiques exclusivas e os adoráveis cafés nas calçadas. *Eu poderia me acostumar a viver assim*, pensei, quando o motorista se virou para mostrar onde eu encontraria garrafas de água se assim quisesse.

Quando o carro estacionou na entrada do hotel, um cavalheiro de aparência distinta, usando o que imaginei ser um terno sob medida, abriu a porta para mim.

— Mademoiselle Sachs, que prazer finalmente conhecê-la. Sou Gerard Renaud. — Sua voz soou suave e confiante, e o cabelo grisalho e o rosto vincado indicavam que era muito mais velho do que eu tinha imaginado quando falamos ao telefone.

— Monsieur Renaud, é ótimo conhecê-lo, finalmente! — De repente, tudo o que eu queria fazer era me jogar em uma cama macia e dormir para curar meu jetlag, mas Renaud logo esmagou minhas esperanças.

— Mademoiselle Andrea, madame Priestly gostaria de vê-la em seu quarto imediatamente. Antes de se instalar, receio. — Seu rosto estampava uma expressão desconsolada, o que fez com que, por um breve momento, eu sentisse mais pena dele do que de mim. Era óbvio que ele não sentia nenhum prazer em me transmitir o recado.

— Porra, que ótimo — murmurei, antes de notar como aquilo tinha afligido monsieur Renaud. Estampei um sorriso radiante e recomecei. — Por favor, me perdoe. Foi uma viagem terrivelmente longa. Alguém pode, por favor, me dizer onde encontro Miranda?

— É claro, mademoiselle. Ela está em sua suíte e, pelo que percebi, ansiosa para vê-la. — Olhando-o de relance, achei ter detectado um ligeiro revirar de olhos e, embora sempre o tivesse achado opressivamente respeitável ao telefone, reconsiderei minha opinião. Apesar de ele ser muito profissional para demonstrar, e, na verdade, nunca ter dito nada, achei que deveria detestar Miranda tanto quanto eu. Não porque eu tivesse alguma prova concreta, mas simplesmente porque parecia impossível imaginar alguém que não a odiasse.

O elevador abriu e monsieur Renaud sorriu e me conduziu para dentro. Disse alguma coisa em francês ao office boy que iria me acompanhar. Renaud me disse *adieu* e o funcionário me acompanhou até a suíte de Miranda. Bateu à porta e fugiu, me deixando sozinha para enfrentá-la.

Por um momento, cheguei a me perguntar se a própria Miranda abriria a porta, mas era impossível imaginar algo assim. Nos onze meses em que entrei e saí de seu apartamento, nunca a vira fazer nada parecido com trabalho, nem tarefas comuns, como atender o telefone, tirar um casaco do armário ou se servir de água. Era como se todos os seus dias fossem *Shabbat*, e ela outra vez uma judia praticante; eu, lógico, era sua *Shabbes goy*.

Uma camareira bonita, uniformizada, abriu a porta e me conduziu para dentro, seus olhos tristes e úmidos olhando diretamente para o chão.

— Ahn-dre-ah! — Ouvi de algum lugar nos profundos recessos da sala mais magnífica que eu já tinha visto. — Ahn-dre-ah, vou precisar que o meu tailleur Chanel seja passado para esta noite, já que foi praticamente arruinado na viagem. Era de esperar que o Concorde soubesse lidar com a bagagem, mas minhas coisas chegaram pavorosas. E ligue para Horace Mann e confirme se as meninas foram à escola. Você fará isso todos os dias. Não confio nessa Annabelle. Fale com Caroline e Cassidy pessoalmente à noite e anote seus deveres de casa e datas de provas. Esperarei um registro escrito pela manhã, logo antes do café. Ah, ligue para o senador Schumer imediatamente. É urgente. Por último, preciso que entre em contato com o idiota do Renaud e lhe diga que espero que me forneça uma equipe competente durante minha estadia, e se for algo muito difícil, estou certa de que o gerente geral poderá me assistir. Essa imbecil que ele me mandou tem algum transtorno mental.

Meus olhos se dirigiram para a pobre garota que, no momento, se encolhia no vestíbulo, parecendo tão amedrontada quanto um hamster acuado, trêmula e se esforçando para não chorar. Presumi que compreendesse inglês, então lhe lancei o meu olhar mais simpático, mas ela continuou a tremer. Olhei ao redor e tentei desesperadamente me lembrar de tudo o que Miranda havia acabado de exigir.

— Vou providenciar tudo — respondi na direção de sua voz, para além do piano meia cauda e dos dezessete arranjos de flores que haviam sido dispostos de modo adorável pela suíte-casa. — Já volto com tudo o que você pediu, tá? — Eu me censurei por encerrar a frase com um verbo abreviado e dei uma última olhada na magnífica sala. Era, sem dúvida, o lugar mais suntuoso, mais luxuoso que eu já tinha visto, com suas cortinas de brocado, o carpete espesso, cor de creme, a colcha de rico tecido adamascado sobre a cama king size e estatuetas douradas discretamente expostas em prateleiras e mesas de mogno. Somente uma TV de tela plana e um moderno sistema de som estéreo prateado indicavam que o lugar inteiro não havia sido projetado no século anterior, por artesãos extremamente habilidosos e dedicados à profissão.

Passei rápido pela garota trêmula em direção ao corredor. O office boy aterrorizado tinha reaparecido.

— Pode me mostrar o meu quarto, por favor? — perguntei da maneira mais gentil possível, mas ele sem dúvida achou que eu também o insultaria, de modo que, de novo, disparou à minha frente.

— Aqui está, mademoiselle, espero que seja satisfatório.

A cerca de vinte metros, no corredor, havia uma porta sem número. Dava para uma minissuíte, uma réplica quase exata da suíte de Miranda, mas com uma sala menor e uma cama queen, não king size. Uma grande escrivaninha de mogno, equipada com um telefone multilinha, um moderno computador, uma impressora a laser, um scanner e um fax, ocupava o espaço do piano meia cauda, mas, de resto, os cômodos eram notavelmente similares em sua decoração rica, aconchegante.

— Senhorita, esta porta leva ao corredor particular que liga o seu quarto ao da Sra. Priestly — explicou, se dirigindo à porta aberta.

— Não! Tudo bem, não preciso ver. Só saber que existe é suficiente.
— Relanceei os olhos para o nome na placa discretamente colocada no bolso da camisa engomada de seu uniforme. — Obrigada, ahn, Stephan.
— Remexi na minha bolsa procurando algum dinheiro para a gorjeta, mas percebi que não havia me ocorrido trocar meus dólares por euros, e ainda não tinha passado em um caixa eletrônico. — Ah, desculpe, eu, bem, só tenho dólares americanos. Tudo bem?

Seu rosto ficou vermelho e ele se pôs a se desculpar profusamente.

— Ah, não, senhorita, por favor, não se preocupe com isso. A Sra. Priestly cuida desses detalhes antes de partir. No entanto, como vai precisar de moeda local quando sair do hotel, permita que lhe mostre uma coisa. — Foi até a imensa escrivaninha e abriu a gaveta de cima, então me deu um envelope com o logotipo da *Runway* francesa. Dentro havia um maço de notas de euro, aproximadamente 4 mil dólares americanos ao todo. O bilhete, redigido por Briget Jardin, a editora-chefe, que tinha suportado o peso de planejar e programar aquela viagem e a festa de Miranda, dizia o seguinte:

Andrea, querida, é um prazer tê-la conosco! Por favor, estes euros são para seu uso pessoal enquanto estiver em Paris. Falei com monsieur Renaud e ele estará à disposição de Miranda durante 24 horas por dia. Veja abaixo uma lista dos números de telefones de trabalho e pessoal dele, assim como os números de telefone do chef do hotel, do personal, do diretor de transporte e, é claro, do gerente geral do hotel. Todos estão familiarizados com as estadias de Miranda durante os desfiles e, por isso, não deve haver problemas. É claro que eu estarei sempre acessível no trabalho ou, se necessário, no celular, em casa, no fax ou pager, se qualquer uma de vocês precisar de alguma coisa. Se não a vir até a grande soirée de sábado, estarei ansiosa por conhecê-la. Um beijo grande, Briget.

Em um papel timbrado *Runway,* dobrada e colocada por baixo do dinheiro, estava uma lista de quase cem números de telefone, abrangendo tudo o que alguém pudesse precisar em Paris, de um florista sofisticado a um cirurgião de emergência. Os mesmos números estavam repetidos na última página do itinerário detalhado que eu havia criado para Miranda, usando a informação que Briget tinha atualizado diariamente e enviado por fax, para que, a partir daquele momento, não surgisse uma única contingência — exceto uma guerra mundial — que impedisse Miranda Priestly de ver a coleção primavera com o mínimo possível de tensão, ansiedade e preocupação.

— Muito obrigada, Stephan. Isso é muito útil. — Tirei algumas notas para ele, que, cortesmente, fingiu não perceber e voltou rápido ao corredor. Fiquei contente ao ver que ele parecia bem menos aterrorizado do que alguns momentos antes.

Consegui, não sei como, encontrar as pessoas que ela requisitara e calculei que teria alguns minutos para descansar a cabeça sobre a fronha de quatrocentos fios, mas o telefone tocou no momento em que fechei os olhos.

— Ahn-dre-ah, venha ao meu quarto imediatamente — gritou ela antes de bater o telefone.

"Sim, é claro, Miranda, obrigada por pedir de maneira tão gentil. Será um prazer", disse eu a absolutamente ninguém. Levantei o meu corpo da cama, desorientada pela diferença de fuso horário, e me concentrei em não prender o salto no carpete do corredor que ligava o meu quarto ao dela. Mais uma vez, uma camareira abriu a porta quando bati.

— Ahn-dre-ah! Uma das assistentes de Briget acaba de me ligar para saber a duração do meu discurso no brunch de hoje — comunicou. Ela estava folheando um exemplar do *Women's Wear Daily* que alguém da redação, provavelmente Allison, familiarizada com o processo por conta do tempo como assistente de Miranda, o tinha enviado por fax mais cedo; dois homens lindos faziam seu cabelo e maquiagem. Um prato de queijos estava na mesinha antiga ao seu lado.

Discurso? Que discurso? A única coisa além dos desfiles no itinerário do dia era uma espécie de almoço de premiação em que Miranda planejava passar seus quinze minutos habituais, antes de cair fora por puro tédio.

— Desculpe. Falou discurso?

— Falei. — Com cuidado, fechou e dobrou calmamente o jornal, em seguida o jogou com raiva no chão, quase atingindo um dos homens ajoelhado à sua frente. — Por que diabos não fui informada de que receberia um prêmio tolo no almoço de hoje? — estrilou ela, o rosto se contorcendo com um ódio que eu nunca tinha visto antes. Desprazer? Com certeza. Insatisfação? O tempo todo. Enfado, frustração, infelicidade generalizada? É claro, cada minuto a cada dia. Mas eu nunca a vira tão completamente *irada*.

— Humm. Miranda, desculpe, mas, na verdade, foi a redação francesa que confirmou sua presença para o evento de hoje, e eles nunca...

— Pare de falar. Pare de falar já! Só o que você me dá o tempo todo são desculpas. *Você* é a minha assistente, *você* é a pessoa que designei para resolver as coisas em Paris, *você* é quem deveria me manter informada desse tipo de coisa. — Ela, agora, estava quase gritando. Um dos maquiadores perguntou baixinho, em inglês, se queríamos ficar a sós por um momento, mas Miranda o ignorou completamente. — É meio-dia e vou precisar sair daqui a quarenta e cinco minutos. Espero um discurso curto, sucinto e articulado, digitado e legível me esperando no quarto. Se não conseguir redigi-lo, volte para casa. *Permanentemente.* É isso.

Desapareci pelo corredor, nunca corri tanto de salto alto, e abri o celular internacional antes mesmo de chegar ao quarto. Foi quase impossível discar o número do trabalho de Briget com as mãos trêmulas, mas, de algum modo, a ligação se completou. Uma de suas assistentes atendeu.

— Preciso de Briget! — gritei, minha voz já entrecortada quando pronunciei seu nome. — Onde ela está? *Onde ela está?* Preciso falar com ela. *Já!*

A garota ficou momentaneamente em silêncio, em choque.

— Andrea? É você?

— Sim, sou eu e preciso de Briget. É uma emergência... onde ela está?

— Ela está em um desfile, mas não se preocupe, seu celular fica sempre ligado. Você está no hotel? Ela já vai ligar de volta para você.

O telefone na escrivaninha tocou alguns segundos depois, que pareceram uma semana.

— Andrea — falou ela com o tom leve e seu adorável sotaque francês. — O que houve, querida? Monique disse que você estava histérica.

— Histérica? Com certeza estou histérica! Briget, como pôde fazer isso comigo? Sua redação tomou as providências para a porcaria desse almoço e ninguém se deu o trabalho de me dizer que ela não só vai receber um prêmio como se espera que faça um discurso?

— Andrea, calma. Estou certa de que nós...

— E tenho de redigi-lo! Está me ouvindo? Tenho quarenta e cinco minutos para redigir um discurso em agradecimento a um prêmio de que não sei nada a respeito em uma língua que não falo. Ou estou frita. O que vou fazer?

— Está bem, relaxe, vou ajudá-la. Em primeiro lugar, a cerimônia é aí mesmo, no Ritz, em um dos *salons*.

— O quê? Que *salon*? — Ainda não tivera oportunidade de dar uma olhada no hotel, mas estava quase certa de que não havia nenhum *saloon* no lugar.

— Isso é em francês, oh, como vocês chamam? Sala de reuniões. De modo que ela só precisará descer. É para o Conselho Francês sobre Moda, uma organização, aqui em Paris, que sempre distribui seus prêmios durante os desfiles, porque todo mundo está na cidade. A *Runway* receberá o prêmio por cobertura da moda. Não é algo, como vocês dizem, tão importante, é quase uma formalidade.

— Ótimo, pelo menos já sei para o que é. O que exatamente devo escrever? Por que não dita em inglês e eu peço a monsieur Renaud para traduzir para o francês? Comece. Estou pronta. — Minha voz tinha recuperado uma certa confiança, mas eu continuava mal podendo segurar a caneta. O misto de exaustão, tensão e fome estava tornando difícil focalizar meus olhos no papel timbrado do Ritz sobre a mesa.

— Andrea, você tem sorte mais uma vez.

— Ah, é mesmo? Porque não estou me sentindo muito sortuda neste exato instante, Briget.

— Essas coisas são sempre em inglês. Não é preciso traduzir. Por isso pode escrevê-lo, certo?

— Sim, sim, vou escrever o texto — gaguejei e larguei o telefone. Não havia nem mesmo tempo para pensar que se tratava da minha primeira chance de mostrar a Miranda que eu era capaz de fazer algo mais sofisticado do que buscar lattes.

Depois que desliguei e comecei a digitar sessenta palavras por minuto — datilografia foi a única disciplina útil do meu ensino médio —, percebi que Miranda só precisaria de dois, talvez três minutos para ler. Houve tempo suficiente para beber um pouco de Pellegrino e devorar alguns dos morangos que alguém, atenciosamente, tinha deixado em meu pequeno bar. *Se pelo menos tivessem deixado um cheeseburger*, pensei. Eu me lembrei de que havia colocado uma barra de Twix na minha bagagem, agora perfeitamente empilhada em um canto, mas não havia tempo para procurar. Exatamente quarenta minutos haviam se passado desde que eu recebera minhas ordens. Estava na hora de saber se tinha passado no teste.

Outra camareira — igualmente aterrorizada — atendeu a porta de Miranda e me conduziu até a sala. Obviamente, eu deveria permanecer em pé, mas a calça de couro, que vestia desde o dia anterior, parecia ter se colado permanentemente em minhas pernas, e as sandálias de tiras, que não tinham me incomodado no avião, começavam a parecer lâminas compridas e flexíveis cravadas em meus calcanhares e dedos. Decidi me sentar no sofá extremamente acolchoado, mas o momento em que meus joelhos se flexionaram e a minha bunda entrou em contato com a almofada, a porta de seu quarto abriu e eu, instintivamente, levantei.

— Onde está o meu discurso? — perguntou automaticamente, enquanto mais outra camareira a seguia, segurando um brinco que Miranda se esquecera de botar. — Escreveu alguma coisa, não escreveu? — Vestia um dos seus poucos terninhos ("Mulheres usam saias e exibem as pernas, nada de calças que cubram tudo!"), um lindo traje verde-oliva que envolvia sua cintura como um espartilho e fazia suas pernas parecerem ter 1,80 metro.

— É claro, Miranda — respondi orgulhosamente. — Acho que será apropriado. — Andei até ela, já que não fez nenhum esforço para pegá-lo, mas antes que eu lhe desse o papel, o arrancou de minha mão. Não me dei conta, até seus olhos pararem de ficar de lá para cá, de que tinha prendido a respiração.

— Bom. Está bom. Certamente nada inovador, mas bom. Vamos. — Pegou uma bolsa Chanel matelassê que arrematava o look e pôs a alça de corrente no ombro.

— Como?

— Eu disse vamos. Essa cerimônia tola vai começar em quinze minutos e, com um pouco de sorte, sairemos em vinte. Eu realmente detesto essas coisas.

Não havia como negar que eu tinha escutado "vamos" e "nós": ela esperava, não havia dúvida, que eu a acompanhasse. Relanceei os olhos para a minha calça de couro e o blazer justo, e pensei que, se ela não o havia criticado — e certamente eu teria escutado se houvesse —, então que importância tinha? Provavelmente haveria muitas assistentes perambulando por lá, servindo às suas chefes e, é claro, ninguém se importaria com o que estávamos vestindo.

O "salon" era exatamente como Briget o descrevera — uma típica sala de reuniões de hotel, com umas duas dúzias de mesas de almoço e uma plataforma ligeiramente elevada, com um pódio. Fiquei à parede do fundo com alguns outros funcionários de vários tipos e assisti ao trecho de um filme, incrivelmente sem graça, desinteressante, nada inspirador, que o presidente do conselho exibiu sobre como a moda afeta a nossa vida. Algumas outras pessoas tomaram o microfone durante a meia hora seguinte e, então, antes de um único prêmio ser oferecido, uma legião de garçons começou a servir saladas e encher os copos de vinho. Olhei, cautelosa, para Miranda, que parecia extremamente entediada e irritada, e tentei me encolher o máximo atrás de um vaso com árvore, no qual me escorava para não cair de sono. Perdi a noção do tempo que meus olhos ficaram fechados, mas assim que perdi o controle dos músculos do pescoço e a minha cabeça começou a tombar incontrolavelmente, ouvi sua voz.

— Ahn-dre-ah! Não tenho tempo para essa besteira — sussurrou alto o bastante para algumas pessoas em uma mesa próxima erguerem os olhos. — Não me informaram que eu receberia um prêmio, e eu não estava preparada para isso. Vou embora. — Virou-se e começou a andar em direção à porta.

Manquei atrás dela, mas achei melhor não segurar seu ombro.

— Miranda? Miranda? — Ela estava me ignorando acintosamente.

— Miranda? Quem você gostaria que aceitasse o prêmio em nome da *Runway*? — sussurrei o mais baixo possível sem que ela deixasse de me ouvir.

Ela se virou e me olhou direto nos olhos.

— Acha que eu ligo? Suba lá e o aceite você mesma. — E antes que eu pudesse responder, ela havia desaparecido.

Ai, meu Deus. Aquilo não estava acontecendo. Sem dúvida, a qualquer minuto eu acordaria em minha própria cama, nada glamourosa, com lençóis de zero fios, e descobriria que o dia inteiro — raios, o ano inteiro — tinha sido apenas um sonho medonho. Aquela mulher não esperava que eu — a assistente *júnior* — subisse no palco e aceitasse um prêmio de cobertura de moda em nome da *Runway*, esperava? Olhei em volta da sala, freneticamente, para ver se havia mais alguém da revista presente no almoço. Nada. Eu me deixei cair numa cadeira e tentei decidir se ligava para Emily ou para Briget em busca de conselho, ou se simplesmente ia embora, já que Miranda, aparentemente, não estava dando a mínima a tal honra. Meu celular tinha acabado de se conectar com o de Briget (que eu esperava que pudesse aparecer a tempo de receber o prêmio ela própria) quando escutei as palavras: "... estender a nossa mais profunda admiração à *Runway* americana por sua cobertura precisa, divertida e sempre informativa. Por favor, vamos receber a internacionalmente famosa editora-chefe, um ícone vivo da moda, a Sra. Miranda Priestly!"

A sala irrompeu em aplausos exatamente no mesmo instante em que senti meu coração parar de bater.

Não havia tempo para pensar, para amaldiçoar Briget por deixar aquilo acontecer, para amaldiçoar Miranda por sair e levar o discurso com ela, para amaldiçoar a mim mesma em primeiro lugar, por aceitar aquele emprego. Minhas pernas avançaram por conta própria, *esquerda-direita, esquerda-direita,* e subiram os três degraus do pódio sem nenhum incidente. Se eu não estivesse em choque, teria notado que os aplausos entusiásticos haviam sido substituídos por um silêncio sinistro, todo mundo tentando entender quem eu era. Mas não notei. Em vez disso, uma força maior me fez sorrir, estender a mão para aceitar a placa das mãos do presidente de ar austero, e pousá-la, trêmula, no pódio à minha frente. Só quando ergui a cabeça e vi centenas de olhares fixos em mim — curiosos, investigadores, confusos, todos eles —, percebi que iria parar de respirar e morrer ali mesmo.

Imagino que tenha ficado assim por não mais do que dez ou quinze segundos, mas o silêncio era tão esmagador, tão opressor que me perguntei se já não estaria morta. Ninguém proferiu uma única palavra. Nenhum talher bateu em um prato, nenhum copo tilintou, ninguém sequer fofocou com o vizinho sobre quem era a representante de Miranda Priestly. Simplesmente me observaram, até eu não ter outra escolha a não ser falar. Não me lembrava de uma palavra do discurso que havia escrito uma hora antes, então improvisei.

— Olá — comecei, e ouvi minha voz reverberar em meus ouvidos. Eu não saberia dizer se era o microfone ou o som do sangue latejando em minha cabeça, mas não fazia diferença. Na verdade, a única coisa que conseguia perceber era que tremia incontrolavelmente. — Meu nome é Andrea Sachs e sou a assis... ahn, sou membro da equipe da *Runway*. Infelizmente, Miranda, ahn, a Sra. Priestly teve de sair por um momento, mas eu gostaria de receber este prêmio em seu nome. E, é claro, em nome de todos na *Runway*. Obrigada, ahn — não consegui me lembrar do nome do conselho ou do presidente ali na frente —, muito obrigada por esta, ahn, por esta honra. Sei que falo por todos quando digo como nos sentimos honrados. — Idiota! Eu estava gaguejando, repetindo "ahn, ahn", e tremendo, e, àquela altura, estava consciente o bastante para reparar que as pessoas tinham começado a se alvoroçar. Sem nem mais uma palavra, desci da maneira mais digna possível do pódio e, só quando cheguei à porta dos fundos, me dei conta de que tinha esquecido o prêmio. Uma mulher da equipe foi ao meu encontro no saguão, onde simplesmente desabei devido à exaustão e humilhação, e me entregou a placa. Esperei até que fosse embora e pedi a um dos zeladores para jogar aquilo fora. Ele deu de ombros e colocou a coisa no saco.

Aquela desgraçada!, pensei, furiosa e cansada demais para evocar quaisquer xingamentos ou técnicas de assassinato criativos. Meu telefone tocou e, sabendo que era Miranda, desliguei a campainha e pedi um gim tônica a uma das funcionárias da recepção.

— Por favor. Por favor, peça que alguém me consiga um. Por favor.

Com um único olhar, a mulher concordou. Traguei tudo em dois longos goles e subi para ver o que ela queria. Eram somente 14h do meu primeiro dia em Paris, e eu queria morrer. Só que a morte não era uma opção.

17

— Quarto de Miranda Priestly — atendi do meu novo escritório em Paris. As minhas quatro horas gloriosas, que constituiriam uma noite de sono, foram rudemente interrompidas por uma chamada frenética de uma das assistentes de Karl Lagerfeld, às 6h, que foi precisamente quando descobri que todas as ligações de Miranda estavam sendo redirecionadas para o *meu* quarto. Parecia que a cidade inteira e arredores sabiam que Miranda ficava ali durante os desfiles, e, assim, meu telefone tocava incessantemente desde o momento em que pisei naquele quarto. Sem contar as duas dúzias de mensagens já deixadas na secretária eletrônica.

— Oi, sou eu. Como vai Miranda? Está tudo bem? Alguma coisa já deu errado? Onde ela está e por que não está com você?

— Oi, Em! Obrigada por se preocupar. A propósito, como está você?

— O quê? Ah, estou bem. Um pouco fraca, mas melhor. Não importa. Como *ela* está?

— Sim, bem, estou bem, também, obrigada por perguntar. Sim, foi uma viagem longa e não dormi por intervalos de mais de vinte minutos, já que o telefone não para de tocar e, tenho certeza, nunca vai parar de tocar e... Ah! Proferi um discurso completamente improvisado, depois de redigir um discurso improvisado, para um grupo de pessoas que queria a companhia de Miranda, mas, aparentemente, não eram interessantes o bastante para mantê-la. Fiz papel de idiota e quase tive um ataque cardíaco, mas, fora isso, as coisas estão muito bem.

— Andrea! Fala sério! Fiquei realmente preocupada com tudo. Não houve muito tempo para se preparar, e sabe que, se alguma coisa der errado aí, ela vai me culpar.

— Emily. Por favor, não leve para o lado pessoal, mas não posso conversar agora. Simplesmente não posso.

— Por quê? Há alguma coisa errada? Como foi a sua reunião ontem? Ela chegou na hora? Você tem tudo de que precisa? Está usando as roupas apropriadas? Não se esqueça de que está representando a *Runway*, por isso tem de se vestir de acordo.

— Emily. Tenho de desligar.

— Andrea! Estou preocupada. Diga o que anda fazendo.

— Bem, vejamos. Em todo o tempo livre que tive, recebi uma meia dúzia de massagens, duas limpezas faciais, e fiz as unhas algumas vezes. Miranda e eu criamos uma conexão ao fazer todas essas coisas juntas. É divertido demais. Ela está se esforçando de verdade para não ser exigente demais, e diz que realmente quer que eu aproveite Paris, já que é uma cidade maravilhosa e tenho sorte de estar aqui. Por isso, basicamente, apenas saímos e nos divertimos. Bebemos vinhos excelentes. Fazemos compras. Você sabe, o de sempre.

— Andrea! Isso não é nada engraçado, ok? Agora me diga o que está acontecendo. — Quanto mais perturbada ela parecia ficar, mais meu humor melhorava.

— Emily, não sei o que contar. O que quer saber? Como tem sido até agora? Vamos ver, tenho passado a maior parte do tempo tentando imaginar como dormir melhor com o telefone que não para de tocar e, simultaneamente, pôr comida suficiente goela abaixo entre 2h e 6h para me sustentar pelas vinte horas restantes. Me sinto no Ramadã, ou seja, nada de comida enquanto for dia. Sim, você realmente deve estar lamentando ter perdido essa.

A outra linha começou a piscar e pus Emily em espera. Toda vez que tocava, minha mente logo pensava, de modo incontrolável, em Alex; eu me perguntava se ele não iria ligar para dizer que tudo daria certo. Eu tinha ligado duas vezes do meu celular internacional, desde que chegara, e ele havia atendido as duas vezes, mas como a passadora de trotes profissional que fui no ensino fundamental, desliguei no momento em que escutei a sua voz. Nunca tínhamos ficado tanto tempo sem nos falar, e eu queria saber o que estava acontecendo, mas também não podia deixar de sentir que a vida havia se tornado consideravelmente mais simples desde que déramos um tempo nas discussões e no jogo de culpa. Ainda assim, prendi a respiração até ouvir a voz de Miranda guinchando do outro lado.

— Ahn-dre-ah, quando Lucia vai chegar?

— Ah, olá, Miranda. Vou checar o itinerário. Certo. Vamos ver, aqui diz que o voo dela, direto da sessão de fotos em Estocolmo, era hoje. Deve estar no hotel.

— Ponha-me em contato.

— Sim, Miranda, só um momento, por favor. — Coloquei Miranda em espera e voltei para Emily. — É ela, espere. — Retomei a ligação com Ela. — Miranda? Acabo de encontrar o número de Lucia. Vou conectá-la agora.

— Espere, Ahn-dre-ah. Vou sair daqui a vinte minutos, e ficarei fora o restante do dia. Vou precisar de algumas echarpes antes de retornar, e de um novo chef. Ele deve ter no mínimo dez anos de experiência, na sua maior parte em restaurantes franceses, e estar disponível para o jantar da família quatro noites por semana, e para jantares mais formais duas vezes por mês. Agora, coloque-me em contato com Lucia.

Eu sabia que deveria me preocupar com Miranda querer que eu contratasse um chef de Nova York, estando em Paris, mas tudo em que pude pensar foi que ela estava saindo — sem mim, e pelo restante do dia. Voltei a Emily e avisei que Miranda precisava de um novo chef.

— Vou ver isso, Andy — comunicou, tossindo. — Farei uma triagem preliminar e, depois, você conversa com alguns dos finalistas. Apenas descubra se Miranda gostaria de esperar até chegar em casa para conhecê-los, ou se prefere que você providencie para que alguns voem até Paris e a encontrem já, ok?

— Não pode estar falando sério.

— É claro que estou. Miranda contratou Cara quando estava em Marbella, no ano passado. Sua última babá simplesmente se demitiu, e ela me mandou despachar as três finalistas de avião, para que ela encontrasse alguém imediatamente. Apenas descubra, está bem?

— Ok — murmurei. — E obrigada.

Falar sobre aquelas massagens tinha sido tão bom que decidi reservar uma para mim. Não havia horário até o começo da noite, então, naquele meio-tempo, liguei para o serviço de quarto e pedi um café da manhã completo. Quando foi entregue, eu já tinha me enfiado em um dos roupões felpudos, os pés em pantufas combinando, e me preparado para me banquetear com omelete, croissants, doces folhados, muffins, batatas, cereal e crepes, que chegaram acompanhados de um aroma delicioso. Depois de devorar tudo e beber duas xícaras de chá, voltei à cama — não tinha dormido nada na noite anterior — e caí no sono tão rapidamente que achei que tinham colocado algo no meu suco de laranja.

A massagem foi a maneira perfeita de coroar o que havia sido um dia abençoadamente relaxante. Outros estavam fazendo o trabalho para mim, e Miranda só tinha ligado uma vez — uma vez! — para pedir que eu fizesse uma reserva para o almoço do dia seguinte. *Isso não é tão ruim*, pensei, enquanto as mãos fortes da mulher pressionavam os músculos tensionados do meu pescoço. Nada mau mesmo. Mas, assim que comecei a cochilar mais uma vez, o celular, que eu levara comigo de má vontade, começou a tocar persistentemente.

— Alô? — atendi animada, como se não estivesse nua sobre uma mesa, coberta de óleo, meio adormecida.

— Ahn-dre-ah. Adiante meu cabelo e minha maquiagem e diga ao pessoal da Ungaro que não posso hoje à noite. Vou a um coquetel, e espero que você vá comigo. Esteja pronta para sair em uma hora.

— Ahn, sim, sim — gaguejei, tentando processar o fato de que eu ia realmente a algum lugar com ela. Uma retrospectiva do dia anterior, a última vez que me disse, na última hora, que eu iria com ela a algum lugar, inundou o meu cérebro, e senti como se a ansiedade fosse me dominar. Agradeci à mulher, debitei o serviço na conta do quarto, embora só tivesse aproveitado dez primeiros minutos, e corri para cima, para imaginar como melhor contornar o mais novo obstáculo. Aquilo estava ficando comum. Depressa.

Só levei alguns minutos para contatar o cabeleireiro e o maquiador de Miranda (que, aliás, não eram os meus — uma mulher de expressão irritada, cujo olhar de desespero ao me ver pela primeira vez ainda me assombrava, fazia os dois para mim. Enquanto isso, Miranda tinha dois caras gays que pareciam ter saído diretamente das páginas da *Maxim*) e mudar o seu horário.

— Sem problemas — disse Julien, com um forte sotaque francês. — Estaremos aí, como vocês dizem mesmo? Ansiosos! Deixamos nossa agenda vazia esta semana só para o caso de madame Priestly precisar de nós em horários alternativos!

Mandei uma mensagem para o pager de Briget e pedi que ela falasse com o pessoal da Ungaro. Hora de atacar o armário. O caderno de esboços com todos os meus "looks" diferentes estava na mesinha de cabeceira, esperando uma vítima da moda, como eu, recorrer a ele para orientação espiritual. Dei uma olhada nos títulos e subtítulos, e tentei entender aquilo.

Desfiles:
1. Dia
2. Noite

Refeições:
1. Reuniões no café da manhã
2. Almoço
   A. Informal (hotel ou bistrô)
   B. Formal (L'Espadon no Ritz)
3. Jantar
   A. Informal (bistrô, serviço de quarto)
   B. Semiformal (restaurante decente, um jantar informal oferecido por alguém)
   C. Formal (restaurante Le Grand Véfour, jantar formal oferecido por alguém)

Festas:
1. Informal (café da manhã com champanhe, chás da tarde)
2. Estilosa (coquetéis oferecidos por pessoas não importantes, lançamentos de livros, "encontros para drinques")

3. Sofisticada (coquetéis oferecidos por pessoas importantes, qualquer coisa em museu ou galeria, festas depois de desfiles oferecidas pela equipe do designer)

Diversos:
1. Ida e volta de aeroporto
2. Eventos atléticos (aulas etc.)
3. Ida às compras
4. Incumbências
   A. Salões de alta-costura
   B. Lojas e butiques de luxo
   C. Loja de alimentos local e/ou de produtos para a saúde e beleza.

Não tinha nenhuma sugestão para quando não se soubesse distinguir anfitriões importantes e não importantes. É óbvio que havia a chance de se cometer um grande erro ali: eu poderia reduzir o evento a "Festas", o que era um bom primeiro passo, mas, àquela altura, as coisas ficavam nebulosas. A festa seria um simples número 2, para a qual eu simplesmente vestiria algo chique, ou um número 3, e, portanto, eu teria de escolher algo muito elegante? Não havia instruções para "área indefinida" ou "incerteza", mas alguém felizmente tinha incluído no último minuto, com letra corrida, uma anotação na parte inferior do índice: *Quando estiver em dúvida (e nunca deverá estar), é melhor usar algo fabuloso e menos formal do que algo fabuloso e formal demais.* Ok, parecia que agora eu me ajustava perfeitamente na categoria festa; subcategoria, estilosa. Examinei os seis looks que Lucia havia esboçado para aquela descrição específica, e tentei ver o que iria parecer menos ridículo quando fosse vestido de verdade.

Depois de uma divergência particularmente constrangedora com uma blusa sem mangas coberta de penas e botas pretas de verniz até a coxa (sim, acima dos joelhos), selecionei, por fim, o look na página 33, uma saia de patchwork de Roberto Cavalli, com uma camiseta baby look e um par de botas pretas de motoqueira da D&G. Atraente, sexy, estilosa — mas não sofisticada demais — sem, de fato, me fazer parecer um avestruz, um guarda-roupas dos anos 1980 ou uma prostituta. O que mais eu poderia desejar? Enquanto tentava escolher uma bolsa apropriada, a mulher do cabelo e maquiagem apareceu para começar as tentativas mal-humoradas e críticas de não me deixar tão horrível quanto ela nitidamente achava que eu era.

— Hum, será que poderia suavizar essa coisa sob os olhos só um pouco? — perguntei cautelosa, tentando desesperadamente não depreciar seu trabalho. Talvez tivesse sido melhor tentar a maquiagem eu mesma, especialmente por eu ter mais suprimentos e instruções do que os cientistas da Nasa contratados para construir uma nave espacial, mas a Maquiadora Gestapo aparecia pontualmente, gostasse eu ou não.

— Não! — gritou, nada preocupada em mostrar a mesma sensibilidade que eu. — Fica melhor assim.

Ela terminou de passar a tinta preta nos cílios de baixo e saiu tão rapidamente quanto tinha chegado; peguei minha bolsa (uma bowling Gucci de couro de crocodilo) e me dirigi ao saguão, quinze minutos antes da hora estimada da nossa partida para, assim, poder confirmar se o motorista estava pronto. Quando eu discutia com Renaud se Miranda iria preferir que nós duas fôssemos em carros separados, de modo que não precisasse falar comigo ou, na verdade, usar o mesmo carro e se arriscar a pegar alguma doença por dividir o banco traseiro com a sua assistente, ela apareceu. Miranda me olhou dos pés à cabeça, bem devagar, a expressão permanecendo completamente impassível e indiferente. Eu tinha passado no teste! Aquela foi a primeira vez, desde que começara a trabalhar, que não havia recebido um olhar de asco ou, no mínimo, um comentário sarcástico, e tudo o que fora necessário tinha sido uma equipe da SWAT dos editores de moda de Nova York, um grupo de cabeleireiros e maquiadores parisienses, e uma grande seleção das roupas mais elegantes e caras do mundo.

— O carro está aqui, Andrea? — Ela estava deslumbrante em um vestido lastex curto de veludo.

— Sim, Sra. Priestly, venha por aqui. — Monsieur Renaud interrompeu baixinho, nos conduzindo por um grupo do que só poderia ser outras editoras de moda americanas, também ali para os desfiles.

Um silêncio reverente caiu sobre o grupo quando passamos, Miranda estava a dois passos à minha frente, parecendo magra, atraente e muito, muito infeliz. Eu quase tive de correr para acompanhá-la, embora ela fosse 15 centímetros mais baixa, e esperei até ela me lançar um olhar, "Bem? O que está esperando?", antes de eu me enfiar no banco de trás da limusine, depois dela.

Felizmente, o motorista parecia saber aonde estava indo. Eu tinha ficado paranoica durante a última hora, com medo de que ela se virasse para mim e me perguntasse onde o coquetel desconhecido estava sendo oferecido. Ela realmente se virou para mim, mas não disse nada, escolhendo conversar com C-SEM em seu celular, repetindo várias vezes que esperava que ele chegasse com bastante tempo para se trocar e tomar um drinque antes da grande festa, no sábado à noite. Ele voaria no jato particular de sua companhia, e estavam, naquele momento, discutindo se ele levaria ou não Caroline e Cassidy. Como só retornaria na segunda-feira, ela não queria que perdessem um dia de escola. Somente quando estacionamos em frente a um apartamento duplex, no Boulevard Saint-Germain foi que me perguntei o que exatamente eu deveria fazer durante toda a noite. Ela sempre tinha se comportado bem em público, evitando insultar Emily, a mim ou a qualquer um de seus funcionários, o que indicava que em algum nível, pelo menos, ela sabia o que fazia. Portanto, se não podia me mandar buscar seus drinques, ou fazer ligações para encontrar alguém para ela, ou mandar a roupa para a lavanderia, enquanto estivéssemos ali, o que eu iria fazer?

— Ahn-dre-ah, essa festa está sendo oferecida por um casal de quem eu era amiga quando morava em Paris. Pediram que eu trouxesse uma assistente para entreter seu filho, que geralmente acha esses eventos extremamente maçantes. Estou certa de que vocês dois vão se dar bem. — Ela esperou até o motorista abrir a porta, em seguida, saiu do carro com charme, pisando com seus saltos Jimmy Choo, perfeitos. Antes que eu tivesse a chance de abrir minha porta, ela havia subido os três degraus e entregava o casaco ao mordomo, obviamente aguardando a sua chegada. Eu me deixei cair no banco de couro macio só por um minuto, tentando processar aquele precioso novo detalhe, que ela transmitira com tanta indiferença. O cabelo, a maquiagem, a mudança de planos, a consulta apavorada ao caderno de esboços, as botas de motoqueira, tudo aquilo para que eu passasse a noite de babá do filho melequento de um casal rico? E ainda por cima, um menino melequento *francês*.

Passei três minutos me lembrando de que a *New Yorker* estava a apenas dois meses de distância, de que o meu ano de servidão estava prestes a ser compensado, de que, com certeza, eu suportaria mais uma noite de tédio para conseguir o trabalho dos meus sonhos. Não adiantou nada. De repente, senti uma vontade louca e desesperada de me enroscar no sofá dos meus pais, de ter minha mãe esquentando um pouco de chá para mim, meu pai armando o tabuleiro de Scrabble. Jill, e até mesmo Kyle, me visitariam, com o bebê Isaac, que sorriria quando me visse, e Alex me ligaria e diria que me amava. Ninguém iria se importar se meu moletom estivesse manchado e minhas unhas dos pés assustadoramente malfeitas, nem que eu estivesse comendo uma enorme bomba de chocolate. Ninguém nem saberia sobre desfiles de moda, em algum lugar do outro lado do Atlântico, e com certeza não estariam nem um pouco interessados em saber. Mas tudo me pareceu incrivelmente distante — na verdade, uma vida inteira —, e naquele exato instante, precisava aturar um grupinho de pessoas que viviam e morriam na passarela. Aquilo, e o que certamente seria um menino chorão, mimado, falando alguma baboseira em francês.

Quando, finalmente, tirei o meu corpo escassa, mas elegantemente vestido, da limusine, o mordomo não estava mais à espera. Havia música ao vivo e o cheiro de velas perfumadas flutuava para fora de uma janela, acima do pequeno jardim. Respirei fundo e estendi a mão para bater, mas a porta se abriu. Posso dizer com segurança que nunca, jamais, em toda a minha vida, eu havia ficado tão surpresa quanto naquela noite: Christian estava sorrindo para mim.

— Andy, querida, estou tão feliz que esteja aqui — disse ele, se inclinando e beijando a minha boca. Um beijo um tanto íntimo, já que a minha boca estava aberta, com incredulidade.

— O que está fazendo aqui?

Ele abriu um sorriso largo e afastou o onipresente cacho de cabelo da testa.

— Eu não devia te perguntar a mesma coisa? Porque parece que me segue por toda parte. Vou acabar achando que quer dormir comigo.

Corei e, sempre o retrato da elegância, bufei uma risada.

— Sim, algo nessa linha. Na verdade, não estou aqui como convidada. Sou apenas uma babá muito bem-vestida. Miranda pediu que eu a acompanhasse e só quando chegamos me disse que eu deveria tomar conta do pestinha do filho dos anfitriões. Por isso, se me dá licença, é melhor eu ir ver se ele tem o leite e os lápis de que vai precisar.

— Ah, ele está bem, e estou certo de que a única coisa de que precisa nesta noite é outro beijo de sua babá. — Pegou meu rosto com as duas mãos e me beijou de novo. Abri os lábios para protestar, para perguntar o que estava acontecendo, mas ele entendeu como entusiasmo e deslizou a língua para dentro da minha boca.

— Christian! — falei em meia-voz, pensando como logo seria demitida, se Miranda me pegasse beijando um cara qualquer em uma de suas festas. — O que está fazendo? Me solte! — Eu me desvencilhei e me afastei, mas ele continuava com aquele sorriso irritantemente adorável.

— Andy, como você parece um pouco lenta para entender o que está acontecendo, esta é a *minha* casa. Meus pais estão oferecendo esta festa, e fui inteligente o bastante para fazer com que pedissem à sua chefe para trazer você. Ela lhe disse que eu tinha 10 anos, ou você concluiu isso sozinha?

— Você está brincando. Por favor, diga que está brincando.

— Não. Engraçado, não é? Como não consigo encontrar você de outra maneira, achei que isso funcionaria. Minha madrasta e Miranda se davam bem quando sua chefe trabalhava na *Runway* francesa. Ela é fotógrafa e faz fotos para eles o tempo todo. Por isso, só tive de lhe dizer que o seu filho solitário não se incomodaria se tivesse a companhia de uma assistente atraente. Funcionou perfeitamente. Vamos, vou te oferecer algo para beber. — Pôs a mão na curva de minhas costas e me conduziu a um bar de carvalho maciço, na sala de estar, com três barmen uniformizados servindo martínis, doses de uísque e elegantes taças de champanhe.

— Espere, me deixe entender só uma coisa: não vou precisar ser babá de ninguém hoje à noite? Você não tem um irmãozinho ou algo assim, tem? — Era incompreensível eu ter ido a uma festa com Miranda Priestly, e não ter responsabilidades durante a noite toda, exceto fazer companhia a um Escritor Gato e Inteligente. Talvez tivessem me convidado porque estavam planejando me fazer dançar ou cantar para entreter os convidados, ou talvez uma garçonete tivesse faltado e acharam que eu seria a melhor solução de última hora? Ou quem sabe não estaríamos indo para a chapelaria, onde eu substituiria a garota que estava lá agora, entediada e cansada? Minha mente se recusava a aceitar a história de Christian.

— Bem, não estou dizendo que não terá de bancar a babá esta noite, porque planejo precisar de muita atenção, mas acho que será uma noite melhor do que imaginou. Espere aqui. — Ele me deu um beijo na bochecha e desapareceu na multidão de convidados: homens de aparência distinta e mulheres meio boêmias e modernas, na faixa dos 40 e 50, que pareciam ser um misto de banqueiros e gente de revista, com alguns designers, fotógrafos e modelos para compor o cenário. Havia um pequeno pátio de pedras elegante, nos fundos da casa, todo iluminado com velas brancas, onde um violinista tocava baixinho, e eu dei uma espiada. Reconheci, imediatamente, Anna Wintour, absolutamente encantadora em um vestido de alcinhas de seda creme e sandálias Manolo de contas. Ela conversava animadamente com um homem que presumi ser seu namorado, embora seus óculos escuros Chanel me impedissem de saber se estava se divertindo, indiferente ou chorando. A imprensa adorava comparar os gestos extravagantes e as atitudes de Anna e Miranda, mas eu achava impossível alguém ser mais insuportável do que a minha chefe.

Atrás dela, estavam o que supus ser algumas editoras da *Vogue*, observando Anna, cautelosas e cansadas, como as claque-claques da *Runway* fitavam Miranda, e ao lado delas estava Donatella Versace.

Bebi um pouco do meu champanhe (e eu achei que não beberia nada!) e conversei um pouco com um italiano — um dos primeiros italianos feios que conheci — que falava, com uma linguagem floreada, sobre a sua inata apreciação do corpo feminino, até Christian reaparecer.

— Venha comigo, um minuto — disse ele, mais uma vez me conduzindo suavemente pelo grupo de pessoas. Estava usando o seu uniforme:

Diesel perfeitamente desbotado, camiseta branca, paletó esporte escuro e mocassins Gucci, e se misturava ao pessoal da moda com perfeição.

— Aonde vamos? — perguntei, atenta a Miranda que, independentemente do que Christian dissesse, provavelmente continuava esperando que eu fosse banida para um canto, enviando faxes ou atualizando o itinerário.

— Primeiro vamos pegar outro drinque para você, e, talvez, um para mim também. Depois, vou te ensinar a dançar.

— O que o faz pensar que não sei dançar? Por acaso, sou uma excelente dançarina.

Ele me deu outra taça de champanhe, que pareceu surgir do nada, e me levou à sala de estar formal de seus pais, decorada em belos tons de bordô-escuro. Um grupo de seis músicos tocava algo moderninho, óbvio, e as poucas pessoas com menos de 35 anos haviam se reunido ali. Como se combinado, o conjunto começou a tocar "Let's Get It On", de Marvin Gaye, e Christian me puxou contra ele. Cheirava a colônia masculina, clássica, algo *old school* tipo Polo Sport. Seus quadris se moviam naturalmente ao som da música. Sem pensar, simplesmente nos movíamos juntos por toda a pista de dança improvisada, e ele cantarolava baixinho em meu ouvido. O restante da sala ficou indistinto — eu tinha uma vaga ideia de que havia outros casais dançando, e de alguém, em algum lugar, brindando a alguma coisa, mas naquele momento a única coisa com alguma definição era Christian. Nos recessos da minha mente, havia a consciência muito tênue, mas insistente, de que o corpo contra o meu não era o de Alex, mas não tinha importância. Não agora, não naquela noite.

Já passava de 1h quando me lembrei de que estava ali com Miranda; tinham se passado horas desde que a vira pela última vez, e eu estava certa de que ela havia se esquecido de mim e voltado ao hotel. Mas quando, finalmente, eu me afastei do sofá no escritório do pai de Christian, eu a vi conversando feliz com Karl Lagerfeld e Gwyneth Paltrow, todos, aparentemente, esquecidos de que deveriam estar acordados para o desfile da Christian Dior dali a apenas algumas horas. Eu me debatia entre me aproximar ou não, quando ela me viu.

— Ahn-dre-ah! Venha cá — chamou, a voz soando quase feliz sobre o alarido da festa que, visivelmente, se tornara mais animada nas últimas horas. Alguém tinha diminuído as luzes, e parecia óbvio que os convidados restantes tinham sido muito bem atendidos pelos barmen sorridentes. A maneira irritante como pronunciava meu nome nem mesmo me incomodou na minha feliz e indistinta embriaguez. E apesar de pensar que a noite não poderia ficar melhor, ela, evidentemente, estava me chamando para me apresentar aos amigos famosos.

— Sim, Miranda? — falei no meu tom mais insinuante, mais "obrigada por ter me trazido a esta casa fabulosa". Ela nem sequer olhou na minha direção.

— Traga-me uma Pellegrino e se certifique de que o motorista está lá fora. Estou pronta para sair agora. — As duas mulheres e um homem ao seu lado deixaram escapar uma risadinha, e senti meu rosto enrubescer.

— Certo. Volto já. — Busquei a água, que ela aceitou sem um obrigada e atravessei o grupo de pessoas, que se reduzia, até o carro. Pensei em procurar os pais de Christian e agradecer, mas pensei melhor e fui direto para a porta, onde ele estava encostado, com uma expressão presunçosa.

— Então, pequena Andy, como foi a noite? — perguntou, levemente arrogante, nem por isso menos adorável.

— Foi boa, acho.

— Só boa? Estou achando que você gostaria que eu a levasse lá para cima, hein, Andy? Tudo a seu tempo, minha amiga, tudo a seu tempo.

Dei um tapinha bem-humorado em seu braço.

— Não se iluda, Christian. Agradeça a seus pais por mim. — E, então, me inclinei primeiro e o beijei na bochecha, antes de ele ter tempo de fazer qualquer coisa. — Boa noite.

— Uma provocadora! — gritou, só um pouquinho mais arrogante. — Você é uma provocadora. Aposto que seu namorado adora esse seu lado, não? — Ele estava sorrindo, e não de modo cruel. Tudo fazia parte do jogo do flerte, para ele, mas a referência a Alex me deixou sóbria por um minuto. Tempo suficiente para me dar conta de que eu tinha me divertido naquela noite, como não acontecia havia muitos anos. A bebida, a dança, suas mãos nas minhas costas quando me puxou contra si me fizeram sentir mais viva do que em todos aqueles meses trabalhando para a *Runway*, meses preenchidos com nada além de frustração, humilhação e uma exaustão que entorpecia meu corpo. Talvez por isso Lily bebesse, pensei. Os rapazes, as festas, a alegria de perceber que se é jovem e está vivo, respirando. Mal podia esperar para ligar para ela e contar tudo.

Miranda se juntou a mim, no banco de trás da limusine, cinco minutos depois, e até mesmo ela parecia, de algum modo, feliz. Eu me perguntei se ela estaria embriagada, mas excluí a possibilidade imediatamente: o máximo que já a tinha visto beber fora um gole de uma coisa ou outra, e, assim mesmo, porque a situação social exigia. Ela preferia Perrier ou Pellegrino a champanhe e, certamente, milk-shake ou lattes a um cosmopolitan, por isso as chances de que estivesse realmente bêbada eram remotas.

Depois de me interrogar sobre o itinerário do dia seguinte durante cinco minutos (felizmente, eu tinha pensado em enfiar uma cópia na bolsa), se virou e me fitou pela primeira vez naquela noite.

— Emily... ahn, Ahn-dre-ah, há quanto tempo está trabalhando para mim?

Aquilo foi inesperado, e a minha mente não trabalhou rápido o bastante para assimilar a intenção real da pergunta repentina. Era estranho eu ser objeto de qualquer pergunta sua que não fosse a de querer saber explicitamente por que eu era uma idiota tão completa ao não procurar, enviar por fax, ou buscar alguma coisa rápido o bastante. Ela, na verdade, jamais perguntara nada sobre a minha vida. A menos que se lembrasse dos detalhes da primeira entrevista — o que parecia improvável, considerando-se que me olhou apaticamente no meu primeiro dia de trabalho —, não tinha a menor ideia de qual faculdade, se é que havia uma, eu cursara, onde eu morava, se é que morava, em Manhattan, ou do que eu fazia, se é que fazia, na cidade, nas poucas horas no dia em que não estava correndo ao seu redor. E apesar da pergunta certamente apresentar um elemento de Miranda, a minha intuição dizia que, talvez, quem sabe, seria uma conversa sobre mim.

— No próximo mês, completo um ano, Miranda.

— E acha que aprendeu alguma coisa que possa ajudá-la no futuro?

— Olhou para mim e, instantaneamente, reprimi o impulso de falar sobre as miríades de coisas que havia "aprendido": como descobrir uma loja ou uma resenha de restaurante, na cidade ou em uma dúzia de jornais, com poucas dicas sobre a sua origem genuína; como bajular garotas pré-adolescentes que já tinham mais experiência de vida do que meus pais juntos; como implorar, gritar, persuadir, chorar, pressionar, convencer ou seduzir alguém, do garoto imigrante do delivery ao editor-chefe de uma editora importante, para obter exatamente o que eu precisava, quando precisava; e, lógico, como completar qualquer desafio em menos de uma hora, porque a frase "não estou certa como" ou "isso não é possível" simplesmente não eram uma opção. Não tinha sido outra coisa senão um ano de muita aprendizagem.

— Ah, sim — respondi, bajuladora. — Aprendi mais em um ano trabalhando para você do que poderia esperar em qualquer outro emprego. Foi fascinante, realmente, ver como uma revista importante, *a mais* importante, funciona: o seu ciclo de produção, conhecer todos os cargos. E, óbvio, poder observar a maneira como você administra tudo, todas as decisões que toma. Tem sido um ano incrível. Estou tão agradecida, Miranda! — Tão agradecida, também, por meus dois molares doerem havia semanas e eu não ter tempo de ir ao dentista, mas aquilo não importava. O meu recém-descoberto conhecimento sobre o trabalho artesanal de Jimmy Choo valia a dor.

Seria possível ter soado convincente? Olhei de soslaio e ela parecia estar acreditando, balançando a cabeça com gravidade.

— Bem, você sabe, Ahn-dre-ah, que, após um ano de bom trabalho, considero minhas garotas aptas a uma promoção.

Meu coração disparou. Aquilo estava, enfim, acontecendo? Chegara o momento em que ela diria que já havia se antecipado e garantido um emprego para mim na *New Yorker*? Mesmo que não fizesse a menor ideia de que eu mataria para trabalhar lá? Talvez ela tivesse simplesmente adivinhado, porque se preocupava.

— Tenho dúvidas sobre você, evidentemente. Não pense que não noto sua falta de entusiasmo, ou aqueles suspiros e as caras que você faz quando peço alguma coisa que, obviamente, não a agrada. Espero que seja apenas um sinal de imaturidade, já que parece quase competente em outras áreas. O que exatamente está interessada em fazer?

Quase competente! Podia também ter dito que eu era a jovem mais inteligente, sofisticada, bela e capaz que ela já tivera o prazer de conhecer. Miranda Priestly tinha acabado de dizer que eu era quase competente!

— Bem, na verdade, não que eu não adore moda, porque adoro. Quem não adoraria? — Eu me apressei em dizer, mantendo uma cuidadosa avaliação de sua expressão, que, como sempre, permanecia inalterável. — É que sempre sonhei em me tornar escritora, então espero que, talvez, ahn, essa seja uma área que eu possa explorar.

Cruzou as mãos no colo e relanceou os olhos para a janela. Estava claro que a conversa de quarenta e cinco segundos já começava a entediá-la, por isso eu tinha de agir rápido.

— Bem, certamente não faço a menor ideia de se é capaz de escrever uma palavra ou não, mas não me oponho a que escreva alguns artigos curtos para a revista para eu poder avaliar. Talvez a resenha de uma peça de teatro ou uma pequena reportagem para a seção Acontecimentos. Contanto que não interfira em nenhuma de suas responsabilidades comigo e que seja feito somente durante o seu tempo livre, é claro.

— Sim, sim. Seria maravilhoso! — Estávamos conversando, realmente nos comunicando, e ainda não tínhamos mencionado as palavras "desjejum" ou "lavanderia". As coisas estavam correndo bem demais para que eu não falasse tudo, portanto eu disse: — Meu sonho é, um dia, trabalhar na *New Yorker*.

Aquilo pareceu atrair a sua atenção dispersa, e ela me olhou mais uma vez.

— Por que iria querer isso? Não tem nenhum glamour, só o trabalho corriqueiro. — Não entendi direito se a pergunta era retórica e, por via das dúvidas, me calei.

Meu tempo acabaria em cerca de vinte segundos, não só porque estávamos nos aproximando do hotel, como também porque seu interesse fugaz por mim se esvanecia rapidamente. Ela estava verificando as chamadas em seu celular, mas ainda disse, da maneira mais natural e informal possível:

— Hum, a *New Yorker*. Condé Nast. — Eu balançava a cabeça freneticamente, encorajando, mas ela não me encarava. — É óbvio que conheço muita gente de lá. Vamos ver como o restante da viagem se desenvolve, e talvez eu faça uma ligação, quando voltarmos.

O carro estacionou na entrada, e um monsieur Renaud com a expressão exausta afastou o office boy que se curvava à frente para abrir a porta, abrindo-a ele mesmo.

— Senhoras! Espero que tenham tido uma noite adorável — falou suavemente, se esforçando para sorrir, apesar do cansaço.

— Precisaremos do carro às 9h, para o desfile da Christian Dior. Tenho uma reunião, no café da manhã, no lobby, às 8h30. Faça de tudo para que eu não seja incomodada antes disso — falou bruscamente, todos os vestígios de humanidade se evaporando como água derramada numa calçada quente. E antes de eu pensar em como finalizar a nossa conversa ou, no mínimo, puxar o seu saco um pouco mais pela oportunidade, ela se dirigiu aos elevadores e desapareceu dentro de um. Lancei um olhar cansado e compreensivo a monsieur Renaud e também entrei em um elevador.

Os chocolates pequenos e deliciosos dispostos em uma bandeja de prata sobre a minha mesinha de cabeceira só enfatizaram a perfeição da noite. Em uma festa aleatória, inesperada, eu tinha me sentido como uma modelo, ficado com um dos caras mais atraentes que já vira em carne e osso, e escutado Miranda Priestly me dizer que eu era quase competente. Sentia como se tudo, finalmente, estivesse se juntando, que o ano de sacrifício renderia os primeiros frutos de uma recompensa potencial. Caí sobre as cobertas, totalmente vestida, e fitei o teto, ainda sem poder acreditar que havia dito a Miranda, sem rodeios, que queria trabalhar na *New Yorker*, e ela não tinha rido. Ou berrado. Ou de algum modo, maneira ou forma, surtado. Não havia nem mesmo escarnecido e dito que eu era ridícula por não querer ser promovida a algum cargo na *Runway.* Foi quase como se — e talvez, aqui, eu esteja especulando, mas acho que não — tivesse me escutado e *compreendido*. Compreendido e *concordado*. Era demais para minha cabeça.

Tirei a roupa lentamente, saboreando cada minuto da noite, repassando várias vezes o modo como Christian tinha me conduzido de uma sala à outra e, depois, pela pista de dança, o modo como me encarava através de olhos semicerrados, cobertos pelo cacho persistente, o modo como Miranda quase imperceptivelmente assentiu com a cabeça quando eu disse que o que eu queria mesmo era escrever. Uma noite verdadeiramente gloriosa, tinha de admitir, uma das melhores na história recente. Já eram 3h30 em Paris, 21h30 em Nova York — hora perfeita para pegar Lily antes da balada. Embora eu devesse ter ligado sem dar importância à insistente luz que anunciava — surpresa, surpresa! — que eu tinha mensagens, puxei, animada, um bloco de papel timbrado do Ritz e me preparei para transcrevê-las. Tudo indicava que eram enormes listas de pedidos irritantes de pessoas irritantes, mas nada conseguiria estragar a minha noite de Cinderela.

As três primeiras eram de monsieur Renaud e seus assistentes, confirmando vários motoristas e a hora para o dia seguinte, nunca se esquecendo de me desejar boa noite, como se eu fosse, realmente, uma pessoa, não apenas uma serva, o que eu agradecia. Entre a terceira e a quarta mensagens, me vi dividida entre o desejo de que uma das mensagens fosse de Alex e a torcida para que não fosse, e, consequentemente, senti tanto aflição como prazer ao descobrir que a quarta era dele.

— Oi, Andy, sou eu, Alex. Desculpe incomodá-la aí, sei que deve estar extremamente ocupada, mas preciso falar com você. Por favor, ligue para o meu celular assim que puder. Não importa a hora, simplesmente ligue. Ok? Ahn, ok. Tchau.

Era tão estranho ele não ter dito que me amava ou sentia saudades ou estava esperando que eu voltasse, mas achei que todas aquelas coisas pertenciam à categoria "inapropriado" quando as pessoas tinham decidido "dar um tempo". Deletei e decidi, arbitrariamente, que a falta de urgência em sua voz significava que eu podia esperar até o dia seguinte — simplesmente não podia lidar com uma conversa longa sobre o "estado da nossa relação" às 3h, depois da noite maravilhosa que tivera.

A última mensagem era da minha mãe, e também soava estranha e ambígua.

— Oi, querida, é sua mãe. São mais ou menos 20h daqui, não sei bem que horas são aí. Ouça, nenhuma emergência, está tudo bem, mas seria bom se pudesse me ligar de volta. Ficaremos acordados, por isso, qualquer hora está bem, mas hoje é melhor do que amanhã. Eu e seu pai esperamos que esteja aproveitando muito, e nos falaremos mais tarde. Amamos você!

Sem dúvida, era estranho. Tanto Alex quanto minha mãe haviam ligado para Paris, antes de eu ter a chance de ligar para um deles, e os dois tinham pedido para eu ligar de volta, independentemente da hora em que eu recebesse a mensagem. Considerando que meus pais definiam o conceito de tarde da noite se estavam ou não acordados para o monólogo de abertura do Letterman, eu sabia que algo tinha acontecido. Mas, ao mesmo tempo, nenhum dos dois parecia exatamente alarmado ou em pânico. Talvez eu tomasse um longo banho de espuma, com alguns dos produtos do Ritz e, aos poucos, reunisse força para ligar para eles; a noite tinha sido boa demais para ser arruinada conversando com minha mãe sobre alguma preocupação banal ou discutindo a relação com Alex.

O banho foi tão quente e luxuoso como era de esperar em uma suíte júnior adjacente à suíte Coco Chanel, no Ritz de Paris, e gastei mais alguns minutos aplicando no corpo um pouco do hidratante perfumado, que peguei no nécessaire. Então, finalmente, envolvida no roupão mais felpudo que eu já vestira, me sentei para ligar. Sem pensar, digitei o número da minha mãe primeiro, o que, provavelmente, foi um erro: até mesmo o seu "alô?" soou gravemente estressado.

— Oi, sou eu. Está tudo bem? Eu ia ligar para vocês amanhã. É que tudo tem sido tão agitado. Mas esperem até eu contar a noite que tive! — Eu sabia que omitiria qualquer referência romântica a Christian, já que não estava a fim de explicar a situação com Alex a meus pais, mas tinha certeza de que os dois ficariam felizes ao saber que Miranda pareceu reagir bem quando lancei a ideia da *New Yorker*.

— Querida, não quero interrompê-la, mas aconteceu uma coisa. Recebemos, hoje, uma ligação do Lenox Hill Hospital, que fica na rua 77, acho, e parece que Lily sofreu um acidente.

E embora pareça um clichê, o meu coração parou por um breve momento.

— O quê? Do que está falando? Que tipo de acidente?

Ela já tinha mudado para o modo mãe-preocupada e estava, visivelmente, tentando manter a voz firme e suas palavras racionais, obedecendo ao que certamente tinha sido sugestão do meu pai de me transmitir um sentimento de calma e controle.

— Um acidente de carro, querida. Um acidente grave, receio. Lily estava dirigindo. Havia também um rapaz no carro, alguém da faculdade, acho que foi o que disseram, e ela entrou na contramão. Parece que bateu de frente em um táxi, a quase 70 quilômetros por hora em uma rua de mão única. O policial com quem falei disse que é um milagre ela estar viva.

— Não entendo. Quando aconteceu? Ela vai ficar bem? — Eu tinha começado a chorar, pois, por mais calma que minha mãe tentasse permanecer, eu podia sentir a gravidade da situação em suas palavras cuidadosamente escolhidas. — Mãe, onde está Lily agora, ela vai ficar bem?

Só então notei que minha mãe também estava chorando, baixinho.

— Andy, vou passar para o seu pai. Ele falou com os médicos ainda há pouco. Eu te amo, querida. — A última parte saiu como um guincho.

— Oi, querida. Como vai? Desculpe termos ligado com notícias assim. — A voz do meu pai soou grave e tranquilizadora, e eu tive a breve sensação de que tudo seria resolvido. Ele me diria que ela tinha quebrado uma perna, talvez uma costela ou outra, e que alguém tinha chamado um bom cirurgião plástico para corrigir alguns arranhões em seu rosto. Mas ela ficaria bem.

— Pai, por favor, quer me dizer o que aconteceu? Mamãe disse que Lily estava dirigindo muito rápido e bateu em um táxi? Não entendo. Nada disso faz sentido. Lily não tem carro e odeia dirigir. Nunca dirigiria por Manhattan. Como soube disso? Quem ligou? E como ela está? — De novo, quase fiquei histérica, e de novo a sua voz foi firme e confortadora ao mesmo tempo.

— Respire fundo. Vou contar tudo o que sei. O acidente aconteceu ontem, mas só ficamos sabendo hoje.

— Ontem! Como isso pode ter acontecido ontem e ninguém ter me ligado? Ontem?

— Querida, eles ligaram para você. O médico disse que Lily tinha preenchido as informações na primeira página de sua agenda, e a tinha colocado como contato de emergência, já que a avó não está muito bem. De qualquer modo, acho que o hospital ligou para a sua casa e seu celular, mas naturalmente você não estava checando nenhum dos dois. Como ninguém ligou de volta nem apareceu em 24 horas, examinaram a agenda de Lily e notaram que tínhamos o mesmo sobrenome que você, por isso o hospital nos ligou para saber como te contatar. Sua mãe e eu não nos lembrávamos do hotel em que você estava hospedada, e ligamos para Alex para perguntar.

— Ah, meu Deus, tem um dia. Ela ficou sozinha esse tempo todo? Continua no hospital? — Não conseguia fazer as perguntas tão rápido, mas continuava com a impressão de que não obteria respostas. Tudo o que eu sabia com certeza era que Lily havia me escolhido como primeira pessoa em sua vida, o contato de emergência obrigatório, mas que nunca se leva a sério. E ela havia precisado mesmo de mim, de fato, não tinha mais ninguém, e eu não fora encontrada. Minha apreensão tinha diminuído, mas as lágrimas continuaram a correr por meu rosto em fios raivosos, pungentes, e a minha garganta parecia ter sido arranhada com uma pedra-pomes.

— Sim, ela continua no hospital. Vou ser muito franco com você, Andy. Não sabemos se Lily vai se recuperar.

— O quê? O que está dizendo? Alguém pode me dizer algo concreto?

— Querida, já falei com o médico uma meia dúzia de vezes, e estou certo de que está sendo muito bem cuidada. Só que Lily está em coma, querida. Mas o médico me tranquilizou...

— Coma? Lily está em coma? — Nada mais fazia sentido, as palavras se recusavam a fazer sentido.

— Querida, tente se acalmar. Sei que é um choque e odeio te dar a notícia por telefone. Pensamos em não contar até que voltasse, mas como ainda falta quase uma semana, achamos que tinha o direito de saber. Mas saiba que eu e sua mãe estamos fazendo tudo o que podemos para garantir que Lily receba o melhor tratamento. Ela sempre foi como uma filha para nós, você sabe disso, ela não está sozinha.

— Ah, meu Deus, tenho de voltar. Pai, tenho de voltar para casa! Ela não tem ninguém a não ser a mim, e estou do outro lado do Atlântico.

Ah, mas a maldita festa é depois de amanhã, e é a única razão para eu ter vindo e Miranda, com certeza, vai me demitir se eu não estiver aqui. Pense! Preciso pensar!

— Andy, já é tarde aí. Acho que a melhor coisa que pode fazer é dormir um pouco, refletir sobre a questão. É claro que sei que gostaria de voltar para casa agora mesmo, pois você é assim, mas não se esqueça de que Lily não está consciente. O médico me assegurou que as chances de ela sair do coma nas próximas 48 a 72 horas são excelentes, que o seu corpo está usando essa espécie de sono mais profundo e mais demorado para ajudar a si mesmo a se curar. Mas nada é certo — acrescentou, a voz suave.

— E se ela sair do coma? É possível que ela tenha sofrido algum dano cerebral, uma horrível paralisia ou algo assim? Ah, meu Deus, não posso aguentar isso.

— Eles ainda não sabem. Disseram que ela responde aos estímulos nos pés e nas pernas, o que é um bom sinal de que não há paralisia. Mas há inchaços em sua cabeça, e só será possível saber alguma coisa ao certo quando ela sair desse quadro. Temos de esperar.

Falamos por mais alguns minutos e desliguei abruptamente, em seguida liguei para o celular de Alex.

— Oi, sou eu. Você a viu? — perguntei, sem nem mesmo um alô. Agora era uma mini Miranda.

— Andy. Oi. Então já sabe?

— Sim, acabei de falar com meus pais. Você a viu?

— Sim. Estou no hospital. Não me deixaram entrar no quarto dela, porque não é horário de visita e não sou da família, mas queria estar aqui, caso ela acorde. — Ele parecia muito, muito distante, completamente perdido em seus próprios pensamentos.

— O que aconteceu? Minha mãe disse algo de ela estar dirigindo e bater em um táxi. Nada disso fez nenhum sentido para mim.

— Ah, foi um pesadelo — falou com um suspiro, nada satisfeito que ninguém houvesse me contado a história ainda. — Não sei se entendi direito, mas falei com o cara com quem ela estava quando aconteceu. Você se lembra de Benjamin, o tal com quem ela saía na faculdade e que Lily encontrou fazendo um *ménage à trois* com aquelas meninas?

— É claro, ele trabalha no mesmo prédio que eu. Às vezes, eu o vejo. O que diabos ela estava fazendo com ele? Lily o odeia. Nunca superou o que aconteceu.

— Eu sei, também era o que eu pensava, mas parece que andavam saindo ultimamente e estavam juntos nessa noite. Ele disse que tinham comprado entradas para assistir ao show do Phish, no Nassau Coliseum, e foram para lá, de carro, juntos. Parece que Benjamin tinha fumado demais e achou que não deveria dirigir de volta para casa, por isso Lily se ofereceu. Voltaram à cidade sem problemas, até Lily furar um sinal vermelho e virar para o lado errado, na Madison, de cara para o trânsito que vinha na direção contrária. Bateram de frente com um táxi, no lado do motorista, e, bem, o resto você já sabe. — Sua voz ficou embargada, e senti que as coisas eram mais graves do que tinham me levado a acreditar até agora.

Tudo o que eu havia feito na última meia hora eram perguntas — à minha mãe, ao meu pai e a Alex —, mas não tinha tido coragem de fazer a mais óbvia: por que Lily tinha furado um sinal vermelho e entrado na contramão? Mas não precisei, porque Alex, como sempre, sabia exatamente no que eu estava pensando.

— Andy, o nível de álcool em seu sangue era quase o dobro do limite legal — declarou sem rodeios, tentando não engolir as palavras, para que eu não pedisse para repetir.

— Ah, meu Deus.

— Se... quando... ela acordar, terá de lidar com muito mais do que a própria saúde. Ela está bem encrencada. Felizmente, o taxista está bem, só com algumas contusões, e a perna esquerda de Benjamin está completamente esfacelada, mas ele vai ficar bem. Só precisamos esperar Lily. Quando vai voltar?

— O quê? — Eu ainda tentava processar o fato de Lily estar "vendo" um cara que sempre odiou, de estar em coma por ter se embebedado na companhia do sujeito.

— Eu perguntei quando vai voltar. — Como permaneci calada por um momento, ele prosseguiu. — Vai voltar, não vai? Não está mesmo pensando em ficar aí quando a sua melhor amiga está em uma cama de hospital, está?

— O que está sugerindo, Alex? Está sugerindo que a culpa é minha por eu não ter previsto o acidente? Que ela está no hospital porque estou em Paris? Que se eu soubesse que ela tinha voltado a sair com Benjamin nada disso teria acontecido? É isso? O que exatamente está querendo dizer? — disparei, todas as confusas emoções da noite transbordando na simples e urgente necessidade de gritar com alguém.

— Eu não disse nada disso. Você disse. Eu simplesmente supus que você, evidentemente, voltaria para casa o mais rápido possível para ficar com ela. Não estou te julgando, Andy, sabe que não. Também sei que está muito tarde aí, e que não há nada que possa fazer nas próximas horas, então por que não me liga quando souber em que voo vai embarcar? Eu te pego no aeroporto e seguimos direto para o hospital.

— Está bem. Obrigada por ficar com ela. Eu realmente agradeço e sei que Lily também. Ligo quando souber o que vou fazer.

— Ok, Andy. Sinto a sua falta. E sei que fará a coisa certa. — O telefone emudeceu antes de eu poder reagir.

Fazer a coisa certa? A coisa *certa*? O que aquilo significava? Odiei ele ter suposto que eu pularia em um avião e correria para casa porque ele havia mandado. Odiei o seu tom de voz condescendente, moralista, que me fez sentir, imediatamente, como uma de suas alunas que tivesse acabado de ser flagrada conversando em aula. Odiei que fosse ele quem estivesse com Lily agora, embora ela fosse minha amiga, que fosse ele quem estivesse agindo como ligação entre mim e meus pais, que ele, mais uma vez, do alto de seu pedestal moral, estivesse no comando. Os velhos tempos tinham desaparecido, quando eu talvez me sentisse confortada com a sua presença, sabendo que estávamos juntos e que teríamos que superar a situação juntos, em vez de nos dividir. Quando as coisas tinham mudado?

Não havia restado energia para apontar o óbvio, isto é, que se eu voltasse para Nova York antes do previsto, eu seria sumariamente demitida e o meu ano inteiro de servidão teria sido em vão. Eu tinha conseguido reprimir o terrível pensamento antes de ele assumir sua forma completa em minha mente: que eu estar ou não lá não significaria absolutamente nada para Lily no momento, já que estava inconsciente no leito de um hospital. As opções me atormentavam. Talvez eu ficasse para ajudar na festa e, então, tentasse explicar a Miranda o que havia acontecido e implorar por meu emprego. Ou, se Lily acordasse e ficasse consciente, alguém poderia lhe explicar que eu chegaria assim que pudesse, àquela altura, provavelmente, em uns dois dias. E apesar das explicações parecerem, de certa forma, razoáveis nas horas sombrias antes do amanhecer, após uma noite de dança, muitas taças de champanhe e as notícias de que a minha melhor amiga estava em coma porque tinha dirigido bêbada, em algum lugar lá no fundo eu sabia — eu sabia — que não eram.

— Ahn-dre-ah, deixe uma mensagem para Horace Mann, avisando que as meninas faltarão à aula na segunda-feira, porque estarão em Paris comigo, e faça uma lista de todo o trabalho que precisarão compensar. Além disso, adie o jantar de hoje à noite para as 20h30, e se não ficarem satisfeitos, pode cancelar. Localizou aquele livro que lhe pedi ontem? Preciso de quatro exemplares, dois em francês e dois em inglês, antes de me encontrar com eles no restaurante. Ah, e quero uma cópia final do menu editado para a festa de amanhã, com as modificações que fiz. Certifique-se de que não haja sushi de tipo algum, entendeu?

— Sim, Miranda — respondi, anotando tão rápido quanto possível no caderno Smythson que o departamento de acessórios tinha, tão prestativamente, incluído com as bolsas, os sapatos, os cintos e as joias. Estávamos no carro a caminho do desfile da Dior, o meu primeiro, com Miranda disparando instruções sem considerar o fato de que eu dormira menos de duas horas. Às 7h45, um dos *concierges* juniores de monsieur Renaud bateu à minha porta para se certificar de que eu acordara e estaria pronta a tempo de comparecer ao desfile com Miranda, que tinha decidido que gostaria da minha assistência seis minutos antes. Ele tinha, polidamente, ignorado o meu óbvio desmaio sobre a cama ainda feita, e havia diminuído as luzes, que tinham ficado acesas a noite toda. Tive vinte e cinco minutos para tomar banho, consultar o livro dos looks, me vestir e me maquiar, já que não agendara a maquiadora para tão cedo.

Acordei com uma leve ressaca de champanhe, mas a verdadeira dor de cabeça atacou quando as ligações da noite anterior me voltaram à memória. Lily! Precisava ligar para Alex ou meus pais, e saber se algo havia acontecido nas últimas horas — Deus, parecia uma semana atrás —, mas não tinha tempo agora.

Quando o elevador chegou ao primeiro andar, eu tinha decidido que ficaria mais um dia, simplesmente um dia asqueroso, para dar atenção à festa, e então voltaria para Lily. Talvez eu tirasse uma breve licença depois que Emily retornasse, para passar mais tempo com Lily, ajudar na sua recuperação e lidar com parte dos inevitáveis efeitos colaterais do acidente. Meus pais e Alex iriam assisti-la e ficar com ela até eu chegar — *não é como se ela estivesse completamente só*, disse a mim mesma. E aquela era a minha vida. A minha carreira e o meu futuro estavam em perigo, e eu não via como dois dias poderiam fazer diferença para alguém que não estava consciente. Mas para mim — e, certamente, para Miranda — faziam toda a diferença do mundo.

De algum modo, me sentei no banco de trás da limusine antes de Miranda, e embora os seus olhos estivessem fixos na minha saia de chiffon, ela ainda não fizera nenhum comentário sobre algum detalhe da minha roupa. Eu tinha acabado de pôr o caderno Smythson na minha bolsa Bottega Venetta quando meu novo celular internacional tocou. Nunca havia tocado na presença de Miranda antes, percebi, por isso tentei rapidamente desligar o som, mas ela mandou que eu atendesse.

— Alô? — Mantive um dos olhos em Miranda, que examinava o itinerário do dia, fingindo não ouvir.

— Andy, oi, querida. — Papai. — Só queria dar as últimas notícias.

— Ok. — Eu tentava dizer o mínimo, já que parecia incrivelmente estranho falar ao telefone na frente de Miranda.

— O médico acabou de ligar e disse que Lily mostra sinais de que pode sair do coma em breve. Não é ótimo? Achei que você gostaria de saber.

— Isso é ótimo. Muito bom.

— Já decidiu se virá ou não para casa?

— Hum, não, não decidi. Miranda vai dar uma festa amanhã à noite e precisa da minha ajuda, por isso... Ouça, pai, desculpe, mas agora não é uma boa hora. Posso ligar depois?

— Claro, ligue quando quiser. — Ele tentou soar neutro, mas pude sentir a decepção em sua voz.

— Ótimo. Obrigada por ligar. Tchau.

— Quem era? — perguntou Miranda, ainda estudando o itinerário. Tinha começado a chover e sua voz quase foi abafada pelo som dos pingos tamborilando na limusine.

— Hum? Ah, era o meu pai. Dos Estados Unidos. — De onde diabos eu tirara isso? Dos *Estados Unidos*?

— E o que ele queria que entra em conflito com a festa de amanhã à noite?

Pensei em milhões de mentiras possíveis durante dois segundos, mas não havia tempo para elaborar os detalhes de nenhuma, especialmente quando ela voltara toda a sua atenção para mim. Fiquei sem opção a não ser contar a verdade.

— Ah, não foi nada. Uma amiga sofreu um acidente. Está no hospital em coma. E ele ligou para me dizer como ela está e perguntar quando eu iria voltar para casa.

Ela refletiu, balançando a cabeça devagar, e, então, pegou um exemplar do *International Herald Tribune*, que o chofer havia, atenciosamente, oferecido.

— Entendo. — Nenhum "sinto muito" ou "a sua amiga está bem?", somente uma declaração indiferente, vaga, e uma expressão de extremo desprazer.

— Mas não vou, não vou para casa. Sei como é importante minha presença na festa de amanhã, e estarei lá. Pensei muito a respeito, e quero que saiba que planejo honrar o compromisso que assumi com você e meu trabalho, por isso vou ficar.

De início, Miranda não disse nada. Mas, depois, sorriu ligeiramente e disse:

— Ahn-dre-ah, estou muito satisfeita com a sua decisão. É sem dúvida a coisa certa a fazer, e aprecio que tenha reconhecido. Ahn-dre-ah, preciso admitir, tive dúvidas em relação a você desde o começo. É óbvio que não conhece nada de moda e, mais que isso, não parece se importar. E sempre notei todas as maneiras variadas e elaboradas de me transmitir seu desagrado quando peço que faça alguma coisa que preferiria não fazer. Sua competência no trabalho foi adequada, mas a sua atitude tem sido, na melhor das hipóteses, inferior à média.

— Ah, Miranda, por favor, deixe que...

— Estou falando! E ia dizer que estou muito mais disposta a ajudá-la a chegar aonde quer, agora que demonstrou que está comprometida. Deve ter orgulho de si mesma, Ahn-dre-ah. — Exatamente quando achei que iria desmaiar por causa da extensão, da profundidade e do conteúdo de suas palavras, se de alegria ou de dor, ainda não sabia, ela deu mais um passo. Em um gesto tão fundamentalmente contraditório, em todos os aspectos, com a personalidade daquela mulher, ela pôs a mão sobre a que eu apoiava no banco entre nós e disse: — Você me lembra de mim mesma quando tinha a sua idade. — E antes de poder imaginar uma única sílaba apropriada para proferir, o motorista parou em frente ao Carrousel du Louvre e saiu para abrir as portas. Peguei a minha bolsa, e a dela, e me perguntei se aquele seria o momento de mais orgulho ou de maior humilhação em minha vida.

Meu primeiro desfile de moda parisiense foi um borrão. Estava escuro, disso me lembro, e a música pareceu alta demais para a elegância discreta do evento. Mas a única coisa que se destacou nas duas horas de bizarrice foi o meu intenso desconforto. As botas Chanel que Jocelyn havia selecionado, tão amorosamente, para o traje — um suéter de cashmere da Malo colado ao corpo, sobre uma saia de chiffon —, faziam meus pés se parecerem com documentos confidenciais passando por um triturador de papel. Minha cabeça doía da ressaca combinada com a ansiedade, fazendo o meu estômago vazio protestar com ondas ameaçadoras de náusea. Eu estava em pé, nos fundos da sala, junto de repórteres de veículos menores e outros pouco importantes para se sentar, com um dos olhos em Miranda e o outro em busca de lugares menos humilhantes para vomitar, se fosse necessário. *Você me lembra de mim mesma quando tinha a sua idade. Você me lembra de mim mesma quando tinha a sua idade. Você me lembra de mim mesma quando tinha a sua idade.* As palavras reverberavam repetidamente, no ritmo do latejar regular, persistente, em minha testa.

Miranda conseguiu não se dirigir a mim por quase uma hora, mas, logo depois, disparou. Embora eu estivesse na mesma sala, ligou para o meu celular para pedir uma Pellegrino. A partir daquele momento, o telefone tocou a intervalos de dez a doze minutos, cada pedido provocando outro choque de dor direto em minha cabeça. *Triiimmm.* "Ligue para o Sr. Tomlinson em seu telefone do jato." (C-SEM não atendeu o telefone do jato nas dezesseis vezes que liguei.) *Triiimmm.* "Lembre a todos os editores da *Runway* em Paris que sua presença aqui não significa negligenciarem suas responsabilidades em Nova York. Quero tudo pronto no prazo original!" (As duas editoras *Runway* com quem entrei em contato em seus hotéis em Paris simplesmente riram e desligaram.) *Triiimmm.* "Quero um sanduíche de peito de peru imediatamente. Estou farta desse presunto." (Andei cerca de três quilômetros sobre as botas dolorosas e com o estômago dando sinais de indisposição, e não encontrei peru em lugar algum. Estou convencida de que ela sabia do fato, já que nunca havia pedido sanduíche de peito de peru nos Estados Unidos, embora disponíveis em cada esquina de Nova York.) *Triiimmm.* "Espero que dossiês sobre os três melhores *chefs* já selecionados estejam em minha suíte quando retornarmos deste desfile." (Emily quicou, reclamou e resmungou, mas prometeu que passaria um fax com as informações reunidas sobre os candidatos e eu poderia transformá-las em "dossiês".) *Triiimmm! Triiimmm! Triiimmm! Você me lembra de mim mesma quando tinha a sua idade.*

Nauseada demais e incapacitada de assistir ao desfile de modelos anoréxicas, saí para fumar um cigarro. Naturalmente, no momento em que acendi o isqueiro, o celular estrilou de novo.

— Ahn-dre-ah! Ahn-dre-ah! Onde está? Onde está neste exato instante?

Joguei fora meu cigarro, ainda apagado, e corri de volta para dentro, meu estômago revirando tão violentamente que eu sabia que vomitaria. Era apenas uma questão de quando e onde.

— Estou logo aqui, no fundo da sala, Miranda — respondi, deslizando pela porta e me encostando na parede. — Bem à esquerda da porta. Está me vendo? — Observei-a virar a cabeça até seus olhos cruzarem com os meus.

Quase desliguei, mas ela continuava a sussurrar.

— Não se mexa, está ouvindo? Não se mexa! Espera-se que a minha assistente esteja aqui para me assistir, não para se divertir lá fora quando preciso dela. Isso é inadmissível, Ahn-dre-ah! — Quando ela chegou ao fundo da sala e se posicionou na minha frente, uma mulher em um vestido longo, prateado e cintilante, com cintura império e ligeiramente rodado, atravessava o grupo de pessoas reverentes, e a música mudou de um tipo de canto gregoriano bizarro para heavy metal. Minha cabeça começou a latejar quase acompanhando o ritmo da mudança de ritmo. Miranda não parou de sibilar quando me alcançou, porém, finalmente, fechou o celular. Eu fiz o mesmo. — Ahn-dre-ah, temos um problema muito sério. Você tem um problema muito sério. Acabo de receber uma ligação do Sr. Tomlinson. Parece que Annabelle chamou atenção para o fato de que os passaportes das gêmeas expiraram na semana passada. — Ela me fitava, mas tudo o que consegui fazer foi me concentrar para não vomitar.

— Ah, é mesmo? — Consegui balbuciar, mas, sem dúvida não foi a resposta certa. A sua mão se apertou em volta da bolsa, os olhos começando a esbugalhar de raiva.

— Ah, *é mesmo?* — imitou em um uivo como o de uma hiena. As pessoas começaram a nos olhar. — Ah, é mesmo? É só o que tem a dizer? "Ah, é mesmo?"

— Não, ahn, é claro que não, Miranda. Não quis dizer isso. *Tem alguma coisa que eu possa fazer para ajudar?*

— *Tem alguma coisa que eu possa fazer para ajudar?* — imitou de novo, agora com uma voz de criança. Se ela fosse qualquer outra pessoa, eu a teria esbofeteado. — É melhor acreditar nisso, Ahn-dre-ah. Já que é claramente incapaz de cuidar dessas coisas com antecedência, vai ter de dar um jeito de renová-los a tempo de elas viajarem hoje à noite. Não vou aceitar que minhas próprias filhas faltem à festa amanhã, entendeu?

Eu entendi? Humm. Uma boa pergunta, sem dúvida. Eu não conseguia entender como era minha culpa os passaportes de suas filhas de 10

365

anos terem expirado quando, teoricamente, tinham pai e mãe, padrasto e uma babá em horário integral para tratar daqueles detalhes, mas também entendi que aquilo não tinha importância. Se ela achava que a culpa era minha, era. Entendi que ela nunca entenderia quando eu lhe dissesse que as meninas não viajariam à noite. Que não havia praticamente nada que eu não pudesse descobrir, consertar, providenciar, mas garantir documentos federais enquanto estava no exterior, em menos de três horas, seria impossível. Ponto final. Ela, finalmente, tinha feito um pedido em um ano inteiro que eu não poderia atender — independentemente de quanto gritasse, exigisse ou intimidasse, não seria atendido. *Você me lembra de mim mesma quando tinha a sua idade.*

Que se foda Miranda. Que se fodam Paris e os desfiles de moda e as maratonas de "estou tão gorda". Que se fodam todas as pessoas que acreditavam que o comportamento de Miranda se justificava porque ela podia juntar um fotógrafo talentoso com algumas roupas caras e produzir algumas páginas bonitas em uma revista. Que ela se foda por chegar a pensar que eu me parecia com ela. E, mais que tudo, que se foda por estar certa. Por que razão eu estava ali, sendo insultada, diminuída e humilhada por aquela maldita? Para que talvez, apenas talvez, eu também pudesse estar naquele mesmo evento dali a trinta anos, acompanhada somente de uma assistente que me abominaria, cercada de hordas de pessoas que fingiriam gostar de mim por necessidade.

Tirei meu telefone e digitei com força um número e observei Miranda ficar cada vez mais furiosa.

— Ahn-dre-ah! — sibilou como uma dama que nunca fazia uma cena. — O que acha que está fazendo? Estou dizendo que as minhas filhas precisam de passaportes imediatamente, e você decide que é uma boa hora para conversar ao telefone? Acha que foi para isso que a trouxe a Paris?

Minha mãe atendeu no terceiro toque, mas eu nem mesmo disse alô.

— Mãe, vou pegar o primeiro voo disponível. Ligo quando chegar ao JFK. Estou voltando para casa. — Desliguei, antes de ela ter tempo de responder, e vi que Miranda parecia genuinamente surpresa. Senti um sorriso romper a dor de cabeça e a náusea quando percebi que a tinha deixado momentaneamente sem fala. Infelizmente, ela se recuperou depressa. Havia uma pequena chance de eu não ser demitida se, imediatamente, eu implorasse, explicasse e perdesse a atitude desafiadora, mas não consegui juntar um único pingo de autocontrole.

— Ahn-dre-ah, você percebe o que está fazendo, não? Sabe que se sair daqui assim, serei obrigada a...

— Vá se foder, Miranda. *Vá se foder.*

Ela arfou alto enquanto sua mão ia à boca em choque, e senti muitas das claque-claques se virarem para ver o que estava acontecendo. Começaram a apontar e cochichar, elas próprias tão chocadas quanto Miranda, com o fato de que uma assistente qualquer tivesse dito aquilo — de um modo pouco discreto — a uma das grandes lendas vivas da moda.

— Ahn-dre-ah! — Ela agarrou meu braço com a mão semelhante a garras, mas a afastei com força e estampei um sorriso enorme. Também achei que seria um bom momento para parar de sussurrar e revelar a todos o nosso pequeno segredo.

— Lamento muito, Miranda — comuniquei com a minha voz normal, que pela primeira vez, desde que eu chegara a Paris, não tremia de modo incontrolável —, mas acho que não poderei ficar para a festa amanhã. Você entende, não? Estou certa de que será adorável, por isso, por favor, divirta-se. É isso. — E antes que ela pudesse responder, pus a bolsa no ombro, ignorei a dor que ia do calcanhar aos dedos dos pés e saí para pegar um táxi. Não me lembro de já ter me sentido melhor do que naquele momento. Eu estava voltando para casa.

18

— Jill, pare de chamar sua irmã! — berrou minha mãe, sem ajudar muito. — Acho que ela ainda está dormindo. — E então, uma voz ainda mais alta veio do pé da escada.

— Andy, você ainda está dormindo? — gritou ela, na direção do meu quarto.

Abri um dos olhos e consultei o relógio. 8h15. Deus, o que aquela gente estava *pensando?*

Levei alguns minutos rolando na cama, antes de reunir forças para me sentar, e quando, finalmente, consegui, meu corpo todo implorou por mais sono, só um pouco mais.

— Bom dia — sorriu Lily, seu rosto a alguns centímetros do meu. — Eles realmente acordam cedo aqui. — Desde que Jill, Kyle e o bebê haviam chegado para o Dia de Ação de Graças, Lily tinha sido obrigada a ceder o antigo quarto de Jill e a ir para a cama de baixo da minha bicama, que, no momento, estava puxada para fora, quase no nível da minha.

— Do que está se queixando? Parece animada em estar acordada, e não entendo bem por quê. — Ela estava apoiada em um dos cotovelos, lendo um jornal e bebendo uma xícara de café, que ficava pegando e colocando no chão ao lado da cama.

— Estou acordada há séculos escutando Isaac chorar.

— Ele estava chorando? Mesmo?

— Não acredito que não escutou. Não parou desde mais ou menos 6h30. Uma gracinha, Andy, mas essa agitação toda de manhã cedo é dose.

— Meninas! — gritou minha mãe de novo. — Tem alguém acordado aí? Alguém? Não me importa que ainda estejam dormindo, apenas, por favor, respondam para que eu saiba quantos waffles devo descongelar!

— Por favor, pode responder? Eu vou matá-la, Lil. — E, então, gritei para a porta do quarto ainda fechada: — Estamos dormindo ainda, não percebeu? Profundamente adormecidas, provavelmente por mais algumas horas. Não ouvimos o bebê, nem os gritos, nem mais nada! — E caí de novo na cama. Lily riu.

— Relaxe — disse ela de um jeito muito-não-Lily. — Eles só estão felizes por você estar em casa, e eu, por minha vez, estou feliz de estar aqui. Além do mais, só mais dois meses, e ficaremos sós de novo. Na verdade, não é tão ruim.

— Mais dois meses? Só se passou um até agora e a minha vontade é dar um tiro na cabeça. — Tirei a camiseta de dormir, uma das antigas camisetas que Alex usava para malhar, e vesti um moletom. O mesmo jeans que usava diariamente pelas últimas semanas estava enrolado do lado do meu armário: quando o puxei para os quadris, notei que parecia mais apertado. Agora que eu não precisava mais engolir uma tigela de sopa ou subsistir só de cigarros e Starbucks, meu corpo tinha se ajustado e recuperado os 5 quilos que perdera enquanto trabalhava na *Runway*. O que não me deixou envergonhada; eu *acreditava* quando Lily e meus pais me diziam que estava saudável, e não gorda.

Lily vestiu uma calça moletom sobre as boxers com que dormira, e amarrou uma bandana sobre os cachos com frizz. Com o cabelo puxado para trás, as marcas vermelhas inflamadas, onde cacos de vidro do para-brisa entraram em sua testa, ficavam mais evidentes, mas os pontos já haviam sido retirados e o médico prometera que as cicatrizes, se ficasse alguma, seriam mínimas.

— Vamos — disse ela, pegando as muletas, sempre encostadas na parede, onde quer que ela fosse. — Eles vão embora hoje, portanto talvez tenhamos uma noite decente de sono.

— Ela não vai parar de gritar enquanto não descermos, vai? — murmurei, segurando seu cotovelo para ajudá-la a se levantar. O gesso em seu tornozelo direito havia sido autografado pela família inteira, e Kyle tinha até traçado mensagens irritantes de Isaac por todo ele.

— Com certeza.

Minha irmã apareceu à porta, segurando o bebê, com baba até o queixo gorducho, mas que, agora, ria contente.

— Veja só o que eu tenho aqui — disse ela com vozinha de bebê, jogando o menininho feliz para cima e para baixo. — Isaac, diga à sua tia Andy para não ser uma cretina, já que estamos indo embora daqui a pouquinho. Pode fazer isso para a mamãe, querido? Pode?

Isaac espirrou, um espirro fofo de neném, em resposta, e Jill reagiu como se ele tivesse acabado de se erguer em seus braços, já adulto, e recitado sonetos de Shakespeare.

— Viu isso, Andy? *Ouviu* isso? Ah, o meu garotinho é a coisa mais fofinha que já existiu!

— Bom dia — cumprimentei, a beijando na bochecha. — Sabe que não quero que vá embora, não sabe? E Isaac é bem-vindo, contanto que imagine uma maneira de dormir da meia-noite às 10h. Céus, até mesmo Kyle pode ficar, se prometer não abrir a boca. Viu? Somos tranquilos aqui.

Lily havia conseguido mancar escada abaixo e cumprimentar meus pais, que estavam vestidos para trabalhar e se despediam de Kyle.

Fiz minha cama e enfiei a de Lily para baixo, não me esquecendo de afofar seu travesseiro antes de guardá-lo no armário. Ela tinha saído do coma antes de eu descer do meu voo de Paris, e, depois de Alex, fui a primeira a vê-la acordada. Fizeram milhões de exames e testes em toda parte concebível de seu corpo, mas, exceto por algumas suturas no rosto, pescoço e peito, e um tornozelo fraturado, ela estava perfeitamente bem. Estava horrível, é claro — exatamente o que se esperaria de alguém que tivesse se deparado com um veículo que vinha na direção contrária —, mas ela se locomovia bem e parecia, até de uma maneira quase irritante, animada, para alguém que havia passado pelo que passara.

Foi ideia do meu pai sublocarmos o apartamento em novembro e dezembro, e morar com eles durante aqueles meses. Apesar de a ideia não ter me parecido tão atraente, minha falta de dinheiro não me deixava com muitos argumentos. Além disso, Lily pareceu gostar da oportunidade de sair da cidade por um tempo, e deixar para trás todas as perguntas e fofocas que teria de enfrentar assim que se deparasse com alguém conhecido. Descrevemos o apartamento no craigslist.org como um perfeito "imóvel de férias" para desfrutar todas as atrações de Nova York, e, para nossa surpresa, um casal de suecos mais velhos, cujos filhos viviam na cidade, pagaram o preço que pedimos — 600 dólares a mais por mês do que pagávamos. Trezentos dólares por mês eram mais do que suficientes para nós duas nos mantermos, especialmente se considerássemos que meus pais nos davam comida, roupa lavada e nos deixavam dirigir um velho Camry. Os suecos partiriam na semana após o Ano-Novo, exatamente a tempo de Lily recomeçar seu semestre e eu, bem, fazer alguma coisa.

Emily havia sido quem, oficialmente, me demitira. Não que eu tivesse qualquer dúvida quanto ao status do meu en.prego depois do meu acesso de fúria verbal, mas suponho que Miranda tenha ficado lívida o bastante para mais uma provocação. A coisa toda tinha levado somente três ou quatro minutos, e havia se desenrolado com a impiedosa eficiência *Runway* de que eu tanto gostava.

Eu tinha acabado de pegar um táxi e de tirar a bota do meu pé esquerdo, que latejava, quando o telefone tocou. É claro que o meu coração, instintivamente, vacilou, mas quando me lembrei de que havia dito a Miranda o que ela podia fazer com o seu *Você me lembra de mim mesma quando tinha a sua idade*, me dei conta de que não poderia ser ela. Calculei rapidamente os minutos que tinham se passado: um para Miranda calar a boca ofegante e recuperar a calma diante de todas as claque-claques à espreita, outro para localizar o seu celular e ligar para Emily, um terceiro para transmitir os detalhes sórdidos do meu rompante sem precedentes, e um último para Emily garantir a Miranda que cuidaria "pessoalmente de tudo". Sim, apesar de o identificador de chamadas simplesmente dizer "indisponível" em chamadas internacionais, não havia a menor dúvida de quem era.

— Oi, Em, como vai? — praticamente cantei enquanto esfregava meu pé descalço, sem deixar que tocasse o chão imundo do táxi.

Meu tom alegre pareceu pegá-la desprevenida.

— Andrea?

— Ei, sou eu, estou aqui. O que houve? Estou com uma certa pressa, por isso... — Pensei em perguntar de uma vez se tinha ligado para me despedir, mas decidi lhe dar um desconto, para variar. Eu me preparei para o discurso veemente que ela certamente descarregaria em mim: Como pode tê-la decepcionado, me decepcionado, decepcionado a *Runway*, o mundo da moda, blá-blá-blá. Mas aquilo não aconteceu.

— Ah, sim, certo. Acabo de falar com Miranda... — Hesitou, como se estivesse esperando que eu continuasse e explicasse que tudo não passara de um grande erro, que não se preocupasse, porque eu havia consertado a situação naqueles quatro minutos.

— E soube do que aconteceu, suponho.

— Hum, sim! Andy, o que está acontecendo?

— Provavelmente eu é que deveria estar te perguntando isso, certo? Houve um silêncio.

— Ouça, Em, tenho o pressentimento de que ligou para me demitir. Tudo bem. Sei que a decisão não foi sua. Então, ela ligou e pediu que se livrasse de mim? — Embora eu me sentisse mais leve, como não me sentia havia meses, ainda me peguei prendendo a respiração, me perguntando se talvez, por um golpe de sorte ou azar, Miranda tinha compreendido quando eu disse para ela se foder, em vez de ficar estarrecida.

— Sim. Ela pediu que eu informasse a você que seria, de fato, demitida imediatamente, e de que gostaria que deixasse o hotel antes que ela retornasse do desfile. — Ela falou baixinho, e parecia lamentar. Talvez fossem as várias horas, dias e semanas que teria de enfrentar para encontrar e treinar outra pessoa, mas tive a impressão de que havia algo mais por trás.

— Vai sentir a minha falta, não vai, Em? Vá, admita. Tudo bem, não vou contar a ninguém. Para todos os efeitos, esta conversa nunca aconteceu. Não quer que eu vá embora, quer?

Milagre dos milagres, ela riu!

— O que disse a ela? Só ficou repetindo que você era grosseira e vulgar. Não consegui arrancar nada mais específico.

— Ah, provavelmente porque eu disse a ela para se foder.

— Não disse!

— Você está ligando para me demitir. Garanto que disse.

— Ah, meu Deus.

— Sim, bem, eu mentiria se dissesse que não foi o momento mais gratificante de minha patética existência. Certo, fui demitida pela mulher mais poderosa no meio editorial. Não somente não tenho como pagar o meu MasterCard quase estourado, como futuros trabalhos em revistas parecem improváveis. Talvez eu devesse tentar trabalhar para uma de suas inimigas, não acha? Ficariam felizes em me contratar, não?

— É claro. Mande seu currículo para Anna Wintour. Nunca se gostaram muito.

— Humm. É algo em que pensar. Ouça, Em, sem ressentimentos, ok? — Nós duas sabíamos que não tínhamos nada, absolutamente nada em comum, a não ser Miranda Priestly, mas como estávamos indo tão bem, pensei em continuar a fingir.

— Sim, lógico — mentiu, sem jeito, sabendo muito bem que eu estava para entrar na estratosfera superior dos párias sociais. As chances de Emily admitir, daquele dia em diante, que tinha me conhecido, eram inexistentes, mas tudo bem. Talvez dali a dez anos, quando ela estivesse na frente e no centro, no desfile de Michael Kors, e eu comprando na Filene's e jantando no Benihana, ríssemos da coisa toda. Provavelmente, não.

— Bem, adoraria poder conversar, mas estou meio enrolada neste momento, sem saber bem o que fazer. Tenho de dar um jeito de voltar o mais cedo possível para casa. Acha que poderei usar o meu bilhete de volta? Ela não pode me demitir e me deixar encalhada em um país estrangeiro, pode?

— Bem, é claro que ela teria justificativa para fazer isso, Andrea — disse ela. Ha, ha! Uma última observação cáustica. Era reconfortante saber que as coisas nunca mudariam. — Afinal, na verdade, foi você que abandonou o trabalho. Você a obrigou a te demitir. Mas não, não acho que ela seja uma pessoa vingativa. Apenas pague a taxa de alteração de voo e pensarei em uma maneira de resolver tudo.

— Obrigada, Em. Agradeço. E boa sorte para você também. Um dia, ainda será uma editora de moda fantástica.

— Verdade? Acha mesmo? — perguntou ansiosa e feliz. Por que a opinião da maior fracassada no campo da moda seria relevante, eu não sabia, mas ela soou muito, muito feliz.

— Com certeza. Não tenho a menor dúvida.

Christian ligou assim que desliguei. Não me surpreendi ao ver que ele já sabia o que tinha acontecido. Inacreditável. Mas o prazer de escutar os detalhes sórdidos, combinados com todos os tipos de promessas e convites, só conseguiram com que eu voltasse a me sentir nauseada. Eu disse a ele, o mais calmamente possível, que tinha de resolver muitas coisas agora e que, por favor, parasse de ligar naquele meio-tempo, que eu entraria em contato se e quando quisesse.

Como eles, por um milagre, ainda não sabiam que eu havia perdido o emprego, monsieur Renaud e seu entourage se apressaram a me atender ao ouvir que uma emergência em casa me obrigava a retornar imediatamente. Em meia hora, a pequena equipe do hotel reservou o próximo voo para Nova York, fez minhas malas e me pôs no banco de trás de uma limusine, com um bar completo, e parti em direção ao Charles de Gaulle. O motorista era falante, mas eu não interagia: queria desfrutar meus últimos momentos como a assistente mais mal remunerada, porém com mais benefícios, do mundo ocidental. Eu me servi de uma última taça de um champanhe perfeitamente seco, e tomei um demorado, lento, suntuoso gole. Haviam sido 11 meses, 44 semanas e cerca de 3.080 horas de trabalho para entender — de uma vez por todas — que me transformar na imagem de Miranda Priestly provavelmente não era uma boa ideia.

Em vez de um motorista uniformizado à minha espera com um cartaz, ao passar pelo controle de passaportes, encontrei meus pais, parecendo imensamente felizes em me ver. Nós nos abraçamos, e depois de se recuperarem do choque inicial diante do modo como eu estava vestida (jeans D&G, colado ao corpo, desbotado, salto alto fino e uma blusa completamente transparente — ei, estava listada na categoria diversos; subcategoria, ida e volta do aeroporto, e era de longe a coisa mais apropriada ao avião que haviam separado para mim), me deram as boas notícias: Lily estava acordada e consciente. Fomos direto para o hospital, onde a própria Lily conseguiu comentar minha roupa assim que cheguei.

Sim, ela teve de enfrentar o problema legal; afinal, tinha dirigido em alta velocidade na contramão, e alcoolizada. Mas como ninguém mais ficara gravemente ferido, o juiz havia demonstrado uma tremenda tolerância e, embora ela fosse ter "embriaguez ao volante" em sua ficha, havia sido condenada ao tratamento obrigatório contra o abuso de álcool, o que parecia corresponder a três décadas de serviço comunitário. Não tínhamos falado muito a respeito — ela ainda não estava preparada para admitir que tinha um problema —, mas a levei à primeira sessão do grupo, no East Village, e, quando saiu, reconheceu que não era "comovente demais". "Muito chato", foi como colocou, mas quando ergui as sobrancelhas e lhe lancei um olhar fulminante — *à la* Emily —, reconheceu que havia uns caras bonitinhos, e que não morreria se namorasse alguém sóbrio para variar. Razoável. Meus pais a tinham convencido a contar a verdade ao reitor da Columbia, o que pareceu, na época, um pesadelo, mas acabou sendo uma boa iniciativa. Além de concordar com que Lily se afastasse no meio do semestre sem ser reprovada, assinou a aprovação para a tesouraria, dizendo que ela poderia se reinscrever na primavera seguinte.

A vida de Lily e a nossa amizade pareceram entrar de novo nos eixos. O mesmo não aconteceu com Alex. Ele estava sentado ao lado dela no hospital quando chegamos, e, no minuto em que o vi, me peguei desejando que meus pais não tivessem decidido, diplomaticamente, esperar na cafeteria. Houve um olá desajeitado e voltamos nossa atenção a Lily. Mas quando, meia hora depois, vestiu a jaqueta e acenou se despedindo, não tínhamos dito uma palavra sincera um ao outro. Liguei para ele ao chegar em casa, mas ele deixou que caísse na caixa postal. Liguei mais algumas vezes e desliguei, como uma stalker, e tentei pela última vez antes de me deitar. Ele atendeu, mas soou desconfiado.

— Oi! — cumprimentei, tentando parecer fofa e bem ajustada.

— Oi. — Sem dúvida, ele não se impressionou com a minha fofura.

— Escute. Sei que ela também é sua amiga, e que você faria o mesmo por qualquer um, mas não sei como agradecer tudo o que fez por Lily: me procurar, ajudar meus pais, ficar com ela horas a fio. Verdade.

— Não tem problema. Qualquer um faria isso. Não foi nada de mais.

— Implicitamente, é claro, dizia que qualquer um faria, exceto alguém

375

que, por acaso, fosse extraordinariamente egoísta e com prioridades equivocadas, como eu.

— Alex, por favor, podemos conversar como...

— Não. Na verdade, não podemos conversar sobre nada no momento. Passei o ano inteiro querendo falar com você, às vezes suplicando, e você não mostrou nenhum interesse. Em algum momento, ao longo do ano, perdi a Andy por quem era apaixonado. Não sei como, não estou certo de quando aconteceu, mas você não é mais a mesma pessoa que era antes desse emprego. A minha Andy jamais teria hesitado escolher entre um desfile de moda e uma festa, ou sei lá, a estar com uma amiga que realmente precisava dela. Que precisava dela *de verdade*. Mas estou feliz que tenha decidido voltar para casa, que tenha entendido que era a coisa certa a fazer, mas preciso de um tempo para processar o que está acontecendo comigo, com você, conosco. Isso não é recente, Andy, não para mim. Está acontecendo há muito, muito tempo. Só que você estava ocupada demais para notar.

— Alex, você não me deu um segundo sequer para ficarmos cara a cara, para eu tentar explicar o que aconteceu. Talvez você tenha razão, talvez eu seja uma pessoa completamente diferente. Mas acho que não. E mesmo que tenha mudado, não acho que tenha sido *totalmente* para pior. A gente se afastou tanto assim?

Mais que Lily, ele era o meu melhor amigo, eu tinha certeza, mas não era o meu namorado havia muitos, muitos meses. Percebi que ele tinha razão. Estava na hora de admitir.

Respirei fundo e disse o que achei ser a coisa certa, embora não tivesse soado tão excepcional na hora.

— Você tem razão.

— Tenho? Concorda?

— Sim. Tenho sido muito egoísta e injusta com você.

— E agora? — perguntou, parecendo resignado, mas não inconsolável.

— Não sei. E agora? Vamos simplesmente parar de nos falar? Parar de nos ver? Não faço ideia de como seria. Mas quero que seja parte da minha vida, e não consigo me imaginar não sendo parte da sua.

— Nem eu. Mas acho que não conseguiremos isso por um bom tempo. Não éramos amigos antes de começarmos a namorar, e parece impossível imaginar que fiquemos somente amigos agora. Mas quem sabe? Talvez depois de um tempo para compreender as coisas...

Desliguei o telefone naquela primeira noite de volta e chorei, não só por Alex, mas por tudo o que havia mudado naquele ano. Entrei na Elias-Clark como uma menina inocente e malvestida, e saí ligeiramente desgastada, malvestida, quase adulta (embora também alguém que agora percebia como se vestia mal). Mas, naquele ínterim, tinha vivido bastante, o equivalente a uma centena de empregos-para-recém-formados. E apesar de o meu currículo, agora, ostentar uma nota zero, apesar de o meu namorado concordar que estávamos quites, apesar de eu ter saído com nada concreto além de uma mala (bem, ok, quatro malas Louis Vuitton) cheia de roupas fabulosas, talvez tivesse valido a pena.

Desliguei o som do celular e peguei um velho caderno na última gaveta da escrivaninha e comecei a escrever.

Meu pai já tinha escapado para o seu escritório e minha mãe estava indo para a garagem, quando desci.

— Bom dia, querida. Não sabia que já estava acordada! Preciso correr. Tenho um aluno às 9h. O voo de Jill é ao meio-dia, e seria melhor saírem com folga, já que o trânsito deve estar engarrafado. Meu celular vai ficar ligado para o caso de terem algum problema. Ah, você e Lily vão jantar em casa?

— Realmente não sei. Acabei de acordar e ainda nem tomei café. Acha que conseguiria decidir sobre o jantar daqui a pouco?

Mas ela mal se dignara a escutar a minha resposta ranzinza — já estava quase à porta quando abri a boca. Lily, Jill, Kyle e o bebê estavam sentados à mesa da cozinha, em silêncio, lendo diferentes seções do *Times*. Havia um prato de waffles úmidos e nada apetitosos no meio, uma garrafa de calda e um tablete de manteiga tirado da geladeira. A única coisa que as pessoas pareciam aproveitar era o café que o meu pai havia comprado na sua visita matinal ao Dunkin Donuts — uma tradição originada da compreensível relutância em ingerir qualquer coisa que minha mãe tivesse preparado. Peguei com o garfo um pedaço de waffle e o coloquei em um prato de papel. Ao tentar cortá-lo, virou imediatamente uma massa ensopada.

— Isto está intragável. Papai trouxe donuts hoje?

— Sim, os escondeu no armário do lado de fora do escritório — respondeu Kyle com o sotaque arrastado. — Não queria que a sua mãe visse. Você traz a caixa se for até lá?

O telefone tocou enquanto eu saía para buscar a refeição escondida.

— Alô? — Atendi com a minha melhor voz irritada. Por fim, tinha parado de atender todo telefonema com um "escritório de Miranda Priestly".

— Olá. Andrea Sachs está, por favor?

— É ela. Quem está falando?

— Andrea, oi, aqui é Loretta Andriano, da revista *Seventeen*.

O meu coração acelerou. Eu tinha escrito um artigo de "ficção", com 2 mil palavras, sobre uma adolescente que quer tanto entrar para a universidade que ignora seus amigos e sua família. Eu tinha levado duas horas para terminar aquela tolice, mas achava que conseguira dosar bem humor e emoção.

— Oi! Como vai?

— Tudo bem, obrigada. Ouça, me passaram a sua história e tenho de admitir que... adorei. Precisa de algumas revisões, lógico, e a linguagem precisa ser um pouquinho modificada. Nossos leitores são geralmente pré-adolescentes, mas eu gostaria de publicá-la na edição de fevereiro.

— Gostaria? — Não acreditei. Eu tinha enviado a história a uma dúzia de revistas juvenis e, depois, redigido uma versão um pouquinho mais madura para quase duas dúzias de revistas femininas, mas não havia recebido resposta.

— Exatamente. Pagamos 1,50 dólar por palavra, e só preciso que preencha alguns formulários para os impostos. Você já vendeu histórias antes, como freelancer, certo?

— Na verdade, não, mas trabalhei na *Runway*. — Não sei por que achei que a informação ajudaria, sobretudo porque a única coisa que escrevi foram memorandos forjados para intimidar outras pessoas. Mas Loretta não pareceu perceber a lacuna em minha lógica.

— Ah, verdade? Meu primeiro emprego ao me formar foi como assistente na *Runway*. Aprendi mais em um ano do que nos cinco seguintes.

— Foi uma experiência intensa. Tive sorte de trabalhar lá.

— O que fazia?

— Era assistente de Miranda Priestly.

— Era mesmo? Coitadinha, faço ideia. Espere aí... você é a que acabou de ser demitida em Paris?

Percebi tarde demais que tinha cometido um grande erro. A *Page Six* havia publicado uma nota sobre toda a confusão alguns dias depois de eu chegar em casa, provavelmente com base na informação de uma das claque-claques que tinham testemunhado meus modos horríveis. Considerando o fato de que me citaram com precisão, não conseguia imaginar outra possibilidade. Como pude me esquecer de que outras pessoas leriam a matéria? Tive o pressentimento de que Loretta ficaria nitidamente menos satisfeita com a minha história do que três minutos atrás, mas agora não havia escapatória.

— Hum, bem, sim. Mas não foi tão terrível quanto parece, não mesmo. Foi tudo muito exagerado naquele artigo. Realmente foi.

— Bem, espero que não! Alguém precisava dizer àquela mulher para ela se foder, e se foi você, então, tiro o chapéu! A mulher tornou a minha vida um inferno durante o ano em que trabalhei lá, e nunca cheguei a trocar uma palavra sequer com ela. Ouça, tenho um almoço com a imprensa agora, mas por que não marcamos um encontro? Você precisa vir aqui, preencher a papelada, e eu gostaria de conhecê-la afinal. Traga mais alguma coisa que ache que combina com a revista.

— Ótimo, ah, parece ótimo. — Marcamos de nos encontrar na sexta seguinte às 15h, e desliguei sem acreditar no que tinha acontecido. Kyle e Jill haviam deixado o bebê com Lily enquanto se vestiam e faziam as malas, e ele tinha começado meio a choramingar, parecendo estar a dois segundos da completa histeria. Eu o tirei de sua cadeirinha e o apoiei em meu ombro, esfregando suas costas por cima do pijama felpudo e, surpreendentemente, ele se calou.

— Não vai acreditar quem era — cantarolei, dançando pelo cômodo com Isaac. — Era uma editora da revista *Seventeen*. Vão publicar minha história!

— Mentira! Vão publicar a sua vida?

— Não é a história da minha vida, é a história da vida de Jennifer. E só tem 2 mil palavras, de modo que não é a maior coisa já escrita, mas é um começo. Mas não importa. — Lily estava sorrindo e revirando os olhos ao mesmo tempo. — O resto são detalhes, detalhes. O importante é que vão publicá-la na edição de fevereiro, e me pagar 3 mil dólares por ela. Não é uma loucura?

— Parabéns, Andy. Sério, é incrível. E então, será como um artigo?

— Sim. Não é a *New Yorker,* mas é um bom primeiro passo. Se eu conseguir mais alguns desses, talvez em outras revistas também, posso chegar a algum lugar. Tenho um encontro com a mulher na sexta-feira, e ela disse para eu levar mais alguma coisa em que eu esteja trabalhando. E nem perguntou se eu falo francês. E ela odeia Miranda. Com essa mulher, eu posso trabalhar.

Levei minha irmã, meu cunhado e meu sobrinho de carro até o aeroporto, comprei um bom e gorduroso almoço no Burger King para mim e Lily, a fim de tirar o gosto dos donuts do café da manhã, e passei o restante do dia — e o seguinte, e o seguinte — trabalhando em algo para mostrar a Loretta que-odiava-Miranda.

19

— Cappuccino pequeno com baunilha, por favor — pedi a um atendente que não reconheci, no Starbucks da rua 57. A última vez em que pisara ali havia sido quase cinco meses antes, tentando equilibrar uma bandeja de cafés, croissants, e levar tudo para Miranda, antes que ela me demitisse por respirar. Quando me lembrava daquilo, achava muito melhor ter sido demitida por gritar "vá se foder" do que se tivesse sido por ter levado dois sachês de adoçante em vez dos dois pacotes de açúcar demerara. O mesmo resultado, mas uma jogada totalmente diferente.

Quem diria que o Starbucks tinha uma rotatividade tão grande de pessoal? Não havia uma única pessoa no balcão que fosse remotamente familiar, o que fez com que parecesse que eu não visitava o lugar havia muito mais tempo. Alisei minha calça preta de bom corte, mas não de grife, e chequei se a bainha dobrada não havia se sujado com a neve lamacenta da cidade. Eu sabia que havia uma equipe completa de fanáticos por moda que discordaria enfaticamente, mas eu achava que estava muito bem para a minha segunda entrevista. Não somente agora eu sabia que ninguém usava terninho nas revistas, mas, de algum modo, um ano de alta-costura tinha — por simples osmose, acho — fincado raízes na minha cabeça.

O cappuccino estava um pouco quente demais, mas delicioso para aquele dia úmido e frio. O céu escuro de fim de tarde parecia embaçar a cidade como uma gigantesca cortina de gelo. Normalmente, um dia assim me deprimiria. Afinal, foi um dos dias mais deprimentes no mês mais deprimente (fevereiro) do ano, do tipo em que até mesmo os otimistas se meteriam debaixo das cobertas, e os pessimistas não teriam chance de sobreviver sem uma dose alta de Zoloft. Mas o Starbucks estava calorosamente iluminado e com o número certo de pessoas. Eu me enrosquei em uma de suas enormes poltronas verdes e tentei não pensar em quem havia esfregado o cabelo sujo ali antes.

Nos últimos três meses, Loretta tinha se tornado minha mentora, meu ídolo, minha salvadora. Tínhamos ficado amigas desde a primeira vez em que nos encontramos, e ela fora maravilhosa desde então. Assim que entrei em sua sala espaçosa, mas atravancada, e vi que ela estava — ui! — acima do peso padrão, tive a sensação estranha de que a amaria. Ela me convidou a sentar e leu cada palavra daquilo em que eu tinha trabalhado durante toda a semana: artigos irônicos sobre desfiles de moda, algo fantasioso sobre ser assistente de uma celebridade, uma história sensível sobre o que era preciso — e o que não era — para romper uma relação de três anos com alguém que você amava, mas com quem não conseguia ficar. Parecia um romance com final feliz, enjoativo, na verdade, o modo como nos demos bem de imediato, como partilhamos naturalmente nossos pesadelos com a *Runway* (eu ainda os tinha: o mais recente incluía um segmento particularmente medonho em que os meus pais eram mortos pela polícia de moda parisiense por usarem short na rua, e Miranda tinha conseguido, não sei como, me adotar legalmente), como rapidamente percebemos que éramos a mesma pessoa, apenas com sete anos de diferença.

Graças à minha ideia brilhante de levar todas as minhas roupas *Runway* a um daqueles brechós sofisticados, na Madison, eu era uma mulher rica — podia escrever em troca de pouco dinheiro e faria qualquer coisa para ter meu nome em uma revista ou jornal. Esperei muito tempo que Emily ou Jocelyn me ligassem para dizer que estavam enviando um office boy para buscar as roupas, mas nunca o fizeram. Portanto, eram minhas. Empacotei a maior parte, mas separei o vestido transpassado Diane Von Furstenberg. Remexendo no conteúdo das gavetas de minha mesa, que Emily havia colocado em caixas e enviado para mim, encontrei a carta de Anita Alvarez, na qual ela expressava a sua adoração por todas as coisas *Runway*. Eu sempre pensara em lhe enviar um vestido fabuloso, mas nunca havia tido tempo. Embrulhei o vestido em papel de seda, incluí um par de Manolos e forjei um bilhete de Miranda — talento que fiquei triste ao descobrir que ainda possuía. A garota saberia — só uma vez — como era possuir algo bonito. E o mais importante: iria acreditar que havia alguém que realmente se importava.

Com exceção do vestido, do jeans D&G apertado e sexy e da bolsa matelassê de alça de corrente, sem dúvida clássica, que dei de presente para a minha mãe ("Ah, querida, como é bonita. Qual é mesmo a marca?"), vendi cada top transparente, calça de couro, bota e sandália. A mulher que trabalhava na caixa chamou a dona da loja, e as duas decidiram que seria melhor fechar por algumas horas para avaliar a mercadoria. Só a bagagem Louis Vuitton — duas malas grandes, uma bolsa média de acessórios e um baú enorme — me renderam 6 mil dólares, e quando finalmente terminaram de cochichar, examinar e soltarem risinhos afetados, saí de lá com um cheque de 38 mil dólares. O que, segundo meus cálculos, daria para pagar o aluguel e me alimentar por um ano, enquanto tentava reunir algum material escrito. E então Loretta entrou na minha vida e a tornou instantaneamente melhor.

Loretta tinha concordado em comprar quatro artigos — uma frase de efeito, pouco maior do que uma citação, dois artigos de 500 palavras, e a história original, de 2 mil palavras. Porém, o mais animador era a sua estranha obsessão em me ajudar a fazer network, a sua ansiedade em contatar pessoas de outras revistas que pudessem estar interessadas em material freelance. E foi exatamente o que me levou ao Starbucks naquele dia nublado de inverno — eu estava de volta à Elias-Clark. Foi preciso muita insistência de sua parte para me convencer de que Miranda não me acossaria no minuto em que eu pisasse no edifício e me derrubaria com uma zarabatana, mas eu continuava nervosa. Não paralisada de medo, como nos velhos tempos, quando um mero toque do celular era suficiente para fazer meu coração disparar, mas irrequieta com a possibilidade — por mais remota — de vê-la. Ou Emily. Ou qualquer outra pessoa, exceto James, com quem mantinha contato.

De algum modo, por alguma *razão*, Loretta havia ligado para uma antiga companheira de quarto que, por acaso, era a responsável pela editoria de cidade da *Buzz*, e dito que havia descoberto a próxima queridinha do mercado editorial. Aparentemente, falava de mim. Tinha conseguido uma entrevista para aquele dia, e até mesmo a alertado de que eu tinha sido sumariamente demitida por Miranda. A mulher, ao ouvir aquilo, simplesmente riu e disse que se recusasse todos os que Miranda havia demitido, ficaria sem nenhum escritor.

Terminei o cappuccino e, revigorada, peguei o portfólio com diversos artigos e me dirigi — daquela vez, calmamente, sem o telefone tocado de modo incessante e nem o braço carregado de cafés — ao edifício Elias--Clark. Um momento ou dois de reconhecimento, na calçada, indicaram que nenhuma claque-claques *Runway* estava entre as pessoas no saguão, e entrei, jogando meu corpo contra a porta giratória. Nada mudara nos cinco meses desde que estivera lá pela última vez: vi Ahmed atrás da caixa na banca, e um pôster enorme e cintilante anunciando que a *Chic* daria uma festa na Lotus, no fim de semana. Embora, tecnicamente, eu devesse registrar minha entrada, instintivamente caminhei direto para as roletas. Logo, escutei uma voz familiar gritar:

— *I can't remember if I cried when I read about his widowed bride, but something touched me deep inside, the day, the music died. And we were singing...*

"American Pie." *Que gracinha!*, pensei. Era a música de despedida que nunca havia cantado. Eu me virei e vi Eduardo, grande e suado como sempre, sorrindo. Mas não era para mim. Em frente das roletas mais próximas a ele, estava uma garota altíssima e magérrima, de cabelo negro e olhos verdes, com uma calça justa, de riscas finas, maravilhosa, e uma regata que deixava o umbigo de fora. Ela equilibrava uma pequena bandeja com três cafés Starbucks, uma bolsa cheia de jornais e revistas, três cabides com roupas penduradas e uma bolsa de viagem com o monograma "MP". Seu celular começou a tocar assim que me dei conta do que estava acontecendo, e ela pareceu tão apavorada que achei que fosse chorar ali mesmo. Mas, quando não conseguiu passar, suspirou fundo e cantou:

— *Bye-bye, Miss American Pie, drove my Chevy to the levee, but the levee was dry, and good old boys were drinking whiskey and rye, singing this will be the day that I die, this will be the day that I die...*

Quando olhei de novo para Eduardo, ele sorriu na minha direção e piscou o olho. Então, enquanto a garota bonita, de cabelo escuro, finalizava a música, me deixou passar, como se eu fosse alguém importante.

AGRADECIMENTOS

Sou grata a quatro pessoas que contribuíram para que este livro acontecesse:

Stacy Creamer — minha editora. Se não gostarem do livro, a culpa é dela... retirou tudo o que era realmente engraçado.

Charles Salzberg — escritor e professor. Ele me incentivou a prosseguir com o projeto, de modo que, se não gostarem, podem culpá-lo também.

Deborah Schneider — agente extraordinária. Está sempre me garantindo que gosta de, no mínimo, 15 por cento de tudo o que faço, digo, ou, principalmente, escrevo.

Richard David Story — meu ex-chefe. É fácil amá-lo, agora que não preciso mais vê-lo todo dia antes das 9h.

Agradeço também a Lynne Drew e Jennifer Parr, minhas editoras do Reino Unido.

E, lógico, o meu maior agradecimento a todos aqueles que não ofereceram ajuda de espécie alguma, mas que prometeram comprar vários exemplares em troca da menção de seus nomes:

Dave Baiada, Dan Barasch, Heather Bergida, Lynn Bernstein, Dan Braun, Beth Buschman-Kelly, Helen Coster, Audrey Diamond, Lydia Fakundiny, Wendy Finerman, Chris Fonzone, Kelly Gillespie, Simone Girner, Cathy Gleason, Jon Goldstein, Eliza Harris, Peter Hedges, Julie Hootkin, Bernie Kelberg, Alli Kirshner, John Knecht, Anna Weber

Kneitel, Jaime Lewisohn, Bill McCarthy, Dana McMakin, Ricki Miller, Daryl Nierenberg, Wittney Rachlin, Drew Reed, Edgar Rosenberg, Brian Seitchik, Jonathan Seitchik, Marni Senofonte, Shalom Shoer, Josh Ufberg, Kyle White e Richard Willis.

E especialmente a Leah Jacobs, Jon Roth, Joan e Abe Lichtenstein e os Weisberger: Shirley e Ed, Judy, David e Pam, Mike e Michele.

Este livro foi composto na tipografia Minion Pro,
em corpo 11,5/15,5, e impresso em
papel off-white no Sistema Cameron da
Divisão Gráfica da Distribuidora Record.